# ГОВАР

## НЕКРОНОМИКОН. КНИГА ЗАПРЕТНЫХ ТАЙН

ИЗДАТЕЛЬСТВО АСТ
МОСКВА

УДК 821.111-312.9(73)
ББК 84(7Сое)-44
Л13

Серия «Эксклюзивная классика»

Перевод с английского

Серийное оформление и компьютерный дизайн *Е. Ферез*

Художник *В. Половцев*

**Лавкрафт, Говард Филлипс.**

Л13 Некрономикон. Книга запретных тайн : [сборник : перевод с английского] / Говард Филлипс Лавкрафт. — Москва : Издательство АСТ, 2020. — 416 с. — (Эксклюзивная классика).

ISBN 978-5-17-119689-9

Причудливые, полные ужаса истории, вошедшие в этот сборник, расскажут о тех, кто вкусил из ядовитой чаши запретных знаний — «Некрономикона» — и в полной мере ощутил последствия этого шага. Но Лавкрафт, как ни странно, создавал и другие рассказы — уютные, насмешливо-пародийные, полные дружеского тепла по отношению к своим собратьям по перу: Кларку Э. Смиту, Августу Дерлету, Роберту Говарду и другим, хотя со многими из них он никогда в жизни не встречался...

**УДК 821.111-312.9(73)**
**ББК 84(7Сое)-44**

# ИСТОРИЯ «НЕКРОНОМИКОНА»

Первоначальное название книги — «Аль-Азиф»; словом «азиф» арабы обозначали ночные звуки (издаваемые насекомыми), которые они принимали за вой демонов.

Составил эту книгу Абдул Альхазред, безумный поэт из Саны в Йемене, творивший, по слухам, во времена Омейядского халифата, ок. 700 г. нашей эры. Он посетил руины Вавилона, тайные подземелья Мемфиса и провел десять лет в одиночестве на юге Аравии, в великой пустыне, которую древние арабы назвали Руб-эль-Хали, то есть «пустое пространство», а нынешние зовут «Дахна», то есть «багряная», где, как считается, обитают лишь злые духи-хранители и смертельно опасные чудища. Те, кто уверяют, что побывали в этой пустыне, рассказывают о ней вещи странные и невероятные. Последние свои годы Альхазред провел в Дамаске, где и был написан «Некрономикон» («Аль-Азиф»), и об окончательной его смерти или исчезновении (в 738 г.) рассказывают много ужасного и противоречивого. Как сообщает Ибн Халликан (биограф XII века), его средь бела дня схватило и сожрало на глазах множества застывших от ужаса свидетелей невидимое чудовище. Многое рассказывают о его безумии. Он утверждал, будто видел легендарный Ирам*, или Многоколонный град, и в руинах некоего безымянного покинутого города нашел ошеломляющие хроники и сокровенные знания расы, более древней, чем человечество. Формально он исповедовал ислам, но почитал неведомые сущности, которые называл Йог-Сототом и Ктулху.

В 950 году «Азиф», имевший широкое, хотя и негласное хождение среди философов того времени, был тайно переведен на греческий язык Теодором Филитом из Константинополя и получил название «Некрономикон». На протяжении столетия эта книга волновала умы и побуждала некоторых исследователей к ужасным экспериментам, пока наконец ее не запретил и не сжег патриарх Михаил. После этого о ней говорили только украдкой, но затем в Средние века (в 1228 году) Олай Вормий сделал латинский перевод, и этот латинский текст был напечатан дважды, первый раз в пятнадцатом веке готическим шрифтом (судя по всему, в Германии) и второй раз в семнадцатом (вероятно, в Испании) — оба издания без выходных данных, время и место их появления определены исключительно по типографским особенностям. Как латинский, так и греческий текст были запрещены папой Григорием IX в 1232 году, вскоре после появления латинского перевода, привлекшего к книге внимание. Арабский оригинал во времена Вормия был уже утрачен, о чем он сам пишет в предисловии, а о греческом переводе, отпечатанном в Италии между 1500 и 1550 годами, ни разу не упоминалось с того момента, как в 1692 году сгорела библиотека некоего жителя Салема. Английский перевод, выпол-

* Коран 89:7.

ненный доктором Ди, опубликован не был и существует лишь в виде фрагментов оригинальной рукописи. Из сохранившихся латинских текстов одна книга (XV в.), как известно, находится в Британском музее в специальном хранилище, тогда как другая (XVII в.) хранится в Национальной библиотеке в Париже. Издание семнадцатого века имеется также в Библиотеке Уайднера в Гарварде и в библиотеке Мискатоникского университета в Аркхеме, а также в библиотеке Университета Буэнос-Айреса. Вероятно, тайно существует и множество других экземпляров, и один из них, пятнадцатого века, по слухам, составляет часть коллекции знаменитого американского миллионера. Если верить еще более смутным слухам, греческое издание шестнадцатого века сохранилось в семье Пикмана в Салеме; но, если так, оно исчезло вместе с художником Р. А. Пикманом, пропавшим в начале 1926 года. Эта книга официально запрещена в большинстве стран и всеми официальными конфессиями. Ее чтение приводит к ужасающим последствиям. Именно из слухов об этой книге (о которой широкой публике почти неизвестно) Р. В. Чемберс, говорят, почерпнул идею одного из своих первых романов, «Король в желтом».

### Хронология

Ок. 730 н.э. Абдул Альхазред написал «Аль-Азиф» в Дамаске.

950 г. Переведена Теодором Филитом на греческий под названием «Некрономикон».

1050 г. Сожжена патриархом Михаилом (греческий текст; арабский текст к этому времени утрачен).

1228 г. Олай Вормий перевел с греческого на латынь.

1232 г. Папа Григорий IX уничтожает латинский и греческий тексты.

XV век Издание готическим шрифтом (Германия).

XVI век Издание греческого текста в Италии.

XVII век Переиздание латинского текста в Испании.

## Примечание

***В дополнение следует привести письмо, написанное Кларку Эштону Смиту 27 ноября 1927 года:***

Этой осенью у меня не было возможности написать что-то новое, но я привел в порядок заметки и комментарии к ненаписанному, задумав несколько рассказов об ужасных тварях. В частности, я собрал воедино сведения о знаменитом и запрещенном цензурой «Некрономиконе» безумного араба Абдула Альхазреда! Судя по всему, это шокирующее кощунство создал уроженец йеменской Саны, творивший около 700 года нашей эры и совершивший множество мистических паломничеств: к руинам Вавилона, к катакомбам Мемфиса, к населенным дьявольскими существами нехоженым пустошам великой южноаравийской пустыни Руб-эль-Хали, где, по его словам, он нашел записи расы более древней, чем человечество, и проникся поклонением Йог-Сототу и Ктулху. Книга была создана им в преклонном возрасте, когда он проживал в Дамаске, и первоначальное название ее — «Аль-Азиф»: словом «азиф» (ср. примечания Хенли к «Ватеку» Бекфорда) арабы обозначали ночные звуки (издаваемые насекомыми), которые принимали за вой демонов. Альхазред умер или исчез в 738 году при ужасных обстоятельствах. В 950 году «Аль-Азиф» был переведен на греческий язык византийцем Теодором Филитом и получил название «Некрономикон», а столетие спустя книгу предали сожжению по приказу константинопольского патриарха Михаила. «Некрономикон» был переведен на латынь Олаем в 1228 году, но помещен папой Григорием IX в 1232 году в Index Expurgatorius. Оригинальный арабский текст утрачен еще до Олая, а последняя известная греческая копия погибла в Салеме в 1692 году. Книжные издания осуществлялись в XV, XVI и XVII веках, но сохранилось всего несколько экземпляров. Где бы эта книга ни хранилась, ее тщательно стерегут ради спокойствия и равновесия во всем мире. В библиотеке Мискатоникского университета в Аркхеме некий человек однажды прочитал эту книгу и, дико озираясь, бежал в горы... Но это уже совсем другая история!

*Еще в одном письме (Джеймсу Блишу и Уильяму Миллеру, 1936) Лавкрафт пишет:*

Вам посчастливилось стать обладателями бумажных копий гадкого адского «Некрономикона». У вас латинское издание, отпечатанное в Германии в пятнадцатом веке, греческая версия, отпечатанная в Италии в 1567 году, или испанский перевод 1623 года? Или у вас экземпляры разных изданий?

# ВОСПОМИНАНИЯ О ДОКТОРЕ СЭМЮЭЛЕ ДЖОНСОНЕ

Честь излагать Воспоминания, как бы скучны или бессвязны они ни были, обычно предоставляется очень пожилым людям; и действительно, неизвестные события Истории и малоизвестные случаи с участием Великих зачастую передают Потомкам с помощью таких вот мемуаров.

Немало моих читателей замечали порой своеобразный налет Старины в моей манере Изложения, и мне отрадно было появляться среди представителей Того Поколения в качестве Человека Молодого, прикрываясь вымыслом, будто родился я в 1890 году в Америке. Однако ныне я решусь раскрыть Тайну, что доселе хранил, страшась Недоверия, и Откровенно поведать Правду о своем подлинном возрасте, дабы удовлетворить жажду достоверных сведений о той Эпохе, с достославными Особами коей я был на короткой ноге. Да будет Вам известно, что я появился на свет в родовом поместье в Девоншире августа 10 дня 1690 года (а по новому григорианскому стилю Летосчисления — 20 августа), и означает сие, что мне сейчас 228 лет. Перебравшись в Лондон совсем юным, я видел в младые годы многих знаменитых Особ времен царствования короля Вильгельма, среди прочих и печально известного господина Драйдена, частенько сиживавшего за столиками кофейни Уилла. Впоследствии я свел довольно короткое знакомство с господином Аддисоном и доктором Свифтом, а после стал весьма близким другом господина Поупа, с коим общался и коего уважал до самой его смерти. Но понеже сейчас веду речь о моем недавнем Коллеге докторе Джонсоне, жившем в более позднее время, то отставлю пока свою молодость.

Впервые я услышал о докторе в мае 1738 года, хотя в ту пору еще не встречался с ним. Господин Поуп как раз закончил эпилог к своим «Сатирам» (фрагмент, начинающийся словами «Не дважды в Год ты появляешься в Печати») и готовил его к Публикации. В тот самый день, когда эпилог этот увидел свет, в печати появилась и Сатира в Подражание Ювеналу, поименованная «Лондон», неизвестного тогда Джонсона; она так поразила жителей города, что многие Джентльмены, славящиеся хорошим Вкусом, заявляли, что се — Творение Поэта более великого, нежели господин Поуп. И хотя отдельные недоброжелатели сеяли слухи о мелочной завистливости г-на Поупа, тот воздавал Стихам своего нового соперника немалые хвалы и, узнав от господина Ричардсона, кто сей поэт, сказал мне, что «господина Джонсона вскоре еще откопают».

Мы с доктором не были Представлены друг другу до 1763 года, когда нас познакомил в таверне «Митра» господин Джеймс Босуэлл, молодой шотландец из прекрасной семьи, человек великой учености при невеликом уме, чьи рифмические Излияния мне доводилось порой улучшать.

Вот каким я увидел доктора Джонсона: склонный к полноте, страдающий отдышкой, очень дурно одетый и вообще неопрятный. Припоминаю, что на нем был пышный, короткий завитой парик, неподвязанный, ненапудренный да и маловатый для его головы. Одежды его, рыжевато-коричневые, были сильно измяты, нескольких пуговиц недоставало. Лицо доктора, чересчур полное, чтоб быть изящным, казалось подпорченным каким-то болезненным Расстройством, а голова его то и дело конвульсивно подергивалась. Об этом Изъяне, впрочем, я знал заранее от господина Поупа, взявшего на себя труд навести некоторые Справки.

Будучи почти семидесяти трех лет, на целых девятнадцать лет старше доктора Джонсона (я называю его «доктором», хотя степень ему присудили только через два года), я, разумеется, ожидал от него почтительного отношения к моему возрасту и потому не испытывал перед ним того страха, в котором признаются другие. Когда я поинтересовался у него, какого он мнения о моем одобрительном отзыве на его «Словарь» в «Лондонце», моей периодической газете, он заметил: «Сэр, не припоминаю, чтобы читал вашу газету, и не слишком интересуюсь мнением менее разумной части человечества». Не на шутку задетый неучтивостью человека, чья Известность понуждала меня печься о его Одобрении, я отважился ответить ему в том же тоне и выразил удивление тем, что человек Здравомыслящий берется судить о Разумности того, чьих Произведений никогда не читал. «Видите ли, сэр, — отвечал Джонсон, — мне вовсе не требуется знакомиться с Писаниями человека, чтобы оценить Поверхностность созданного им, когда он столь явственно выдает ее стремлением упомянуть о своих Трудах в первом же обращенном ко мне вопросе». Таким вот образом завязав Дружбу, мы общались впоследствии по самым разным Вопросам. Когда, соглашаясь с ним, я заметил, что сомневаюсь в подлинности поэм Оссиана, господин Джонсон сказал: «Это, сэр, не делает особой Чести вашему Пониманию; ибо то, что подозревают все поголовно горожане, не может стать великим Открытием, сделанным уличным критиком с Граб-стрит. С таким же успехом вы можете заявить, что всерьез подозреваете, будто «Потерянный рай» написал не Мильтон!»

С той поры я довольно часто виделся с Джонсоном, как правило, на заседаниях «Литературного клуба», основанного доктором на следующий год вместе с господином Бёрком, парламентарием, господином Боклерком, джентльменом, обладающим Вкусом в одежде, господином Лэнгтоном, человеком благочестивым и капитаном милиции, сэром Дж. Рейнольдсом, известным Художником, доктором Голдсмитом, Автором поэзии и прозы, доктором Нюджентом, тестем господина Бёрка, сэром Джоном Хокинсом, господином Энтони Шамье и мною. Обычно мы раз в неделю, в семь вечера собирались в «Турецкой голове» на Джеррард-стрит в Сохо, пока эту Таверну не продали и не превратили в частное жилище; после этого События наши Собрания последовательно перемещались в «Принц» на Сэквилл-стрит, в «Ле-Телье» на Дувр-стрит, в «Парслоу» и, наконец, в «Дом с соломенной крышей» на Сент-Джеймс-стрит. На этих Встречах мы поддерживали великолепную атмосферу Дружелюбия и Спокойствия, что очень выгодно отличается от тех разногласий и разлада, какие я сегодня наблюдаю в профессиональных и любительских Объединениях издателей. Это Спокойствие тем более знаменательно, что средь нас были Джентльмены, придерживавшиеся весьма различных Мнений. Мы с доктором Джонсоном, как и многие другие, были ярыми Тори, тогда как господин Бёрк принадлежал к Вигам и выступал противником американской войны; многие его Речи по этому вопросу доступны широкой публике. Наименее дружелюбным участником нашего кружка оказался один из основателей, сэр Джон Хокинс, написавший впоследствии много лживых историй про наше Общество. Сэр Джон, человек по природе своей эксцентричный, однажды отказался вносить свою часть Платы за Ужин, ибо имел Обыкновение не Ужинать дома. Позднее он оскорбил г-на Бёрка в столь неприемлемой Манере, что все мы сочли своим Долгом выразить ему Неодобрение; после того случая он больше не появлялся на наших Собраниях. Однако при всем том он вовсе не ссорился с доктором и даже стал его Душеприказчиком, хотя у господина Босуэлла и иных были основания сомневаться в его искренней Преданности. В более позднее время в Клубе состояли: господин Дэвид Гаррик, актер и давний друг доктора Джонсона; господа Томас и Джозеф Уортоны; доктор Адам Смит; доктор Перси, автор «Реликвий»; господин Эдуард Гиббон, историк; доктор Бёрни, музыкант; господин Мэлоун, критик, и господин Босуэлл. Г-н Гаррик поначалу имел некоторые Затруднения с Допуском на Собрания, ибо доктор, невзирая на большую личную Дружбу с ним, никогда не одобрял Сцену и все с ней связанное. При том Джонсон имел странное Обыкновение вступаться за Дэви, когда прочие выступали против него, и спорить с ним, когда остальные его поддерживали. У меня нет Сомнений, что он искренне любил господина Гаррика, ибо никогда не отзывался о нем дурно, так же как о Футе, который вел себя грубовато, хотя был актером комического жанра. Мне не очень-то нравился г-н Гиббон ввиду его отвратительной Манеры глумиться, что задевало даже тех из нас, кто восхищался его историческими Сочинениями. Больше прочих мне пришелся по душе господин Голдсмит, человек вполне заурядный, изрядный модник и франт, малоискусный в поддержании Беседы — ведь и сам я не блистал суждениями. Он отчаянно завидовал доктору Джонсону, но тем не менее любил и уважал его. Помню, однажды в нашей компании явился Иноземец, будто бы немец; пока говорил Голдсмит, этот человек заметил, что доктор вознамерился что-то сказать. Невольно отнесясь к Голдсмиту как к незначительной препоне в общении с более великим человеком, Иноземец резко прервал его (чем навлек на себя стойкую Враждебность), воскликнув: «Тише, токтор Шонсон сопрался говорить!»

В этой блистательной компании мирились с моим присутствием скорее из уважения к моим летам, чем ради Остроты Ума или Учености; во всем прочем я был им не ровня. Моя Дружба с прославленным господином Вольтером вызывала лишь Досаду у доктора, который твердо придерживался консервативных взглядов и мог бы сказать о французском Философе: «Vir est acerrimi Ingenii et paucarum Literarum», то есть «муж острейшего ума, но малой образованности».

Знакомый мне и Прежде господин Босуэлл, проявлявший склонность к мелким колкостям, высмеивал мои неловкие Манеры и старомодные Парики и Одеяния. Однажды, слегка захмелев от Вина (к коему имел пристрастие), он вздумал Экспромтом сочинить на меня памфлет в стихах, записывая их на столешнице, но без той Помощи, к коей обычно прибегал при создании своих Сочинений, сделал вопиющую грамматическую Ошибку. Я сказал ему, что не стоит писать памфлеты на Истоки своей Поэзии. В другой раз Боззи (так мы его звали) пожаловался, что в Статьях моего «Ежемесячного обозрения» я чрезмерно Суров к начинающим Авторам. Он заявил, что я сбрасываю всех претендентов со склонов Парнаса. «Сэр, — ответствовал я, — вы заблуждаетесь. Непреуспевшие скатываются вниз лишь по Скудости своих Сил, но, желая скрыть это, винят в Отсутствии Успеха первого же Критика, упомянувшего о них». Приятно вспомнить, что доктор Джонсон поддержал меня в этом Вопросе.

Доктору Джонсону не было равных в стараниях, прилагаемых к исправлению дурных Стихов других авторов; говорят даже, будто в книге миссис Уильямс, бедной подслеповатой старушки, строк, писанных не доктором, осталось всего две. Однажды Джонсон продекламировал мне несколько строк слуги герцога Лидского, которые так позабавили его, что он запомнил их наизусть. Написанные на свадьбу герцога, своим Качеством они до того схожи с Творениями иных, более поздних Олухов от поэзии, что я не могу не привести их здесь:

Когда герцог Лидский обженится
С леди младой и возвышенной,
То счастлива будет сия госпожа
Под сенью Его Высочайшества.

Я поинтересовался у доктора, не пытался ли он придать Смысл этому Отрывку, и, поскольку он сказал «нет», я, забавляясь, внес следующее Исправление:

Когда достославный удачно обженится Лидс,
Чтоб славную линию древнего рода продлить,
То Дева гордиться должна, ничьих не стесняяся лиц,
Что мужа такого великого сможет любить!

Когда я ознакомил с этим доктора Джонсона, он заметил: «Сэр, выправив Хромоту, вы не вложили в стих ни Остроумия, ни Поэзии».

Я с Удовольствием продолжил бы рассказ о своем Общении с доктором Джонсоном и умами его круга, но я стар и быстро утомляюсь. Припоминая былое, я словно бы блуждаю без особой Логики или Упорядоченности; боюсь, я осветил лишь несколько Случаев, не обнародованных никем другим. Если мои нынешние Воспоминания будут приняты Благосклонно, я могу впоследствии изложить и некоторые другие занимательные Истории из прежних времен, Истории, коих я единственный живой ныне Участник. Я помню еще многое о Сэме Джонсоне и его клубе, Членство в каковом сохранял много спустя после Смерти доктора, о коей искренне скорблю. Я помню, как Джона Бергойна, эсквайра и генерала, чьи Драматургические и Поэтические Творения увидели свет уже после его Смерти, не допустили в клуб из-за трех голосов «против» — вероятно, ввиду его прискорбного Поражения под Саратогой в Американской войне. Бедный Джон! Пожалуй, сын его преуспел более и даже стал баронетом. Но я очень устал. Я стар, очень стар, и мне пора укладываться для Дневного Покоя.

## ЗВЕРЬ В ПОДЗЕМЕЛЬЕ

Ужасный вывод, назойливо крутящийся в моем смущенном, но еще слабо сопротивляющемся ему сознании, обретал ужасную несомненность. Я заблудился, окончательно и безнадежно, в лабиринте Мамонтовой пещеры. Хотя я напряженно вглядывался во все стороны, нигде не открылся мне знак, подсказавший бы путь к спасению. Не видеть мне больше никогда благословенного дневного света, не будут ласкать мой взор милые холмы и долины прекрасного мира снаружи, такого недоступного, что мое сознание отвергало даже малейшее неверие в это. Надежда покинула меня. Однако жизнь давно сделала меня философом, и я испытал немалое удовлетворение от бесстрастности своего собственного поведения; ибо мне доводилось читать о яростном бешенстве, в которое впадают жертвы подобных обстоятельств, однако я не испытывал ничего даже близкого к этому и оставался совершенно невозмутимым с того самого момента, как осознал, что не имею шанса найти выход наружу.

Мысль о том, что я, должно быть, покинул ту часть пещеры, где водят экскурсии, ни на секунду не лишила меня самообладания. Если меня ждет смерть, рассуждал я, то эта ужасная, но величественная пещера столь же достойное место для успокоения, как и кладбище, — концепция, несущая больше спокойствия, чем отчаяния.

Я нисколько не сомневался, что впереди меня ждет последний знак свершившейся судьбы — голод. Я знал, что при подобных обстоятельствах многие сходили с ума; но чувствовал — меня ждет другой конец. В случившемся со мной виноват был исключительно я сам, поскольку без ведома гида я покинул ряды послушных ему любителей поглазеть на достопримечательности и уже более часа блуждал по запрещенным для туристов ответвлениям, и теперь уже невозможно отыскать в этом лабиринте тот путь, по которому я покинул своих спутников.

Мой факел уже догорает; близился момент, когда меня окутает кромешная тьма земных недр. Стоя посреди тающего круга неверного света, я праздно пытался нарисовать себе точную картину приближающейся смерти. Я припомнил доклад о колонии больных туберкулезом, поселившихся здесь в гигантском гроте, надеясь вернуть здоровье целебным климатом подземного мира, с его неизменной температурой, чистым воздухом и умиротворяющим покоем, но обрели лишь смерть и были найдены окоченевшими в странных и ужасных позах. Грустные останки их сделанных наспех домишек я видел, проходя мимо них вместе с группой, и теперь задавался вопросом, какое причудливое влияние окажет долгое пребывание в огромной и тихой пещере на такого здорового и крепкого человека, как я. Ну, зловеще заметил я себе, если голод не оборвет мою жизнь чересчур поспешно, то разрешение этой загадки мне предстоит на практике.

Когда свет моего факела свело последней судорогой и все вокруг поглотил мрак, я решил не пренебрегать никакой возможностью спасения, и потому во всю мощь своих легких и напрягая голосовые связки издал серию глухих криков в надежде привлечь внимание проводника. Но при этом в глубине души я был уверен, что мои крики не достигнут цели и мой голос, гулкий, отраженный бесконечными изломами поглотившего меня черного лабиринта, не достигнет ушей кого-либо, кто мог бы спасти меня.

Однако внезапно мой обострившийся слух услышал что-то — мне вдруг показалось, что я улавливаю приближающийся звук мягких шагов по каменному полу пещеры.

Неужели мое спасение наступило так быстро? Может, вопреки моему ужасному предчувствию, проводник заметил мое недозволенное отсутствие в группе и двинулся по моим следам, чтобы найти меня в этом известняковом лабиринте? Пока эти радостные вопросы проносились в моем сознании, пока я собирался возобновить крики, чтобы приблизить минуту спасения, мой восторг вдруг сменился ужасом; мой чуткий слух, еще более обострившийся из-за полного безмолвия пещеры, донес до оцепенелого сознания, что эти шаги не похожи на шаги человека. В неземной тиши подземного мира шаги проводника звучали бы как четкие регулярные стуки. Этот звук шагов был мягким, по-кошачьи крадущимся. Кроме того, прислушавшись, я различил в походке четыре такта вместо двух.

Теперь я не сомневался, что своими криками разбудил какого-то дикого зверя, может быть, пуму, случайно забредшую в пещеру. Возможно, подумал я, Всевышний избрал для меня не голод, а другую, более быструю и милосердную смерть? И все же инстинкт самосохранения шевельнулся в моей груди, и хотя надвигающаяся опасность несла избавление от медленного и жестокого конца, я решил, что расстанусь с жизнью только по самой высокой цене. Хотя это может показаться странным, мой ум отметил, что пришелец пока что не заслужил никакими своими действиями такой враждебности с моей стороны. Осознав это, я затаился, надеясь, что неизвестное животное, перестав слышать звуки, потеряет ориентацию, как это случилось со мной, и пройдет мимо. Однако моя надежда не оправдалась; странная поступь неотвратимо приближалась — наверное, зверь чуял мой запах, который в чистейшей атмосфере пещеры разносился наверняка на большое расстояние.

Пошарив рядом с собой в поисках, чем бы вооружиться для защиты от нападения невидимого в пещерном мраке противника, я взял в каждую руку по крупному камню из тех, что валялись тут повсюду, готовясь к отпору, несмотря на неизбежный исход схватки. Между тем мерзкая поступь лап звучала уже совсем близко. Впрочем, повадки этой твари были странными. Большую часть времени у меня не вызывало сомнения, что это звук четвероногого существа, с характерным перебоем между задними и передними лапами; но время от времени, в короткие интервалы, мне казалось, что это походка двуногого. Я терялся в догадках, что за животное может приближаться ко мне; должно быть, подумал я, это несчастное существо расплачивается за свое любопытство, толкнувшее его исследовать вход в мрачную пещеру, пожизненным заточением в бесконечных проходах и разветвлениях. Ему приходится питаться незрячими рыбинами, летучими мышами и крысами и, может быть, рыбешкой, которая может оказаться здесь во время паводков Грин-ривер, воды которой каким-то непостижимым образом сообщаются с водами пещеры. Я скрашивал мрачное ожидание приближающегося существа догадками, какие изменения в его теле произошли из-за долгого пребывания, вспомнив об ужасных уродствах умерших здесь туберкулезников, причиной которых жители окрестных поселков называли именно продолжительную подземную жизнью. Затем я осознал, что даже если мне удастся победить в схватке с противником, я никогда не увижу его облика, поскольку мой факел уже давно погас, а спичек у меня с собой не было. Мой мозг был напряжен до предела. Взбудораженное воображение рисовало пугающие силуэты в окружающей тьме, сдавливающей меня все сильнее. Все ближе и ближе раздавались ужасные шаги. Из меня пытался вырваться наружу пронзительный вопль, но казалось, что даже если я решусь крикнуть, вряд ли голос послушается меня. Я окаменел от ужаса. Я не был уверен, что правая рука послушается меня, когда придет момент кидать камень в надвигающееся чудище. Равномерная поступь звучала уже рядом, совсем близко. Я расслышал тяжелое дыхание зверя и, несмотря на испуг, осознал, что он добрался издалека и изнурен. Паралич внезапно исчез. Моя правая рука, безошибочно направляемая слухом, метнула со всей силы кусок известняка с многочисленными острыми углами, который сжимала, в то место темноты, где был источник дыхания, и мой снаряд почти достиг цели: я услышал, как после легкого шлепка камень стукнулся о пол пещеры где-то вдалеке.

Сосредоточившись, чтобы кинуть точнее, я метнул второй камень, и на этот раз результат превзошел все мои ожидания; я с радостью услышал, как существо рухнуло всей своей тяжестью и замерло. Едва удержавшись на ногах от навалившегося на меня облегчения, я оперся на стену. Звуки дыхания продолжали доноситься до меня — тяжелые вдохи и выдохи, — и я вдруг осознал, что не более чем ранил зверя. Но у меня уже не было прежнего желания выяснить, кто есть этот некто. Нечто типа беспричинного суеверного страха поразило меня, и я не решался приблизиться к телу, но вместе с тем не решался и продолжать кидать камни, чтобы добить его окончательно. Вместо этого я бросился со всей скоростью, на какую был еще способен, в ту сторону, откуда, как мне казалось, я пришел. Вдруг я уловил звук или, точнее, регулярную последовательность звуков. Через мгновение она перешла в острые металлические постукивания. На сей раз сомнений не было. Это проводник. А затем я закричал, завопил, даже завыл от восторга, когда заметил вдали под сводами мерцающие блики, которые, насколько я понимал, не могли быть ничем иным, кроме как отсветами приближающегося факела. Я бежал навстречу бликам и затем, не вполне сознавая, как это произошло, оказался простертым у ног проводника, прильнув к его ботинкам, изливая на ошеломленного слушателя, отринув свою обычную сдержанность и путаясь в словах, свою ужасную историю вперемешку с высокопарными изъявлениями благодарности. Через какое-то время я наконец пришел в себя. Проводник заметил мое отсутствие, только когда группа покидала пещеру, и, полагаясь на интуицию, углубился в лабиринт проходов от того места, где он последний раз разговаривал со мной; ему удалось найти меня после четырех часов поиска.

Когда он изложил это мне, я, ободренный наличием света и тем, что уже не один, задумался о странном существе, раненном мной, которое, скрытое мраком, лежало неподалеку от нас, и предложил, чтобы мы установили, что же за тварь стала моей жертвой. Развернувшись в обратную сторону, уже с храбростью, порожденной присутствием рядом товарища, я двинулся снова к месту моего ужасного испытания. Вскоре мы заметили на полу пещеры нечто белое — заметно белее, чем известняк вокруг. Осторожно приблизившись, мы практически одновременно вскрикнули от изумления, поскольку из всех необычных монстров, каких доводилось видеть каждому из нас, этот был самым странным. Он выглядел как большая человекообразная обезьяна, отбившаяся, должно быть, от передвижного зверинца. Шерсть ее была белоснежной, выбеленной, без сомнения, чернильной чернотой пещерного подземелья, и удивительно редкой, но при этом на голове она росла роскошной копной и ниспадала на плечи. Черты лица этого существа, лежащего ничком, были скрыты от нас. Его конечности были неестественно вывернуты — впрочем, в них таилась разгадка смены поступи, на которую я обратил внимание раньше: очевидно, животное при передвижении использовало то все четыре, то лишь две опоры. Над подушечками пальцев нависали длинные, подобные крысиным когти. Конечности не выглядели цепкими — этот факт, как и безукоризненную белизну шерсти, можно объяснить долгим обитанием в пещере, о чем я уже упоминал. Хвоста у этого существа не было.

Его дыхание становилось все слабее, и проводник взялся за пистолет, чтобы прикончить зверя, но тот неожиданно издал звук, заставивший опустить оружие. Этот звук трудно описать. Он не походил на обычные звуки, издаваемые обезьянами, и возможно, объяснялся долгим воздействием безграничной и могильной тишины, потревоженной теперь бликами света, который странное существо не видело, вероятно, с тех пор, как забрело в пещеру. Более всего он напоминал невнятное бормотание.

Вдруг едва заметный спазм пробежал по его телу. Передние конечности дернулись, задние свело судорогой. Из-за этого белое тело перевернулось, и лицо существа оказалось обращено к нам. Ужас, застывший в его глазах, настолько поразил меня на какое-то время, что я не замечал ничего другого. Черные как смоль, эти глаза жутко контрастировали с белизной тела. Как у всех обитателей пещер, они были лишенные радужной оболочки и глубоко запали. Приглядевшись внимательнее, я обратил внимание, что челюсти менее выдаются вперед, чем обычно у приматов, и лицо почти без следов шерсти. Нос был совсем не как у обезьяны. Пока мы смотрели, словно завороженные, на это зрелище, толстые губы разжались, выпустив еще несколько звуков, после чего существо на полу пещеры успокоилось навсегда.

Проводник вцепился в рукав моего пальто и вздрагивал так сильно, что от его факела на стенах плясали причудливые тени. Я же неподвижно, но твердо стоял на месте, уставившись на пол пещеры.

Страх ушел, сменившись изумлением, благоговением и состраданием; ибо звуки, изданные сраженной мною жертвой, простертой перед нами на камнях, открыли удивительную истину. Странное создание, которое я убил, обитатель жуткого подземелья, было, во всяком случае когда-то давно, *человеком!*

# СТРАШНЫЙ СТАРИК

Анджело Риччи, Джо Чанек и Мануэль Сильва надумали заглянуть к Страшному Старику. Старик этот жил совсем один в очень древнем доме на протянувшейся вдоль побережья Водной улице и слыл чрезвычайно богатым и чрезвычайно немощным, что не могло не заинтересовать таких людей, как господа Риччи, Чанек и Сильва, ибо по роду занятий эти уважаемые джентльмены были грабителями.

Жители Кингспорта с глубокой убежденностью рассказывают о Страшном Старике много такого, что обычно оберегает его от внимания джентльменов вроде господина Риччи и его коллег, несмотря на явные свидетельства того, что где-то в затхлом ветхом жилище Старика спрятано значительное состояние. Он и впрямь производит весьма странное впечатление, и считается, что в свое время он служил капитаном на ходивших в Индию клиперах — такой старый, что никто не помнит его молодым, и такой неразговорчивый, что лишь немногие знают его настоящее имя. Во дворике перед входом в свой ветхий дом он разместил странный набор больших камней, причудливо расставленных и разукрашенных так, что они кажутся идолами из загадочного восточного храма. Эти камни отпугивают мальчишек, чье любимое занятие — дразнить Страшного Старика из-за его длинных белых волос и бороды или пулять чем попало в его маленькие окошки; но есть и нечто, нагоняющее страх и на любопытных постарше, которые иногда прокрадываются к дому, чтобы заглянуть в пыльные окна. Эти болтают, будто в первом этаже посреди пустой комнаты расставлены на столе диковинные бутылки и в каждой на веревочке подвешен наподобие маятника маленький кусочек свинца. Уверяют, что Страшный Старик разговаривает с этими бутылками, обращаясь к ним по именам — Джек, Меченый, Долговязый Том, Испанец Джо, Питерс и Напарник Эллис, и что всякий раз, как он обращается к той или иной бутылке, маленький свинцовый маятник внутри нее явственно покачивается, словно в ответ.

Те, кому довелось увидеть, как высокий, тощий Страшный Старик ведет эти своеобразные беседы, никогда больше не подсматривали за ним. Но Анджело Риччи, Джо Чанек и Мануэль Сильва не были коренными кингспортцами; принадлежа к новому, разнородному племени чужаков, которому чужды магические ритмы традиций и уклада жизни Новой Англии, они видели в Страшном Старике лишь нетвердо держащегося на ногах, почти беззащитного седобородого старца с беспомощно трясущимися худыми и слабыми руками, неспособного передвигаться без узловатой трости. При этом они по-своему даже жалели одинокого, никем не любимого старика, которого люди сторонились, а собаки яростно облаивали. Но бизнес есть бизнес, и для грабителяэнтузиаста очень старый и очень слабый человек, не имеющий счета в банке, но оплачивающий в деревенской лавке свои скромные потребности испанскими золотыми и серебряными монетами, отчеканенными два века назад, — сразу и соблазн и вызов.

Господа Риччи, Чанек и Сильва избрали для визита вечер 11 апреля. Г-н Риччи и г-н Сильва намеревались провести с несчастным старым джентльменом беседу, а г-н Чанек дожидался их (предположительно, с грузом металла) в крытом автомобиле на Корабельной улице, у ворот в высокой задней стене владений джентльмена, которому они нанесли визит. Желание избежать ненужных объяснений в случае внезапного вмешательства полиции склонило их запланировать тихое и скромное отбытие.

Как было условлено заранее, трое искателей приключений отправились на дело порознь, чтобы впоследствии избежать каких бы то ни было дурных подозрений. Господа Риччи и Сильва встретились на Водной улице у парадного входа во владения старика, и, хотя им не понравился вид разукрашенных камней, освещаемых луной сквозь пустившие почки ветви корявых деревьев, причиной их беспокойства были вовсе не беспочвенные суеверия. Они опасались лишь, что попытки принудить Страшного Старика к беседе о припрятанном золоте и серебре могут оказаться делом малоприятным, ведь немолодые морские капитаны особенно упрямы и несговорчивы. И все же он был очень стар и немощен, а посетителей двое. Господа Риччи и Сильва весьма поднаторели в искусстве развязывать языки людям, не расположенным к общению, а крики слабого человека весьма почтенных лет легко заглушить. Подойдя к единственному освещенному окну, они услышали, как Страшный Старик, словно играющий ребенок, толкует со своими бутылками с маятниками. Надев маски, они вежливо постучали в потемневшую от непогоды дубовую дверь.

На Корабельной улице г-ну Чанеку, беспокойно ерзавшему на сиденье крытого автомобиля у задней калитки владений Страшного Старика, ожидание казалось вечностью. Он был невероятно сердобольным, и его душу терзали ужасные крики, начавшие долетать из старинного дома почти сразу после урочного часа. А ведь он просил коллег обойтись с умилительно старым капитаном бережно! Он нервно следил за узкими дубовыми воротцами в высокой, увитой плющом каменной стене, то и дело поглядывая на часы и удивляясь задержке. Неужели старик умер, так и не открыв, где спрятано его сокровище, и потребовались тщательные поиски? Г-ну Чанеку не по душе было так долго ждать в темноте в этаком месте. Затем на дорожке за воротцами послышались мягкие шаги или постукивание, тихо скрипнула отодвигаемая ржавая задвижка, и узкая тяжелая дверь отворилась внутрь. В бледном свете одинокого тусклого уличного фонаря ему пришлось напрячь глаза, чтобы разглядеть, что именно его коллеги выносят из зловещего дома, выступавшего из мрака совсем рядом. Но увиденное не оправдало его ожиданий, ибо коллег там не оказалось — только Страшный Старик. Он спокойно стоял, опираясь на узловатую трость, и гадко ухмылялся. Г-н Чанек никогда прежде не обращал внимания на то, какого цвета глаза у этого человека; теперь он увидел, что они желтые.

В маленьких городках любое мелкое происшествие вызывает заметное волнение, поэтому нет ничего удивительного в том, что жители Кингспорта всю весну и лето обсуждали принесенные приливом три неопознанных трупа, страшно искромсанные, словно их рубили множеством сабель, и жестоко искалеченные, словно их топтало множество ног в жестких сапогах. Кое-кто обсуждал и вовсе пустяки — брошенный на Корабельной улице автомобиль или услышанные ночью теми из горожан, кто не спал, нечеловеческие крики, вероятно, какого-то приблудившегося зверя или случайно залетевшей диковинной птицы. Но Страшный Старик не проявлял ни малейшего интереса к этим праздным пересудам. Он по природе был нелюдим, а когда человек стар и немощен, его нелюдимость усугубляется. Кроме того, столь дряхлому мореплавателю в незапамятную пору его юности, несомненно, приходилось становиться свидетелем гораздо более сенсационных событий.

## В СКЛЕПЕ

На мой взгляд, глупо считать, что с простыми людьми никаких других историй, кроме банальных, случиться не может, а ведь именно так думают многие. Стоит вам упомянуть о некой деревеньке, населенной янки, где гробовщик, недотепа и бедолага, остался по неосторожности в склепе, и читатель непременно будет ждать от вас немудреного анекдота с легким налетом гротеска. Однако в весьма заурядной истории, приключившейся с Джорджем Берчем, которую теперь, после его смерти, я могу поведать читателям, есть нечто, в сравнении с чем даже мрачнейшие из трагедий покажутся жизнерадостными побасенками.

В 1881 году Берч неожиданно закрыл свое дело и сменил профессию, не распространяясь о причинах, побудивших его к этому. Молчал и его врач, старина Дэвис, теперь уже почивший в бозе. Считалось, что болезнь Берча явилась следствием пережитого шока — в результате несчастного случая он оказался заперт в склепе на кладбище Пек-Уолли, где провел девять часов и выбрался откуда лишь с превеликим трудом. Все это чистая правда, но были в этой истории и другие, более мрачные подробности; как-то Берч, будучи мертвецки пьян, поведал мне о них. Думаю, он рассказал мне всю правду потому, что я был его врачом, к тому же после смерти Дэвиса его неодолимо тянуло поделиться с кем-нибудь еще. Ведь он был старый холостяк — ни родных, ни близких.

До 1881 года Берч оставался деревенским гробовщиком, но даже среди людей этой профессии выделялся своей черствостью и примитивностью. Качество его работы оставляло желать лучшего и сегодня никого бы уже не удовлетворило, по крайней мере в городах, но думаю, что и жители Пек-Уолли содрогнулись бы, узнай они, как бессовестно ловчит этот мастер ритуальных услуг, когда ему заказывают дорогую обивку, невидную на дне гроба, или с каким небрежением укладывает покойников в их последнее пристанище. Нет сомнений, Берч был неряшлив, равнодушен к людскому горю, никуда не годился в профессиональном отношении, и все же, мне кажется, он не был злым человеком. Просто он был от природы груб — туповатый, ленивый, жадный, что и привело впоследствии к несчастью, которого могло бы и не случиться. У него напрочь отсутствовало воображение, которое не позволяет рядовому обывателю, получившему хоть какое-то воспитание, выходить за общепринятые рамки приличия в своем поведении.

Я не мастер рассказывать истории и поэтому не знаю, с чего начать свое повествование. Может, всего уместнее начать с того холодного декабря 1880 года, когда земля промерзла до такой степени, что могильщики поняли: до весны им не выкопать ни одной могилы. Деревушка, к счастью, была небольшая, умирали не часто, и потому все клиенты Берча могли найти себе временный приют в старом общем склепе. Наш гробовщик от холодной погоды вовсе разленился и, кажется, превзошел в халатности самого себя. Еще никогда не сбывал он таких утлых и нескладных гробов и совсем не обращал внимания на проржавевший засов склепа, дверцей которого он то и дело хлопал с вызывающей небрежностью.

Наконец пришла весна, и для девятерых умолкших навеки заложников зимы, терпеливо ждавших в склепе часа своего упокоения, были выкопаны могилы. Берч, хоть и не любивший хлопот, связанных с погребением мертвецов, все же одним ненастным апрельским днем начал перевозить гробы, но прекратил работу еще до полудня по причине сильного дождя, беспокоившего лошадь. Он успел доставить к месту вечного приюта одного лишь Дариуса Пека, девяностолетнего старца, чья могила была недалеко от склепа. Берч решил, что перевезет остальных завтра, начав с низкорослого Мэтью Феннера, чья могила также была неподалеку, но проканителился целых три дня, вплоть до пятнадцатого — до Страстной пятницы. Лишенный всяких предрассудков, он не побоялся работать в святой день, хотя впоследствии его никакими силами нельзя было заставить чем-либо в такие дни заниматься. События того вечера, несомненно, очень его изменили.

Итак, пятнадцатого апреля, в пятницу пополудни, Берч впряг лошадь в повозку и направился к склепу, чтобы перевезти гроб с телом Мэтью Феннера. Он не скрывал впоследствии, что был несколько навеселе, хотя тогда еще не пил горькую, как позднее, когда хотел забыться. У него просто немного кружилась голова, отчего он вел себя еще безалабернее обычного, чем раздражал чуткую лошадь. Берч гнал ее к склепу, стегая кнутом, а она ржала, била копытом и мотала головой, как и в тот день, когда им помешал дождь. Было сухо, но дул сильный ветер, и Берч поспешно отпер железную дверь и забрался в склеп, одна сторона которого примыкала к склону холма. Многим было бы не по себе в этом сыром, затхлом помещении, где в беспорядке стояли восемь гробов, но не отличавшегося тонкостью чувств Берча заботило лишь одно — не перепутать гробы и поместить каждого в его могилу. Он еще помнил шумный скандал, который закатили переехавшие в город родственники Ханны Бигсби, когда решили перевезти ее прах на городское кладбище и обнаружили под могильным камнем останки судьи Кепуэлла.

В склепе было темновато, но Берч обладал хорошим зрением и не спутал гроб Асафа Сойера с нужным ему, хотя они почти ничем не отличались. Собственно, вначале гроб этот предназначался для Мэтью Феннера, но получился такой нескладный и шаткий, что Берч, вспомнив, как этот щуплый старичок был добр и щедр к нему, когда пять лет назад Берчу грозило разорение, неожиданно для себя, в приступе какой-то странной сентиментальности, отставил его в сторону. Для Мэтта он сколотил самый лучший гроб, на какой только был способен, однако, поскупившись, сохранил и отвергнутый, приспособив его для Асафа Сойера, когда тот скончался от лихорадки. Сойер был недобрым человеком, о его дьявольской мстительности и злопамятстве ходили легенды. Поэтому Берч не испытал никаких угрызений совести, сплавив ему эту развалюху, которую сейчас и отпихнул с дороги в поисках гроба Феннера.

Но как только он отыскал его, дверь вдруг с шумом захлопнулась, оставив гробовщика почти в полной темноте. Свет едва пробивался сквозь узкую фрамугу да вентиляционное отверстие над головой, и Берчу пришлось пробираться к двери на ощупь, то и дело останавливаясь и спотыкаясь о гробы. Он долго громыхал во мраке проржавевшими задвижками, бился о железные панели, удивляясь, отчего это дверь стала такой неподатливой. Наконец правда открылась ему, и тогда он отчаянно закричал, но его услышала только лошадь, издав в ответ неодобрительное ржание. Засов, к которому он относился столь небрежно, окончательно заклинило, и незадачливый гробовщик, жертва собственной беспечности, оказался запертым в склепе.

Это событие произошло в полчетвертого пополудни. Берч, по природе человек флегматичный и трезвый, вскорости перестал вопить и принялся искать инструменты, которые, как он помнил, лежали где-то в углу склепа. Сомнительно, чтобы он в полной мере прочувствовал весь ужас и фатальность ситуации, однако его основательно раздражал сам факт заточения, столь грубо выключивший его из жизни деревни. Дневной распорядок полностью нарушен, одно ясно: если его не выручит какой-нибудь праздный гуляка, придется провести здесь всю ночь, а может, и больше. Отыскав наконец инструменты и выбрав из них молоток и стамеску, Берч снова пробрался между гробами к двери. Дышать было совершенно нечем, но он не обращал на это внимания, пытаясь справиться с массивным железным засовом. Он отдал бы многое сейчас за фонарь или хотя бы свечу, но за неимением их трудился изо всех сил почти в полной темноте.

Поняв, что с засовом ему не справиться — особенно теми инструментами, которыми он располагал, — Берч огляделся в поисках другого выхода. С одной стороны склеп был врыт в склон холма, и узкая вентиляционная труба проходила через толстый слой земли, что делало абсолютно невозможной попытку выбраться через нее. Однако можно было попытаться расширить узкую фрамугу, расположенную в фасаде строения, прямо над дверью. Берч долго ее разглядывал, прикидывая, как бы до нее добраться. Лестницы в склепе не было, а ниши для гробов, расположенные с трех сторон, которыми, кстати, Берч никогда не пользовался, также были для него бесполезны. Подняться наверх можно было, только составив лестницу из самих гробов, и Берч стал прикидывать, как лучше это сделать. Уже три гроба, поставленные один на другой, давали ему возможность дотянуться до фрамуги, но с четырьмя, считал он, будет удобнее. Все гробы были одного размера, взгромоздить их один на другой не представляло труда, но требовалось покумекать, как поставить все восемь, чтобы «лестница» была поустойчивей. Размышляя обо всем этом, он пожелал себе, чтобы его изделия оказались попрочнее. Однако у него не хватило воображения пожелать также, чтобы они были пустыми.

В конце концов он порешил, что в основание «лестницы» лягут три гроба, установленные параллельно стене, на которые он поставит еще два ряда по два гроба в каждом, а сверху у него будет еще один. Это сооружение позволит без труда взобраться на него, даст устойчивость и нужную высоту. Но потом Берчу показалось, что лучше оставить в основании только два гроба, а один держать в запасе на тот случай, если с четырех ступеней ему будет трудно выбраться наружу. И вот наш узник начал трудиться в темноте, созидая свою миниатюрную вавилонскую башню и обращаясь при этом весьма бесцеремонно с безмолвными останками своих односельчан. От его усилий некоторые гробы уже трещали, и тогда для большей уверенности Берч решил поставить на самый верх прочный гроб Мэтью Феннера. Не доверяя глазам, он попытался отыскать на ощупь и почти сразу же наткнулся на него. Это была великая удача, так как Берч непредусмотрительно запихнул его в третий этаж.

Воздвигнув наконец свою башню, Берч решил дать передышку натруженным рукам и немного посидел на нижней ступени этого мрачного сооружения. Затем, прихватив с собой инструменты, с превеликой осторожностью взгромоздился на самый верх и оказался прямо на уровне фрамуги. Она была со всех сторон выложена камнем, и следовало изрядно потрудиться, чтобы сделать из этой щели достаточно большой лаз. Лошадь при стуке молотка как-то странно заржала; в ее ржании слышались не то издевка, не то одобрение. Уместно было и то и другое. С одной стороны, стать узником сего ветхого строения — какой убийственный сатирический комментарий к тщете человеческих усилий! С другой стороны, стремление выбраться из западни, несомненно, заслуживало всяческого уважения.

Наступивший вечер застал Берча за работой. Теперь он совсем уже ничего не видел — за облаками померк даже свет луны, но все же воспрянул духом, так как щель значительно увеличилась. Он был уверен, что к полуночи сумеет выбраться, и к этой уверенности не примешивалось никакой суеверной робости. На него никак не влияли ни время, ни место, ни странное общество у него под ногами. Он со стоическим спокойствием отбивал камень за камнем, тихонько поругиваясь, когда осколки попадали ему в лицо, но от души расхохотался, когда один попал в лошадь, уже давно бившую в остервенении копытом у кипариса. Лаз понемногу увеличивался, и Берч время от времени делал попытку в него пролезть — при этом гробы под ним шатались и скрипели. Он уже понял, что ему не придется ставить еще один гроб — щель была на досягаемом уровне.

Только в полночь Берч решил, что теперь-то уж наверняка пролезет в отверстие. Усталый и вспотевший, он спустился вниз и присел отдохнуть, чтобы набраться сил для последнего рывка. Голодная лошадь непрерывно ржала, и в этом ржании было нечто настолько жуткое, что даже Берчу стало не по себе. Он уже не чувствовал того подъема, который испытал, уверившись в близком спасении, теперь он опасался, что, раздавшись с возрастом в боках, всетаки не сможет пролезть в дыру. Вновь взбираясь на поскрипывающие гробы, Берч мучительно ощущал собственный вес, а поднимаясь на последний, услышал угрожающий треск, недвусмысленно говоривший, что крышка проломилась. Зря он, видимо, понадеялся на лучшее свое изделие: стоило ему только встать на него, как гнилые доски треснули, и Берч провалился в гроб. Лошадь, испуганная то ли шумом, то ли усилившимся зловонием, издала отчаянный звук, который и ржанием-то нельзя было назвать, и понеслась куда-то в ночную тьму, таща за собой громыхающую тележку.

Берч понял, что положение его аховое — теперь дыра была значительно выше его груди, но, собрав все силы, решился на отчаянную попытку. Уцепившись за край фрамуги, он попытался подтянуться, однако что-то мешало ему, казалось, его крепко держат за ноги. Тут он впервые за все время испытал страх и изо всех сил постарался освободиться от непонятной помехи, но на ноги будто гири навесили. Внезапно он почувствовал резкую боль, как если бы в лодыжку впилось что-то острое. Берч, несмотря на весь свой ужас, объяснил для себя эту боль вполне естественными причинами, полагая, что у треснувшего гроба обнажились гвозди или расщепленные углы. Он, должно быть, кричал, уж во всяком случае, отчаянно брыкался, почти теряя сознание.

Наконец страшным усилием воли Берч вырвался из западни, протиснулся в щель и рухнул на сырую землю. Он не мог, как выяснилось, идти и пополз, волоча окровавленные ноги и конвульсивно впиваясь ногтями в могильную землю, а выглянувшая из облаков луна освещала эту жуткую картину. Берч полз к домику кладбищенского сторожа, тело у него было ватным, а движения замедленными, как в ночном кошмаре. Никто не гнался за ним, во всяком случае, когда Армингтон, ночной сторож, услышав царапанье, открыл дверь, кроме Берча, за нею никого не было.

Армингтон уложил Берча на свободную кровать и послал своего сына Эдвина за доктором Дэвисом. Больной был в полном сознании, но ничего не объяснял, повторяя только что-то вроде: «Мои ноги... пусти... один в склепе». Пришедший со своим неизменным саквояжем и ободряющими словами доктор распорядился снять с несчастного верхнюю одежду и башмаки. Его раны (обе лодыжки в области ахиллова сухожилия были зверски истерзаны, как будто из них вырвали по изрядному куску мяса), казалось, озадачили и даже напугали старого врача. Он с волнением расспрашивал больного о случившемся, дрожащими руками постарался побыстрее обработать и забинтовать раны, не в силах глядеть на это жуткое зрелище.

В вопросах, которые Дэвис задавал гробовщику, звучал плохо скрываемый страх, похоже, он хотел выпытать у своего пациента — что было совсем нехарактерно для старого врача — все до мельчайших подробностей о кошмарном ночном приключении. Его особенно интересовало, уверен ли Берч, что на самом верху стоял тот самый гроб, и как он сумел отыскать его в темноте, точно ли это был гроб Феннера и как ему удалось отличить его от того, в котором покоился зловредный Асаф Сойер. И мог ли так внезапно треснуть гроб Феннера? Деревенский врач Дэвис видел, конечно, оба гроба во время похорон и, конечно же, посещал Феннера и Сойера незадолго до их смерти. И помнил свое изумление на похоронах Сойера: как это он поместился в гроб, сделанный по размерам тщедушного Феннера?

Через два часа доктор ушел, посоветовав Берчу говорить всем, что поранил ноги о гвозди и острые углы. Кому придет в голову что-нибудь другое? Лучше помалкивать и не обращаться к другим врачам. Берч так и сделал, я же со своей стороны, осмотрев после его откровений старые, бледные уже шрамы, согласился, что это был мудрый совет. Берч навсегда остался хромым — связки так полностью и не восстановились, — но, полагаю, самый большой ущерб понесла его душа. Психическое здоровье гробовщика заметно пошатнулось, больно было видеть, как бывший увалень и флегматик вздрагивает при одном лишь упоминании о пятнице, склепе, гробе и подобных вещах. Его напуганная лошадь вернулась-таки домой, но его разум в прежнем виде не возвратился к нему. Он сменил работу, но так и не обрел покоя. Возможно, его мучил страх, возможно, на этот страх позднее наложилось раскаяние в совершенных грехах. Желая забыться, он пристрастился к спиртному.

Той ночью, оставив Берча, доктор Дэвис, взяв с собой фонарь, направился к склепу. При свете луны он увидел разбросанные осколки камней и изуродованный фасад строения. Дверца склепа легко поддалась, едва он дотронулся до нее. Насмотревшийся всего в операционных, доктор смело вошел внутрь и огляделся. Но от тяжелого зловония и открывшегося перед ним зрелища у доктора перехватило дыхание. Он громко закричал, крик перешел в еще более ужасный хрип. В следующее мгновение он уже несся к сторожке и там, забыв все правила профессиональной этики, разбудил пациента и, тряся его, возбужденно и прерывисто зашептал нечто такое, что обожгло уши гробовщика, будто с шипением изрыгаемый яд.

«Это был Асаф! Так я и думал! Я хорошо помню, у него не хватало переднего зуба. Заклинаю, не показывай никому свои раны — там есть эти отметины. Труп почти разложился, но злобное выражение на его лице... на его бывшем лице... видно и сейчас... Ведь это сущий дьявол. Помнишь, как он разорил старого Раймонда, и это через тридцать лет после спора о границе между их участками! Или как безжалостно раздавил он прошлым летом укусившего его щенка! Сущий дьявол, Берч! Он может мстить и из гроба. Спаси меня, Боже, от его мести!

Зачем ты сделал это, Берч? Конечно, он был негодяй, и я не виню тебя за этот бракованный гроб, но все же ты зашел слишком далеко. Экономить, конечно, не грех, но ведь старина Феннер был такого маленького роста!

Этого зрелища я никогда не забуду. Брыкался ты, видать, здорово — гроб Асафа валяется на земле, череп расколот, кости раскиданы. Всякого я насмотрелся, но такого не упомню! Жуткое зрелище! Бог свидетель, ты, Берч, получил по заслугам. Череп заставил меня содрогнуться, но то, что я увидел потом, было во сто крат хуже: *содранное с твоих лодыжек мясо лежит в бракованном гробу Мэтта Феннера!*»

# НАТУРА ПИКМЕНА

Не нужно считать меня безумным, Элиот, у многих найдутся предрассудки похлеще моего. Ты же не высмеиваешь деда Оливера, не желающего ездить в автомобиле. И если это поганое метро мне не нравится, я имею на это полное право, в любом случае на такси мы добрались сюда быстрее. Не пришлось лезть со станции на горку от Парковой.

Я знаю, что кажусь теперь куда более нервным, чем год назад, когда мы встречались с тобой в последний раз. Не надо разводить здесь целую клинику. Как знает Господь, тому была бездна причин, и я могу только радоваться, что сохранил рассудок. При чем тут третья степень алкоголизма? Не будь таким любопытным.

Ну хорошо, если тебе суждено это услышать, у меня нет причин возражать. Может быть, я даже должен это сделать после тех горестных писем, которыми ты, словно расстроенный папаша, начал оделять меня, узнав, что я оставил Клуб искусств и держусь подальше от Пикмена. Теперь, когда он пропал, я вновь стал заглядывать в бутылку — время от времени, но нервы, понимаешь, нервы шалят.

Нет, я не знаю, что произошло с Пикменом, и не желаю даже догадываться. Должно быть, ты сообразил, что я расстался с Пикменом, кое-что разузнав о нем, — потому-то я и знать не хочу, что с ним случилось.

Пусть рыщет полиция — им едва удастся обнаружить нечто существенное, они не узнали даже о квартире его в Нортэнде, той, которую он снимал под фамилией Питерс. Я и сам не уверен, что смогу отыскать ее... и не желаю пытаться, даже при ярком солнечном свете. Да, я знаю, точнее боюсь, что знаю, почему он заслужил такую судьбу. Я сейчас объясню. И думаю, ты поймешь, почему я не обращаюсь в полицию; еще прежде, чем я закончу рассказ, они будут просить меня проводить их, а я не пойду в этот дом, даже если сумею вспомнить, где он находится. Там было такое... Теперь я не могу пользоваться подземкой и — смейся, пожалуйста, на здоровье — спускаться в погреба.

Думаю, ты представляешь, что я оставил Пикмена не по глупой прихоти, не со старушечьего страха — как это сделали доктор Рейд, или Джо Минот, или Росуорт. Жуткое искусство меня не шокирует, и когда я встречаюсь с человеком, обладающим гениальностью Пикмена, я почитаю за честь познакомиться с ним, куда бы ни отправляли зрителей его работы. В Бостоне не рождалось художника более великого, чем Ричард Антон Пикмен. Я это говорил тогда, скажу и теперь, я не оставил этого мнения, даже когда он выставил «Пир упырей». Это было, когда Минот, помнишь, порезал его.

Ты знаешь, нужно обладать глубочайшим мастерством и проникновением в суть природы, чтобы писать такие вещи, как Пикмен. Любой мазилка, малюющий обложки для журналов, может наляпать краски на холст и обозвать получившееся кошмаром или шабашем ведьм, даже портретом нечистого, но только из-под кисти великого художника может выйти нечто истинно странное и правдоподобное. Дело в том, что лишь настоящий художник может постичь истинную анатомию ужасного и физиологию страха, точные очертания и пропорции, совпадающие с тем, что твердит нам дремлющий инстинкт и наследственные воспоминания, знающие и верные световые контрасты, и цвет. Не надо объяснять тебе, почему от картин Фузели мурашки бегут по коже, а обложка дешевой книжонки о призраках вселяет смех. Такие мастера способны ухватить нечто вневременное, а потом заставить нас поверить себе. Так было с Доре. Это есть у Симэ. И у Ангаролы из Чикаго. И Пикмен обладал этим умением в такой мере, как никто до него, и дай-то Боже, чтобы и после.

Не спрашивай у меня, как они это видят. Ты знаешь, и в обычном искусстве есть разница между тем, что живет и дышит, как положено Богом, и всякими фокусами, высосанными из пальца в пустой студии коммерческого успеха ради. Или, если сказать иначе, по-настоящему жуткие картины должны порождаться видениями, являющими художнику истинное, что творится в окружающем нас мире духов. И тогда мастер рисует такое, что отличается от приторных фантазий халтурщика, как произведения истинного живописца от изделий учащегося заочной школы рисунка. Если бы хоть однажды увидеть то, что открывалось Пикмену... Избави Боже! Давай-ка выпьем, прежде чем пускаться дальше. Боже, да меня бы и в живых не было, если бы только я увидел этого человека... если это и впрямь был человек.

Ты помнишь — сила Пикмена была в лицах, я не верю никому после Гойи, умевшего вложить в жуткую физиономию или гримасу истинный ад. Ну а до Гойи — взять хотя бы средневековых трудяг, создававших горгульи и химеры для Нотр-Дам и Мон Сен-Мишель. Они верили в существование многого, а значит, и видели многое, ведь в Средневековье были свои любопытные фазы. Я помню, ты сам спрашивал у Пикмена за год примерно до твоего отъезда, где, в каких громах и молниях сумел он подсмотреть свои идеи и видения. Помнишь, каким гаденьким смешком он отделался от тебя? Из-за этого-то смешка Рейд и оставил его. Рейд, как ты помнишь, только что занялся сравнительной патологией и так раздувался от всей «внутренней сути» — биологического и эволюционного смысла различных умственных или физических симптомов. Он сказал, что Пикмен день ото дня вселяет в него все большее отвращение, даже стал пугать в последнее время, и что ему это не нравится. Он поговорил тогда еще о диете и сказал, что Пикмен должен быть безумцем и сумасбродом высшей степени. Наверное, это ты и намекнул Рейду — если вы с ним переписывались, — что ему необходимо либо более не видеть картин Пикмена, либо как-то обуздать собственное воображение. И я прекрасно помню, что сам тогда говорил ему.

Но помни, сам-то я оставил Пикмена вовсе не за такое. Напротив, мое восхищение им все продолжало расти — ведь «Пир упырей» был истинным шедевром. Ты помнишь, клуб не захотел выставлять его, а Музей изящных искусств не принял даже в качестве подарка; могу добавить — никто не хотел покупать эту картину, так что Пикмен держал ее в доме до самого конца. Теперь она у его отца в Салеме — ты знаешь, в жилах Пикмена текла еще та старая салемская кровь, какую-то из его прародительниц повесили как ведьму в 1642 году.

Я стал частенько захаживать к Пикмену, особенно после того, как начал делать заметки для монографии о жутком искусстве... Быть может, именно его работы и вложили мне в голову эту идею, и когда я приступил к делу, Пикмен оказался просто источником сведений и предложений. Он показал мне все свои картины и рисунки, находившиеся у него, в том числе и наброски пером, за которые его мгновенно вышибли бы из клуба, проведай кто о них. Вскоре я сделался едва ли не почитателем его и мог, словно школьник, часами внимать его разглагольствованиям... Философические размышления эти и искусствоведческие теории достойны были истинного обитателя денверского сумасшедшего дома. И мое почитание — тем более что люди старались по возможности не иметь с ним дела — делало Пикмена откровенным... так что однажды вечером он намекнул, что, если я буду держать язык за зубами и не подожму хвост, он покажет мне нечто особое... куда более сильное, чем осмеливался он держать в доме.

«Сам знаешь, — пояснил он, — есть вещи, которые не годятся для Ньюбери-стрит, они здесь неуместны и не могут даже быть здесь созданы. Мое дело — подмечать обертоны души, а что можно уловить среди домов-выскочек, выстроившихся вдоль искусственной улочки спланированного района? Бэк-Бэй — это не Бостон... еще ничто вообще; эти кварталы не обрели еще памяти, не привлекли к себе духов. Найдись здесь какой-то призрак, он непременно окажется тихоней с соленого болота, из мелкой лужи... а мне нужны духи людей, способные увидеть ад и понять его.

Художник может обитать только в Нортэнде. Любой искренний эстет должен уйти в трущобы, навстречу традициям масс. Боже мой! Неужели же непонятно, что эти улицы не созданы человеком, они выросли сами. Поколения сменяли друг друга, жили, радовались жизни и умирали — тогда не боялись жить, радоваться и умирать. А ты знаешь, что в 1632 году на Копсхилл была мельница, а половина улиц города была замощена в 1650-м? Я могу показать дома, простоявшие два с половиной столетия, дома, перед которыми свершалось такое, от чего современные коробки рассыпались бы в прах. Что мы ныне знаем о жизни, о силах, управляющих ею? Мы называем колдовство салемских ведьм иллюзиями, но я держу пари — моя четырежды прабабушка могла бы кое-что рассказать. Ее повесили на Гэллоуз-хилл, Висельной горе. А святоша Котон Матер благосклонно глядел на казнь. Матер, черт бы его побрал, вечно боялся, что хоть кто-то вырвется из проклятой клетки монотонного бытия... Жаль, что никто так и не испортил его, не высосал ночью всю кровь из жил.

Могу показать даже дом, где он жил, и еще один дом — куда он так и не посмел войти, невзирая на все смелые речи. Он знал такое, чего не смел поместить в дурацких «Magnalia»* и детских «Чудесах невидимого мира». Кстати, а ты знаешь, что некогда весь Нортэнд был пронизан туннелями, соединяв-

* Чудеса (*лат.*).

шими дома некоторых людей друг с другом... и с морем и кладбищем? Пусть на земле творятся суд и казнь, но внизу вне досягаемости каждый день происходило другое, и по ночам давились хохотом загадочные голоса.

Видишь ли, клянусь, что в любых восьми домах из каждых десяти, построенных до 1700 года и не перестраивавшихся после этого, в погребе обязательно обнаружится нечто странное. И месяца не проходит, чтобы в газетах не написали о рабочих, обнаруживших заложенные кирпичами арки или колодцы, ведущие в никуда. При разрушении старого дома... ну вот хотя бы на Кучерской в прошлом году. Там жили ведьмы, туда являлись призванные ими духи, пираты приносили туда добычу, контрабандисты тащили товар, заходили каперы... Говорю тебе: в прежние времена люди умели жить и наслаждаться жизнью. И это был единственный мир, который мог познать смелый и мудрый... ха! И представь себе для контраста нынешний день... Эти молочно-розовые создания, которых — избранных, даже художников — повергают в неизменное отвращение творения, выходящие за рамки вкусов, принятых за чаем в домах на Маячной!

Единственное, за что еще можно благодарить нынешний день, так это за то, что он не слишком приглядывается к былому. Что говорят нынешние карты и книги, путеводители Нортэнда? Ба! Берусь, не задумываясь особо, провести тебя по трем или четырем десяткам улочек к северу от Принцевой, о которых не подозревает ни одна живая душа, кроме иностранцев, населяющих этот район. Ну а что они могут знать об этих улочках? Нет, Турбер, старинные закоулки эти дремлют, источают ужасы и чудеса, спасают от обыденности, и ни единой душе не понять этого и не извлечь какую-то выгоду. Ну, одна-то, впрочем, найдется — я ведь ковырялся здесь не за так!

Слушай, такие вещи тебя интересуют. А что, если у меня есть еще одна студия — в тех местах, где я могу вызывать ночных духов и рисовать такое, о чем нельзя даже подумать на Ньюбери-стрит? Естественно, нечего и думать, чтобы сказать об этом в клубе... Проклятый Рейд, черт бы его побрал, и так нашептывает повсюду, дескать, я какое-то чудовище, пытающееся развернуть эволюцию в обратную сторону. Да, Турбер, я давно уже понял, что ужасы, как и красоту, следует писать с натуры. И я искал поэтому в тех местах, где обитает ужас, — у меня были причины знать их.

Я разыскал угол, который, кроме меня, не видели и три живых арийца. Дом стоит не так далеко от наземки. Но для души — отстоит на века. Я снял этот дом из-за старинной кирпичной стены в погребе — как раз из тех, о которых я тебе говорил. Лачуга еле держится, поэтому там никто не хочет жить, и мне стыдно даже говорить, как мало я плачу за нее. Окна забиты, да оно и к лучшему, дневной свет не для того, чем я там занимаюсь. Рисую я в погребе... там вдохновение гуще. Но наверху есть несколько комнат. Дом принадлежит какому-то сицилианцу, я снимаю его под фамилией Питерс. Ну, если ты еще не сдрейфил, могу прихватить сегодня вечером. Думаю, картины тебе понравятся, говорю же — там я могу кое-что позволить себе. Дорога не дальняя, иногда я хожу туда пешком; знаешь, не хочется привлекать внимание к этому дому появлением такси.

Сядем на автобус на Южной станции до Батарейной — оттуда недалеко».

Ну, Элиот, после таких слов мне не осталось ничего, только сдерживаться, чтобы немедленно не броситься за первым же кэбом. На Южной станции мы пересели на наземку и около двенадцати часов уже спускались по ступенькам к Батарейной, а потом повернули вдоль старого порта, мимо верфи «Конституция». Я не следил за поперечными улицами и не могу сказать, где мы свернули, знаю только, что это была не Гриноу-лейн.

Но когда мы свернули, пришлось пробираться вверх по самому старинному и грязному переулку из всех, что мне приходилось видеть... Осыпающиеся островерхие крыши, разбитые крохотные окошки, наполовину обвалившиеся древние трубы пальцами тыкали в лунное небо. Думаю, что там не нашлось бы и трех домов, которых не мог видеть Котон Матер... Во всяком случае, два оказались с блоками наверху. Однажды мне показалось, что я заметил очертания горбатой крыши почти забытого теперь типа, хотя любители старины и утверждают, что в Бостоне их не осталось.

Из этого еще все-таки чуть освещенного переулка мы свернули в другой, куда более узкий, где света не было вовсе, и через какую-то минуту, как мне кажется, под тупым углом свернули направо... Вскоре после этого Пикмен извлек фонарик и осветил им допотопную дверь с десятью панелями, казавшимися изрядно источенными червяком. Отперев ее, он впустил меня в пустую прихожую, на стенах которой еще держались остатки дубовой обивки времен Андроса и Фиппса... и салемских ведьм. А потом пригласил в открытую дверь налево, зажег масляную лампу и велел располагаться как дома.

Ну, Элиот, человек я из тех, которых в уличном просторечии называют «крутыми», но признаюсь честно: то, что оказалось на стенах, смутило меня, — я говорю про его картины, те, что он не смел рисовать на Ньюбери-стрит и даже показывать там. Он был прав, когда говорил, что здесь «позволяет себе». Вот — пей же — я сейчас не могу не выпить.

Бесполезно даже пытаться передать их содержание, потому что беззаконный, кощунственный ужас, немыслимая мерзость и моральный смрад исходили буквально из любого мазка, не поддаваясь оценке разума. В технике его не было ничего экзотического, как и у Сидни Симэ... никаких транссатурнийских ландшафтов и лунных грибов, которыми Кларк Эштон Смит умеет заморозить кровь в жилах. Фоном по большей части служили церковные дворы, дремучие леса, утесы у моря, кирпичные туннели, старинные комнаты с обшитыми деревом стенами или просто каменные подвалы. Кладбище на Коппсхилл, расположенное где-то неподалеку, было одним из излюбленных сюжетов.

Всю жуть и безумие источали фигуры на переднем плане — с жутким мастерством Пикмен рисовал то, что вне сомнения можно было назвать портретами бесов. Фигуры редко были человеческими — только в различной степени к ним приближались. По большей части тела их были двуноги, сужались к груди и чем-то напоминали собак. Кожа их чаще казалась гадкой... резиновой, что ли. Ух! До сих пор вижу их! Заняты они были... лучше не расспрашивай меня чем. Обычно они ели — не буду говорить что. Иногда группами они оказывались на кладбище или в подземном коридоре и частенько как бы ссорились над добычей — точнее, над сокровищем. И какую же проклятую экспрессивность иногда придавал Пикмен незрячим лицам этой кладбищенской добычи! Иногда твари его запрыгивали в окна ногами, восседали на груди спящих, теребя их горло. На одном холсте целая стая их облаивала ведьму, повешенную на Гэллоуз-хилл; лицо ее было сродни их собственным.

Только не подумай, что я там лишился чувств из-за одной только мерзкой темы в столь подробном развитии. Лица эти были... лица, Элиот, жуткие проклятые лица, наглые, слюнявые, насмехавшиеся на холсте в полном подобии жизни! Бог мой, да я был готов поверить в то, что они живые! Мерзкий колдун сумел влить адово пламя в свои краски, а кисть его, словно волшебная палочка, порождала кошмар за кошмаром. Дай сюда бокал, Элиот!

Была там одна штука, под названием «Урок»... Господи, помилуй мя за то, что видел ее! Представь себе кружок этих безымянных человекопсов на церковном дворе, обучающих ребенка питаться тем же самым, что и они! Подменили, значит... Помнишь старые сказки, о том, как эльфы оставляют своих подкидышей в детских колыбельках, а детей крадут? Вот Пикмен и показал, что случается с этими украденными детьми — как они растут. Тут я начал замечать ужасное сходство между человеческими лицами и этими мерзкими физиономиями.

Через все градации мерзости он устанавливал явную связь между полностью нечеловеческими рылами и еще сохранившими в себе нечто людское. Его псовидные твари порождены были смертными!

И едва я подумал, а что же, по его мнению, происходит с молодью этих человекособак, подкинутой в людские дома, как мой глаз сразу же наткнулся на картину, посвященную этой теме. Передо мной была комната в старинном пуританском доме; потолок с тяжелыми балками, окна со ставнями... семейство слушает отца, читающего Писание. На каждом лице написано почтение и благородство, только на одном — злонравие преисподней. По летам молодой человек, вне сомнения, считался сыном этого благочестивого отца, но в сущности своей был родней тем нечистым тварям. Вот тебе их подкидыш — и в порядке высшей иронии Пикмен придал наглому юнцу собственные черты.

Тем временем Пикмен уже зажег свет в соседней комнате и, вежливо придерживая дверь, пригласил познакомиться с его последними работами. Высказать свое мнение я был не в силах — испуг и отвращение буквально лишили меня речи, — но, как мне кажется, он все понял и чувствовал себя польщенным. Тем не менее хочу еще раз напомнить тебе, Элиот, что я не из тех хомяков, что зальются визгом, увидев нечто чуточку отличающееся от привычных канонов. Я человек немолодой, достаточно повидавший, и, мне кажется, еще во Франции ты мог понять, что меня не так легко потрясти. Помни — я уже вроде пришел в себя, даже привык к этим странным картинам, делавшим из колониальной Новой Англии отделение ада. И невзирая на все это, на пороге следующей комнаты я завопил... мне пришлось вцепиться в дверь, чтобы не упасть. В оставшемся позади помещении стаи упырей и ведьм населяли мир наших предков, но новая комната наполняла ужасами нашу повседневную жизнь. Боже, что это был за художник! Одна картина называлась «Случай в подземке». Стая мерзких тварей лезла из неведомой катакомбы через щель, разверзшуюся в полу станции Бойлстон-стрит, первые уже набрасывались на толпу людей на платформе. На другой картине изображена была бесовская пляска на Коппсхилле, каким он предстает перед нами сегодня. А потом пошли сцены из жизни подземелья, и чудовища лезли через дыры и трещины, ухмылялись из печей и бочонков, поджидали жертву, затаившись под лестницей.

Один отвратительный холст изображал огромный разрез Маячного холма; подобные муравьям смрадные чудища сновали по пронизавшим землю ходам. Потом опять пошли пляски на современных кладбищах, а за ними оказалась картина, потрясшая меня более прочих, — дело происходило в неведомой гробнице. Стая тварей окружала одну, державшую в лапах известный путеводитель по Бостону и явно читавшую выдержки из него вслух. Всех явно развлекал какой-то пассаж, и физиономии были искажены столь гулким эпилептическим хохотом, что мне уже начало казаться, будто дьявольское эхо доносится и до меня. Подпись под картиной гласила: «Так Холмс, Лоуэлл и Лонгфелло погребены в Осенней горе».

Постепенно отрываясь от стен, привыкая к наполнявшей второй зал дьявольщине и мерзости, я начал помаленьку анализировать причины тошнотворного отвращения. Во-первых, говорил я себе, твари эти отвратительны потому, что Пикмен показал их в предельной бесчеловечности и злорадной жестокости. Этот художник наверняка безжалостный враг всего человечества, иначе откуда такое наслаждение муками плоти и мысли, деградацией моральных основ? Во-вторых, картины ужасны потому, что великолепны. Искусство их убеждало... и на картинах, вселяя страх, представали сами демоны. Странно было и что Пикмен не прибегает к внешним эффектам: никаких искажений, ничего расплывчатого. Все контуры четки, очертания наполнены жизнью, детали проработаны почти с болезненной точностью. И еще эти лица!

Передо мной представала не какая-то интерпретация художника; пандемониум во всей своей мерзости, кристально четкий, наглядный и реальный. Реальный, клянусь Небом! Этот человек не был ни романтиком, ни фантастом — он и не думал передавать зрителю смутные видения и химеры, просто спокойно и деловито, невозмутимо, с холодным сердцем и насмешкой на устах открывал тот стабильный и механический, вполне устоявшийся мир ужасов, который ему виделся... полностью, без пропусков и искажений, во всем бесовском разгуле. Один Господь знает, где он подглядел этот мир, откуда взял кощунственные формы, ползавшие, бегавшие и прыгавшие по нему. И, каким бы неожиданным ни оказался источник этих видений, ясно было одно: с точки зрения замысла и исполнения Пикмен был внимательным, дотошным реалистом, проявляя почти наукоподобную верность деталям.

Хозяин мой уже спускался в погреб — в свою студию, — и я приготовился уже к новым адским мукам среди неоконченных работ его. Когда, сойдя по влажной лестнице, мы достигли дна, он посветил фонариком в угол, обнаружив там кольцо, выложенное из кирпича в земляном полу, — там некогда находился колодец. Приблизившись к нему, я заметил, что он был футов в пять поперечником, стенки в добрый фут толщиной выступали из земли дюймов на шесть... Добротная работа, семнадцатое столетие, если я не ошибся. Вот, проговорил тогда Пикмен, об этом он и рассказывал... Передо мной лежал вход в сеть туннелей, пронизывающих весь холм. Я праздно отвечал, что, судя по виду, его не собирались закладывать, и наиболее подходящей крышкой может послужить деревянная. Представив себе, какие твари могут вынырнуть из нее, если безумные намеки Пикмена не пустая риторика, я слегка поежился, а затем, поднявшись на ступень, следом за хозяином вошел в узкую дверь, за которой оказалась довольно просторная комната с деревянным полом, отделанная под студию. Необходимый для работы свет давал ацетиленовый рожок.

Неоконченные работы, стоявшие на мольбертах или прислоненные к стенам, были столь же гнусны, как и законченные — наверху, и во всех подробностях характеризовали одержимость художника. Сцены компоновались с предельной тщательностью, карандашные линии свидетельствовали о дотошности, с которой Пикмен выдерживал правильную перспективу и пропорции. Он был великий человек, я повторю это и теперь, зная все. Внимание мое привлекла большая фотокамера на столе, и Пикмен пояснил, что использует ее для точного выполнения фона, что вполне можно рисовать виды с фотографий, а не торчать с мольбертом в нужном месте. Фотография, с его точки зрения, поставляла вполне доброкачественный материал для дальнейшей работы. По его словам, к этой методе он прибегал регулярно. В тошнотворных набросках и различных полуоконченных чудищах, что пялились на меня отовсюду, виднелось нечто очень тревожное. И когда Пикмен вдруг открыл огромный холст в затененном углу, я не сумел подавить вопля — второй раз за всю эту ночь. Отражаясь от сводов, звук загулял по древнему затхлому подземелью, и мне пришлось изрядно потрудиться, чтобы подавить истерический хохот. Благословенный Творец! Элиот, не знаю, что там было порождено реальностью, а что лихорадочной фантазией. Только думается, что земле не вынести подобного сна.

Передо мной было колоссальное безымянное богохульство с горящими красными глазами, и в костистых пальцах оно вертело некую штучку, оказавшуюся человеком, и обсасывало его голову, как дитя карамельку на палочке. Оно пригибалось к земле и, казалось, вот-вот бросит свою добычу ради кусочка послаще. Но, будь он проклят, не сам этот дух злобы вызвал столь самозабвенный ужас, — нет, не собачья морда его, не остроконечные уши, не налитые кровью глаза, не плоский нос, не оттопыренные губы и не чешуйчатые лапы, не тело, покрытое гнилью, не раздвоенные копыта... нет, хотя любой из этих подробностей достаточно было, чтобы свести с ума человека более возбудимого.

Это была техника, Элиот, проклятая, кощунственная, сверхъестественная! Я и сам — живое существо, но мне никогда не приходилось видеть, чтобы дыхание жизни находило такое отражение на холсте. Передо мной было чудовище — яростно глядя, оно глодало. Глодая, оно жутко глядело, а я понимал, что, только отменив законы природы, может человек написать подобную вещь без натуры... не заглянув хотя бы в тот самый мир, куда нельзя ступить никому, не продавшему душу дьяволу.

К свободному участку холста был пришпилен кнопкой свернувшийся в трубочку листок бумаги... Я подумал, что это фотография, с которой Пикмен собирался написать фон, не менее мерзкий, чем гнусность, которую это окружение должно было подчеркнуть. Я потянулся, чтобы развернуть его, но вдруг Пикмен вздрогнул, словно подстреленный. После того как вырвавшийся у меня в потрясении крик пробудил к жизни необычное эхо, он все прислушивался с особой внимательностью и теперь казался даже испуганным, но не так, как я, — в физическом плане, а не в духовном. Он достал револьвер и жестом приказал мне молчать, а затем шагнул в главное помещение подвала, закрыв за собой дверь.

Кажется, на миг я словно окаменел. Повторяя движения Пикмена, я прислушался; мне представилось, что вдали — непонятно с какой стороны — раздается визг и какой-то топот. Мне представились огромные крысы, я поежился. А потом послышался негромкий стук, от которого по телу мурашки пошли, нерешительный, неуверенный, хотя я не могу передать словами то, что имел в виду. Словно бы дерево или кость стучала по кирпичу... деревом по кирпичу... не копытом ли?

Звук повторился, становясь громче. Пол задрожал — словно дерево упало рядом. А после этого послышался скрежет. Пикмен выкрикнул какую-то тарабарщину и с оглушительным грохотом разрядил револьвер, все шесть патронов — так укротитель львов стреляет в воздух, чтобы произвести впечатление. Негромкий визг... потом стук и опять деревом по кирпичу... и после недолгой паузы отворилась дверь. Признаюсь, меня передернуло. Пикмен появился с дымящимся револьвером и принялся проклинать крыс, докучавших ему в подвале.

«Черт знает, что они здесь едят, Турбер, — ухмыльнулся он, — но эти старинные туннели выходят и на кладбище, и к морю, и к ведьмину логову. Твой крик всполошил их, так я думаю. Надо быть поосторожнее в этих старинных местах — крысы здесь единственный недостаток, хотя иногда мне кажется, что они усиливают впечатление, создают соответствующую атмосферу».

Вот так, Элиот, и завершилось ночное приключение. Пикмен обещал показать мне это место и показал. Обратно он повел меня другим путем, тоже через путаницу переулков, и когда мы заметили первый фонарь, то оказались на полузнакомой улице с ровными рядами доходных домов и старинных сооружений. Это оказалась Чартер-стрит, но я был слишком потрясен, чтобы заметить, в каком именно месте мы вывернули на нее. Для наземки было чересчур поздно, и мы пошли вниз в город по Ганновер-стрит. Помню я ту прогулку. С Тремонт мы поднялись на Маячную, и Пикмен оставил меня на углу Радостной, куда я свернул. Более мне не приходилось говорить с ним.

Почему я оставил его? Не торопись, подожди, я пока позвоню, чтобы принесли кофе. Этого зелья с нас уже хватит, но душа еще просит чего-то... Нет, причиной тому были не все эти картины, хотя, клянусь тебе, за них его бы выставили из каждого девятого из десяти домов и клубов Бостона; я думаю, теперь ты не удивляешься, почему я стараюсь держаться подальше от подземки и погребов. Дело было в том, что обнаружилось в кармане моего пальто на следующее утро. Помнишь свернувшееся в трубочку фото на жутком холсте в погребе, я-то решил тогда, что с него он будет перерисовывать фон для чудовища. Я как раз начал развертывать его, и тут этот испуг... словом, я в рассеянности отправил фото к себе в карман. Вот кофе... Элиот, будь умницей, не надо разбавлять его.

Вот тебе причина, по которой я расстался с Пикменом... эта бумажка. Ричард Антон Пикмен, величайший художник из всех, о ком я слышал... И самая грязная тварь из тех, что топтали пределы жизни, прячась в рытвинах мифа и безумия. Элиот, старина Рейд оказался прав. Пикмен был не совсем человек. Или он родился под странной тенью, или научился отпирать запретные ворота. Теперь это безразлично, он исчез — вернулся в пределы мрака, которые так любил. Эй, дай-ка сюда подсвечник.

Не спрашивай, что я сейчас скажу. Не спрашивай у меня и что там за шум был в погребе, когда Пикмен удачно свалил все на крыс. Знаешь, некоторые тайны восходят аж к салемским временам, а Котон Матер рассказывал еще более странные вещи. Ты помнишь, насколько живыми казались картины Пикмена и как все мы гадали, откуда берет он свои жуткие лица?

Ладно... На фотографии этой не было никакого фона, он просто перерисовал с нее чудище на холст. Оно позировало — а позади была только стенка погреба во всех подробностях. И клянусь Господом, Элиот: фотография была снята в том самом подвале.

# ЦВЕТ ИНОГО МИРА

К западу от Аркхема холмы становятся круче, и здесь много долин с густыми лесами, где никогда не гулял топор. Здесь темные узкие лощины, на крутых склонах которых чудом удерживаются деревья, а в узеньких ручейках даже в летнюю пору не играют солнечные лучи. На пологих склонах стоят старые фермы, древние и каменные, с приземистыми и заросшими деревянными постройками, хранящими вековечные тайны Новой Англии; сейчас все они опустели, широкие трубы растрескались, а покосившиеся стены едва удерживают громоздящиеся сверху мансарды.

Старожилов уже не стало, а чужаки здесь не прижились. Здесь пытались селиться франкоговорящие канадцы, затем итальянцы, потом поляки — они приезжали, но затем уезжали. Вовсе не потому, что что-то услышали или увидели, а потому, что чего-то вообразили. В этом месте воображение пробуждалось и рождало мрачные фантазии, лишающие спокойного сна. Из-за этого чужаки и спешили уехать прочь, хотя старый Эмми Пирс не рассказывал им ничего из того, что помнит о тех странных днях. Эмми, с годами ставший совсем чудной, единственный, кто продолжает жить здесь и иногда рассказывает о тех странных днях; да и то осмеливается делать это лишь потому, что через поле за его домом можно быстро добраться до постоянно оживленной дороги, ведущей в Аркхем.

Когда-то по холмам и долинам проходила дорога, ведущая прямо через опаленную пустошь; но теперь она давно заброшена, а новая дорога огибает пустошь с юга. Следы прежней сохранились среди запустения и останутся, даже когда большинство низин будут затоплены ради нового водохранилища. Темный лес вырубят, а опаленная пустошь окажется под голубой водной гладью, в которой отражается небо и рябью расходятся отблески солнца. И тайны тех странных дней присоединятся к тайнам, покоящимся на дне; присоединятся к скрытым знаниям древнего океана и тайнам первобытной земли.

Когда я отправился по холмам и долинам наметить границы будущего водохранилища, меня предупредили, что это место, где обитает зло. Разговоры о пустоши я слышал еще в Аркхеме, но поскольку этот старинный городок полон преданий о ведьмах, я решил, что это болтовня того типа, что бабушки нашептывают своим внукам. Название «опаленная пустошь» показалось мне странным и каким-то театральным; непонятно, как оно могло попасть в предания благочестивых пуритан. Затем мне довелось увидеть здешнюю темную мешанину речных долин и крутых склонов, и я стал серьезнее относиться к древним тайнам этого края. В пустоши я оказался утром, но все покрывала густая тень. Деревья росли слишком близко друг к другу, и стволы у них были слишком толстыми для нормального, здорового леса Новой Англии. Под их кронами было слишком тихо, а земля после долгих лет запустения стала мягкой и покрылась мхом.

На открытых местах вдоль прежней дороги сохранились заброшенные фермы; в некоторых уцелели и дома, и все пристройки, в других — дом и несколько сараев, а кое-где остались лишь труба или погреб. Здесь царствовали сорняки и вереск, и что-то неуловимо дикое чудилось в этой поросли. Во всем ощущалось беспокойство и вместе с тем уныние, прикосновение нереального и гротескового, словно неведомая сила исказила перспективу или контрастность. Неудивительно, что все иностранцы не задерживались здесь — спать в таких местах действительно невозможно. Местность очень походила на пейзажи Сальватора Розы; походила на гравюру, иллюстрирующую нечто запретное, прилагающуюся к ужасной истории.

Но все это не шло ни в какое сравнение с самой опаленной пустошью. Я понял это, как только оказался в низине посреди просторной долины; ибо никакое иное название этому месту не подошло бы, а другую впадину так не назвали бы. Словно бы некий поэт посетил сей необычный край и чеканно выдал определение. Можно было подумать, что пожар очистил здесь землю, но почему затем на пяти акрах так ничего и не выросло и они зияли среди полей, как проеденное кислотой большое серое пятно? Пустошь тянулась к северу от заброшенной дороги, но немного заползала и на другую сторону. Мне не хотелось приближаться к ней, но та задача, ради которой я здесь оказался, не позволяла ее обойти. Тут не росло ни травинки, а землю покрывали груды серой пыли или пепла, почему-то не разметаемые порывами ветра. По краям пустоши росли чахлые, низкие деревья, а на границе попадались омертвевшие или догнивающие на корню стволы. Я прибавил шаг, заметив справа остатки кирпичной кладки от печной трубы и входа в погреб и черный зев заброшенного колодца, над которым застоявшиеся пары причудливо искажали блики солнечного света. Даже полоса темного мрачного леса в сравнении с пустошью казалась приветливым местечком, и боязливые перешептывания жителей Аркхема перестали казаться мне удивительными. Поблизости не было каких-либо других домов или руин — наверное, с давних пор это место считалось глухим и уединенным. Возвращаясь в сумерках, я не решился вновь пересечь пустошь и добрался до города проходящей южнее дорогой. При этом полное отсутствие облаков тревожило меня, ибо некая странная обеспокоенность все глубже проникала в мою душу из бескрайнего небесного простора.

Вечером я поинтересовался в Аркхеме у стариков об опаленной пустоши и что за «странные дни», о которых стараются не говорить. Внятного ответа я не получил, но понял, что тайна довольно свежего происхождения. Здесь было замешано не древнее предание, а события, имевшие место при жизни моих собеседников. Это случилось в восьмидесятые годы, и некая семья то ли исчезла, то ли была убита. Старики путались в своих воспоминаниях, но все как один просили не принимать всерьез бредовые россказни старого Эмми Пирса. К нему я и наведался следующим утром, узнав, что он живет один в старом шатком доме, бревна которого уже начали распухать. Его жилище на вид казалось ужасно древним, от него исходил гниловатый запах, характерный для домов, простоявших слишком долго. Мне пришлось стучать понастойчивее, но когда старик наконец вышел к двери, нельзя было сказать, что мое появление его совсем не обрадовало. Выглядел он не таким дряхлым, как я ожидал, но глаза его были странно потуплены, а неряшливая одежда и запущенная борода красноречиво свидетельствовали, что он ведет одинокий образ жизни и ни с кем не общается.

Не зная, как его разговорить, я сделал вид, что некая информация потребовалась мне для дела; рассказал ему о прогулке по окрестностям и задал несколько вопросов вообще о здешних краях. Он оказался человеком неглупым и гораздо более образованным, чем меня уверяли, во всяком случае не хуже любого другого, с кем я беседовал на эту тему в Аркхеме. В отличие от других местных жителей, с которыми я общался, проживающих в местах затопления, Эмми не возражал против того, что многие акры полей и лесов окажутся под водой, хотя, возможно, потому что его дом был недалеко от дороги, вне границ будущего озера. По нему даже было заметно, что он испытывает облегчение; облегчение вызывал у него тот факт, что мрачные долины, исхоженные им за долгую жизнь вдоль и поперек, наконец исчезнут. Лучше, чтобы они оказались под водой, сказал он. После тех странных дней — лучше, чтобы их затопило. На этом откровении его сиплый голос перешел в шепот, он наклонился и погрозил кому-то указательным пальцем правой руки.

После чего я и услышал эту историю. От его тихого бормотания, иногда переходящего в шепот, меня не раз пробирал озноб, хотя день выдался по-летнему жарким. Мне приходилось часто прерывать старика, чтобы уточнять высказывания ученых, которые он запомнил без понимания их, и восстанавливать порядок событий, когда он вдруг перескакивал и логичность изложения пропадала. Когда он закончил свой рассказ, я уже не удивлялся, что память его подводила, а старики в Аркхеме и вовсе не желали говорить об опаленной пустоши. Я торопился вернуться в отель до заката, чтобы не бродить по глухой местности в свете одних лишь звезд, а наутро выехал в Бостон, предполагая никогда больше сюда не возвращаться. У меня не было ни малейшего желания снова идти через полумрак темного леса или еще раз увидеть серую опаленную пустошь, черный зев колодца и остатки кирпичной кладки возле него. Скоро здесь будет водохранилище, и все тайны окажутся на его дне. Но даже тогда я постараюсь не оказываться в окрестных долинах ночью, а тем более при зловещем сиянии звезд; и если мне доведется еще раз побывать в Аркхеме, я ни за что не стану там пить водопроводную воду.

Все это началось с метеорита, сказал старый Эмми. А до того в наших местах каких диковинных легенд и слухов не было давно, наверное, со времен охоты на ведьм, и даже тогда этих западных лесов и вполовину так не боялись, как маленького острова на Мискатонике, где дьявол вершил суд возле древнего каменного алтаря, установленного там еще до индейцев. В здешних лесах ничего страшного не обитало, и до тех странных дней их фантастический полумрак не вызывал ни у кого ужаса. Но как-то днем на небо выплыло большое облако, послышались взрывы в воздухе, а над долиной за лесом поднялся столб дыма. К вечеру весь Аркхем знал, что с неба на ферму Нейхема Гарднера упала огромная скала и провалилась в землю возле колодца. В ту пору посреди нынешней опаленной пустоши стоял дом — ухоженный белый дом Нейхема Гарднера, окруженный цветниками и фруктовым садом.

Нейхем направился в город рассказать о камне и по дороге заглянул к Эмми Пирсу. Эмми тогда было около сорока, поэтому все странности он усваивал очень хорошо. На следующее утро Эмми с женой отправились вместе с тремя профессорами из Мискатоникского университета на ферму Нейхема, чтобы посмотреть на странного посетителя из неизведанных далей межзвездного пространства, и ученых удивило, что Нейхем днем раньше назвал камень огромным. «Он уменьшился», — сказал Нейхем и указал на большой светло-бурый холм на земле и обгоревшую вокруг него траву возле архаичного колодца, снабженного журавлем, на дворе его фермы; но ученые мужи возразили, что камни не уменьшаются. От камня все еще исходил жар, и, по словам Нейхема, ночью он чуть заметно светился. Профессора постучали по нему геологическим молотком и обнаружили, что он мягкий, почти как пластмасса; они скорее отщипнули, чем откололи кусочек, чтобы забрать в университет для исследований, и унесли его в старой бадье, позаимствованной на кухне Нейхема, поскольку и маленькая частица метеорита отказывалась охлаждаться. На обратном пути ученые заглянули к Эмми, чтобы передохнуть, и оказались озадачены замечанием миссис Пирс, что кусочек стал меньше и постепенно прожигает днище бадьи. Кусочек и в самом деле был небольшой, но возможно, что им только показалось, что он был больше, когда его отщипнули.

На следующий день — а происходило все это в июне 1882 года — профессора всей гурьбой в большом волнении отправились на ферму. Заглянув по дороге к Эмми, они рассказали ему, какие фокусы выделывал кусочек метеорита, прежде чем полностью исчез после того, как его поместили в стеклянную колбу. Колба тоже исчезла, и ученые мужи рассуждали о сродстве странного камня с кремнием. Он вел себя в их образцовой лаборатории невероятным образом. Никак не отреагировал на нагревание на древесном угле и не выявил поглощенных газов; капля буры не дала никакого результата; проявил полное безразличие к нагреву до высокой температуры, включая даже кислородо-водородную сварочную горелку. Оказался легко ковким, и в темноте было зафиксировано его свечение. Упрямо отказывался охлаждаться, что вызвало в университете настоящий переполох; спектроскоп выявил в нем яркие группы полос, не соответствующих никаким известным веществам, что породило высказывания о новых элементах, причудливых оптических свойствах и прочих вещах такого рода, какие говорят озадаченные ученые, когда не хотят признавать, что столкнулись с неведомым.

Несмотря на то, что образец был горячий, его поместили в тигель и проверили на реакции со всеми надлежащими реагентами. Вода не оказала никакого воздействия. Соляная кислота точно так же.

Азотная кислота и царская водка шипели и брызгались из-за температуры его неуязвимой поверхности. Эмми с трудом припоминал это, но узнал некоторые названия, когда я перечислил применяемые в таких случаях растворители. Среди них были нашатырный спирт и едкий натр, спирт и эфир, вонючий двусернистый углерод и дюжина других; и хотя за время исследований он стал еще меньше и немного остыл, в составе растворителей не обнаружилось никаких изменений, показывающих, что они вступили во взаимодействие с веществом. Несомненно, это был металл. Как минимум, это вещество обладало магнитными свойствами; и после погружения в кислотные растворители на нем удалось заметить слабые следы видманштеттеновых фигур, какие находили на метеоритном железе. Когда образец стал менее горячим, исследования стали проводить в стеклянных колбах; и в стеклянную колбу сложили затем все мелкие кусочки, отделенные от исходного образца для проведения опытов. Наутро же как образец, так и его кусочки бесследно исчезли вместе с колбой, оставив на деревянной полке обгорелый след.

Все это профессора рассказали Эмми, задержавшись ненадолго возле его дверей, и он снова отправился с ними посмотреть на каменного посланца со звезд, на сей раз без жены. Метеорит вполне заметно уменьшился, и даже скептически настроенные ученые не могли отрицать того, что видели. Вокруг худеющей коричневой глыбы возле колодца образовалось пустое пространство с впадинами, из-за чего земля местами осыпалась, а ширина глыбы, вчера составлявшая семь футов, стала меньше пяти. Она по-прежнему была горячей, и мудрецы с любопытством изучили ее поверхность, затем с помощью молотка и стамески откололи еще один кусок, покрупнее. На сей раз они продолбили метеорит глубже и обнаружили, что его структура не вполне однородная.

Внутри они обнаружили нечто вроде крупной сверкающей глобулы, окруженной уже знакомым им веществом. Цвет ее, отчасти напоминающий некоторые группы полос исследованного накануне спектра, описать было почти невозможно; да и вообще назвать это цветом можно было лишь условно, из-за невозможности подобрать какое-то другое слово. Глобула была гладкой и, как показало постукивание, тонкостенной и полой. Один из профессоров врезал по ней молотком изо всей силы, и она с неприятным хлопком лопнула. Внутри нее не оказалось ничего, никакого вещества или газа, и сама она бесследно исчезла. На ее месте осталась полость около трех дюймов в диаметре, наводящая на мысль, что, возможно, в этом веществе скрыты и другие глобулы, которые откроются по мере испарения камня.

Строить догадки было бесполезно, так что после неудачных попыток буравить метеорит в поисках других глобул исследователи уехали, забрав с собой новый образец, который, как потом выяснилось, повел себя в лаборатории ничуть не лучше своего предшественника. Помимо того что он вел себя почти как пластмасса, был горяч, слегка светился, немного охлаждался в сильных кислотах, обладал уникальным спектром и испарялся на воздухе, он вступал в бурную реакцию с кремнием, в результате которой оба компонента просто исчезали. По результатам всех этих опытов ученые университета вынуждены были признать, что не могут классифицировать это вещество. Ничего подобного на Земле не встречалось, это был осколок из иного мира, наделенный непонятными иными свойствами и подчиняющийся иным законам.

В тот день вечером разразилась гроза, и когда на следующий день профессора в очередной раз приехали к Нейхему на ферму, их ждало горькое разочарование. У камня, обладавшего, как уже было установлено, магнитными свойствами, должно быть, оказалась специфическая притягательность для электричества, ибо, по словам Нейхема, он то и дело «притягивал молнии». За час фермер насчитал шесть вспышек, но когда гроза закончилась, от камня осталась только яма возле старого колодца, полузасыпанная из-за обвалившихся краев. Попытки копать ни к чему не привели, и ученые констатировали факт исчезновения метеорита. Им не оставалось ничего другого, как вернуться в лабораторию и продолжить исследования тающего с каждым днем обломка, который они хранили в свинцовом ящике. Он просуществовал неделю, за которую они так и не узнали ничего нового. Когда же он исчез, не оставив никакого следа, спустя какое-то время профессора уже и сами не были уверены в том, что видели своими глазами этот странный обломок из окружающих нас бездн пространства, этого одинокого таинственного вестника из иных вселенных, где царят иные законы материи, энергии и вообще существования.

Вполне естественно, что аркхемские газеты при поддержке университета устроили грандиозную шумиху по поводу метеорита и послали корреспондентов пообщаться с Нейхемом Гарднером и членами его семьи. Статью о метеорите напечатала и как минимум одна бостонская газета, после чего Нейхем стал местной знаменитостью. Это был худощавый, приветливый человек лет пятидесяти, проживающий с женой и тремя сыновьями на приятного вида ферме. Он и Эмми частенько заглядывали друг к другу в гости, как и их жены, и даже спустя полвека Эмми с теплотой отзывался о нем. Похоже, Нейхему немного льстило, что его ферма привлекла такое внимание, и в последующие недели он часто заводил речь о метеорите. Июль и август в том году выдались жаркими, и Нейхем целыми днями косил и заготавливал на зиму сено на десятиакровом пастбище по ту сторону Коробейниковского ручья, так что его дребезжащая повозка проложила туда глубокую колею. Работа утомляла его сильнее, чем в прошлые годы, и он решил, что начинает сказываться возраст.

Затем настала пора сбора урожая. Груши и яблоки неторопливо наливались соком, и Нейхем клялся, что такого урожая в его садах еще не бывало. Плоды выросли на удивление крупные и крепкие, и к тому же в таком изобилии, что пришлось заказать еще бочек для хранения и перевозки будущего урожая. Но когда все созрело, на Гарднера обрушилось первое разочарование, ибо среди всех этих великолепных на вид плодов не нашлось ни одного съедобного. К нежному вкусу груш и яблок оказалась примешана такая горечь, что даже самый маленький съеденный кусочек вызывал долгое отвращение. То же самое произошло с дынями и помидорами, и Нейхем с печалью осознал, что весь его урожай потерян. Будучи вполне сообразительным, он заявил, что метеорит отравил почву, и благодарил небеса за то, что большинство его посадок зерновых были на возвышенных местах в стороне от дороги.

Зима наступила рано и была очень холодной. Эмми виделся с Нейхемом реже обычного, но заметил, что тот выглядит озабоченным. Другие члены его семьи тоже как будто стали молчаливы и замкнуты, реже появлялись в церкви и на всяких общественных мероприятиях. Никаких явных причин для такой скрытности или меланхолии не было, хотя время от времени то один, то другой из Гарднеров жаловался на здоровье и нервное расстройство. Сам Нейхем высказал вполне определенную причину своего беспокойства: в округе фермы на снегу появились непонятные следы. Это были обычные следы белок, зайцев и лисиц, но погруженный в раздумья фермер утверждал, что они какие-то неправильные. Он не пытался объяснить это точнее, но полагал, что они не вполне соответствуют повадкам и анатомии белок, зайцев и лисиц. Эмми не обращал особого внимания на эту болтовню до тех пор, пока ему не довелось однажды возвращаться поздно вечером домой из Кларкс-Корнерз мимо дома Нейхема. Светила луна, и заяц перебежал дорогу, а прыжки этого зайца были такими длинными, что ни Эмми, ни его коню это не понравилось. Последний чуть было не пустился во весь опор, но Эмми, к счастью, его удержал. С тех пор он с большим доверием стал относиться к рассказам Нейхема и задумался, отчего собаки Гарднеров каждое утро кажутся запуганными. Сначала они просто жались по углам, а затем и вовсе как будто разучились лаять.

В феврале мальчишки Макгрегоров из Мидоу-хилл отправились охотиться на сурков и неподалеку от фермы Гарднеров подстрелили странного зверька. Пропорции его тела оказались неправильными, но как именно — описать это невозможно, а на мордочке застыло выражение, какого у сурков никогда прежде не бывало. Мальчишки перепугались и бросили его, поэтому все остальные узнали об этом только из их гротесковых рассказов. Однако то, что лошади возле дома Нейхема ускоряют шаг, заметили многие, и это положило основу легендам, окружающим это место.

Весной люди божились, что возле фермы Гарднеров снег тает гораздо быстрее, чем во всех остальных местах, а в начале марта в лавке Поттера в Кларкс-Корнерз состоялось очередное возбужденное обсуждение. Проезжая в этот день утром мимо фермы Гарднера, Стивен Райс обратил внимание на поросль скунсовой капусты, пробившуюся вдоль дороги там, где ее пересекала полоса леса. Ему никогда в жизни не доводилось видеть скунсовую капусту такого огромного размера и такого странного цвета, который невозможно описать словами. Вид у растений был отвратительный, и лошадь зафыркала, учуяв их аромат, который Стивену показался совершенно ни на что не похожим. Днем несколько человек съездили посмотреть на диковинку, и все согласились, что на здоровой земле такое не вырастет. Тут все вспомнили о пропавшем осенью урожае, и вскоре по всей округе расползся слух, что земля возле фермы Нейхема отравлена. Без сомнения, виноват был метеорит; и, вспомнив, что люди из университета рассказывали о нем удивительные истории, фермеры решили поговорить с ними о недавних событиях.

Наконец ученые снизошли до посещения фермы Нейхема, но, не имея склонности доверять легендам и диким россказням, оказались довольно консервативными в своем заключении. Растения действительно выглядят странно, но скунсовая капуста вообще обычно имеет странную форму и окраску. Возможно, какая-то минеральная составляющая метеорита и в самом деле попала в почву, но скоро она будет вымыта из нее. А что касается следов на снегу и испуга лошадей, то это обычные деревенские байки, порожденные, несомненно, таким редким научным явлением, как аэролит. Серьезному человеку не следует обращать внимание на эти дикие выдумки, рассчитанные на суеверных сельских жителей, готовых принять на веру любую чушь. И пока длились странные дни, профессора продолжали высокомерно придерживаться этой же позиции. Лишь один из них, когда спустя полтора года полиция дала ему для анализа две колбы с пылью, вспомнил, что цвет скунсовой капусты был в точности как одна из групп спектральных полос при исследовании на спектрометре кусочка метеорита, а также хрупкой глобулы, найденной в самом камне. Образцы пыли имели этот же цвет, однако со временем поблекли.

Почки на деревьях возле фермы Нейхема набухли раньше времени, и по ночам их ветки зловеще шелестели на ветру. Тадеуш, средний сын Нейхема, парень лет пятнадцати, клялся, что они раскачиваются и тогда, когда ветра нет, но даже заядлые сплетники не приняли его слова всерьез. Однако беспокойство словно витало в воздухе. Гарднеры приобрели привычку прислушиваться к чему-то, хотя и не слышали при этом каких-то звуков, которые могли бы опознать. В те мгновения, когда они прислушивались, их сознание словно бы отсутствовало. К сожалению, со временем это случалось все чаще, и вскоре окружающие утвердились во мнении, что «с семьей Нейхема что-то неладно». Когда расцвела камнеломка, цвет у нее был странный, но иной, не как у скунсовой капусты, однако в чем-то похожий и тоже такой, какого никто прежде никогда не видел. Нейхем отвез несколько цветов в Аркхем редактору «Газетт», но этот солидный господин снизошел лишь до того, что опубликовал шутливую статью о невежестве и суевериях сельских жителей. Нейхем совершил ошибку, рассказав солидному горожанину о том, что над этими камнеломками вились бабочки-траурницы огромного размера.

В апреле на окрестных фермеров что-то нашло и они перестали ездить по дороге, проходящей мимо фермы Нейхема, отчего та вскоре стала совсем заброшенной. Виновата была растительность. На плодовых деревьях распустились цветки странного цвета, а сквозь каменистую почву двора фермы и ближайших пастбищ пробились странные растения, которые, наверное, только ботаник смог бы соотнести с какой-то местной флорой. Лишь мелкая травка и листва остались зелеными. Вблизи фермы не было ни дерева, ни куста нормального цвета, во всем проглядывали различные вариации того самого нездорового цвета, прежде неведомого на Земле. «Штаны голландца», казалось, источали угрозу, а в извращенных цветах лапчатки виделось что-то порочное. Эмми и Гарднеры решили, что растительность цветом схожа с глобулой из метеорита. Нейхем вспахал и засеял десятиакровое пастбище и поле на холме, но не стал обрабатывать землю вокруг дома. Сажать что-либо здесь не имело смысла, и он лишь надеялся, что странная растительность высосет из земли всю отраву. Он был готов теперь к любым неожиданностям, но не мог избавиться от ощущения, будто рядом с ним кто-то прячется и ждет, чтобы его услышали. Конечно, на нем сказывалось то, что соседи избегали его; но еще больше это сказывалось на его жене. Сыновья от этого страдали меньше, поскольку каждый день ходили в школу; но они не могли оставаться равнодушными к сплетням. Тадеуш, самый впечатлительный из них, тяжело переживал из-за сложившегося отношения соседей к его семье.

В мае появились насекомые, и ферма Нейхема превратилась в жужжащий и шевелящийся кошмар. Большинство этих созданий казались не совсем обычными видом и размерами, а их ночное бодрствование противоречило всему прежнему опыту фермера. Гарднеры стали по ночам следить за окрестностями — вглядывались в окружавшую дом в темноту, со страхом выискивая сами не ведая что. При этом они убедились, что Тадеуш был прав, говоря о деревьях. Однажды, сидя у окна, миссис Гарднер посматривала на разлапистые ветви клена, отчетливо видные в лунную ночь. Эти ветви определенно покачивались, хотя никакого ветра не было. Несомненно, это проявляла себя жизненная сила самого дерева. Все растущее вокруг сделалось странным. Однако следующее открытие сделал человек, не имевший никакого отношения к семейству Гарднеров. Внимание их притупилось, и они не видели того, что сразу же заметил робкий продавец ветряных генераторов из Болтона, который проезжал мимо ночью, не ведая о местных сплетнях. Из того, что он рассказал в Аркхеме, сделали короткую заметку в «Газетт», а из нее об этом узнали окрестные фермеры и сам Нейхем. Ночь выдалась темная, фонари на крыльях пролетки были слабые, но когда коммивояжер спустился в долину фермы Нейхема, окружавшая его тьма стала менее густой. Вся растительность — трава, кусты, деревья — испускала тусклое, но хорошо различимое свечение, и в какой-то момент ему почудилось, что нечто особенно яркое шевелится во дворе возле сарая.

Пока что трава возле фермы казалась вполне нормальной, и коровы паслись неподалеку от дома, но к концу мая молоко у них испортилось. Тогда Нейхем перегнал стадо на пастбище на холме, после чего все пришло в норму. Но вскоре после этого изменения в траве и листве стали заметны для глаз. Зеленые растения становились серыми и делались чахлыми и ломкими. Из посторонних ферму посещал только Эмми, да и то все реже и реже. Когда школа закрылась на лето, Гарднеры фактически потеряли связь с внешним миром, но иногда поручали Эмми сделать чего-то в городе. Вся семья постепенно угасала как физически, так и умственно, и никто не удивился, когда по округе распространилась весть, что миссис Гарднер сошла с ума.

Это случилось в июне, почти через год после падения метеорита; несчастная женщина кричала, что видит что-то в воздухе, чего не может описать. Сама речь ее стала малопонятной, в ней не осталось ни одного существительного, только глаголы и местоимения. Это что-то двигалось, изменялось и колыхалось, а в ушах у нее звучали сигналы, не похожие на обычные звуки. У нее что-то отбирали... что-то из нее вытягивали... что-то наваливалось на нее, чего не должно было быть... что-то, что нужно прогнать... нечто, не дающее покоя по ночам... стены и окна перемещаются... Нейхем не стал отправлять ее в местную психиатрическую лечебницу и позволял ходить по дому, где ей вздумается, пока она не представляла угрозу для себя и для близких. Даже когда ее поведение переменилось, он не предпринял никаких шагов. Но когда сыновья стали боятся ее, а Тадеуш чуть не потерял сознание при виде тех гримас, которые она ему строила, Нейхем запер ее в мансарде. К июлю она совсем перестала разговаривать и передвигалась на четвереньках, а на исходе месяца муж с ужасом обнаружил, что она слабо светится в темноте, в точности как и вся растительность возле фермы.

Незадолго до того что-то обратило в паническое бегство лошадей. Что-то разбудило их среди ночи, отчего они громко заржали и принялись с ужасающей силой бить копытами в стойло. Не представляя, чем можно их успокоить, Нейхем отпер двери, они умчались прочь, как вспугнутые лесные олени. Лишь через неделю удалось найти всех четверых, но они оказались совершенно бесполезными и неуправляемыми. Что-то сломалось в их мозгах, и Нейхему пришлось из милосердия пристрелить их. Он позаимствовал у Эмми лошадь для перевозки сена, однако та не захотела приближаться к амбару. Лошадь упиралась, била копытами и ржала, так что в конце концов Нейхем отвел ее во двор и вместе с сыновьями дотянул тяжелую телегу к сеновалу. А растительность тем временем вся становилась серой и ломкой. Даже цветы, раскраска которых прежде была довольно странной, теперь приобрели сероватый оттенок, а созревающие фрукты сделались серыми, сморщенными и безвкусными. Астры и золотарник стали серыми и искривленными, а розы, циннии и алтеи внушали такой страх, что Зенас, старший сын Нейхема, все их посрезал. Странным образом раздувшиеся насекомые к этому времени почти все сдохли, и даже пчелы покинули ульи и улетели в лес.

К сентябрю вся растительность начала осыпаться, превращаясь в сероватый порошок, и Нейхем стал опасаться, что деревья погибнут раньше, чем почва очистится от отравы. Его жена теперь время от времени заходилась в истошном крике, отчего он и сыновья находились в постоянном нервном напряжении. Теперь они сами избегали людей, и когда в школе возобновились занятия, дети остались дома. Но только Эмми в один из своих нечастных визитов заметил, что вода в колодце испортилась. В ней появился очень плохой вкус, хотя она не сделалась ни зловонной, ни соленой, и Эмми посоветовал приятелю выкопать новый колодец на холме и пользоваться им, пока земля не очистится. Однако Нейхем проигнорировал это, поскольку уже стал менее восприимчив ко всякому странному и неприятному. Они продолжали использовать испорченную воду, запивать ею свою скудную и плохо приготовленную пищу и совершать безрадостный, механический труд, заполнявший все их бесцельно проведенные дни. Это было что-то типа бесстрастной покорности судьбе, словно бы они уже прошли половину пути в иной мир по охраняемому невидимыми стражами проходу к неотвратимой и уже хорошо знакомой им участи.

Тадеуш обезумел в сентябре, выйдя из дома к колодцу. Он вышел с ведром, а вернулся без ведра, крича и размахивая руками, принимаясь время от времени дурацки хихикать и бормотать что-то о «движущихся там, внизу, цветных пятнах». Двое сумасшедших в одной семье — тяжкое испытание, но сломить Нейхема было непросто. Неделю он позволял сыну разгуливать, где ему вздумается, пока тот не начал спотыкаться и падать. Тогда отцу пришлось запереть его тоже на мансарде, через коридор от матери. Их перекрикивания за запертыми дверями были ужасными, особенно для младшего сына, Мервина, которому казалось, что они разговаривают на каком-то жутком, неизвестном на Земле языке. Мервин становился все более впечатлительным, и его непоседливость значительно возросла, когда брат, его главный товарищ по играм, оказался заперт.

Примерно в то же время на ферме начали гибнуть животные. Куры и гуси приобрели серый цвет и быстро поумирали, а мясо их оказалось сухим и дурно пахло. Свиньи невероятно разжирели и претерпели внешние изменения, которые никто объяснить не мог. Их мясо, конечно же, оказалось несъедобным, и Нейхем оказался близок к отчаянию. Сельские ветеринары старались держаться подальше от фермы Гарднеров, а городской ветеринар из Аркхема смог только выразить свое полное недоумение. Свиньи стали серыми, их кости сделались хрупкими и поломались еще до того, как животные умерли, а глаза и мышцы невообразимо изменились. Это было необъяснимо, ибо все, что они ели, выросло за пределами фермы. Затем какая-то напасть поразила коров. Некоторые части тела, а иногда и все тело, выглядели странно ссохшимися или сдавленными, затем части тела ссыхались еще сильнее и иногда просто отваливались. На последней стадии болезни — всегда заканчивающейся смертью — животное становилось серым и хрупким, в точности как это было со свиньями. Отравиться они ничем не могли, поскольку коров держали в отдельном запертом сарае. Их не могли заразить вирусом через укус, ибо никакая из обитающих на земле тварей не проникла бы через надежные стены. Это могла быть только болезнь естественного происхождения, но что за болезнь способна вызвать подобные симптомы — никто не мог даже предположить. Когда пришла пора собирать урожай, на ферме не осталось ни одного животного, ибо птица и скот пали, а собаки сбежали. Собаки, все три, однажды ночью пропали, и больше о них никто не слышал. Пять кошек исчезли еще раньше, но на это никто не обратил внимания, ибо мыши перевелись уже давно, и только миссис Гарднер присматривала за своими любимцами.

Девятнадцатого октября Нейхем, пошатываясь, вошел в дом Пирсов с ужасающим известием. Несчастный Тадеуш умер в своей комнате в мансарде — при обстоятельствах, не поддающихся описанию. Нейхем вырыл могилу на обнесенном низкой изгородью семейном кладбище за фермой и опустил в нее жалкие останки. Ничто не могло попасть к его сыну снаружи — маленькое оконце и дверь выглядели целыми и невредимыми, — но точно так же было и в сарае со скотом. Эмми и его жена постарались, как могли, утешить его, хотя их самих пробирал страх. Казалось, что смертный ужас окутывает Гарднеров и все, к чему они прикасаются, а самое присутствие одного из них в доме было дуновением нечто неименованного и неименуемого. Эмми с трудом заставил себя проводить Нейхема и помог ему успокоить истерически рыдавшего Мервина. Зенасу никакое утешение не требовалось. В последнее время он только смотрел в никуда и безропотно делал все, что просил отец, и Эмми подумал тогда, что судьба к нему милосердна. Время от времени плачу Мервина вторил сверху чуть слышный вой, и Нейхем в ответ на вопросительный взгляд Эмми пояснил, что его жена очень ослабела. Эмми смог уйти оттуда только под ночь; но даже многолетняя дружба не могла заставить его остаться там, где растения светились в темноте, а деревья качали или не качали ветвями независимо от наличия ветра. К счастью для Эмми, он был не склонен к фантазиям; будь он сейчас способен сопоставить все факты и поразмыслить над ними, его бы захлестнуло безумие. Тем не менее, пока он спешил домой в сумерках, в его ушах все еще звучали вой сошедшей с ума женщины и плач разнервничавшегося мальчика.

Через три дня рано утром Нейхем вбежал на кухню Эмми и, не застав его, сбивчиво изложил еще одну страшную историю его жене, цепенеющей от ужаса. На сей раз про маленького Мервина. Он пропал. Вышел поздно вечером с фонарем и ведром за водой и не вернулся. До этого он целые дни плакал, не сознавая, что его окружает. Кричал от малейшего беспокойства. Со двора донесся отчаянный вопль, но когда отец вышел из дома, мальчик как сквозь землю провалился. Нейхем тогда решил, что фонарь и ведро он забрал с собой, но наутро, после бесплодных поисков в окрестных лесах и полях, заметил какие-то странные вещи возле колодца. Сплющенный и оплавленный кусок железа, несомненно, был остатками фонаря, а выгнутая ручка рядом с перекрученными железными обручами, похоже, было всем, что осталось от ведра. И больше ничего. Нейхем был на грани помешательства, миссис Пирс обомлела от ужаса, а Эмми, когда вернулся домой и выслушал этот рассказ, не знал, чего и думать. Мервин пропал, и бесполезно было звать на помощь соседей, которые давно уже сторонились Гарднеров. Пытаться найти помощь в Аркхеме тоже не имело смысла, там его только высмеяли бы. Теда не стало, и вот теперь пропал Мервин. Что-то подкрадывалось все ближе, ожидая, когда его увидят и услышат. Наверное, скоро та же участь постигнет и Нейхема. Он попросил Эмми позаботиться о его жене и Зенасе, если те его переживут. Должно быть, это некое наказание; хотя он не представлял, за что, поскольку всегда жил в страхе пред Господом и следовал всем Его установлениями.

Более двух недель Эмми не виделся с Нейхемом, а потом, обеспокоенный возможным дальнейшим развитием событий, преодолел свой страх и навестил Гарднеров. Из высокой трубы не вился дымок, и в какой-то момент гость предположил самое худшее. От самого вида фермы пробирала дрожь — сероватая увядшая трава и на ней такие же серые листья, ставшая хрупкой виноградная лоза осыпалась со старых стен и фронтонов, а огромные деревья, ставшие голыми, упрямо тянули к тусклому ноябрьскому небу ветви с подчеркнутой недоброжелательностью, которую Эмми ощущал, наверное, по какому-то особому наклону ветвей. Но Нейхем, тем не менее, был жив. Он обессилел и лежал на кушетке в низенькой кухне, но при этом был в полном сознании и способен давать указания Зенасу. На кухне стоял смертельный холод, и поскольку Эмми зябко ежился, хозяин хрипло прокричал Зенасу подбросить побольше дров. Дров и в самом деле следовало подбросить, поскольку в камине были лишь мрак и пустота, и только порывы холодного ветерка вздымали облачка пепла. Спустя некоторое время Нейхем поинтересовался, не согрелся ли его гость, и тогда Эмми все понял. Самый крепкий стержень наконец сломался, и сознание несчастного фермера отгородилось от новых бед.

Несколько тактичных вопросов не помогли Эмми выяснить, куда подевался Зенас. «В колодце... он живет в колодце...» — вот все, что твердил помешанный. Затем гость вдруг вспомнил о сумасшедшей жене и переменил тему. «Небби? Да она же здесь!» — удивленно отреагировал бедный Нейхем, и Эмми понял, что придется разбираться самостоятельно. Покинув друга, продолжавшего нести какую-то бессмыслицу, он снял с гвоздя около двери ключи и по скрипучей лестнице поднялся в мансарду. Там была теснота и мерзкий запах, и никаких звуков, по которым можно было бы сориентироваться. Из четырех дверей только одна оказалась заперта, ее он и стал пытаться открыть ключами из взятой им связки. Третий ключ подошел, и после нескольких секунд колебаний Эмми толкнул низкую, выкрашенную светлой краской дверь.

Внутри оказалось довольно темно, так как маленькое окошко, наполовину закрытое прибитыми деревянными брусками, почти не пропускало свет, и Эмми не смог ничего рассмотреть на полу из широких досок. Зловоние было настолько сильным, что, прежде чем продолжить, он отступил в комнату напротив и наполнил легкие приемлемым воздухом. Войдя наконец, он увидел что-то темное в углу, а присмотревшись внимательнее, в ужасе закричал. И пока он кричал, ему показалось, что какое-то липкое влажное облачко закрыло окно, а потом пронеслось мимо него, обдав его неким подобием бурлящего ненавистью пара. От странного цвета в глазах у него зарябило, и не будь он крайне напуган, то вспомнил бы о глобуле в метеорите, разбитой геологическим молотком, и болезненном окрасе растительности этой весной. Но Эмми не мог думать ни о чем, кроме чудовищного существа в углу, очевидно, разделившего судьбу Тадеуша и погибших животных. Самое ужасное, что оно медленно, но вполне заметно перемещалось, хотя и разваливалось на части.

Эмми не рассказал мне больше никаких подробностей, но то, что шевелилось в углу, в этой истории больше ни разу не упоминалось. Есть вещи, о которых не следует вообще говорить, и некоторые вполне человеческие поступки строго караются законом. Я пришел к заключению, что когда он покинул ту комнату в мансарде, в ней не осталось ничего, способного двигаться, ибо оставить там кого-либо, способного передвигаться, было бы тяжким грехом, обрекавшим того, кто его совершил, на вечные муки. Любой другой на его месте упал бы без чувств или потерял рассудок, но сей твердолобый фермер в полном сознании покинул и запер ту комнату, скрывавшую ужасную тайну. Теперь его внимание было обращено к Нейхему: его нужно было накормить, обогреть, а затем переместить куда-нибудь, где о нем позаботятся.

Начав спускаться по лестнице, Эмми услышал, как внизу что-то с глухим стуком упало. Он тут же вспомнил о своем крике и как его обдало подобием пара. Что пробудилось от его крика и посещения этой комнаты? Пораженный смутным страхом, он замер, прислушиваясь к звукам внизу. Глухой звук, словно что-то тяжелое волочили по полу, и отвратительнейшее чавканье и хлюпанье, будто что-то высасывали. С лихорадочным ужасом Эмми осознал все то, что происходило сейчас в комнате наверху. О Боже, неужели он столкнулся с чем-то из области фантазий? Он застыл посреди узкой лестницы, не осмеливаясь двигаться ни вперед, ни назад. Все мелкие подробности той сцены пронеслись в его голове. Звуки, гнетущее предчувствие страха, тьма, крутизна узких ступеней и — милосердный Боже! — слабое, но вполне заметное свечение всех деревянных предметов вокруг: ступеней, перекладин, опорных брусьев крыши и стенных перегородок.

Затем снаружи, во дворе, безумно заржала его лошадь, затем последовал топот копыт и грохот коляски, говорящие о том, что она убегает прочь. Через несколько мгновений топот и грохот стали почти не слышны — судя по всему, лошадь с коляской скрылись вдали, оставляя напуганного человека на темной лестнице гадать, что же могло так напугать Геро. Однако это было еще не все. Среди этого переполоха был другой звук. Что-то типа всплеска жидкости... воды... должно быть, в колодце. Он оставил Геро непривязанным возле колодца; покачнувшаяся коляска могла задеть каменную кладку по верху колодца и выбить какой-нибудь камешек. Внимание Эмми вернулось к тому, что деревянная постройка вокруг него неярко светилась. Боже, насколько древний этот дом! Основная его часть построена еще до 1670 года, а двускатная крыша сделана не позднее 1730-го.

Шаркающие звуки внизу стали более отчетливыми, и Эмми сжал в руках деревянную палку, которую для некоторых целей взял в комнате в мансарде. Стараясь держать себя в руках, он завершил спуск по лестнице и решительно направился на кухню. Однако до кухни не дошел, ибо того, за чем он шел, там уже не было. Оно двинулось ему навстречу и было еще в каком-то смысле живо. Само ли оно приползло сюда или было притащено некой внешней силой, Эмми сказать не мог, но смерть уже забирала его. Прошло всего лишь полчаса, но усыхание, обретение серого цвета и хрупкость зашли уже далеко. Хозяин дома уже распадался, окончательно усохшие куски тела отваливались. Эмми не решился прикоснуться к нему, но лишь смотрел с ужасом на искаженную пародию, прежде бывшую человеческим лицом.

— Что сделало это с тобой, Нейхем? — прошептал он. — Что это сделало?

Гарднер прохрипел сквозь распухшие и потрескавшиеся губы:

— Ничто... ничто... это цвет... он сжигает... холодный и влажный, но сжигает... он живет в колодце... Я видел его... Он вроде дыма... оттенка, как цветы этой весной... колодец по ночам светится... Тед и Мервин и Зенас... все живое... из всего живого высасывает жизнь... в том камне... должно быть, оно прибыло в том камне... и расползлось вокруг... не знаю, чего ему нужно... та круглая штука, которую ученые нашли в камне... они разбили ее... она была такого же цвета... того же самого, как у цветов и деревьев... должно быть, там были еще... семена... семена... они растут... я впервые увидел на этой неделе... должно быть, стало сильным, раз справилось с Зенасом... Он был крепкий парень, полный жизни... оно сначала сводит с ума, а затем подчиняет... сжигает нас... вода в колодце... ты был прав насчет нее... плохая вода... Зенас пошел к колодцу и не вернулся... не смог уйти... засасывает нас... утаскивает... ты знаешь, что будет, но пользы от этого нет... я снова видел его после того, как оно забрало Зенаса... где Небби, Эмми?.. у меня голова не соображает... не помню, как давно я кормил ее... оно заберет ее, если мы не помешаем... просто цвет... по вечерам у нее лицо такого же цвета... это сжигает и высасывает... оно прибыло откуда-то, где все совсем не такое, как здесь... мне сказал один из профессоров... он был прав... будь осторожен, Эмми, оно все еще жаждет... высасывает жизнь.

Это были его последние слова. То, что издавало звуки, не могло больше этого делать, потому что полностью распалось. Эмми накрыл останки красной клетчатой скатертью и вышел через черный ход — в поле. Поднялся по склону на десятиакровое пастбище и дорогой, проходящей севернее, двинулся через леса в сторону своего дома. Он не мог заставить себя пройти мимо колодца, от которого сбежала его лошадь. Эмми смотрел на него в окно и видел, что каменная кладка по верху цела и невредима.

Значит, накренившаяся коляска ничего не задевала и всплеск был вызван чем-то иным — чем-то, что упало в колодец после того, как расправилось с несчастным Нейхемом.

Дома Эмми ждали лошадь, коляска и терзаемая тревогой жена. Без объяснений заверив ее, что с ним все в порядке, он тут же отправился в Аркхем уведомить официальных представителей власти, что семья Гарднеров больше не существует. Не вдаваясь в подробности, сообщил о смерти Нейхема и Небби — о судьбе Тадеуша в городе уже знали — и отметил, что хозяева фермы, судя по всему, умерли от странной болезни, ранее изничтожившей скот. Также сообщил, что Мервин и Зенас куда-то исчезли. Затем он долго давал показания в полицейском участке, и наконец ему пришлось поехать на ферму Гарднеров вместе с тремя полицейскими, судебным следователем, медицинским экспертом и ветеринаром, который должен был осмотреть больных животных. Эмми очень не хотел возвращаться туда, ибо день уже заканчивался, и он боялся оказаться ночью в этом проклятом месте, но успокаивало, что с ним поехало столько народу.

Шесть человек разместились в открытом экипаже и последовали за коляской Эмми; на пострадавшую от сельскохозяйственного бедствия ферму они прибыли около четырех часов дня. Бывалые полицейские, не раз видевшие смерть, долго не могли оправиться от шока, осмотрев комнаты наверху и приподняв красную скатерть. Сама ферма в целом, усыпанная серым пеплом, внушала ужас, но эти два распадающихся тела были из разряда совершенно немыслимого. Смотреть на них долго не мог никто, и даже медицинский эксперт признал, что ему тут мало чего можно исследовать. Конечно, надлежало взять образцы для анализа — и он не поленился это сделать, что стало затем причиной недоумений в университетской лаборатории, куда две колбы были отправлены для тщательных исследований. Спектрография обоих образцов не помогла определить состав, но вызывающие недоумение многие группы не соответствующих никаким веществам полос в точности совпадали с полученными в прошлом году от обломков метеорита. Через месяц эти полосы в собранной пыли исчезли, а сама она состояла в основном из щелочных фосфатов и карбонатов.

Эмми ни слова не рассказал бы про колодец, если бы знал, что они займутся им прямо сейчас. Дело шло к закату, и он стремился поскорее убраться отсюда, но не мог удержаться от нервных поглядываний на каменное кольцо, и когда следователь поинтересовался причиной такого поведения, признался, что Нейхем ужасно боялся чего-то на дне колодца, причем настолько, что ему даже в голову не пришло заглянуть в него, когда он искал пропавших Мервина и Зенаса. После подобного заявления полицейские не могли поступить иначе, как вычерпать досуха колодец и обследовать его дно; так что Эмми с дрожью стоял в стороне, пока полицейские поднимали и выплескивали на сухую землю одно ведро зловонной жидкости за другим. Осушающие колодец морщились и зажимали носы, но работа оказалась не такой долгой, как они опасались, поскольку глубина воды оказалась на удивление низкой. Нет нужды подробно описывать, что они там нашли. Мервин и Зенас оба были найдены там в виде почти что голых скелетов. Кроме того, там нашли останки небольшого оленя, дворового пса и целую россыпь костей более мелких животных. Ил и грязь на самом дне колодца оказались довольно рыхлыми, и полицейский с багром, которого опускали на веревках, обнаружил, что его орудие, даже полностью погрузившись в вязкую слизь, не встречает никакого препятствия.

Наступили сумерки, и из дома принесли фонари. Когда поняли, что больше из колодца ничего выудить не удастся, все пошли в дом, и в древней гостиной началось совещание, тогда как снаружи на серое запустение вокруг проливала свой слабый свет похожая на привидение половинка луны. Никто не скрывал своего замешательства, и не удавалось найти убедительной связи между мутацией растений, неизвестной болезнью, поразившей людей и домашний скот, и гибелью Мервина и Зенаса в отравленном колодце. Конечно, всякие слухи до них тоже доходили; но невозможно же представить, что чего-либо происходило вопреки законам природы. Нет сомнений, что метеорит отравил почву, но болезнь, поразившая людей и скот, не евших ничего, выросшего на этой почве, вызвана чем-то другим. Могла ли быть в этом виновата вода из колодца? Вполне возможно. Было бы неплохо проанализировать ее. Но какое необычное безумие могло заставить обоих мальчиков прыгнуть в колодец? Они поступили совершенно одинаково — но по скелетам видно, что к ним тоже подкралась серая смерть. И вообще, почему все на ферме стало серым и ломким?

Первым свечение возле колодца заметил коронер, сидевший у окна, выходившего во двор. Ночь уже полностью вступила в свои права, и все омерзительное окружение дома светилось чуть заметно, однако ярче тусклого полумесяца; но это новое свечение было другим и имело четко выраженный источник — казалось, оно поднималось из черных недр колодца, как ослабленный луч фонаря, тускло бликуя в оставшихся на земле зловонных лужицах. У него был очень странный цвет, и пока все остальные глазели на это в окно, Эмми вдруг осенило. Ибо этот странный луч омерзительных миазмов был хорошо знакомого ему оттенка. Он видел не раз этот цвет прежде, но страх мешал ему задуматься над тем, что сие означает. Он видел его в омерзительной хрупкой глобуле метеорита прошлым летом, видел в ненормальных растениях весной и, как ему показалось, видел сегодня утром возле окна в той ужасной комнате мансарды, где случилось то, о чем не следует говорить. Оно вспыхнуло там на секунду, а затем его обдало подобием бурлящего пара... и сразу после этого несчастного Нейхема прикончило что-то этого же цвета. Он сам сказал это напоследок — сказал, что это напоминало цветом глобулу и растения. И тут же со двора убежала лошадь, а из колодца послышался плеск... а теперь из этого же колодца вырывается в ночь бледный коварный луч этого же дьявольского цвета.

Следует воздать должное живости ума Эмми, который даже в такой напряженный момент занимался разгадкой парадокса практически с чисто научным подходом. Его изумило, что светящееся разреженное облако производило совершенно одинаковое впечатление как в светлое время суток на фоне окна, за которым светилось утреннее небо, так и глубокой ночью на фоне черного, опаленного ландшафта. Что-то в этом было неправильно, не соответствовало законам природы... и он подумал о страшных последних словах своего умирающего друга: «Оно прибыло откуда-то, где все совсем не такое, как здесь... мне сказал один из профессоров...»

Все три лошади, привязанные к высохшим деревцам возле дороги, громко заржали и отчаянно били копытами. Возница открытого экипажа направился было к двери, но Эмми положил трясущуюся руку ему на плечо.

— Не выходите туда, — прошептал он. — Там нечто, не поддающееся разумению. Нейхем сказал, что нечто, живущее в колодце, способно высасывать жизнь. Он сказал, что, должно быть, оно выросло из круглой штуки, такой, какую мы видели в метеорите, упавшем в прошлом июне. Высасывает и сжигает, сказал он, а выглядит как облачко вот этого цвета, который вы сейчас видите, эту штуку нелегко заметить, и не могу сказать, что она собой представляет. Нейхем думал, что оно питается всем живым и набирает при этом силу. Это нечто, обитающее по ту сторону неба, как сказал один из университетских ученых в прошлом году, когда упал тот метеорит. Его существование основано не на тех законах, по которым существует весь Божий мир. Оно откуда-то из-за его пределов.

И пока собравшиеся в доме не знали, на что решиться, свет из колодца становился все ярче, а лошади ржали и метались все более неистово. Это был поистине кошмарный момент: ужас таился в самом древнем и проклятом доме, четыре чудовищных свертка с останками — двоих из дома и двоих из колодца — в закутке для хранения дров за их спинами и столб непонятного демонического света, вздымающийся из осклизлой глубокой ямы во дворе. Эмми рефлективно удержал возницу, забыв, что сам-то он остался жив после того, как в комнате наверху его обдало тем цветным паром, но, возможно, он поступил правильно. Никто уже не узнает, что могло бы случиться той ночью во дворе, и хотя до сих пор проклятая тварь из иного мира не причинила вреда ни одному человеку твердого рассудка, невозможно сказать, на что она была способна, когда стала сильнее и подавала знаки, что скоро проявит свою конечную цель под этим частично закрытым облаками небе, с которого светила луна.

Вдруг один из полицейских возле окна сдавленно вскрикнул. Все остальные глянули на него, а затем проследили за его взглядом до того места, к которому тот оказался прикован. Слов не требовалось. То, о чем прежде высказывали догадки лишь сельские сплетники, стало не подлежащим сомнению, и именно поэтому все, стоявшие тогда в той комнате, позже согласились шепотом, что будет лучше, если все в Аркхеме позабудут об этих странных днях. Надо также заметить, что в тот вечер стояло полнейшее безветрие. Ветер поднялся позже, но в тот момент воздух был абсолютно недвижим. Даже кончики засохших листьев полевой горчицы, ставших серыми и наполовину осыпавшихся, и бахрома по краям навесной крыши открытого экипажа застыли без движения. Но посреди этого всеобщего спокойствия голые ветви всех росших во дворе деревьев покачивались. Они дергались болезненно и конвульсивно, словно пытались в эпилептическом припадке вцепиться в подсвеченные луною облака; бессильно царапали зловонный воздух, будто управлялись посредством невидимых нитей затаившимся под землей ужасом, корчащимся и борющимся непонятно с чем где-то под черными корнями.

На несколько секунд все затаили дыхание. Затем плотное облако полностью закрыло луну, и силуэты ветвей на какое-то время стали не видны в опустившейся тьме. А затем у всех одновременно вырвался крик; приглушенный страхом, хриплый и почти в точности одинаковый изо всех глоток. Ибо ужасное зрелище не исчезло от того, что силуэты перестали быть различимыми; во внушающей страх глубокой тьме наблюдавшие узрели, как на высоте верхушек деревьев корчатся цепочки тысяч светящихся неярко точек, облепивших каждую ветку наподобие огней святого Эльма или сияния, сошедшего на головы апостолов в день Пятидесятницы. Чудовищное созвездие, похожее на кишащий рой питающихся падалью светлячков, танцующих адскую сарабанду над проклятым болотом, было того самого дьявольского цвета, который Эмми уже хорошо узнавал и боялся. При этом сияние из колодца становилось все ярче и ярче, все сильнее убеждая сбившихся в тесную кучу семерых мужчин в роковом значении происходящего и его ненормальности, превосходящей все, что мог вообразить их рассудок. Теперь это было уже не сияние, а излияние: бесформенный поток невыразимого цвета вырвался из колодца и вытекал в небо.

Ветеринара била дрожь; он двинулся к входной двери и укрепил ее поперечным брусом. Эмми дрожал не меньше, и ему пришлось из-за отсутствия голоса одергивать людей и указывать рукой, чтобы привлечь их внимание к тому, что деревья стали светить ярче. Ржание лошадей и беспокойные удары копытами стали уже совершенно ужасными, но сейчас никто не посмел бы выйти из дома ни за какую награду. За несколько мгновений яркость свечения на деревьях возросла многократно, а беспокойные ветви приняли почти вертикальное положение. Дерево колодезного журавля тоже засветилось, и один из полицейских кивком указал на деревянные сарайчики и ульи рядом с каменной стеной на западной стороне — они тоже уже начали светиться, тогда как дерево транспортных средств, на которых приехали посетители, оставалось темным. Затем по дороге пронесся отчаянный грохот, и когда Эмми пригасил лампу, чтобы удобнее было наблюдать, все увидели, что обезумевшие лошади сломали чахлое деревце и умчались прочь вместе с открытым экипажем.

Внезапное происшествие ослабило напряжение среди находящихся в доме, и они стали переговариваться шепотом.

— Это распространяется на все природного происхождения, что пробыло здесь заметное время, — пробормотал медицинский эксперт.

Ему никто не ответил, но полицейский, спускавшийся в колодец, высказал предположение, что его багор, очевидно, потревожил чего-то, что вовсе не надо было трогать.

— Там было ужасно, — признался он. — Никакого дна. Только ил и пузыри — и чувство, будто внизу кто-то прячется.

Лошадь Эмми, все еще издающая отчаянное ржание и бьющая копытами возле дороги, почти заглушала голос своего владельца, бормочущего почти бессвязные рассуждения:

— Оно появилось из того камня... выросло там, внизу... оно поглощает все живое... оно питалось ими, и их телом, и их разумом... Мервин, Тед, Зенас и Небби... Нейхем был последним... они все пили эту воду... оно стало сильным за счет них... это прибыло из иного мира, где все совсем не так, как здесь... и сейчас оно собирается отправиться домой...

В этот момент колонна удивительного цвета ярко запылала и стала принимать фантастические очертания, которые впоследствии каждый из наблюдавших описывал по-разному, и тут же привязанная Геро издала такой дикий крик, какого никогда еще не доводилось слышать от лошади. Все в гостиной зажали уши, а Эмми в страхе и ужасе отпрянул от окна. Словами не передать его горя, когда он, посмотрев снова в окно, увидел, что несчастное животное лежит бесформенной грудой на залитой лунным светом земле между оглоблями коляски. На следующий день они похоронили Геро, но прямо сейчас у ее хозяина не было времени горевать — один из полицейских жестом привлек их внимание к чему-то ужасному, происходившему в самой их комнате. При отсутствии света лампы стало заметно, что слабое свечение проникает в их помещение. Оно разливалось по широким доскам пола и местами проступало на лоскутном ковре, мерцало на перекладинах окон из множества мелких застекленных секций. Оно бежало по выступающим угловым опорным брусьям, вспыхивало на буфетных полках и над камином и уже затронуло двери и мебель. С каждой минутой это усиливалось, и вскоре каждому из них стало очевидно, что если они хотят жить, то нужно немедленно убираться отсюда.

Эмми вывел всех через черный ход и провел через поля к десятиакровому пастбищу. Все брели словно во сне, то и дело спотыкаясь и не решаясь оглядываться, пока не поднялись по склону. Но они были рады, что есть хотя бы такой путь, ибо не решились бы воспользоваться главным выходом, ведущим в сторону колодца. Им и без того довелось натерпеться страху, когда они проходили мимо ярко светящихся сараев и почти пылающих деревьев с искаженными очертаниями; но, слава Богу, самое ужасное, что в них было, — это задранные вверх ветви. Когда они пересекали по примитивному мостику Коробейниковский ручей, луну закрыло густое облако, и далее до открытого места им пришлось добираться почти на ощупь.

Когда они решились оглянуться и посмотреть на долину и далекую уже ферму Гарднера, их взору предстала ужасающая картина. Вся ферма сияла мерзким невыразимым цветом — деревья, постройки и островки еще не посеревшей травы. Ветви деревьев по-прежнему были задраны вверх, от них поднимались языки пламени того же невыразимого цвета; и такое же пламя лизало крыши дома, сарая и мелких сарайчиков. Это была сцена, похожая на видения Фюссли: возле фермы все находилось во власти аморфного свечения, посреди которого из колодца исходила чуждая и безмерная радуга загадочного и ядовитого свечения — неторопливо бурлящая, расширяющаяся, вытягивающаяся в длину, уплотняющаяся, набухающая, разбрасывающая во тьму блики всех оттенков своей космической нево образимой цветовой гаммы.

Затем внезапно эта отвратительная штука метнулась вертикально в небо, как ракета или метеор, и скрылась, не оставив и следа, помимо круглой дыры в облаках, прежде, чем кто-либо из наблюдавших людей успел задержать дыхание или вскрикнуть. Никто из тех, кто это видел, никогда не сможет забыть такое зрелище, и Эмми продолжал тупо пялиться на созвездие Лебедя, на Денеб, светящий ярче других звезд, в районе которого неведомый на Земле цвет растворился в свечении Млечного Пути. Донесшийся из долины оглушительный треск заставил его опустить взгляд. Именно что треск. Это был хруст и треск раскалывающейся древесины, а вовсе не взрыв, как потом клялись другие участники их группы. Но последствия от него были такие же, ибо проклятую и обреченную ферму разметало лихорадочным калейдоскопом, над ней забурлил искрящийся дымовой гейзер, из сердца которого вырвался и ударил в зенит ливень обломков таких фантастических цветов и удивительных форм, каких не признаёт наша вселенная. Сквозь быстро затягивавшуюся дыру в облаках они устремились вслед за тем, что уже скрылось из виду, и через мгновение тоже исчезли.

Теперь в покинутой ими низине осталась лишь тьма, в которую они не осмеливались возвращаться, а сверху уже налетал ураган резкими ледяными порывами из межзвездного пространства. Он завывал и свистел, хлестал по полям, перекашивал деревья в лесах, и довольно скоро перепуганные, дрожащие люди на склоне холма решили, что, пожалуй, не стоит дожидаться, пока появится луна и высветит, что же осталось от фермы Гарднеров.

Слишком напуганные, чтобы обсуждать свои догадки, семеро дрожащих мужчин поплелись в Аркхем по северной дороге. Эмми, чувствовавший себя хуже всех, попросил своих спутников сначала довести до дома его, а уж потом идти дальше в город. Он боялся в одиночку пробираться через потрепанный ураганом лес к своему дому, расположенному возле главной дороги. Ему в этот день выпало больше испытаний, чем всем прочим, и к тому же он был подавлен нависшим над ним навсегда страхом, о котором затем долгие годы не осмеливался даже упоминать. Дело в том, что, пока остальные смотрели вперед на дорогу, Эмми обернулся и окинул взглядом опаленную пустошь и ставшую темной долину, где обитал до недавнего времени его невезучий друг. И в этот момент что-то взлетело вверх от выжженного пятна, поднялось невысоко, а затем снова упало — в точности на то место, откуда взлетал на небо бесформенный ужас. Это было просто пятно цвета — но цвета, какого не бывает ни на Земле, ни на небесах. Эмми узнал этот цвет и понял, что какой-то остаток еще скрывается на дне колодца, а значит, ему теперь никогда не обрести покоя.

Эмми больше ни разу не приблизился к тому месту. Ныне прошло сорок четыре года, об ужасе давно позабыли, но он ни разу не был там и рад, что скоро оно окажется на дне водохранилища. Я тоже рад этому, ибо мне не понравилось, как причудливо искажались блики солнечного света над заброшенным колодцем, когда я проходил мимо. Надеюсь, что вода в этом месте всегда будет глубокая, но даже если будет так, я не стану ее пить. Впрочем, вряд ли мне когда-нибудь доведется побывать в Аркхеме снова.

Трое из тех, кто был с Эмми, утром вновь приехали на ферму, чтобы осмотреть руины при дневном свете, но никаких руин не оказалось. Только остатки кирпичной кладки от печной трубы и входа в погреб, каменные и металлические обломки да бордюр устрашающего колодца. Все живое или бывшее когда-то живым — за исключением мертвой лошади Эмми, которую они оттащили в ближайший овраг и там закопали, да его же коляски, доставленной в тот же день владельцу, — бесследно исчезло. Жизнь навсегда покинула эти пять акров земли, там по-прежнему ничего не растет. По сей день сохраняется это словно бы проеденное кислотою пятно, а те немногие, кто отваживаются добраться до него, чтобы поглазеть, прозвали его «опаленной пустошью».

Сельские жители рассказывают об этом месте удивительные истории. Горожане рассказывали бы еще более удивительные, если бы университетские химики попытались сделать анализ воды из того заброшенного колодца или серой пыли, которую, судя по всему, не развеивает ветер. Или ботаники занялись бы изучением чахлой растительности по краям пятна, а заодно подтвердили бы или опровергли слух, будто пустошь расширяется — очень медленно, примерно на дюйм за год. Говорят, что весной цвет травянистых растений в районе пустоши не совсем обычный, а зимой дикие звери оставляют на снегу странные следы. И похоже, что на пустоши снега обычно гораздо меньше, чем в округе. Лошади, те немногие, что еще сохранились в наш автомобильный век, становятся своенравными в этой тихой долине, и охотники вблизи пятна серой пыли не могут полагаться на своих собак.

Также говорят, что это место оказывает плохое влияние на психику; немало местных жителей сошли с ума вслед за Гарднерами, и у всех них не хватало воли, для того чтобы уехать отсюда. Постепенно люди с более крепким разумом покинули эти края, и лишь иностранные эмигранты пытаются время от времени селиться в старых полуразрушенных особняках. Но никто из них не смог здесь остаться; и на первый взгляд кажется, что на них сильно влияют рассказываемые шепотом страшные истории об этих местах, с их мрачными чарами. Однако они уверяют, что по ночам в сей гротесковой местности им снятся очень необычные кошмары, и такое неудивительно в этом царстве вечного полумрака, склонном пробуждать в человеке самые нездоровые фантазии. У путешественников при виде местных глубоких лощин возникает ощущение присутствия чего-то чужеродного, а художники, рисующие с натуры темные леса со старыми деревьями, то и дело вздрагивают от страха. Я и сам из любопытства совершил прогулку по этой местности, и мне хватило впечатлений еще до встречи с Эмми. Как я уже рассказывал, мне не хотелось ходить там после наступления сумерек при зловещем сиянии звезд, вселявшем в мою душу страх.

Не спрашивайте, какого я сам обо всем этом мнения. Я не знаю — вот все, что я могу сказать. Эмми был единственным, с кем мне удалось об этом поговорить — из жителей Аркхема не вытянуть и слова, а все три профессора, видевшие метеорит и ту цветную глобулу, давно умерли. Можно не сомневаться, что в камне были и другие глобулы. Одной из них удалось набраться сил и улететь; вполне возможно, что какая-то другая менее преуспела. Тогда, без сомнения, она все еще скрывается в колодце — ведь я помню, что чего-то было не так с солнечным светом, когда я видел его проходящим через зловонные испарения над ним. Раз в народе говорят, что пустошь с каждым годом увеличивается на дюйм, значит, засевшая в колодце тварь питается и увеличивает свои силы. Но какой бы там ни был вылупившийся птенец дьявола, видимо, что-то удерживает его на этом месте, иначе пустошь давно расширилась бы. Может, он крепко засел в корнях тех деревьев, что тянулись ветвями к небу? Но ведь неспроста одна из недавних аркхемских небылиц — про дубы, которые по ночам светятся и шевелят ветвями...

Что это такое — ведает лишь Господь. Следовало бы предположить, что описанная Эмми тварь состоит из газа, но газа, не подчиняющегося физическим законам нашей Вселенной. Он не может происходить ни с какой из тех планет и звезд, что видны нам в окулярах телескопов или запечатлеваются в обсерваториях на фотопластинках. Он прибыл из мира, который наши астрономы не могут познать или измерить. Это был просто цвет иного мира — вселяющий ужас вестник из некой аморфной реальности, бесконечно далекой от той природы, которую мы знаем; из реальности, даже просто факт существования которой ошеломляет наш разум и вызывает оцепенение от видения черных внекосмических бездн, оказывающихся вдруг перед нашими обезумевшими глазами.

Глубоко сомневаюсь, что Эмми лгал мне, желая ввести в заблуждение, и не думаю также, что его рассказ — выдумка душевнобольного, как пытались убедить меня в Аркхеме. Что-то ужасное попало на эти холмы и долины с этим метеоритом, и что-то ужасное — хотя и не знаю, каково оно в сравнении с первоначальным, — все еще остается. Не только люди, но и долины и холмы пережили настоящую катастрофу и до сих пор не оправились от нее. Я рад, что это место окажется затопленным. И при этом надеюсь, что ничего не случится с Эмми. Он видел ту штуку не раз — а влияние ее сказывается коварно. Почему он не смог переехать? И ведь он хорошо запомнил последние слова умирающего Нейхема: «Не могу уезжать далеко... тянет назад... это так: знаешь, что будет хуже, но поделать ничего не можешь...» Эмми — славный старик, и когда здесь начнутся строительные работы, надо непременно написать главному инженеру, чтобы не спускал с него глаз. Не хочу, чтобы он превратился в серое сгорбленное чудовище с ломкими костями, все чаще тревожащее мой сон.

# КОШМАР В РЕД-ХУКЕ

*В каждом из нас стремление к добру уживается со склонностью к злу, и, по моему глубокому убеждению, мы живем в мире, почти неведомом нам, изобилующем провалами, тенями и сумеречными созданиями. Неизвестно, вернется ли когда-нибудь человечество на путь эволюции, но нет сомнений, что изначальное зло до сих пор не изжито.*

Артур Мейчен

## I

Несколько недель тому назад внимание зевак, стоявших на углу одной из улиц Паскоуга, небольшой деревушки в Род-Айленде, привлекло необычное поведение высокого, крепко сложенного, вполне здорового вида человека. Он спускался с холма по дороге из Чепачета и поворачивал на главную улицу в сторону центрального квартала, образуемого несколькими ничем не примечательными кирпичными строениями, главным образом лавками и складами, которые делали поселок подобием городка. Именно в этом месте, без всякой видимой причины, незнакомец позволил себе странную выходку: он замер, пристально всматриваясь в самое высокое из зданий перед собой, а затем, издав серию пронзительных, истерических вскриков, бросился бежать, но на ближайшем перекрестке споткнулся и упал. Когда заботливые прохожие помогли ему подняться на ноги и отряхнуть от пыли костюм, оказалось, что он в здравом рассудке, ничего не переломал и полностью оправился от нервного срыва. Смущенно пробормотав извинения за неадекватное поведение, ссылаясь на пережитый стресс, незнакомец повернулся и, ни разу не оглянувшись, ушел обратно по чепачетской дороге. Подобного рода происшествие с таким крупным, сильным и вполне здорового вида мужчиной, каким был этот пострадавший, казалось странным, и удивление наблюдавших за ним ничуть не уменьшилось от того, что один из свидетелей этого происшествия сказал, что узнал в нем постояльца известного в округе молочника из предместья Чепачет.

Этим человеком был, как выяснилось потом, нью-йоркский детектив Томас Ф. Мелоун, находящийся в длительном отпуске по состоянию здоровья, перетрудившись от непомерного объема работы во время расследования одного дела, которому ужасный несчастный случай придал трагическое завершение. Во время рейда, в котором он принимал участие, обрушились несколько старых кирпичных домов, и под обломками погибли как задержанные, так и несколько сослуживцев Мелоуна, и это глубоко потрясло детектива. С тех пор вид зданий, хотя бы отдаленно напоминающих обрушившиеся, вызывает у него ужас, поэтому специалисты по умственным расстройствам запретили ему на неопределенный срок находиться в городе. Полицейский врач, у которого родственники жили в Чепачете, небольшом поселке, состоящем из двух десятков домов в колониальном стиле, предложил ему этот сельский уголок в качестве места для исцеления душевных ран; туда и отправился наш страдалец, пообещав держаться подальше от главных улиц более крупных поселений до особого на то позволения врача из Вунсокета, под наблюдение которого он поступал. Эта прогулка в Паскоуг за журналами была явной ошибкой, за которую несчастный пациент поплатился испугом, синяками и стыдом.

Вот все, что было известно по сплетням в Чепачете и Паскоуге; примерно столько же знали и занимавшиеся Мелоуном весьма образованные специалисты. Последним, впрочем, детектив пытался рассказать значительно больше, но не сделал этого из-за откровенного недоверия, с которым воспринимались его слова. Тогда он решил не тратить лишних нервов и ни единым словом не выразил несогласия с вердиктом, что его психическое равновесие пошатнулось из-за внезапного обвала нескольких дряхлых кирпичных домов в бруклинском Ред-Хуке и случившейся в результате этого гибели отважных блюстителей закона. Он затратил чрезмерно много усилий, сказали ему, пытаясь справиться с этим рассадником преступности и порока — и действительно, там творились жуткие дела, — а внезапная трагедия оказалась последней каплей. Это было простое объяснение, доступное каждому, и поскольку Мелоун был отнюдь не прост, он решил, что лучше будет им ограничиться. Намекать лишенным воображения людям на существование ужаса, превосходящего человеческие представления, — ужаса, проникающего к нам из более древних миров и поражающего, как проказа, дома, кварталы, а то и города, — означало вместо оздоровительного отдыха в деревне отправиться в обитую войлоком палату психиатрической лечебницы; но Мелоун был благоразумным человеком, если не принимать во внимание некоторую склонность к мистицизму. Он обладал кельтским видением страшных и потаенных сторон бытия, но при этом имел присущую логикам способность подмечать сомнительные взаимосвязи; именно это сочетание и послужило причиной того, что в свои сорок два года он оказался далеко от родного дома и занялся необычным делом для выпускника Дублинского университета, появившегося на свет в георгианском особняке возле Феникс-парка.

Так что сейчас, пробегая мысленно по тому, что ему довелось видеть, слышать или о чем удалось догадаться, Мелоун был даже доволен, что остался единственным хранителем тайны, способной превратить бесстрашного бойца во вздрагивающего от каждого шороха невротика, — способной превратить старые кирпичные трущобы и множество смуглых, неотличимых друг от друга лиц в ночной кошмар и жуткое воспоминание. Уже не в первый раз Мелоун скрывал истинные мотивы своих действий — ибо разве не считали знавшие детектива люди его добровольное погружение в многоязычную бездну нью-йоркского дна чудачеством, не поддающимся разумному объяснению? Но разве мог он поведать заурядным горожанам о древних колдовских обрядах и омерзительных культах, следы которых его чуткий взор углядел в этом бурлящем котле вековой нечисти, куда самые подонки минувших развращенных эпох влили свою долю отравы и гнусного ужаса? Он видел отсветы зеленоватого адского пламени во всей этой мешанине, пронизанной алчностью и крайним богохульством, и лишь едва заметно улыбался знакомым ньюйоркцам на насмешки над его нововведениями в полицейскую практику. Высмеивая его фантастическую погоню за призраками и непостижимыми загадками, они остроумно и цинично заверяли, что в наше время в Нью-Йорке и нет ничего помимо примитивности и пошлости. Один из его приятелей даже готов был спорить на крупную сумму, что как бы ни нахваливало его «Дублин Ревю», детективу не удастся написать по-настоящему интересный рассказ о жизни нью-йоркских трущоб, и сейчас, вспоминая об этом, Мелоун не мог не удивляться иронии мироздания, обратившего слова насмешливого пророка в явь, хотя и вразрез с их изначальным смыслом. Ужас, навсегда отпечатавшийся в его сознании, не мог быть описан, потому что, наподобие упомянутой Эдгаром По книги, «es lässt sich nicht lesen — не позволяет себя прочесть».

## II

Мелоун во всем ощущал скрытые тайны бытия. В юности он во всем находил скрытую красоту и высший смысл, что служило ему источником поэтического вдохновения, но нужда, страдания и скитания вынудили его обратить взор в другую сторону, и сейчас он с ужасом находил многообразие ликов зла в окружающем его мире. Его повседневная жизнь превратилась в фантасмагорический театр теней, в котором он с интересом взирал то на скрытый порок в духе лучших работ Бердслея, то на угадывающийся за самыми невинными формами и предметами ужас в духе наиболее изощренных гравюр Гюстава Доре. Он не раз подмечал, что насмешливое отношение людей высшего интеллекта ко всякого рода сокровенным знаниям — это благо для остального человечества, ибо приложение высшего разума к тайнам древних и современных культов способно угрожать не только нашему миру, но, возможно, и целостности Вселенной. Безусловная мрачность всех подобных рассуждений в Мелоуне компенсировалась здравым смыслом и тонким чувством юмора. Его вполне устраивало, чтобы эти полуразгаданные тайны оставались лишь объектом абстрактных умозаключений; но когда выполнение служебного долга привело его к столкновению со слишком неожиданным и ужасающим откровением, этот баланс нарушился и случился нервный срыв.

Расследование в Ред-Хуке впервые привлекло внимание детектива, когда он оказался временно командирован в полицейский участок на Батлер-стрит в Бруклине. Ред-Хук — это лабиринт из на редкость убогих строений на месте старых портовых кварталов напротив Губернаторского острова, который прорезают несколько опасных для посещения улиц, берущих начало от доков и уходящих вверх по холму, чтобы в итоге соединиться с некогда процветающими, а ныне трущобными Клинтон-стрит и Корт-стрит, ведущими далее в сторону Боро-Холл. Здесь преобладают кирпичные здания, построенные между первой четвертью и серединой прошлого столетия, и некоторые наиболее темные улочки и переулки до сих пор сохраняют своеобразный мрачный колорит того времени, в литературной традиции называющийся «диккенсовским». Состав населения Ред-Хука — загадка и неразрешимая головоломка для многих поколений статистиков: постоянно враждующие между собой группы сирийцев, испанцев, итальянцев и негров разделены прослойками скандинавов и коренных американцев. Вавилонское столпотворение языков и всяческих подонков, из которого порой вырываются весьма странные крики, вплетающиеся в плеск покрытых мазутной пленкой волн о мрачные причалы и чудовищную органную литанию пароходных гудков. Однако в давние времена Ред-Хука картина была совсем иной: на улицах возле причала жили честные трудяги-моряки, а выше, на склоне холма, располагались особняки более состоятельных хозяев. Следы былого благополучия можно увидеть в основательной архитектуре старых домов и в красоте некоторых церквей, а также в некоторых разбросанных по всему району мелких свидетельствах: роскошные лестничные пролеты, покосившиеся, а то и сорванные с петель величественные двери, изъеденные червями декоративные пилястры, сложного профиля двери в подъездах или безжалостно вытоптанные лужайки с поваленным ржавым ограждением. Дома обычно стоят кучками, а окна-фонари некоторых домов напоминают о временах, когда домочадцы капитанов и судовладельцев высматривали в море их корабли.

Из этой морально и физически разлагающейся клоаки к небу возносятся самые изощренные проклятия на сотне языков и диалектов. По улицам бродят толпы подозрительного вида бродяг, запевающих и бранящихся на все лады, и если забредает кто-то посторонний, то какие-то руки задергивают шторы и гасят за ними свет, а за плотными занавесками торопливо скрываются лица, отмеченные печатью порока. Полиция давно уже отчаялась навести порядок и лишь старается оградить внешний мир от этой заразы. При появлении на улицах патруля воцаряется мрачное, напряженное молчание, а задержанные в Ред-Хуке преступники не дают никаких показаний. Состав преступлений по своей пестроте не уступает этническому, начиная от контрабанды рома и нелегального проживания иностранцев и заканчивая зверскими убийствами и разбойными нападениями. И если формально уровень преступности в Ред-Хуке не выше, чем в примыкающих районах, то это заслуга не полиции, а той ловкости, с какой здесь умеют обстряпывать грязные дела. Достаточно заметить, что далеко не все люди, попадающие в Ред-Хук, возвращаются обратно по суше, и больше шансов вернуться — у тех, кто умеет держать язык за зубами.

В такой вот сложившейся ситуации Мелоун уловил признаки некой тщательно оберегаемой, ужасной тайны, несравненно хуже любого из тех грехов, которые осуждают добропорядочные граждане и столь охотно бросаются исцелять священники и филантропы. Он хорошо сознавал, совмещая в себе пылкое воображение со строгим научным подходом, что современный человек в условиях беззакония неумолимо скатывается к тому, что в своей повседневной и религиозной практике начинает руководствоваться не разумом, а темными, полуживотными инстинктами; поэтому с интересом антрополога наблюдал за горланящими и сыплющими ругательствами группками молодых людей с обезображенными оспинами лицами и одурманенными глазами, попадавшимися ему в предрассветные часы на замусоренных улицах Ред-Хука, хотя и вздрагивал всякий раз от отвращения. Они были здесь повсюду: то приставали к прохожим на перекрестках, то наигрывали на примитивных музыкальных инструментах в дверях домов, то одурманенно дремали и ругались за столиками кафетериев в Боро-Холл, а то заговорщицки шептались возле побитого такси, припаркованного у парадного подъезда полуразвалившегося дома с заколоченными окнами. Они вызывали у Мелоуна значительно больший интерес, чем он готов был признаться своим товарищам по службе, ибо за ними скрывалась какая-то чудовищная сила, ведущая свое начало из неведомых глубин времени, нечто непостижимое и бесконечно древнее, в своих проявлениях не имеющее ничего общего с бесконечным списком деяний, примет и притонов преступного мира, с таким тщанием составляемым полицией. Он испытывал внутреннюю убежденность, что эти молодые подонки — носители какой-то жуткой доисторической сущности, хранители разрозненных обломков культов и обрядов, более древних, чем само человечество. Слишком уж согласованными и продуманными оказывались их действия, и слишком уж строгий порядок чувствовался за их внешней распущенностью и неряшливостью. Мелоун не стал бы попусту тратить время на чтение книжонок типа «Культ ведьм Западной Европы» мисс Мюррей; он знал, что и поныне среди крестьян и суеверных простолюдинов сохранился древний обычай устраивать нечестивые тайные сборища и оргии, восходящий к темным религиозным культам доарийского периода и упоминающийся просторечно как «черная месса» или «шабаш ведьм». Он нисколько не сомневался, что зловещие порождения турано-азиатской магии и культов плодородия дожили до наших дней, и лишь иногда с содроганием задумывался, насколько же древнее и ужаснее они своих самых древних и самых ужасных описаний.

## III

В гуще событий в Ред-Хуке Мелоун оказался из-за дела Роберта Суидема. Этот высокообразованный потомок древнего голландского рода получил наследство, позволявшее жить праздно, и с тех пор проживал отшельником в просторном, но уже пострадавшем от времени особняке, построенном его дедом во Флэтбуше во времена, когда эта деревушка представляла собой живописную группу особняков в колониальном стиле, окружающих увенчанную шпилем и увитую плющом реформатскую церковь с небольшим нидерландским кладбищем. Суидем провел в этом отдельно стоящем здании в глубине Мартенсе-стрит, в окружении почтенного возраста деревьев, за книгами и размышлениями без малого шестьдесят лет и отлучался лишь однажды, лет тридцать назад, отплыв к берегам Старого Света, где пребывал целых восемь лет. Прислуги у него не было, и он мало кому позволял нарушать свое добровольное затворничество; связей со старыми друзьями не поддерживал, а редких визитеров принимал в одной из тех трех комнат первого этажа, которые поддерживал в относительном порядке — просторной, с высоким потолком, заставленной по стенам стеллажами от пола до потолка, на которых были навалены кипы пухлых, замшелых от древности и отталкивающих с виду томов. Расширение границ города и последующее поглощение Флэтбуша районом Бруклин прошло для Суидема незамеченным, да и город замечал его все меньше и меньше. Если пожилые обитатели квартала при редких встречах на улице узнавали его, то для молодого поколения он был всего лишь толстым старикашкой, чей забавный облик — неопрятная седая шевелюра, всклокоченная бородка, лоснящийся черный костюм и старомодная трость с позолоченным набалдашником — заслуживал лишь мимолетного удивленного взгляда. Пока этого не потребовалось по службе, Мелоуну не доводилось встречаться с ним лично, однако он не раз слышал о голландце как о крупнейшем авторитете в области средневекового оккультизма и даже как-то собирался изучить написанную им брошюру о влиянии Каббалы на легенду о докторе Фаусте, которую один из друзей детектива часто цитировал наизусть.

Дело Суидема началось с того, как какие-то его отдаленные и чуть ли не единственные родственники потребовали вынесения судебного решения о его невменяемости. Требование это со стороны могло бы показаться неожиданным, но стало результатом длительных наблюдений и горестных обсуждений. Основанием для него послужили высказывания и поступки почтенного патриарха: странные упоминания о каких-то чудесных переменах, которые вот-вот должны явиться миру, и недостойное пристрастие к подозрительным бруклинским притонам. С годами он все меньше уделял внимания своему внешнему виду, и теперь его вполне можно было принять за нищего, а друзья не раз с ужасом замечали его на станции подземки или на скамейке возле Боро-Холл беседующим с какими-то подозрительными темнокожими. Речь его стала малопонятной, он говорил о неограниченной силе, которой скоро будет наделен, и через слово вставлял мистические понятия и имена, такие как «Сефирот», «Асмодей» или «Самаэль». В ходе судопроизводства было установлено, что почти весь свой годовой доход как рантье Суидем тратил на приобретение старинных фолиантов, которые ему доставляли из Лондона и Парижа, и на содержание убогой квартиры в цокольном этаже одного из домов в Ред-Хуке, где он чуть ли не каждый вечер встречался со странными делегациями, состоящими из всяких подозрительных личностей и иностранцев, и проводил там за наглухо зашторенными окнами какие-то обряды. Следившие за ним частные детективы сообщали о странных воплях и песнопениях, а также, судя по звукам, обрядовых плясках, происходивших на этих ночных сборищах, и удивлялись экстазу и разнузданности на них, необычных даже для такого привычного к оргиям района, как Ред-Хук. Однако на судебном слушании Суидему удалось отстоять свою свободу. В зале суда он продемонстрировал изящные манеры, ясную, убедительную речь и без труда разъяснил странности своего поведения и необычность высказываний глубокой погруженностью в своеобразное научное исследование. Он утверждал, что в последнее время занимается исследованием некоторых аспектов европейской культуры, для чего требуется тесное общение с различными группами иностранцев, а также непосредственное ознакомление с народными песнями и танцами. Что же до нелепого предположения, что на его деньги содержится некое примитивное тайное общество, — оно лишь показывает, с каким ему приходится сталкиваться отношением к нему и его исследованиям. Благодаря этим спокойным и обстоятельным объяснениям вердикт суда оказался в его пользу, и он удалился с гордостью и достоинством, чего нельзя было сказать о пристыженных частных детективах, нанятых Суидемами, Корлеарами и Ван Брунтами.

Вот тогда-то к делу и подключились федеральные агенты и полицейские детективы, в числе которых оказался Мелоун. Органы правопорядка присматривались к деятельности Суидема со все возрастающим интересом и уже не раз приходили на помощь частным детективам. В результате такого сотрудничества было установлено, что новые знакомые Суидема относятся к числу самых отъявленных и закоренелых преступников темных закоулков Ред-Хука и что по меньшей мере треть из них неоднократно привлекались за воровство, хулиганство и ввоз нелегальных эмигрантов. Пожалуй, не будет сильным преувеличением сказать, что круг лиц, в котором ныне вращался пожилой ученый, включал в себя одну из самых опасных преступных группировок, промышлявшую контрабандой живого товара, в основном безродных азиатских иммигрантов, которых благоразумно заворачивали назад на Эллис-Айленде. В перенаселенных трущобах квартала, в те времена называвшегося Паркер-Плейс, где располагались полуподвальные апартаменты Суидема, образовалась весьма необычная колония никому неведомого узкоглазого народа, использующего арабский алфавит, родство с которым отрицалось всеми сирийцами, проживавшими на Атлантик-авеню и соседних улицах. Вероятно, что всех их следовало бы депортировать ввиду отсутствия удостоверений личности, но машина исполнительной власти прокручивается медленно и старается не тревожить лишний раз Ред-Хук, если к тому не принуждает общественное мнение.

Все эти странные личности устраивали собрания в полуразвалившейся каменной церкви, по средам используемой в качестве танцевального зала, готические контрфорсы которой украшали самую отвратительную часть портового квартала. Номинально она считалась католической, но все бруклинские священники единогласно отрицали ее принадлежность к христианству, что подтверждали и сотрудники полиции, дежурившие в этом районе по ночам и не раз слышавшие доносившиеся из ее недр странные звуки. Мелоуну, когда он стоял возле этой церкви, пустой и неосвещенной, показалось, что он слышит зловещие басовые ноты установленного в каком-то тайном подземном помещении расстроенного органа, другие же докладывали о жутких воплях и барабанном бое, сопровождающем таинственные службы. Давая по этому поводу пояснения в суде, Суидем заявил, что, по его мнению, эти не совсем обычные ритуалы представляют собой обряды несторианской церкви с примесью тибетского шаманства. Он полагал, что большинство участников этих сборищ относились к монголоидной расе и происходят из Курдистана и ближайших окрестностей — и Мелоун не мог не вспомнить, что Курдистан — место обитания йезидов, последних уцелевших персидских дьяволопоклонников. Как бы там ни было, в ходе расследования дела Суидема оказалось установлено, что волна нелегальных иммигрантов захлестнула Ред-Хук; при активном содействии контрабандистов и по недосмотру таможенников и портовой полиции они уже заселили Паркер-Плейс и заселяют кварталы выше, поскольку вновь прибывшим азиатам помогают их уже успевшие обжиться в новых условиях собратья. Довольно характерные узкоглазые физиономии и приземистые фигуры, на которых современные американские наряды смотрелись гротесково, все чаще попадались в полицейских участках среди взятых с поличным на Боро-Холл воришек и налетчиков; и наконец было решено произвести их перепись, установить, откуда они прибывают и чем занимаются, и передать все это в ведение иммиграционных властей. Федеральная и городская полиция совместно поручили это дело Мелоуну, и вот тогда-то, начав изучение Ред-Хука, он почувствовал, что покачивается на краю бездны, имя которой — ужас, а противостоит ему неопрятный, жалкий на вид Роберт Суидем.

## IV

Методы работы полиции хитроумны и разнообразны. Мелоун, со скучающим видом бродя по улицам, через ненавязчивые беседы во время прогулки при «случайной» встрече, благодаря своевременно извлеченной из заднего кармана фляжке с крепким спиртным, а иногда и при суровом допросе перепуганного задержанного полицией узнал немало разрозненных фактов об организации, выглядящей все более угрожающей. Иммигранты оказались действительно курдами, однако говорили на неведомом современной лингвистике диалекте. Те немногие из них, что зарабатывали на пропитание честным трудом, в основном работали на подхвате в доках или торговцами всякой мелочью без лицензии, хотя их можно было увидеть и за плитой греческого ресторанчика, и в газетном киоске. Но большинство из них не имели никакой работы и очевидным образом были связаны с преступным миром; самыми безобидными из их занятий были контрабанда и бутлегерство. Все эмигранты прибывали на пароходах, трамповых сухогрузах, и безлунными ночами втихую переправлялись на шлюпках к какой-то пристани, от которой потайной канал вел в небольшое подземное озеро, расположенное под каким-то из домов. Мелоуну не удавалось узнать, что это были за пристань, канал и дом, поскольку у всех его собеседников сохранились лишь смутные воспоминания о своем прибытии, к тому же они излагали их на таком наречии, что даже лучшим переводчикам не всё удавалось интерпретировать. Непонятной оставалась и цель их прибытия сюда. На любые вопросы относительно их прежнего места обитания и об агентстве, предложившем им отправиться в плавание за океан, ответом было молчание. Однако стоило поинтересоваться, что же побудило их переселиться сюда, на лицах появлялось выражение неприкрытого ужаса. Такими же неразговорчивыми оказались и гангстеры других национальностей, и все, что удалось в конце концов узнать об этом, было смутными упоминаниями, что какой-то бог или великий жрец пообещал неслыханное могущество, сверхъестественные возможности и власть в чужой стране.

И вновь прибывшие иммигранты, и бывалые бандиты продолжали регулярно принимать участие в тщательно охраняемых ночных сборищах Суидема, а вскоре полиция узнала, что бывший отшельник арендовал еще несколько квартир, где можно было переночевать, если знаешь пароль; в совокупности эти жилища занимали целых три дома и служили пристанищем для странных друзей Суидема. В своем особняке во Флэтбуше он появлялся редко, в основном лишь затем, чтобы взять или положить обратно какую-нибудь книгу, а внешний облик старого голландца постепенно становился еще более диким. Мелоун дважды пытался поговорить с ним, но оба раза разговор заканчивался резким требованием убираться восвояси. Суидем утверждал, что ничего не знает ни о каких заговорах и организациях; понятия не имеет, откуда в Ред-Хуке берутся курды и зачем они здесь. Он занимается исключительно изучением в по возможности наиболее подходящей обстановке фольклора всех иммигрантов в этом районе, и к этой деятельности у полиции нет никаких претензий. Мелоун попытался польстить Суидему, отозвавшись с восхищением о его брошюре, посвященной Каббале и древним европейским мифам, но старик смягчился совсем ненадолго. Сами расспросы ему не нравились, и он недвусмысленно намекнул гостю, чтобы тот убирался куда подальше. Мелоун покинул его чрезвычайно раздраженный и решил обратиться к иным источникам информации.

Что удалось бы раскопать Мелоуну, если бы его работу над этим делом не прервали, теперь остается только догадываться. Случилось так, что глупый конфликт между городской и федеральной властью приостановил расследование на долгие месяцы, и Мелоун оказался занят другими делами. Но он не терял интереса к этому делу и потому тоже был удивлен происходящей с Робертом Суидемом переменой. Как раз тогда, когда весь Нью-Йорк был взбудоражен прокатившейся по городу волной похищений детей и таинственных исчезновений, с неопрятным ученым произошла загадочная и удивительная метаморфоза. Однажды он был замечен возле Боро-Холл с чисто выбритым лицом, аккуратно подстриженными волосами и в безупречно подобранном костюме, и с тех пор с каждым днем он демонстрировал все большую утонченность вкуса. Вскоре у него появилась живость в глазах, речь стала более светской, он начал терять портивший его фигуру лишний вес. Обретя снова пружинистость походки, жизнерадостность манер и, как ни удивительно, более темный цвет волос, явно без использования красителей, он стал выглядеть гораздо моложе своих лет. Одеваться он стал все менее консервативно, и наконец просто сразил своих друзей тем, что отремонтировал и украсил свой особняк во Флэтбуше, а затем устроил серию приемов, приглашая на них всех, кого смог припомнить, проявляя особое внимание к своим полностью прощенным родственникам, не так давно пытавшимся объявить его недееспособным. Некоторые из гостей появились на приемах из любопытства, другие из чувства долга, но любезность и учтивость бывшего отшельника очаровала и тех, и других. Он заявил, что почти закончил работу всей своей жизни и недавно получил наследство от почти забытого друга из Европы, поэтому собирается провести остаток своих дней как более яркую вторую молодость, ставшую возможной благодаря материальному благополучию, тщательному уходу за собой и диете. Его все реже видели в Ред-Хуке и все чаще в том обществе, для которого он был предназначен от рождения. Полицейские отметили, что бандиты, ранее собиравшиеся в полуподвальном помещении на Паркер-Плейс, теперь устраивают сборища в старой каменной церкви, используемой иногда в качестве танцевального зала, но и старый адрес не совсем забыт: там и в ближайших домах по-прежнему бурлит всяческая нечистая деятельность.

Затем случились два вроде бы ничем не связанных между собой, но очень важных с точки зрения Мелоуна события. Первое — формальное объявление в «Игл» о помолвке Роберта Суидема и проживающей в Бейсайде мисс Корнелии Герритсен, дальней родственницы новоиспеченного жениха, молодой дамы, вращающейся в самых высших слоях общества; второе — полицейский рейд в старую церковь, служившую танцевальным залом, после того как кто-то сообщил, что видел в одном из полуподвальных окон здания лицо похищенного ребенка. Мелоун, принимавший участие в этом рейде, воспользовался случаем и внимательно изучил внутреннюю обстановку церкви. Найти ничего не удалось — более того, в здании вообще никого не оказалось, — но обостренное эстетическое восприятие кельта не могло не среагировать на некоторые довольно подозрительные, крайне неуместные в церкви вещи. Его покоробили грубые росписи на панно на стенах — на этих панно у лиц святых были такие мирские и сардонические выражения, что, пожалуй, не понравились бы любому мирянину. Да и греческая надпись на стене над кафедрой проповедника вызывала в нем не самые приятные ассоциации — это было древнее колдовское заклинание, попадавшееся ему еще в те времена, когда он учился в дублинском колледже, означавшее в буквальном переводе следующее:

«О друг и товарищ ночи, ты, восторгающийся собачьим лаем и льющейся кровью, крадущийся в тени надгробий, забирающий кровь и приносящий смертным ужас, Горго, Мормо, тысячеликая луна, обрати благосклонный взгляд на наши скромные подношения!»

Прочитав эту надпись, он вздрогнул и вспомнил звуки расстроенного органа, доносившиеся по ночам откуда-то из-под этой церкви. Он вздрогнул еще раз, когда, обследуя алтарь, он обнаружил металлическую чашу, по краю которой проходила темная, похожая на ржавчину полоска, и в этот момент ему в нос ударила удушливая волна смрада, налетевшая невесть откуда, из-за чего он на несколько секунд застыл на месте от ужаса и отвращения. Память о звуках органа не давала Мелоуну покоя, и он внимательно осмотрел все подвальные помещения, но так ничего и нашел. Это место казалось ему крайне неприятным, но ведь, в конце концов, богохульные панно и надпись — всего лишь грубые творения невежд.

Ко времени свадьбы Суидема похищения детей стали настоящей эпидемией и постоянной темой первых газетных полос. Почти все жертвы этих странных преступлений были из беднейших семей, но все возрастающее число исчезновений вызвало у общественности сильнейшую ярость. Газетные заголовки призывали полицию к решительным действиям, и с полицейского участка на Батлер-стрит снова устроили рейд в Ред-Хук для поиска возможных улик и поимки потенциальных преступников. Мелоун обрадовался возможности вернуться к прежнему делу и с готовностью поучаствовал в осмотре одного из домов Суидема на Паркер-Плейс. Похищенных детей там, конечно, не нашли, несмотря на сообщения о доносившихся из дома криках и найденном на заднем дворе маленьком шарфике; но грубая роспись и надписи на облупившихся стенах почти во всех комнатах, а также примитивная химическая лаборатория в мансарде утвердили Мелоуна во мнении, что он на пути к какой-то важной тайне. Мазня на стенах была устрашающего вида — самые разнообразные чудовища и неописуемые пародии на человеческие тела. Многочисленные надписи были нанесены чем-то красным и представляли собою смесь арабских, греческих, латинских и древнееврейских букв. Мелоун не смог толком разобраться ни в одной из надписей, но то, что уловил, было зловеще каббалистическим. Несколько раз повторявшаяся надпись, смесь греческого и древнегреческого, представляла собой самое страшное взывание к демонам времен упадка Александрии:

«HEL · HELOYM · SOTHER · EMMANVEL · SABAOTH · AGLA · TETRAGRAMMATON · AGYROS · OTHEOS · ISCHYROS · ATHANATOS · IEHOVA · VA · ADONAI · SADAY · HOMOVSION · MESSIAS · ESCHEREHEYE».

Круги и пентаграммы, встречавшиеся здесь повсеместно, недвусмысленно указывали, кому поклоняются обитатели этого запущенного жилища. В подвале этого дома полицейские обнаружили нечто совершенно невообразимое: груду самых настоящих золотых слитков, небрежно накрытую куском мешковины, блестящую поверхность которых украшали такие же загадочные надписи, что были на стенах. Во время этого рейда полиции не пришлось столкнуться со сколько-нибудь заметным сопротивлением: узкоглазые азиаты, которых оказалось здесь неисчислимое количество, толпились у каждой двери, но вели себя довольно пассивно. Не найдя никаких интересовавших ее улик, полиция ничего не изъяла и никого не задержала, но отвечающий за эту территорию капитан послал позднее записку Суидему, в которой рекомендовал ему быть более разборчивым в отношении своих жильцов и протеже ввиду нарастающего протеста общественности.

## V

В июне случилась свадьба и великая сенсация. Через час после полудня Флэтбуш блистал праздничным убранством, а улицы возле старой голландской церкви были заполонены роскошными автомобилями, украшенными флажками. Никакое другое местное событие не могло затмить бракосочетание Суидема и Герритсен ни по величию, ни по размаху, и гости, сопровождавшие новобрачных к пристани «Кунарда», если и не были сливками нью-йоркского светского общества, то по меньшей мере занимали в нем значимое положение. В пять часов дня, после прощального махания руками, тяжелый лайнер медленно отчалил от длинного пирса и, развернувшись носом на восток, двинулся в океан, к чудесам Старого Света. Вечером над нью-йоркской гаванью не было ни облачка, и пассажиры лайнера имели возможность полюбоваться на звезды над незагрязненным океаном.

Сейчас уже никто не сможет сказать, что первым нарушило спокойствие на судне: гудок догоняющего их сухогруза или жуткий вопль, донесшийся из одной из кают. Возможно, они прозвучали одновременно, но сейчас это уже совершенно не важно. Крик донесся из каюты Суидема; матрос, высадивший дверь этой каюты, вероятно, мог бы рассказать, какие ужасы там увидел, если бы не сошел немедленно с ума и вопил после этого громче, чем первые жертвы, а потом носился по палубе, пока его не поймали и не приковали. Корабельный врач, вошедший в каюту минутой позже и включивший свет, не сошел с ума, но никому не рассказывал об увиденном до того момента, как отправил отчет об этом происшествии Мелоуну в Чепачет. В каюте, без сомнения, произошло убийство, однако несомненно, что к нему не был причастен ни один человек, о чем свидетельствовали глубокие следы когтей на шее миссис Суидем, которые не могли быть оставлены рукой ее супруга, да и вообще никакой человеческой рукой. На белой стене каюты некоторое время мигала кроваво-красная надпись, восстановленная впоследствии доктором по памяти, представлявшая собой записанное халдейскими буквами слово «ЛИЛИТ». Умолчать о надписи было просто: через несколько минут она пропала без следа; что же касается самих жертв, врач поспешил запереть каюту с намерением никого туда не впускать. Описывая впоследствии эти события, доктор особо отметил Мелоуну, что не видел ЭТО. Иллюминатор каюты был открыт, и за секунду до того, как доктор включил свет, он заметил в нем какое-то фосфоресцирующее свечение, сопровождавшееся, казалось, отголоском дьявольского глумливого смешка, но ничего более определенного не увидел. Доказательство этому, как утверждал доктор, — то, что он не спятил.

Несколько минут спустя все внимание оказалось обращено на подошедший вплотную сухогруз. С него была спущена шлюпка, и вскоре толпа темнокожих и наглых бандитов, облаченных в потрепанную форму моряков, забралась на борт лайнера компании «Кунард». Вновь прибывшие тут же потребовали выдать им Суидема или его тело — они знали, что он отправился в путешествие, и по какой-то причине были уверены, что он умрет. На капитанском мостике в этот момент было полное смятение; два таких события, как доклад перепуганного доктора об увиденном им в каюте и последовавшее тут же дикое требование наглых грубиянов, могли поставить в тупик и мудрейшего из мудрецов. Видя нерешительность капитана, предводитель назойливых визитеров, араб с негроидными вывороченными губами, протянул ему грязный и помятый листок бумаги. В записке, подписанной Робертом Суидемом, и содержалось следующее загадочное сообщение:

*«При внезапном или необъяснимом несчастном случае или смерти с моей стороны прошу беспрекословно*

*передать меня или мое тело подателю сего и сопровождающим его лицам. От выполнения этого требования полностью зависит моя, а может быть, и ваша дальнейшая судьба. Все объяснения будут даны позже, а пока прошу лишь исполнить мою волю!*

*Роберт Суидем».*

Капитан и доктор обменялись взглядами, и последний что-то прошептал ему на ухо. После чего оба беспомощно пожали плечами и повели непрошеных гостей к каюте Суидема. Отпирая дверь каюты, доктор посоветовал капитану не заглядывать внутрь, и сам свободно вздохнул только после того, как все эти странные моряки, после необъяснимо долгого периода подготовки, двинулись наружу, унося на плечах плотно завернутое в простыню тело. Доктор порадовался, что оно обвернуто так, что контуры не проступают, и что им хватило ловкости не уронить его по дороге к ожидавшей их возле борта шлюпке. Лайнер «Кунард» взял прежний курс, а доктор с корабельным гробовщиком отправились в каюту Суидема, чтобы оказать последние услуги остававшейся там мертвой женщине. Снова врачу пришлось прибегнуть к сокрытию фактов и даже к прямой лжи, поскольку вскрылось еще одно ужасное обстоятельство. Когда гробовщик поинтересовался, для чего доктор выпустил всю до последней капли кровь из тела миссис Суидем, тот не признался, что не имел ни малейшего отношения к этому злодеянию, как и не стал обращать внимание своего спутника на пустые ячейки в стойке для бутылок и на резкий запах спиртного из слива умывальника, куда, несомненно, и было вылито их изначальное содержимое. Доктор припомнил, что карманы тех людей — если они вообще были людьми — по дороге обратно к шлюпке заметно оттопыривались. Два часа спустя на берег была отправлена радиограмма, извещающая мир о том, что ему полагалось знать об этой трагедии.

## VI

В тот самый июньский вечер Мелоун, еще не знавший ничего о происшествии на судне, носился по охваченным возбуждением узким улочкам Ред-Хука. Район возбужденно бурлил, как будто «сарафанное радио» передало сигнал тревоги, местные жители собирались толпами возле старой церкви, служившей танцевальным залом, и зданий на Паркер-Плейс. Совсем недавно исчезли сразу три ребенка — дети голубоглазых норвежцев, населявших бруклинский район Гованус, и в толпе поползли слухи, что разъяренные викинги формируют ополчение. Мелоун уже несколько недель пытался убедить начальство в необходимости навести порядок в здешних местах, и наконец, под давлением обстоятельств, более убедительных для них, чем домыслы дублинского мечтателя, руководство городской полиции все-таки решилось на проведение общей облавы. Накаленная обстановка, сложившаяся в Ред-Хуке в тот вечер, ускорила события, и около полуночи сводный отряд из сотрудников трех близлежащих полицейских участков окружил Паркер-Плейс и прилегающие улицы. Полиция стучала в двери, задерживала всех подозрительных лиц, и освещаемые свечами комнаты исторгли невероятное количество иностранцев в диковинных одеждах, носящих митры и другие ритуальные костюмы. В общей суматохе очень много улик было утрачено, ибо арестованные успевали выбросить какие-то предметы в неожиданно обнаружившиеся колодцы, а запахи уничтожались поспешно примененными благовониями. Но повсюду была разбрызгана кровь, и Мелоун содрогался от отвращения всякий раз, когда находили очередной алтарь с еще идущим от жаровни дымком.

Ему хотелось успеть сразу повсюду, но после того, как ему сообщили о том, что старинная церковь, служившая иногда танцевальным залом, пуста, он тут же направился к полуподвальной квартире Суидема на Паркер-Плейс. Он надеялся, что сможет найти там ключ, позволяющий проникнуть в самое сердце таинственного культа, центральной фигурой которого, теперь это уже не вызывало сомнений, был пожилой ученый-мистик. С таким предвкушением он рылся в сырых, затхлых комнатах, пролистывал диковинные древние книги, рассматривал странные приборы, золотые слитки и небрежно расставленные где попало пузырьки, закупоренные стеклянными пробками. Пока он занимался этим, под ногами у него начал виться тощий, черный с белыми пятнами кот, и Мелоун, споткнувшись, сбил стоявшую на полу мензурку с какой-то темно-красной жидкостью. Его это здорово напугало, он и по сей день не уверен, что именно увидел тогда; иногда он снова видит во сне, как кот, удирая, превращается на ходу в какое-то чудовище. Затем он наткнулся на запертую дверь подвала и принялся искать, чем бы ее выбить. Неподалеку нашелся тяжелый табурет, и ветхая дверь не устояла под ударами его основательного сиденья. По ней пошла трещина, а затем она рухнула вся целиком — но под давлением с другой стороны; оттуда дунуло ледяным ветром, пропитанным зловонием ада; этот ветер обвил парализованного страхом детектива ледяными кольцами и потянул через порог подвала вниз, в необъятное сумеречное пространство, наполненное шепотами, криками и взрывами глумливого смеха.

Конечно, ему это всего лишь привиделось. Так уверяли все врачи, и ему нечего было им возразить. Конечно, для него самого было бы лучше поверить им, тогда старые кирпичные трущобы и смуглые лица иностранцев не повергали бы его в такой ужас. Но в тот момент это было абсолютно реально, и никакая сила на свете не может вытравить из его памяти те мрачные подземные склепы, гигантские аркады и бесформенные тени адских тварей, беззвучно проходящих мимо, сжимая в когтях полуобглоданных, но все еще живых жертв, молящих о пощаде или издающих безумные смешки. Аромат благовоний смешивался с запахом гниения, и во мраке, пропитанном этим тошнотворным сочетанием, копошились бесформенные сущности, обладающие глазами. Где-то там темные маслянистые волны бились об ониксовую пристань, и в какой-то момент в их мерный шум вплелся звонкий дребезг серебряных колокольчиков, приветствовавший голую и фосфоресцирующую, которая, идиотски хихикая, выплыла из клубившегося над водой тумана, выбралась на берег и забралась на стоящий чуть поодаль резной золотой пьедестал, где и уселась на корточки, с ухмылкой поглядывая по сторонам.

Отсюда во все стороны расходились туннели кромешного мрака, так что вполне можно было предположить, что именно в этом месте пустила корень ужасная зараза, которая в определенный час расползется по всему свету и поглотит города и целые страны. Здесь укрепился космический грех, здесь он гноился благодаря нечестивым ритуалам, прорвался, как нарыв, готовясь возглавить процессию смерти, которая должна была обратить всех живущих на земле в гниющую плесень, недостойную захоронения. Здесь расположился вавилонский двор сатаны, и в непорочной детской крови омывала свои пораженные проказой ноги фосфоресцирующая Лилит. Выли инкубы и суккубы, вознося хвалу Гекате, и блеяли в честь Великой Матери безголовые придурки. Козлы плясали под гнусавую мелодию флейт, а эгипаны, оседлав прыгавшие словно огромные лягушки валуны, гонялись за уродливыми фавнами. Конечно, не обошлось без Молоха и Астарты, ибо среди этой квинтэссенции всего проклятого границы человеческого сознания исчезали и взору представали все ипостаси зла и все его запретные аспекты, когда-либо являвшиеся или прозревавшиеся на земле. Мир и сама Природа оказывались бессильны противостоять натиску порождений ночи, рвущихся из отворенного колодца, и ни крест, ни молитва не были способны обуздать вальпургиев разгул ужасов, начавшийся из-за того, что мудрецу с ключом довелось случайно встретиться с ордой, получившей в наследство от предков сундук, наполненный демонической премудростью.

Внезапно этих фантомов пронзил луч света, и сквозь гвалт богомерзких тварей Мелоун расслышал плеск весел. Вскоре на мутной поверхности озера появилась лодка с фонарем на носу, спешно пришвартовалась у массивного кольца, вделанного в осклизлый булыжник причала, и изрыгнула группу темнокожих людей, тащивших на плечах что-то тяжелое, завернутое в простыню. Они бросили это у подножия резного золотого пьедестала с голой фосфоресцирующей тварью, и та довольно захихикала и тронула простыню лапой. Тогда вновь прибывшие развернули простыню и поставили перед ней полуразложившийся труп толстого старика с щетинистой бородкой и всклокоченными седыми волосами. Фосфоресцирующая тварь издала еще один идиотский смешок, и тогда эти люди достали из карманов какие-то бутыли и, окропив ее ноги наполнявшей их красной жидкостью, передали их твари, чтобы она могла из них выпить.

Внезапно из одного из уходящих вдаль туннелей стали доносится демонические звуки богохульного органа, играющего надтреснутым басом нечестивые пародии на гимны. Все вокруг тут же пришло в движение, словно подпитанное электричеством: козлы, сатиры, эгипаны, инкубы, суккубы, лемур, пародии на лягушек и бесформенные твари, ревущее чудовище с собачьей головой и еще одно, молчаливое, — все это кошмарное сборище выстроилось в своего рода процессию под предводительством отвратительной фосфоресцирующей твари, что прежде сидела, хихикая, на золотом троне, а теперь важно шествовала, держа в руках окоченевший труп дородного старика, в ту сторону, откуда доносились холодящие душу звуки. Странные темнокожие люди приплясывали в хвосте процессии, и вся колонна скакала и кривлялась в дионисийском исступлении. Мелоун сделал было несколько неуверенных шагов вслед за ними, не вполне сознавая, на каком он свете: на этом или на том. Затем он повернул в сторону и, дрожа и задыхаясь, повалился на мокрый холодный булыжник пристани; демонический орган продолжал хрипеть и квакать, а визг, вой и стук удаляющейся процессии становились тише.

До него приглушенно доносились обрывки непристойных песнопений и невнятное кваканье голосов. Время от времени вся компания принималась выть и стонать в богохульственном экстазе, но вскоре все эти звуки сменились мощным, исторгаемым из тысячи глоток речитативом, в котором Мелоун узнал греческое заклинание, записанное над кафедрой старой церкви, служащей танцевальным залом.

«О друг и товарищ ночи, ты, восторгающийся собачьим лаем (в этом месте сборище испустило мерзкий вой) и льющейся кровью (здесь последовали неподдающиеся описанию звуки вперемешку с душераздирающими воплями), крадущийся в тени надгробий (глубокий свистящий выдох), забирающий кровь и приносящий смертным ужас (короткие сдавленные вопли, исходящие из неисчислимого множества глоток), Горго (повторенное эхом), Мормо (повторенное в исступлении экстаза), тысячеликая луна (вздохи и мелодия флейты), обрати благосклонный взгляд на наши скромные подношения!»

Когда заклинание завершилось, все разразились криками, почти заглушив надтреснутое кваканье басов органа. Затем из бесчисленных глоток собравшихся там вырвался вопль восхищенного изумления, после чего все они выкрикнули, пролаяли и проблеяли слова: «Лилит, Великая Лилит, сё твой Жених!» Снова раздались вопли и гулко отдающиеся в туннеле звуки влажных шлепков, как если бы кто-то бежал по нему босиком. Эти звуки явно приближались, и Мелоун приподнялся на локте, чтобы увидеть бегущего.

Мрак этого подземелья немного рассеялся, и в дьявольском свете исходившего от стен призрачного свечения глаза Мелоуна углядели силуэт бегущего по туннелю существа, которое по всем законам Божьим не могло ни бегать, ни чувствовать, ни дышать — полуразложившийся труп старика с остекленевшими глазами, не нуждающийся теперь в поддержке, оживленный дьявольским воздействием только что проведенного ритуала. За ним гналась голая фосфоресцирующая тварь, прежде сидевшая на резном пьедестале, за ней, тяжело дыша, едва поспевали смуглые люди с лодки, а за ними — вся остальная омерзительная компания. Труп пытался оторваться от своих преследователей, напрягая каждый прогнивший мускул, явно торопясь к резному золотому пьедесталу, обладавшему, очевидно, неудержимо влекущей магической силой. В следующий момент он достиг своей цели, при виде чего догоняющая его толпа взвыла и прибавила скорости. Но они опоздали, поскольку, собрав последние силы, труп того, кто был некогда Робертом Суидемом, мощным рывком, от которого некоторые сухожилия лопнули и некоторые части его тела студенистой массой упали на пол, одолел последние несколько метров, отделявшие его от пьедестала, и со всего размаха налетел на предмет, к которому стремился. От этого удара все тело честолюбца лопнуло и обратилось в бесформенную массу, а сам пьедестал наклонился, побалансировал немного на краю пристани и соскользнул со своего ониксового основания в мутные воды озера; блеснув на прощание золотом, он отправился в немыслимую бездну нижнего Тартара. В следующий момент все вокруг содрогнулось в громовом раскате, милосердная тьма сокрыла от взора Мелоуна уничтожение окружающей его вселенной, и он потерял сознание.

## VII

Видение Мелоуна, не подозревавшего о смерти Суидема и передаче его тела странным морякам, имеет удивительные совпадения с обстоятельствами его смерти. Впрочем, это еще не значит, что его надо воспринимать всерьез. Во время этого рейда без всякой видимой причины обрушились три старых, давно прогнивших до основания дома на Паркер-Плейс, погребя под собой половину участвовавших в операции полицейских и большую часть задержанных. Спастись удалось лишь тем, кто в момент обрушения находился в подвале, и Мелоуну повезло оказаться в самом глубоком подземелье под домом Суидема. Никто не может отрицать, что он действительно был там. Его нашли в состоянии глубокого обморока на берегу черного как деготь водоема рядом с разлагающейся массой плоти и костей, по работе дантиста опознанной как тело Роберта Суидема. С точки зрения властей все было очень просто: сюда вел подземный канал контрабандистов, которые остановили лайнер, забрали тело Суидема и доставили его домой. Правда, самих этих контрабандистов не нашли — во всяком случае, среди найденных тел похожих не оказалось; да и судовой врач не очень верит в это простое объяснение.

Судя по всему, Суидем возглавлял довольно разветвленную организацию контрабандистов, так как ведущий к его дому туннель был частью густой сети подземных каналов и туннелей, пронизывающей всю округу. Один из таких туннелей соединял его дом с огромным подземным залом под старой церковью, куда из последней можно было попасть лишь через узкий потайной проход, имевшийся в северной стене. В этом зале были найдены странные и весьма необычные предметы, в том числе расстроенный орган, длинные ряды скамеек и алтарь странной формы. Здесь также имелись тесные кельи, к которым вели очень узкие проходы, и в семнадцати из них были обнаружены скованные по рукам и ногам узники, пребывавшие в состоянии полного умопомрачения; среди них оказались четыре женщины с новорожденными младенцами странного вида. Все младенцы умерли вскоре после того, как их вынесли на свет, и врачи сочли это обстоятельство милосердным. Однако из видевших их никто, кроме Мелоуна, не вспомнил мрачный вопрос старика Дельрио: «An sint unquam daemones incubi et succubae, et an ex tali congressu proles nasci queat?»

Прежде чем засыпать подземные каналы, их осушили и тщательно обследовали дно. Было обнаружено огромное количество костных обломков различной величины. Стало очевидно, что именно отсюда исходила зловещая эпидемия похищений детей, будоражившая весь город; хотя только двое из выживших задержанных могли иметь к этому отношение. Сейчас они пребывают в тюрьме, поскольку не было найдено прямых доказательств их участия в убийствах. Резной золотой пьедестал или трон, представлявший собой, по словам Мелоуна, первостепенную важность для членов мерзкой секты убийц, найти так и не удалось. Правда, в одном месте под домом Суидема оказалась слишком глубокая впадина для осушения. Ее жерло закупорили и залили сверху бетоном, чтобы оно не мешало закладке фундаментов новых домов, но Мелоун иногда задумывается над тем, что же находится в ее глубине. Полиция, довольная тем, что удалось разгромить опасную банду религиозных маньяков и контрабандистов, передала федеральным властям тех курдов, что оказались непричастными к преступным деяниям, и при депортации их попутно выяснилось, что все они йезиды-дьяволопоклонники. Сухогруз и его смуглая команда так и остались неуловимой тайной, хотя циничные сыщики заверяют, что всегда готовы достойно встретить этих контрабандистов. Мелоун же полагает, что они тем самым демонстрируют ограниченность своего кругозора, не проявляя интереса к бесчисленному количеству необъяснимых улик под самым их носом и наводящим на размышления мрачным обстоятельствам этого дела; столь же критически он настроен и по отношению к газетам — они увидели в этом деле только сенсацию и смаковали подробности мелкого садистского культа, тогда как могли бы обратить внимание публики на кошмар, поражающий сердце вселенной. Но он смирился со спокойным отдыхом в Чепачете, успокаивающим расшатанную нервную систему, и надеялся, что со временем это вытеснится из случившегося в реальной жизни в область причудливого, невероятного вымысла.

Роберт Суидем покоится рядом со своей невестой на Гринвудском кладбище. Его останки зарыли в землю без обычной для таких случаев церемонии, а родственники молодоженов рады тому, что это происшествие постигло быстрое забвение. Причастность пожилого ученого к кошмарным убийствам не была доказана юридически: его смерть опередила расследование, которого, в противном случае, было бы не избежать. О кончине его в газетах почти не упоминалось, и родственники его надеются, что последующие поколения будут помнить о нем лишь как о тихом затворнике, баловавшемся безобидной магией и фольклором.

Что же касается самого Ред-Хука, то он нисколько не изменился. Суидем пришел и ушел; ужас сгустился и развеялся; но зловещий дух нищеты и убожества по-прежнему живет среди скопищ старых кирпичных домов, а группки молодых подонков все так же снуют под окнами, в которых время от времени внезапно появляются и исчезают странный свет и искаженные страхом лица. Сохраняющийся века ужас неистребим, как тысячеголовая гидра, а темные культы берут свои истоки в безднах святотатства, которые поглубже демокритова колодца. Дух зверя вездесущ и всегда побеждает, а потому горланящие и сыплющие ругательствами группки молодых людей с обезображенными оспинами лицами будут продолжать появляться в Ред-Хуке, ибо они движутся от бездны к бездне, не ведая, куда идут и откуда, движимые слепыми законами биологии, которых, вероятно, никогда не постигнут. Как и прежде, сегодня далеко не все, попадающие в Ред-Хук, возвращаются обратно по суше, и уже ходят слухи о новых подземных каналах, прорытых для контрабанды спиртного и для кое-чего другого, о чем лучше умолчать.

Старая церковь, иногда служившая танцевальным залом, теперь просто танцевальный зал, но по ночам за ее окнами иногда мелькают странные лица. Недавно полиция заподозрила, что засыпанный подземный зал раскопан и снова используется для неведомых целей. Но кто мы такие, чтобы сражаться со злом, более древним, чем само человечество? Обезьяны в Азии совершали ритуалы, чтобы умилостивить его, и оно проявляется, подобно раковой опухоли, везде, где в кирпичных домах заводится сырость.

Мелоун вздрагивает от страха вовсе не без причины: на днях один из патрульных полицейских слышал, как в подворотне смуглая косоглазая ведьма учила девочку какому-то распеву на своем наречии. Ему показалось странным, что они повторяли много раз одно и то же: «О друг и товарищ ночи, ты, восторгающийся собачьим лаем и льющейся кровью, крадущийся в тени надгробий, забирающий кровь и приносящий смертным ужас, Горго, Мормо, тысячеликая луна, обрати благосклонный взгляд на наши скромные подношения!»

# ЗАБРОШЕННЫЙ ДОМ

## I

Даже в самых кошмарных событиях обычно таится ирония. Иногда она вплетена в сам их ход, а иногда лишь подчеркивает элемент случайности в связях людей и мест. Именно этот последний вариант видим в случае с Эдгаром Алланом По. В конце сороковых годов прошлого века он, безуспешно ухаживая за талантливой поэтессой миссис Уайтмен, частенько посещал старинный город Провиденс. Писатель всегда останавливался в Мэншен-хауз на Бенифит-стрит — бывшей гостинице «Золотой шар», под крышей которой в свое время находили приют Вашингтон, Джефферсон и Лафайет, а его излюбленный путь к жилищу дамы его сердца пролегал по улице, над которой раскинулось на холме кладбище Святого Иоанна, чьи сокрытые зеленью от досужего взора надгробия обладали для него особой притягательностью.

Вы спросите, в чем же заключалась ирония? А в том, что на своем пути этот непревзойденный певец загадочного и сверхъестественного много раз проходил мимо одного дома, расположенного на восточной стороне улицы, — прилепившегося на крутом склоне холма, невзрачного с виду старомодного особняка, утопающего в огромном запущенном саду, разбитом еще в незапамятные времена. Эдгар По никогда не писал и не упоминал в своих беседах об этом доме, вероятно, вообще не обратил на него внимания. А ведь по крайней мере у двух людей есть неоспоримые доказательства, что тайна дома не уступает, а может, и превосходит по своей кошмарной сути взлеты самой изощренной фантазии не раз проходившего мимо него гения. Сам же дом и поныне мрачно возвышается, как материальный символ зла.

Этот особняк привлекал внимание любопытных и в старые, и в нынешние времена. Первоначально задуманное как фермерское жилище середины восемнадцатого века, двухэтажное строение отражало вкусы зажиточных колонистов Новой Англии — островерхая крыша, глухая мансарда, портик в георгианском стиле и внутренние помещения, обшитые панелями (последнее диктовалось изменившимися представлениями о красоте интерьера). Фронтон дома смотрел на юг, восточная стена зарывалась в холм — вплоть до нижних окон, а западная выходила на улицу. Такое местоположение обусловливалось сто пятьдесят лет назад нуждами времени: требовалось выровнять улицу. Ведь Бенифит-стрит (прежде она именовалась Бэк-стрит) некогда была извилистой тропой между захоронениями первых поселенцев. Перемены стали возможны только после перенесения останков колонистов на Северное кладбище, и вот тогда, не боясь уже оскорбить чувства потомков, улицу начали выравнивать.

Прежде западная стена дома начиналась на высоте двадцати футов от тропы, но во времена Революции, когда улицу стали расширять, часть земли срыли, обнажив фундамент строения. Хозяевам пришлось облицевать подвальную стенку кирпичом, а из самого подвала сделать выход на улицу. Тогда же в подвале появились и два оконца. А когда сто лет назад потребовалось проложить тротуар, срыли еще немного земли, и Эдгар По в своих прогулках мог уже видеть только выходящую на улицу темную кирпичную стену — корпус же самого дома старинной кладки начинался лишь на высоте десяти футов.

Прилегающий к дому сад взбегал по холму вверх, раскинувшись довольно далеко и почти достигая Уитон-стрит. Та его часть, что выходила на Бенифит-стрит, была значительно выше самой улицы. От нее сад отделяла отсыревшая и заросшая мхом высокая каменная стена с пробитой в ней крутой лестницей, ведущей мрачными переходами в верхнюю часть участка с неподстриженными лужайками и развесистыми деревьями. Унылая картина разбитых урн, проржавевших котелков, свалившихся с треног, сооруженных из сучковатых палок, и прочих неожиданных вещей дополнялась жалким зрелищем обветшалой двери с разбитым веерообразным окошком, сгнившими ионическими пилястрами и источенным червями треугольным фронтоном.

В годы своей юности я, помнится, слышал разговоры, что в этом доме слишком часто умирали люди. Именно поэтому первые хозяева дома, прожив в нем двадцать лет, переехали в другое жилище. Место, очевидно, было нездоровым. Возможно, причина крылась в сыром подвале, заросшем грибовидной растительностью, откуда гнилостный запах разносился по всему дому, а может, вину следовало искать в гуляющих по коридорам сквозняках или в колодезной воде. Именно эти пагубные обстоятельства назывались моими близкими в первую очередь. Только годы спустя я нашел в записных книжках моего дяди, доктора Илайхью Уиппла, знатока древностей, упоминание о смутных подозрениях, которыми делились по секрету между собой старые слуги и прочая челядь. Догадки эти никогда широко не распространялись и были почти забыты ко времени, когда Провиденс стал крупным городом со множеством пришлых людей.

О привидениях речи не было. Никогда я не слышал от старожилов рассказов о бряцающих цепях, ледяных порывах ветра, внезапно задутых свечах или незнакомых лицах в окне. Самые дошлые иногда поговаривали, что дом-де «нечист», но дальше этого не шли. Одно было несомненно: люди здесь умирают много чаще, чем во всей округе, точнее сказать, умирали: шестьдесят лет назад при неких не совсем обычных обстоятельствах дом опустел и с тех пор не находилось охотников поселиться в нем. Скончавшиеся здесь люди не являлись жертвами какого-то рокового случая: скорее, их что-то долго и методично подтачивало, и тот, в ком жизненных сил было меньше, уходил первым. Из выживших же все поголовно страдали явно выраженной анемией или чахоткой, а некоторые и психическими расстройствами. Все это говорило о неблагоприятной для здоровья атмосфере жилища. Ничего подобного, к слову сказать, не замечалось в соседних домах. Вот, пожалуй, и все сведения, которыми я располагал к тому моменту, когда мой дядя после долгих упрашиваний с моей стороны извлек наконец из своих тайников собранные им материалы — шаг, положивший начало нашему опасному расследованию. В мои детские годы этот особняк, окруженный корявыми бесплодными деревьями, уже пустовал. В поднимающемся террасами саду, куда никогда не залетали птицы, росла бледная, на редкость высокая трава и причудливо изогнутые сорняки. Мальчишками мы частенько забегали сюда, и я до сих пор не могу забыть свой детский страх, вызванный не столько странной деформированностью растений, сколько общей зловещей атмосферой и мерзким запахом. Он шел из обветшалого дома, куда мы иногда, влекомые непреодолимой жаждой неведомого, с опаской проникали через незапертую дверь. В этих стенах, обшитых ветхими панелями, витал дух запустения: оконные стекла были разбиты, ставни расшатаны, обои отклеились, отовсюду сыпалась штукатурка, ступеньки отчаянно скрипели под ногами, а то немногое, что осталось из мебели, уже ни на что не годилось. Пыль и паутина довершали эту мрачную картину, и потому мальчишка, который решался подняться на чердак, считался отчаянным смельчаком. Когда-то в это просторное помещение с высокими стропилами, освещаемое лишь двумя маленькими тусклыми оконцами, сваливали без разбора всякую рухлядь: сломанные стулья, сундуки, прялки. Теперь за давностью лет все это превратилось в какое-то бесформенное месиво, в адский бедлам.

И все же чердак вряд ли являлся самым зловещим местом в доме. Им был, несомненно, холодный подвал, попав в который, мы не могли унять дрожь.

Даже сознание того, что он находится не под землей, а на уровне улицы, и за кирпичной стеной с тонкой дверцей и небольшим окошком шумит жизнь, не спасало нас от жгучего страха. Мы никак не могли решить для себя, заглядывать ли сюда почаще в надежде увидеть привидения или, напротив, совсем не показываться, зато спасти тело и душу. В подвале гнилостный запах ощущался сильнее, а кроме того, нам был неприятен вид бледной грибообразной поросли, которая особенно буйно разрасталась в дождливую летнюю погоду. Она чем-то напоминала сорняки в саду и имела преотвратный вид, карикатурно напоминая поганки или трубки индейцев. Ничего подобного мы нигде больше не встречали. Эти растения, сгнивая, начинали слабо фосфоресцировать, и те, кто проходил мимо дома ночью, потом божились, что видели, как за разбитыми стеклами окон плясали дьявольские огоньки, а зловоние было особенно ощутимо.

Мы никогда, как бы нам ни хотелось, не осмеливались наведываться в подвал ночью, но иногда, если день был пасмурный и дождливый, тоже наблюдали свечение. Кроме того, в подвале было нечто такое, о чем мы никогда не могли с уверенностью сказать, не померещилось ли оно нам. Я говорю о неясном беловатом наросте на грязном полу, смутном, расплывчатом узоре из плесени, который мы различали у основания печи, где поросль редела. Иногда этот узор напоминал по форме скорченную человеческую фигуру, потом сходство уменьшалось и исчезало совсем. Часто не различался и сам нарост. После одного дождливого дня, когда человеческие очертания проступили на полу особенно отчетливо и от плесени по направлению к дымоходу потянулся, как мне почудилось, легкий желтоватый дымок, я рассказал обо всем дяде. Он счел, что у меня разыгралось воображение, и даже посмеялся, но потом задумался. Позже я узнал, что в некоторых самых невероятных из всей череды преданий говорилось о взмывавшем иногда из трубы дыме, принимавшем отвратительные, звероподобные формы. Эти гнусные очертания воспроизводили и корни мрачных деревьев, пробивавшиеся сквозь толщу камня в подвал.

## II

Когда я достиг совершеннолетия, дядя ознакомил меня со своими записями и документами, касавшимися заброшенного особняка. Доктор Уиппл относился к здравомыслящим врачам старой школы и, несмотря на свой ярко выраженный интерес к тайне пресловутого дома, не торопился направить юношескую любознательность на столь рискованный объект. Сам он, впрочем, был уверен, что вся тайна сводится к нездоровым природным условиям и качеству строительства, но опасался, что многочисленные загадочные подробности, столь заинтересовавшие его самого, могут потрясти мое воображение и вызвать самые непредсказуемые реакции.

Доктор — седовласый, всегда чисто выбритый джентльмен — был старым холостяком. Он проявлял глубокий интерес к истории нашего края и настолько преуспел в этом, что неоднократно вступал в полемику с такими учеными мужами, как Сидни С. Райдер и Томас У. Бикнелл. Он жил со своим единственным слугой в георгианском коттедже с дверным молотком и обитыми железом перилами, примостившемся у того самого места, откуда Норт-Корт-стрит уходила вверх. С коттеджем соседствовали старинное кирпичное здание суда и дом, прежде принадлежавший колониальному управлению, где дед доктора — двоюродный брат прославленного капитана Уиппла, спалившего в 1772 году «Гаспи», боевой корабль Его Величества, — проголосовал за независимость Род-Айленда. В библиотеке — сыроватой комнате с низким потолком, стенами, обшитыми белыми панелями, накаминником с затейливой резьбой и увитыми виноградом окнами — хранились семейные реликвии и бумаги. В некоторых встречались упоминания о заброшенном доме на Бенифит-стрит, таящие намеки на нечто таинственное. Это проклятое место находилось неподалеку от коттеджа: Бенифит-стрит начиналась сразу за зданием суда и шла вдоль холма, на котором строили свои дома первые колонисты.

Наконец мои неустанные расспросы возымели действие. Дядя решил, что, повзрослев, я имею право знать правду, и ознакомил меня с весьма странными обстоятельствами, касаемыми этого дома. Как показывала объективная статистика, за все время его существования жизнь обитавших в нем людей непрерывно подвергалась воздействию некой злой и разрушительной силы. Это открытие произвело на меня куда большее впечатление, чем на доброго дядюшку. Собранные вместе, отдельные случаи и некоторые вроде бы незначительные эпизоды наводили на ужасные предположения. Мною снова овладело жгучее, неуемное любопытство, по сравнению с которым мой детский интерес казался обычной в этом возрасте любознательностью. Первые догадки привели впоследствии к долгому и изнурительному изучению документов и наконец — к фатальному расследованию, которое так дорого обошлось мне и моей семье. Ведь дядя, конечно же, присоединился к начатым мною розыскам, и после одной ночи, проведенной вместе в проклятом доме, я вышел оттуда один. Как недостает мне теперь этого доброго человека, в течение долгих лет бывшего в моих глазах образцом чести, добродетели, хорошего вкуса, доброжелательности и образованности. В память о нем я воздвиг мраморное изваяние на кладбище Святого Иоанна, где так любил бродить Эдгар По. Этот погост, ограниченный с одной стороны вековой церквушкой, а с другой — домами и оградительными стенами Бенифит-стрит, по сути представляет собой тихую укромную рощицу из раскидистых ив, где мирно жмутся друг к другу могилы и родовые склепы.

Изучая историю дома и сопоставляя отдельные события и даты, мы не обнаружили ничего необычного и тем более ужасного ни в обстоятельствах его строительства, ни в личностях первых владельцев, принадлежавших к богатому и уважаемому семейству. Однако с самого начала в доме ощущалось присутствие неопределенной опасности, которая вскоре осязаемо себя проявила. Собранные дядей по крупицам сведения восходили к постройке дома в 1763 году и довольно подробно прослеживали все дальнейшие события. Его первыми хозяевами были Уильям Хэррис и его жена Роби Декстер. С ними также жили их дети: Элкана, родившаяся в 1755 году, Абигайл — в 1757-м, Уильям-младший в 1759-м, и Руфь —

в 1761-м. Слывший состоятельным купцом и искусным мореплавателем, Хэррис совершал по поручению фирмы «Обадья Браун и племянники» деловые вояжи в Вест-Индию. После смерти Брауна в 1761 году глава новой фирмы, «Николас Браун и К°», доверил ему бриг «Пруденс» водоизмещением 120 тонн, построенный тут же, в Провиденсе. Повышение по службе позволило Хэррису наконец исполнить давнишнюю свою мечту, укрепившуюся после женитьбы, и выстроить собственный дом.

Для особняка он выбрал живописное место на недавно выровненной и потому считавшейся престижной Бэк-стрит; улицу проложили вдоль холма, и она довольно высоко поднималась над плотно застроенным бедняцким районом. Дом вполне соответствовал красоте места, впрочем, ничего лучшего, учитывая весьма скромные накопления, выстроить было просто нельзя. Поэтому понятна та торопливость, с какой Хэррис поспешил въехать в новое жилище, тем более что семья ждала пятого ребенка. Но родившийся в декабре мальчик оказался мертвым. С тех пор в течение ста пятидесяти лет ни один ребенок не родился в этом доме живым.

В апреле следующего года дети Хэррисов заболели неизвестной болезнью, и еще до конца месяца Руфь и Абигайл скончались. По мнению доктора Джоуба Айвза, девочки умерли от лихорадки, но другие специалисты утверждали, что смерть наступила в результате истощения и резкого упадка сил. Болезнь была, по-видимому, заразной, так как в июне Ханна Бауэн, служанка, скончалась от недомогания со сходными симптомами. Другой слуга, Эли Лайдисон, постоянно жаловался на слабость и хотел было вернуться в Рибот, на ферму отца, но помешала его внезапная страсть к Митабел Пирс, взятой на место Ханны. Он умер на следующий год, оказавшийся поистине трагическим: тогда же скончался и сам Уильям Хэррис, подорвавший свое здоровье, как все полагали, на Мартинике, где он подолгу находился в последние годы.

Овдовевшая Роби Хэррис так никогда и не оправилась от потери любимого мужа, а смерть старшей дочери, Элканы, нанесла последний удар по ее рассудку. В 1768 году у нее появились первые признаки помешательства, и тогда вдову пришлось перевести на второй этаж, ограничив ее передвижения по дому. Заботы о семье взяла на себя ее старшая незамужняя сестра, простоватая Мерси Декстер, перебравшаяся на Бенифит-стрит. Природа наделила сухопарую Мерси недюжинным здоровьем, которое, впрочем, после переезда заметно пошатнулось. Она была очень привязана к своей несчастной сестре и обожала племянника Уильяма, единственного из детей, кто остался в живых, хотя и превратился из былого крепыша в болезненного, непропорционально высокого и худого подростка. В том же году умерла служанка Митабел, а другой слуга, Презервид Смит, попросил расчет, не дав по этому поводу никаких вразумительных объяснений, а только бормоча нечто невнятное и все время повторяя, что в доме премерзкий запах. Мерси с трудом нашла новых слуг: семь смертей и сумасшествие, поразившие семью всего лишь за пять лет, могли хоть кого отпугнуть. Кроме того, по городу поползли разные слухи, обросшие со временем совсем уж фантастическими подробностями. Наконец ей удалось заполучить людей со стороны: угрюмую Энн Уайт, родом из той части Северного Кингстауна, которая теперь именуется Эксетером, и ловкого бостонского малого по имени Зенас Лоу.

Именно Энн Уайт впервые открыто заговорила о том, о чем шептались в городе. Мерси не стоило нанимать прислугу из такого богом забытого местечка, как Нусек-Хилл, слывшего тогда, как, впрочем, и теперь, рассадником самых невероятных поверий и предрассудков. Если не далее как в 1892 году жители Эксетера эксгумировали труп и торжественно сожгли извлеченное из него сердце, дабы воспрепятствовать мнимым ночным хождениям покойника, якобы наводившего порчу на горожан, то можно себе представить, с какой силой могло разыграться воображение их предков в середине восемнадцатого века. У Энн был острый язычок, и спустя несколько месяцев Мерси пришлось расстаться с ней, взяв на ее место преданную и добродушную Марию Роббинз, мужеподобную амазонку из Ньюпорта.

Тем временем несчастную, полностью впавшую в безумие Роби Хэррис мучили сны и видения, о кошмарности которых можно было судить хотя бы по ее отчаянным воплям. Иногда истерические крики больной — свидетельство переживаемого ею ужаса — становились совершенно непереносимы, и тогда Уильяма забирал на время к себе его кузен Пелег Хэррис, живший на Пресбитериен-лейн, неподалеку от нового здания колледжа. Здоровье мальчика там сразу же улучшалось, и будь Мерси столь же мудра, как добродетельна, то позволила бы ему поселиться там насовсем. К сожалению, не осталось подробных сведений о том, что именно выкрикивала миссис

Хэррис в приступах безумия, но дошедшее до нас представляется на редкость абсурдным. Ну разве можно поверить, что женщина, знавшая лишь несколько французских слов, могла часами ругаться на этом языке, прибегая к идиоматическим выражениям, известным лишь исконным французам? И чего стоили ее странные жалобы на некую ужасную тварь, пытавшуюся кусать и жевать ее, если она находилась под постоянным присмотром? В 1772 году умер Зенас, и миссис Хэррис, услышав об этом, засмеялась с видимым удовольствием, что было совсем на нее непохоже. А на следующий год и она отошла в мир иной и теперь покоится на Северном кладбище рядом со своим мужем.

Когда в 1775 году начались трения с Великобританией, Уильям Хэррис, несмотря на свои неполные шестнадцать лет, записался добровольцем в армию генерала Грина и за несколько лет значительно преуспел и в здоровье, и в чинах. В 1780 году он служил уже капитаном в войсках Род-Айленда под командованием полковника Энджелла, там, в Нью-Джерси, познакомился с Феб Хетфилд родом из Элизабеттауна, женился на ней и на следующий год, вернувшись с триумфом в Провиденс, привез с собой и юную жену.

Однако возвращение молодого воина не превратилось в сплошной праздник. Дом, правда, находился в отличном состоянии, а улицу расширили, переименовав в Бенифит-стрит. Однако тетушка Мерси заметно сдала — от ее былой крепости не осталось и следа. Уильяма встретила скрюченная жалкая старушка с безжизненным голосом и бледным как смерть лицом. Похожие перемены произошли и с единственной, не покинувшей семейство служанкой, Марией. Осенью 1782 года Феб Хэррис родила мертвую девочку, а пятнадцатого мая следующего года добродетельная Мерси Декстер, прожив жизнь в самоотверженном труде и заботах о близких, оставила этот мир.

Тогда-то Уильям, полностью уверовавший в нездоровый климат своего жилища, решил навсегда покинуть его. Временно сняв для себя и жены номер в только что открывшейся гостинице «Золотой шар», он затеял строительство более благоустроенного дома на Уэстминстер-стрит, в новом городском районе за Большим мостом. Там в 1785 году родился его сын Дьюти, после чего семья благополучно жила в этом доме до того времени, когда интересы коммерции заставили их перебраться ближе к прежним местам и поселиться в новой части восточного квартала, на проложенной вдоль холма Энджел-стрит. Именно там, где впоследствии, в 1876 году, покойный Арчер Хэррис воздвиг свой пышный, но безвкусный особняк с мансардой. В 1797 году Уильям и Феб скончались во время эпидемии желтой лихорадки, а Дьюти взял на воспитание его двоюродный брат Ратбоун Хэррис, сын Пелега.

Ратбоун был человек деловой и поспешил сдать дом на Бенифит-стрит внаем, несмотря на желание Уильяма, чтобы дом пустовал: он считал своим долгом сделать все, чтобы увеличить состояние подопечного. Ратбоун и впредь не озадачивался большим количеством смертей и болезней в доме, из-за которых там часто сменялись жильцы, а также растущей недоброй славой особняка. Похоже, он чувствовал только раздражение, когда в 1804 году городской совет обязал его обработать дом серой, дегтем и нафталином после очередных четырех смертей, о которых много говорили в городе, и не верил, что причиной их была все та же эпидемия лихорадки, уже сходившая на нет. По мнению же совета, о наличии источника инфекции говорил стоявший в доме гнилостный запах.

Самого Дьюти мало заботила его собственность: он вырос, стал морским офицером и проявил себя наилучшим образом в войне 1812 года, служа на судне «Виджилент» под командованием капитана Кехуна. С войны он вернулся в добром здравии, в 1814 году женился и стал отцом в ту незабываемую ночь двадцать третьего сентября 1815 года, когда в заливе бушевал невиданной силы шторм. Затопив полгорода, он вынес на улицы сторожевой шлюп, мачты которого уперлись прямо в окна дома Хэррисов на Уэстминстер-стрит, как бы символически подтверждая, что новорожденный Уэлком — сын моряка.

Уэлком погиб с честью у Фредерикберга в 1862 году, уйдя из жизни раньше своего отца. Ни он, ни его сын Арчер не были знакомы со страшной историей дома, относясь к нему просто как к неудачной собственности, которую трудно сдать из-за вечной сырости и гнилостного запаха, неудивительного в таком неухоженном и старом жилище. После нескольких смертей, последовавших одна за другой (кульминацией в количественном их нарастании стал 1861 год), дом никогда уже больше не сдавался, и только бурные события начавшейся войны заставили горожан позабыть обстоятельства этих зловещих кончин. По разумению Кэррингтона Хэрриса, последнего в семье представителя мужской линии, дом был заброшенным родовым гнездом, обросшим за долгое время множеством живописных легенд. Когда я поделился с ним жутким знанием, он хотел было тут же снести особняк и выстроить на освободившемся месте гостиницу. Но после того, как я открыл ему *всё*, он решил сохранить дом, провести водопровод и попробовать снова сдать его. Желающие поселиться нашлись тут же, и ужасные события были забыты.

## III

Можно себе представить, как потрясла меня хроника семьи Хэррисов. Уйдя с головой в эти записи, я прямо-таки непосредственно ощущал присутствие там непостижимого, чудовищного зла, равного которому я не знал в природе. И связано оно было не с семьей, а с домом. Это мое впечатление подкреплялось множеством документальных свидетельств, обстоятельно собранных дядей, рассказами слуг, вырезками из газет, копиями медицинских свидетельств о смерти и тому подобным. Я не могу, разумеется, привести здесь все документы: дядя, страстный коллекционер по натуре, глубоко заинтригованный историей заброшенного дома, собрал их изрядное количество. Но кое-что повторялось во многих источниках, и вот об этом-то следует упомянуть. Из рассказов слуг, например, выходило, что злая сила таилась в смрадном, заросшем грибковой плесенью подвале. Некоторые слуги, особенно Энн Уайт, вообще избегали туда заглядывать. И еще: по меньшей мере в трех обстоятельных версиях упоминались корни деревьев и плесенные наросты, в дьявольских очертаниях которых угадывались искаженные формы человеческих фигур. Эти рассказы меня особенно заинтересовали, так как и я видел в детстве нечто подобное, хотя у меня было чувство, что каждый рассказчик привносил в историю колорит своего родного фольклора.

Энн Уайт, с ее эксетерскими предрассудками, предлагала самую экстравагантную и одновременно самую логичную версию. Она утверждала, что под домом похоронен один из тех вампиров, которые, чтобы сохранить свою плоть, должны пить кровь и красть дыхание у живых людей. Именно с этой целью ужасные полчища мерзких созданий бродят по ночам в виде привидений или прикидываясь людьми. Энн требовала поскорее взяться за поиски в подполе гнусной могилы, и эта ее упрямая настойчивость стала одной из причин, по которой с ней предпочли расстаться.

Ее рассказы пользовались, однако, большим успехом у соседок, оно и понятно — дом и вправду стоял на земле, где когда-то было кладбище. Это обстоятельство, хоть и весьма существенное, было для меня все же не столь важно рядом с другим: предположения Энн подтверждались жалобами Презервида Смита, слуги, уволившегося до прихода Энн и знать ее не знавшего. Смит утверждал, что кто-то по ночам «высасывает из него силы». Как тут не вспомнить свидетельства, подписанные доктором Чэдом Хопкинсом, о смерти четырех людей, скончавшихся якобы от желтой лихорадки в 1804 году! В них тоже говорилось о патологическом малокровии жертв. И несчастная Роби Хэррис кричала в бреду о некоем призрачном существе с остекленевшими глазами и острыми клыками.

Хотя я с предубеждением отношусь к разного рода предрассудкам, но здесь стоило призадуматься, особенно после знакомства с двумя газетными заметками разных лет, в которых говорилось о странных смертях в заброшенном доме. В статье из «Провиденс газетт энд кантри» от 12 апреля 1815 года и в другой — из «Дейли транскрипт энд кроникл» от 27 октября 1845 года — сообщалось о поразительно похожих, приводящих в содрогание случаях. Казалось, что описывалась одна и та же кончина. И благочестивая пожилая леди Стэффорд, почившая в 1815 году, и школьная учительница Элизар Дюрфи перед самой агонией чудовищным образом преображались: взгляд их стекленел, а при осмотре они старались впиться зубами в горло врача. Еще более удивительные обстоятельства сопутствовали той череде смертей, после которых дом на Бенифит-стрит навсегда опустел. Больные теряли рассудок, а потом стремительно погибали от прогрессирующей анемии. Впав в безумие, они покушались на жизнь близких, изобретательно изыскивая возможность вцепиться зубами им в горло или запястье.

Мой дядя занялся врачебной практикой то ли с 1860-го, то ли с 1861 года, и уже тогда слышал об этих таинственных случаях от старших коллег. Самым необъяснимым в них представлялось то, что жильцы (а последние годы дом снимали неграмотные, темные люди — чистую публику отпугивал мерзостный запах и плохая репутация дома), не знающие ни слова по-французски, заболевая, проклинали всех и вся именно на этом языке. Как тут было не вспомнить бедную Роби Хэррис, скончавшуюся почти столетие назад! На дядю произвело сильное впечатление все услышанное, и, вернувшись с фронта, он занялся сбором информации о странных смертях в заброшенном доме, в чем ему очень помогли доктора Чейз и Уитмарш, давшие, как говорится, сведения из первых рук. Дядя много и серьезно размышлял над этим феноменом и был несказанно рад моему неподдельному интересу: теперь ему было с кем обсуждать то, над чем посмеивались другие. Он не обладал моей пылкой юношеской фантазией, но опыт подсказывал ему, что таинственное место способно воспламенить воображение и превосходит все известное в области таинственного и ужасного.

Я же отнесся ко всему исключительно серьезно и, не желая ограничиваться пассивной ролью слушателя, старался сам добыть новые сведения. Беседуя много раз с престарелым владельцем заброшенного дома Арчером Хэррисом вплоть до его смерти в 1916 году, — я получил от него, а также от незамужней сестры Арчера Алисы, здравствующей и ныне, подтверждение собранной дядей информации. На мой вопрос, что могло связывать дом с Францией, оба недоуменно молчали. Арчер вообще ничего не знал, а мисс Хэррис в конце концов припомнила, как ее дед, Дьюти Хэррис, что-то такое рассказывал. Старый моряк, переживший на два года своего сына Уэлкома, павшего в сражении, не знал всей легенды полностью, но вспоминал, как его старая няня, Мария Роббинз, говорила о бредовых выкриках на французском языке Роби Хэррис, за которой ухаживала до самой ее кончины. Мария жила в доме Хэррисов с 1769 по 1783 год, в пору, когда семья окончательно покинула опасное жилище, и присутствовала при смерти Мерси Декстер. Как-то она упомянула малолетнему Дьюти о странном поведении Мерси в ее последние минуты, но он вскоре все забыл, помня только, что речь шла о какой-то дикости. Впрочем, даже эти, крайне неопределенные, подробности внучка Дьюти вспомнила с большим трудом. И она, и ее брат мало интересовались историей дома, в отличие от нынешнего его хозяина — Кэррингтона Хэрриса, сына Арчера, которому я без утайки рассказал о жутком нашем расследовании.

Собрав всю доступную информацию о семействе Хэррисов, я стал внимательно изучать документы, относящиеся к прошлому города, занимаясь с захватывающим интересом тем, чему дядя не уделил должного внимания. Мне хотелось составить связное представление об истории поселения начиная с 1636 года, а может, и с более ранних времен, если посчастливится разыскать индейские легенды, бытовавшие в районе Наррагансетского залива. Я узнал, что земля, на которой впоследствии построили дом, была частью протянувшегося вдоль побережья владения, пожалованного в свое время Джону Торкмортону. Земли, дарованные другим колонистам, начинались также недалеко от реки, где теперь пролегает Таун-стрит, и тянулись вверх по холму в направлении нынешней Хоуп-стрит. Земли Торкмортонов, по мере разрастания рода, дробились, и мне надлежало установить, к кому же перешел злосчастный участок на Бэк-стрит, или, что то же самое, на Бенифит-стрит. По слухам, там располагалось кладбище рода Торкмортонов, но, порывшись в старых бумагах, я выяснил, что их останки со временем перезахоронили на Северном кладбище, близ дороги на Потакен-Уэст.

Затем я наткнулся на документ — надо сказать, по чистой случайности, так как он лежал отдельно от всех остальных, — который возбудил мое острейшее любопытство: документ прояснял наиболее странные обстоятельства дела. Это была запись о сдаче в аренду Этьену Руле и его жене в 1697 году небольшого участка земли из владения Торкмортонов. Вот он французский элемент! Я начал досконально изучать расположение отдельных участков перед тем, как проложили, а затем и выровняли Бэк-стрит, то есть за 1747–1758 годы, и тут на меня дохнуло ужасом, пожалуй, не меньшим, чем с самых зловещих страниц когда-либо читанных оккультных книг. То, что я подсознательно уже знал, подтвердилось: там, где теперь стоял заброшенный дом, было кладбище семейства Руле; оно непосредственно примыкало к их жилищу — одноэтажной постройке, и не существовало никаких свидетельств, что останки захороненных там людей куда-либо переносились. Так как из найденного мною документа ничего более нельзя было извлечь, мне пришлось перерыть всю Историческую библиотеку Род-Айленда, а затем и Библиотеку Шепли, прежде чем я выяснил, кто же такие были эти Руле.

Семейство Руле прибыло в наши места, как выяснилось, из Ист-Гринвича, расположенного на западном берегу Наррагансетского залива. Власти Провиденса долгое время колебались, разрешить ли этим гугенотам из Кода обосноваться в городе. В Ист-Гринвиче, куда Руле приехали после отмены Нантского эдикта, их недолюбливали. Эта неприязнь проистекала, по слухам, не из расовых или национальных предрассудков и не из-за споров о земле — вечном поводе для раздоров между французскими и английскими колонистами, которые не смог притушить даже губернатор Эндрос. Но, учтя их стойкую приверженность к протестантизму, слишком уж яростную, по мнению некоторых, — а также их неподдельную скорбь по утраченному домашнему очагу, которого их практически насильственно лишили, власти даровали им приют в Провиденсе. Более того, смуглолицего Этьена Руле, который мало что смыслил в сельском хозяйстве, зато много преуспел в чтении мудреных книг и часами рисовал диковинные диаграммы, назначили клерком при товарном складе, обслуживающем верфи в южной части Таун-стрит. Именно там позднее разразился бунт, но это было лет сорок спустя, когда старик Руле уже умер. После этого события семейство покинуло город, и дальнейшая его судьба покрыта тайной.

Но о них не забывали еще долго; в течение целого столетия, а может, и больше, пребывание здесь Руле вспоминали как бурный эпизод в размеренной жизни морского порта Новой Англии. Особенно часто обсуждали сына Этьена, Поля, мрачного субъекта, своим странным поведением спровоцировавшего бунт, после которого семейство убралось из города. В Провиденсе никогда не практиковалась охота за ведьмами, что частенько случалось в пуританских селениях по соседству, но о Поле поговаривали, что он никогда не преклоняет колена в отведенное для молитвы время, да и молится-то непонятно кому. Эти слухи и лежали в основе легенды, известной старой Марии Роббинз. Однако все это не объясняло, какая существовала связь между семейством Руле и бредом на французском языке Роби Хэррис и прочих домочадцев. Не знаю, сопоставлял ли кто-нибудь из жителей города эти легенды с ужасными событиями, известными мне из старой литературы. Я имею в виду то зловещее дело, которое неписаная история мирового Зла связывает с именем *Жака Руле из Кода*, приговоренного в 1598 году к сожжению на костре за общение с дьяволом. Впоследствии по ходатайству парижского парламента смертную казнь заменили пожизненным заточением в сумасшедшем доме. Дело в том, что Руле нашли в лесу с измазанными кровью губами и прилипшими к ним мельчайшими кусочками плоти вскоре после того, как пара волков растерзала мальчика. Одного волка убили, но другому удалось уйти. Если бы не точное указание места происшествия и имени подозреваемого в злодействе оборотня, все это выглядело бы просто таинственной историей — из тех, что рассказывают поздним вечером у камина. По моему мнению, в Провидексе вряд ли слышали об этом давнем зловещем событии. Однако, если слухи все же распространились, сходство имен наверняка вызвало в сердцах жителей суеверный страх, а это могло стать поводом к той заварушке, в результате которой Руле пришлось покинуть город.

Я все чаще посещал проклятое место, изучал необычную растительность в саду, обследовал стены дома, тщательно просмотрел каждый дюйм земляного пола в подвале и, наконец, с разрешения Кэррингтона Хэрриса, подобрал ключ к той всеми забытой двери, которая выходила прямо на Бенифит-стрит. Мне хотелось иметь на будущее возможность побыстрее выбраться отсюда на свет божий, а не плутать мрачными переходами и темными лестницами, ведущими к парадной двери. Здесь, в подвале, единственном месте, где могла таиться вековая нечисть, я проводил в поисках и размышлениях долгие послеобеденные часы. От мирной городской улицы меня отделяло лишь несколько шагов, да и заходящее солнце пробивалось сквозь затянутые паутиной щели в двери. Но ничего нового мне пока не открылось — все та же удушающая затхлость, плесневые контуры на полу и временами доносящийся откуда-то омерзительно гнилостный запах. Иногда кто-нибудь из прохожих замечал сквозь разбитые стекла в двери неясную фигуру и недоуменно останавливался, с любопытством приглядываясь.

Спустя какое-то время дядя посоветовал мне посетить подвал после захода солнца, и вот одной ненастной ночью я начал осмотр земляного пола, освещая электрическим фонариком жутковатые плесневые наросты и уродливые, слабо фосфоресцирующие грибы. На этот раз подвал подействовал на меня как-то особенно удручающе, и поэтому я даже не удивился, когда различил — или мне показалось? — среди беловатых плесневых разводов четко обозначенную «скорченную» фигурку, похожую на ту, что я видел ребенком. Сейчас она особенно хорошо выделялась на полу, и, всматриваясь, я заметил поднимающийся от нее тонкий желтоватый дымок, так поразивший меня одним дождливым днем много лет тому назад.

Легкое светящееся испарение, исходящее от плесневого нароста, постепенно обретало в подвальной сырости пугающие очертания, которые, зарождаясь среди гнили, уплывали в темную дыру дымохода, источая на своем пути удушливую вонь. Зрелище было ужасным, особенно для меня, так много знавшего об этом гиблом месте. Но я все же не обратился в бегство, а неотрывно смотрел на проплывающее призрачное существо, оно же в свою очередь жадно пожирало глазами меня — что я больше ощущал, чем видел. Услышав мой рассказ о ночном приключении, дядя пришел в большое волнение и после упорных размышлений выработал твердый план дальнейших действий. Учитывая важность предприятия, а также нашего участия в нем, дядя настаивал, чтобы мы оба ближайшую ночь, а может, и несколько ночей подряд, провели в сыром, заросшем гнусными грибами подвале, подстерегая монстра, а дождавшись, постарались бы понять его природу и в случае удачи уничтожить.

## IV

В среду 25 июня 1919 года, поставив в известность Кэррингтона о ночной нашей экспедиции, но не вдаваясь в детали и не сообщив, что мы предполагаем делать, мы с дядей перенесли в подвал два складных стула, раскладную кровать и один весьма тяжелый и сложный прибор. Укрывшись от любопытных взоров за обтянутым бумагой оконцем, мы разместили все эти вещи еще днем, готовясь вечером вернуться сюда на ночное дежурство. Мы также заперли дверь, ведущую из подвала на первый этаж, не желая рисковать прибором, который нам с большим трудом и за изрядные деньги удалось заполучить: кто знает, сколько ночей суждено нам здесь провести! Было решено первую половину ночи дежурить вместе, вторую же — поодиночке, по два часа: сначала я, следующим — мой дядя, чтобы каждый мог немного вздремнуть.

Дядя, несомненно, был главой нашего предприятия: ведь это он достал необходимые приборы в Университете Брауна и на оружейном заводе, что на Крентон-стрит, да и теперь продолжал руководить нашими действиями. Какая жизненная сила, какая энергия таилась в этом человеке, которому шел уже восемьдесят второй год! Илайхью Уиппл прожил свою жизнь в соответствии с теми правилами, которые он исповедовал и пропагандировал как врач, и, если бы не трагические обстоятельства, был бы и сейчас в добром здравии. Только двое во всем мире могли догадываться, что с ним произошло, — Кэррингтон Хэррис и я. Мне пришлось все рассказать Хэррису: ведь он как владелец дома должен был знать, что скрывалось в нем. Кроме того, мы предупредили его о нашем расследовании, так что после исчезновения дяди я надеялся, что он все поймет и поможет мне создать для горожан правдоподобную версию случившегося. Услышав мой рассказ, он побледнел, но помочь согласился и признал, что теперь, видимо, можно будет сдать дом.

Было бы грубой и нелепой ложью сказать, что мы не волновались в дождливую ночь нашего первого ночного дежурства. Обывательскими предрассудками мы не страдали, однако путем размышлений и научных исследований пришли к выводу, что трехмерная вселенная, где обитает человечество, является лишь одним из вариантов огромного мира вещества и энергии. В нашем же случае почти все свидетельства из достоверных источников говорили за то, что в доме прочно обосновались некие могущественные силы, представляющие исключительную опасность для человека. Нельзя сказать, что мы безусловно верили в вампиров или оборотней, однако допускали существование некой неизвестной науке модификации жизненной силы и деградированного биологического вещества. Такие организмы могли только изредка проникать в трехмерное пространство, да и то лишь в том случае, если их собственный мир граничил с нашим. У нас же не было никакой надежды разгадать подоплеку этих эпизодических визитов, ибо, не имея отправной точки, невозможно даже подступиться к разгадке.

Короче говоря, дяде и мне казалось, что неопровержимая цепь фактов говорит о наличии в гиблом доме некоего стойкого воздействия неизвестных сил, прослеживаемого с появления в городе двести лет назад зловеще знаменитого французского семейства. Под воздействием неведомых нам законов атомистического и электронного движения это влияние сохранилось до сих пор. Вся история Руле неоспоримо доказывала, что члены этого рода обладали редкой способностью выхода в другие круги бытия, в темные сферы, вызывающие у обычных людей только ужас и содрогание. Возможно, неприязнь населения к семейству в тридцатые годы восемнадцатого века и связанные с нею городские волнения как-то повлияли на одного из Руле, скорее всего на мрачного Поля, задействовав определенные кинетические механизмы в его извращенном сознании. Высвободившаяся энергия продолжала жить и после его смерти в ограниченных пределах прежнего жилища, где Рулс окружала яростная ненависть горожан.

В свете последних научных открытий, включая теорию относительности и внутриатомное устройство, все это не вступало в противоречие ни с физическими, ни с биохимическими законами. Можно представить себе материю или энергию, организованные вокруг чужеродного ядра в виде какой-то формы или бесформенно; можно также предположить, что эта субстанция поддерживает свое существование, паразитируя на жизненной силе, плоти или дыхании других, реально осязаемых существ, в которые она проникает, иногда полностью с ними сливаясь.

Этот симбиоз может проводиться с активно враждебной целью, а может быть и нейтральным средством, поддерживающим существование данной субстанции. Но как бы то ни было, подобный монстр все равно является аномалией. В нашем понимании он захватчик, и первейший долг каждого из нас, если он не враг рода человеческого и печется о его душевном и физическом здоровье, уничтожить злую силу.

Мы не знали, в каком образе явится к нам чудовище, и это беспокоило нас. Никто, будучи в здравом рассудке, не видел его, и лишь немногие непосредственно ощущали его воздействие. Возможно, он представлял собой чистую энергию — неземную сущность, стоящую вне царства материи, а может, был частично материальной субстанцией — неизвестной науке, нечетко выраженной плазменной массой, способной по своему усмотрению принимать размытые формы твердого, жидкого, газообразного вещества или комбинации из них. И в плесневом наросте на полу, и в форме желтоватого дымка, и в искривленных корнях, о которых говорилось еще в старых легендах, просматривалось отдаленное сходство с очертаниями человеческой фигуры, однако кто мог с уверенностью сказать, было ли это сходство устойчивым состоянием.

Для борьбы с монстром у нас имелось два средства. Во-первых, большая и специально приспособленная для наших целей трубка Крукса, работавшая на мощных батареях и снабженная особыми экранами и рефлекторами: если чудовище окажется неосязаемым, мы надеялись уничтожить его лучевой радиацией высокой мощности. На тот случай, если монстр хотя бы частично является материальным существом, которое можно убить механическим путем, мы припасли два огнемета, с успехом применявшихся на фронтах мировой войны: как и суеверные эксетерские крестьяне, мы собирались сжечь сердце чудовища, если таковое у него сыщется. Эти орудия уничтожения мы установили в подвале между нашими уголком со стульями и раскладной кроватью и местом у печи, где росла столь необычной формы плесень. Когда мы расставляли наши вещи и позднее, когда вернулись на ночное дежурство, белесое пятно было еле заметно. На какое-то мгновение я даже заколебался: а не привиделось ли мне то призрачное существо?

Наше бдение началось в десять часов вечера: смеркалось поздно, а при свете дня ожидаемые явления не происходили. Еле пробивающийся сквозь пелену дождя свет уличных фонарей и слабое фосфоресцирование омерзительных грибов освещали влажные каменные стены, с которых полностью сошла побелка, и весь подвальный интерьер: сырой, зловонный и заплесневелый земляной пол с этими гнуснейшими грибами; прогнившее старье — табуретки, стулья, столы и еще какую-то, не поддающуюся определению мебель; массивные балки и доски над головой; обветшалую дощатую дверь, ведущую в погреба; лестницу с выщербленными каменными ступенями и поломанными деревянными перилами; грубо сложенную из потемневшего кирпича печь, проржавевшие железные части которой указывали, в каких местах ранее находились подвесные крюки, железные решетки для дров, вертел, поддувало и дверца жаровни; а кроме того — наше аскетическое ложе, складные стулья, а также объемистую и сложную технику уничтожения.

Как и в мои прежние вылазки, мы оставили дверь на улицу незапертой, чтобы иметь путь к отступлению на тот случай, если почувствуем, что не в силах контролировать ситуацию. Мы надеялись, что наши ночные дежурства привлекут в конце концов внимание затаившейся в подвале злой силы и она каким-то образом проявит себе, а там уж мы, разобравшись, что к чему, сумеем с помощью наших мощных приспособлений совладать с ней. Однако трудно было предположить, сколько на это потребуется времени. Наше предприятие становилось небезопасным: кто знает, какой силой обладало чудовище. Но игра стоила свеч, и мы не колеблясь пошли на риск, даже не помышляя о посторонней помощи — нас бы только высмеяли, а возможно, и помешали бы нам. Обо всем этом мы долго говорили, сидя ночью в подвале, пока я не заметил, что у дяди слипаются глаза, и не заставил его лечь отдохнуть.

Когда я остался один в эти предутренние часы, меня пронизал страх. Нет, это не оговорка: тот, кто сидит рядом со спящим, особенно одинок. Дядя тяжело дышал, его вдохи и выдохи слышались даже сквозь шорох непрекращающегося дождя. Более всего действовала мне на нервы сочившаяся с сырых стен вода — стук капель будто буравил голову. Дом не просыхал даже в сухую погоду — что уж говорить про такой потоп, как сегодня. От нечего делать я заинтересовался старинной кладкой стен, но при тусклом свете глаза мои быстро утомились, да и доносившиеся отовсюду неприятные звуки постоянно отвлекали. Когда они стали совершенно непереносимыми, я отворил дверь наружу и вдохнул полную грудь воздуха, с удовольствием глядя на милые сердцу картины.

Снаружи все выглядело так обыденно, что мне сразу полегчало. Я глубоко зевнул: усталость брала свое.

Вскоре дядя заворочался во сне. За последние полчаса он уже несколько раз переворачивался с боку на бок, теперь же необычно тяжело задышал, изредка испуская вздохи, напоминающие сдавленный стон. Я посветил на него фонариком, но дядя лежал, повернувшись в другую сторону. Поднявшись, я обошел раскладушку и снова направил луч света на спящего. А вдруг он заболел? То, что я увидел, по непонятным причинам взволновало меня. Возможно, подействовала сама обстановка — зловещий дом и наша ответственная миссия, — ведь картина была самая что ни на есть мирная. Несколько обеспокоенное лицо дяди хранило, впрочем, его обычное выражение, во вздохах тоже не было ничего странного — ситуация вполне к этому располагала и дядины сны могли ей соответствовать. И все же в его чертах было нечто слишком уж экспрессивное. Обычно дядя, с его безукоризненным воспитанием, держался ровно и доброжелательно, его манеры были мягки и спокойны. Теперь же его, казалось, сотрясали эмоции. Особенно, помнится, меня поразила резкая смена чувств, отражавшаяся на лице спящего. Возбуждение его все нарастало. Судорожно глотая воздух и беспокойно ворочаясь на своей кровати, он наконец открыл глаза. И тут мое впечатление подтвердилось: в нем действительно как бы жило несколько человек, и все — из другого, не нашего времени.

Он что-то быстро забормотал, и в складках его губ, в манере речи появилось нечто новое и неприятное. Поначалу я ничего не мог разобрать, но затем с удивлением услышал такое, от чего похолодел. И это говорил образованнейший человек своего времени, писавший статьи по антропологии и археологии для французского журнала «Ревю де Дё Монд»? Илайхью Уиппл бредил на французском языке, и те несколько фраз, что я сумел разобрать, по своему мракобесию не уступали самым мрачнейшим мифам на страницах этого журнала.

Неожиданно на лбу дяди проступил пот, и он, еще в полудреме, резко вскочил с раскладушки. Французские слова сменились истошным воплем на родном языке: «Дышать! Трудно дышать!» Наконец дядя проснулся, полностью, лицо его обрело обычное свое выражение, и, схватив меня за руку, он начал рассказывать свой сон, зловещий смысл которого я прозревал со страхом.

Вскоре после того, как он погрузился в сон, обычные земные сновидения сменились чем-то иным, настолько ни на что не похожим, что он даже затруднился в словах. Это был наш мир и одновременно какой-то другой, где происходила невероятная геометрическая путаница: привычные вещи выступали в необычных, тревожащих конфигурациях. Совмещались, казалось, несоизмеримые вещи, разрозненные фрагменты реальности, как если бы пространство и время, распавшись, вновь слились в причудливых сочетаниях. И в этом вихре фантастических образов вдруг возникали моментальные, если можно так выразиться, фотографии — чрезвычайно четкие видения, ошеломляющие, правда, своей разнородностью.

В один момент дяде почудилось, что он лежит в небрежно вырытой яме, а на него сверху смотрит множество угрюмых физиономий в треуголках поверх растрепанных кудрей. И тут же он очутился в доме — по-видимому, очень старом, — обстановка и жильцы в котором непрерывно менялись, и он, помнится, никак не мог уразуметь, в какой находится комнате и кто стоит рядом, потому что двери и окна тоже участвовали в этой дикой круговерти. Все это было странно, чертовски странно, и дядя рассказывал сон с какой-то даже робостью, видимо боясь, что я ему не поверю, особенно после того, как он прибавил, что люди в доме очень напоминали чертами лиц семейство Хэррисов. Одновременно он испытывал страшное удушье и неприятное чувство, как если бы кто-то невидимый проникал в него, желая похитить жизненную силу. Я с ужасом представил себе, как изношенный организм восьмидесятилетнего старца сопротивляется проникшим в него злым силам, представил неравную борьбу, где неизбежно победит сильнейший. Но уже минуту спустя успокоился, утешив себя, что сон — это всего лишь сон, да и сами неприятные видения — реакция дяди на предысторию нашего расследования и на непривычную обстановку эксперимента. Ведь в последнее время именно он занимал все наши мысли.

Постепенно беседа рассеяла мои страхи, и, почувствовав сонливость, я в свою очередь занял место на раскладушке. Дядя же, казалось, совершенно не хотел спать и с радостью согласился подежурить, хотя ночные кошмары оборвали его сон задолго до того, как истекли отведенные ему два часа. Заснул я мгновенно, но и мои сновидения были тревожны. Мне снилась темница, где я лежал, ощущая космическое, беспредельное одиночество и зная, что отовсюду надвигается на меня враждебная злая сила. Связанный, с кляпом во рту, я слушал доносящиеся издалека издевательские вопли монстров, жаждущих моей крови. Эхо разносило эти страшные крики по всей темнице. Помнится, надо мной склонялось дядино лицо, но выражение его было не столь приятным, как наяву. Безуспешно пытаясь освободиться от пут, я силился закричать. Сон становился все неприятнее, и я почувствовал облегчение, когда пронзительный вопль, прокатившись эхом по дому, разорвал оковы сна и резко вывел меня из забытья. И тут подвал и все находящиеся в нем предметы вдруг предстали предо мной с какой-то пугающей отчетливостью.

## V

Очнувшись, я не увидел дяди — он сидел за моей спиной, перед моими же глазами были дверь на улицу и фрагмент выходящей на север стены с оконцем и потолком. Я видел их гораздо лучше, чем при свете фосфоресцирующих грибов и тусклых уличных фонарей. Нельзя сказать, чтобы освещение стало ярче, нет, книгу с обычным шрифтом, например, нельзя было бы читать. Но появился новый источник света, отбрасывающий тень от меня и раскладушки; он излучал желтоватое сияние и обладал особой проникающей силой, при которой предметы обрисовывались рельефней, чем при обычном освещении. Я стал гораздо зорче, но два других органа чувств — слух и обоняние — переживали страшный шок. В ушах по-прежнему стоял душераздирающий крик, и, кроме того, я почти задыхался от невыносимого гнилостного запаха. Всем своим существом ощутив непонятную угрозу, я почти автоматически спрыгнул с раскладушки и бросился к поставленным нами перед плесневым пятном орудиям защиты. Признаюсь, мне страшно было обернуться; к этому времени я уже осознал, что кричал дядя, и боялся заглянуть в лицо опасности, от которой придется защищать себя и его.

Зрелище превзошло самые худшие ожидания. Безграничный космос иногда посылает отдельным несчастливцам кошмарные, инфернальные видения, но то, что я увидел, было ни с чем не сравнимо. Оттуда, где раньше стелились плесневые грибы, восходило мертвенно-желтое испарение; поднимаясь вверх, оно пузырилось и побулькивало, принимая наполовину человеческие, наполовину звероподобные очертания. Сквозь чудовищную тварь просвечивали печь и дымоход. Говоря, что видел это существо, я не совсем точен: его формы как бы додумывались позднее в моем сознании. Тогда же передо мной клубилось только слабо фосфоресцирующее облако плесневых испарений, оно окутывало и постепенно превращало в омерзительную вязкую массу того, к кому было приковано мое внимание. Этим кем-то был мой дядя, почтенный Илайхью Уиппл, чье потемневшее и расплывающееся лицо глядело на меня со злобной плотоядной усмешкой. Он свирепо тянулся ко мне, желая растерзать, но жуткие когти, не успевая коснуться моей одежды, рассыпались в прах.

Только активность спасла меня от безумия. Я готовился к решительным действиям, и этот настрой оказался бесценным. Мгновенно осознав, что клубящееся зло не принадлежит к субстанции, которую можно сокрушить материальными или химическими средствами, и потому даже не взглянув на огнемет, неясно вырисовывавшийся слева от меня, я бросился к трубке Крукса и направил на богохульственное зрелище мощнейшую дозу радиации. Раздалось что-то вроде оглушительного всплеска, все заволоклось голубоватой дымкой, и желтое свечение несколько поблекло. Но почти сразу же я понял, что цели не достиг: сильнейшее радиоактивное излучение не произвело на чудовищную субстанцию никакого эффекта.

Демонический спектакль, напротив, лишь набирал силу. Новое душераздирающее зрелище исторгло из меня дикий вопль и заставило броситься к незапертой двери, ведущей на улицу. Тогда я не думал о том, что за мной в безмятежную городскую тишь могут вырваться адские силы, и уж тем более меня не заботило, какое впечатление я произведу на случайного прохожего. В голубовато-желтом освещении тело дяди как-то омерзительно разжижалось, обретая ни на что не похожую консистенцию; одновременно лицо его претерпевало множество совершенно немыслимых изменений, которые могли зародиться разве что в воображении безумца. За мгновение он успевал побывать дьяволом и толпой, склепом и карнавальным шествием. В тусклом свете эта студенистая масса сменяла десятки, дюжины, сотни обличий и, ухмыляясь, опускалась все ниже к земле, оседая вместе с таявшим, как свеча, телом. Некоторые из множества мелькавших карикатурных видений ничего и никого не напоминали, другие были знакомы.

Я узнавал лица Хэррисов, мужчин и женщин, взрослых и детей, но одновременно видел и другие лица — старые и молодые, грубые и утонченные, знакомые и незнакомые. На секунду мелькнула плохая копия с миниатюры несчастной Роби Хэррис, которую я видел в Художественном музее, затем мне показалось, что я узнал лицо костлявой Мерси Декстер, запомнившееся мне во время посещения дома Кэррингтона Хэрриса, где висел ее портрет. Все это производило кошмарное впечатление, и я стоял, застыв на месте, провожая взглядом последнее, сложившееся из черт слуги и младенца, видение, мелькнувшее уже на уровне заплесневелого пола, где растеклась сальная зеленая лужица. Мне показалось, что в этот последний момент разрозненные черты ужасной маски яростно боролись друг с другом, пытаясь слиться в дорогой мне образ доброго дядюшки. Мне приятно вспомнить, что на мгновение его доброе лицо возобладало над хаосом и он даже попытался послать мне последний привет. Кажется, я тоже сумел выдавить из сведенного судорогой горла слова прощания, а потом бросился на улицу, куда за мной на мокрый от дождя тротуар устремилась тонкая сальная струйка.

Остальная часть ужасной ночи прошла как в тумане. Улица под дождем была пустынна. Мне не пришло в голову обратиться к кому-нибудь за помощью, — что я мог рассказать? Я бесцельно брел куда-то к югу вдоль Колледж-Хилл и Городской библиотеки, а затем, миновав Хопкинс-стрит, перешел мост, оказавшись в деловой части города, где высокие здания — символ современного материального мира — казалось, оберегали меня от стародавнего фантастического бытия. Затем забрезживший на востоке сероватый рассвет осветил древний холм с его почтенными склонами, как бы призывая меня вернуться и завершить начатое. Я пошел — мокрый, без шляпы на голове, почти ничего не соображая, и ранним утром уже стоял у той зловещей двери на Бенифит-стрит, которую оставил распахнутой. Она и теперь — на глазах у ранних прохожих, с которыми я не осмеливался заговорить, — стояла таинственно приоткрытой, как бы приглашая войти.

Сальная лужа исчезла, впитавшись в ноздреватую поверхность пола. Перед печкой на плесенном наросте не было даже следов огромной скорченной фигуры. Я стоял и смотрел на раскладушку, стулья, инструменты, забытую мной шляпу, на соломенный головной убор дядюшки. Мысли мои все еще путались, и я не мог бы с точностью сказать, что мне приснилось, а что произошло на самом деле. Но вскоре память моя прояснилась, и тут я наконец осознал, свидетелем какого кошмара мне случилось быть. Присев, я стал соображать, насколько позволяло состояние, что же все-таки произошло и как совладать со всем этим ужасом, если он действительно имел место. Очевидно, что явившаяся мне субстанция была не материальна, не обладала она также и эфирными свойствами, впрочем, и какими-либо иными, известными человеку. Не представляла ли она в таком случае некую неведомую эманацию, выделяемую вампирами и таившуюся, согласно эксетерским легендам, на некоторых погостах? Решив, что отыскал ключ к тайне, я вновь стал разглядывать то место у печки, где обретались странной формы плесневые грибы. Через десять минут у меня созрело решение, и, надев шляпу, я поспешил домой. Там я принял ванну, позавтракал и попросил по телефону доставить завтра утром к заброшенному дому на Бенифит-стрит мотыгу, лопату, противогаз и шесть оплетенных бутылей с серной кислотой. Затем я постарался заснуть, но сон не шел, так что оставшееся время я провел в чтении и, чтобы как-то снять напряжение, сочинял бессмысленные стихи.

На следующий день в одиннадцать часов утра я уже копал землю. День выдался солнечный, и это взбодрило меня. Я по-прежнему был в одиночестве: при одной только мысли поделиться с кем-нибудь пережитым меня охватывал страх еще больший, чем перед самой встречей с загадочным злом. Только необходимость заставила меня позже рассказать все Хэррису, да и то я пересилил себя лишь потому, что он слышал старые легенды и был хоть в какой-то степени расположен поверить мне. Переворачивая пласты вонючей черной почвы, я рассекал лопатой белые грибы и, видя, как из них сочится густая, желтая, похожая на гной жидкость, трепетал от мысли, *что* мне придется увидеть. Человеку не следует знать некоторые секреты земли, и тот, с которым я соприкоснулся, принадлежал, несомненно, к таковым.

Руки мои тряслись, но я неуклонно продвигался к цели и вскоре стоял уже в глубокой яме около шести футов шириной. Неприятный запах все возрастал, и я не сомневался, что вот-вот вступлю в контакт с дьявольской тварью, захватившей дом полтора века назад. Я не знал, в каком она предстанет обличье, какова ее форма, субстанция, какой объем она набрала за те годы, что похищала у людей жизненную силу. Прошло изрядно времени, прежде чем я выбрался из ямы, утрамбовал края и расставил по двум сторонам огромные бутыли с серной кислотой, чтобы в случае необходимости незамедлительно вылить их содержимое в зияющее отверстие. После этого я откидывал грунт только на две другие стороны, работая медленно и в противогазе: запах становился все непереносимее. Сознание близости к таящемуся подо мной неведомому монстру почти лишало меня рассудка.

Внезапно лопата вошла во что-то более мягкое, чем земля. Я задрожал от страха и хотел было выбраться из ямы, которая к тому времени стала мне по шею, но затем, собрав остатки мужества, начал осторожно, светя себе электрическим фонариком, соскребать лопатой верхний слой земли. То, что открылось моим глазам, напоминало протухший, полупрозрачный студень, тускло поблескивавший на свету. Продолжая счищать землю с желеобразной массы, я постепенно дошел до того места, где она закруглялась, и понял, что непонятная субстанция имеет форму. Очищенная мною часть дугообразно выступала массивной белесой трубой, расширенной на неровном изгибе до двух футов в диаметре. Я еще немного поскреб лопатой студенистую поверхность и... Не помню, как я очутился наверху, спасаясь от гнусной твари, помню только бешеную торопливость, с какой опрокидывал одну за другой тяжелые бутыли, выливая их едкое содержимое в зияющую кладбищенскую бездну с чудовищным монстром, чье гигантское *плечо* я только что видел.

Вряд ли мне суждено когда-либо забыть ослепительный зеленовато-желтый вихрь, взметнувшийся из потаенных глубин, залитых разъедающим потоком кислоты. Живущие на ближайших склонах люди долго вспоминали потом этот, как они говорили, желтый день, когда от якобы фабричных отходов, сброшенных в реку Провиденс, поднимались ядовитые испарения. Если бы они знали всю подноготную! По их словам, страшный рев, сотрясший округу, раздался из-за разрыва водопроводный трубы или неполадок в газовой магистрали. Насчет этого я тоже мог бы внести ясность. Рев и вправду был оглушительный, едва выносимый. Опорожнив четвертую бутыль, я потерял сознание — ядовитые пары проникли-таки под противогаз, а когда пришел в себя, все уже было позади.

Последние две бутыли, вылитые мною после обморока, никакого нового эффекта не дали, и, почувствовав, что с опасностью покончено, я стал зарывать яму. Только после полуночи земля в подвале сровнялась, теперь уже работать было не страшно — здесь все изменилось. Воздух больше не отдавал гнилью, странные грибы сморщились и распались, превратившись в безобидную серую труху, присыпавшую, как пеплом, подвальный пол. Навсегда канул в небытие один из самых чудовищных монстров, когда-либо терроризировавших землю, и если есть ад, эта тварь несомненно там. А я, бросив поверх засыпанной ямы последнюю лопату земли, смог наконец заплакать. Это были первые слезы, пролитые мною по незабвенному дядюшке. Первые — из многих.

На следующий год во взбегающем на холм саду вокруг заброшенного особняка не росли уже ни блеклая трава, ни странного вида сорняки, и вот тогда-то Кэррингтон Хэррис с легким сердцем сдал дом жильцам. У дома по-прежнему таинственный вид, но теперь это только придает ему особую прелесть. И мне, право, будет жаль, если его снесут и построят на этом месте галантерейную лавку или гостиницу. Прежде голые деревья, окружавшие дом, вдруг зазеленели и неожиданно принесли плоды — небольшие и очень вкусные яблоки. А в прошлом году на их шишковатых сучьях птицы свили свои первые гнезда.

*1928*

# ХОЛОДНЫЙ ВОЗДУХ

Интересуетесь, отчего я боюсь сквозняков, отчего меня пробирает озноб, едва я вхожу в холодную комнату, и отчего, когда вечерняя прохлада прогоняет тепло погожего осеннего дня, меня обуревают тошнота и отвращение? Кое-кто утверждает, что я реагирую на холод так, как иные — на неприятный запах. Не стану уверять, будто это впечатление ложно. Я расскажу вам о своем ужасающем приключении, а вы сами решайте, объясняет ли это странности моего поведения.

Было бы ошибкой полагать, что непременные спутники ужаса — темнота, тишина и одиночество. Я испытал его при ярком полуденном свете, среди лязга и грохота большого города, в тесноте и суете заурядной обшарпанной гостиницы с непримечательной хозяйкой, где я жил на одном этаже с двумя крепкими мужчинами. Весной 1923 года я устроился на скучную низкооплачиваемую работу в одном нью-йоркском журнале и, будучи не в состоянии оплачивать приличную съемную квартиру, принялся скитаться по дешевым пансионам в поисках комнаты опрятной и чистой, со сносной мебелью и сносной ценой. Вскоре выяснилось, что выбирать можно только меньшее из зол, а через некоторое время на Западной Четырнадцатой улице мне попался дом, внушавший не столь острое отвращение, как прочие осмотренные.

Это был четырехэтажный особняк из темно-коричневого песчаника, выстроенный, судя по всему, в конце сороковых годов и отделанный мрамором и деревянными панелями; их поблекшее великолепие свидетельствовало о прежней изысканной роскоши. В комнатах, просторных, с высокими потолками, с безумными обоями и нелепо вычурной лепниной, чувствовалась удручающая затхлость и витал душок странной стряпни; но полы были чистыми, постельное белье меняли с приемлемой регулярностью, а горячая вода не слишком часто оказывалась холодной или пропадала, и потому я счел это место годным для прозябания в ожидании лучших времен, когда ко мне вернется достаток. Хозяйка, неряшливая и только что не бородатая испанка по имени Эрреро, не изводила меня сплетнями и не пеняла за то, что я допоздна жгу электричество в своей гостиной на третьем этаже, а соседи за стеной были тихими и неразговорчивыми, чего и следовало ожидать от грубоватых испанцев, происходящих почти из самых низов. Лишь неумолчный шум уличного движения серьезно досаждал мне.

С первой странностью я столкнулся, прожив там почти три недели. Как-то вечером, часов около восьми, я услышал стук капель по полу и вдруг осознал, что уже некоторое время ощущаю резкий запах нашатыря. Осмотрев комнату, я увидел, что потолок мокрый и с него капает; вода, судя по всему, просачивалась в углу у внешней стены дома. Желая поскорее разобраться с этим, я поспешил в подвал поставить в известность хозяйку, и она заверила меня, что сейчас же все уладит.

— Это доктэр Муньос, — выкрикнула она, устремляясь наверх впереди меня, — он опьять пролить свои 'эмикальи. Слишком больной, чтобы сам себя вылечил — солобее и солобее все время, — но никого, чтоб помогай ему. Такой очень странный больезнь — целый день брать ароматный ванна, и его нельзя тревожь и впускай тепло. Он сам поддерживать порядок в своих комнатах, его малая комната весь занят бутылки и машины — он сейчас не работать как доктэр, никто не лечить. Но когда-то он был великий доктэр — мой папа в Барселона слышать о нем — и совсем недавно выльечить руку водопроводчик, которая внезапно стала болей. Он никогда не выходить из дома, только на крыша, а мой мальчик, Эстебан, носить ему еда, белье, лекарства и 'эмикальи. Боже мой, он использовать нашатырь для поддержка прохлады!

Госпожа Эрреро ушла по лестнице на четвертый этаж, а я вернулся к себе. Нашатырь перестал капать; вытерев лужу, я уже открывал окно, чтобы глотнуть воздуха, и тут услышал над собой тяжелые шаги хозяйки. Перемещений доктора Муньоса я никогда не замечал, лишь иногда сверху доносились звуки работы какого-то механизма с бензиновым двигателем; по-видимому, доктор ступал осторожно и мягко. На мгновение я задумался, что за странное несчастье постигло этого человека и не может ли быть причиной его упорных отказов от посторонней помощи всего-навсего беспочвенное чудачество? Ведь выдающиеся люди, спустившись с небес на землю, лениво подумал я, порой грешат излишней напыщенностью.

Я бы никогда не познакомился с доктором Муньосом, если бы однажды поздним утром, когда я работал над статьей в своей комнате, у меня не случился сердечный приступ. Врачи предупреждали меня об опасности таких приступов, и я знал, что нельзя терять ни минуты; поэтому, вспомнив рассказ хозяйки о том, как Муньос помог захворавшему рабочему, я с мучительной медлительностью поднялся на этаж и робко постучал в дверь над моей дверью. В ответ где-то справа на хорошем английском поинтересовались, кто я такой и по какому делу; когда я ответил, открылась дверь рядом с той, в которую я стучался.

Меня встретило дуновение прохладного воздуха, и, хотя стоял один из самых жарких дней на исходе июня, я вздрогнул, очутившись в этих просторных апартаментах, где богатая, со вкусом подобранная обстановка составляла разительный контраст с прочими уголками нашей обители убожества и ветхости. Раскладная кушетка была навечно назначена диваном, а мебель красного дерева, роскошные драпировки, старинные картины и плотно заставленные книжные полки напоминали скорее о кабинете джентльмена, чем о номере в дешевой гостинице. Теперь я увидел, что прихожая этих апартаментов, расположенная как раз над моей комнатой, — «малая комната» с бутылками и машинами, о которых упомянула госпожа Эрреро, — служила доктору лабораторией, а роль главной, жилой, комнаты досталась смежной с ней, более просторной, где удобные ниши и большая прилегающая ванная позволяли разместить комоды, шкафы и прочее необходимое для житья. Доктор Муньос, вне всякого сомнения, был родовит, образован и отличался тонким вкусом.

Стоявший передо мной человек был невысок, но идеально сложен и одет в строгое платье безупречного покроя. Благородное лицо, властное, однако не заносчивое, обрамляла короткая седая борода, а сквозь старомодное пенсне на орлином носу смотрели внимательные темные глаза, придававшие доктору сходство с мавром, хотя остальные его черты были скорее кельтиберскими. Густые аккуратно подстриженные волосы, свидетельствовавшие о регулярности визитов парикмахера, разделял над высоким лбом элегантный пробор; все это в целом создавало впечатление поразительного ума и превосходства в происхождении и воспитании.

Тем не менее в тот миг, когда в овеявшем меня порыве холодного воздуха я увидел доктора Муньоса, я почувствовал отвращение, не оправданное ничем в его облике. Лишь мертвенно-бледное лицо и ледяные руки могли бы дать физическую основу этому чувству, но и их легко было бы извинить его нездоровьем. Возможно также, что мое отвращение вызвал именно странный холод, ведь подобная промозглость в жаркий день ненормальна, а отклонения от нормы всегда внушают гадливость, недоверие и страх.

Но на смену отвращению почти тотчас пришло восхищение, ибо, невзирая на подрагивание и ледяной холод бескровных рук странного врача, моментально стала очевидна его необычайная искусность. Он с первого взгляда безошибочно понял, что требуется, и умело оказал мне помощь, заверяя при этом красивым, мелодичным, но, однако ж, странно приглушенным голосом без интонаций, что он —

злейший из заклятых врагов смерти и что за время странного эксперимента, посвященного созданию для нее помех и ее сокрушению, растратил все свое состояние и растерял всех друзей. В нем чувствовался доброжелательный фанатизм; прослушивая мне грудь и приготовляя лекарственную смесь из того, что он принес из своей маленькой лаборатории, доктор беспрерывно бормотал что-то не слишком связное. Очевидно, общество человека благородного он находил редкой отрадой в таком сомнительном месте и под наплывом воспоминаний о лучших временах сделался необычно разговорчивым.

Его голос, как бы странно он ни звучал, действовал, по меньшей мере, успокоительно, и я не замечал, как он переводит дух, тараторя на манер городских жителей. Рассказывая о своих теориях и экспериментах, он старался отвлечь мои мысли от приступа, и я помню, как он тактично утешал меня относительно слабости моего сердца, настаивая на том, что воля и сознание сильнее телесной жизни и посему, если телесный каркас в целом не поврежден и с ним обращаются бережно, то благодаря продуманному развитию упомянутых качеств он может сохранять определенную активность нервной системы, невзирая на самые серьезные нарушения, изъяны или даже отсутствие некоторых органов. Могу, сказал он полушутя, когда-нибудь научить вас, как жить — или хотя бы поддерживать своего рода сознательное существование — вовсе без сердца! Сам он страдал от осложнений каких-то болезней, почему нуждался в весьма строгом режиме, подразумевавшем и постоянную прохладу. Небольшое повышение температуры, излишне затянувшись, могло стать для него роковым. Прохладу в его жилище, примерно 55–56 градусов по Фаренгейту, поддерживала абсорбционная аммиачная холодильная система; именно бензиновый двигатель ее компрессоров я часто слышал в своей комнате этажом ниже.

Избавившись от приступа за удивительно короткое время, я покинул эту внушающую трепет обитель последователем и поклонником одаренного затворника. С того дня я, облачившись в пальто, частенько навещал его, слушал рассказы о тайных исследованиях и их близких к ужасающим результатах и с трепетом листал страницы удивительных, неправдоподобно древних фолиантов, хранившихся на книжных полках. Можно добавить, что в конце концов благодаря умелому уходу я почти избавился от своего недуга. При этом доктор не пренебрегал магическими формулами Средневековья, полагая, что их загадочные заклинания содержат некие психологические стимулы, способные оказать особое воздействие на ткани нервной системы, в которых прекратились органические пульсации. Меня тронул его рассказ о пожилом докторе Торресе из Валенсии — тот помогал ему когда-то проводить опыты и выхаживал его во время тяжелой болезни, приключившейся восемнадцать лет назад и ставшей причиной его нынешних хворей. Но едва только многоопытный практик спас своего коллегу, как сам пал жертвой зловещего врага, с которым сражался. Похоже, битва эта была до крайности тяжелой, ибо доктор Муньос шепотом дал понять, пусть и не вдаваясь в подробности, что методы исцеления применялись весьма необычные, среди прочего — действия и процедуры, не встречающие одобрения у престарелых косных последователей Галена.

Проходили недели, и я с прискорбием заметил, что мой новый друг и впрямь медленно, но верно слабеет, как выразилась госпожа Эрреро. Его лицо делалось все бледнее, голос все глуше, речь — невнятнее, движения теряли уверенность, а ум и воля утрачивали гибкость и твердость. Об этих печальных переменах он, судя по всему, не подозревал, и мало-помалу вид его лица и предметы бесед начали раздражать меня все сильнее, и вновь пробудилось то бессознательное отвращение, которое я испытал в самом начале.

У него появились странные причуды: он пристрастился к экзотическим ароматам и египетским благовониям, и теперь запах в его комнате наводил на мысли о погребальных камерах фараонов в Долине Царей. Вдобавок его потребность в холодном воздухе возросла, и с моей помощью он удлинил аммиачную трубу в своей комнате и усовершенствовал компрессоры и привод холодильной машины, благодаря чему смог поддерживать температуру от 34 до 40 градусов по Фаренгейту, а затем даже 28 градусов; ванная комната и лаборатория, конечно, охлаждались менее, чтобы вода не замерзала и химические процессы протекали не слишком медленно. Его сосед по этажу стал жаловаться на холод, проникающий сквозь дверь меж комнатами, и я помог ему завесить эту запертую дверь тяжелыми портьерами, дабы избежать лишней неловкости. Казалось, им все более овладевал ужас самого мрачного и болезненного свойства. Он беспрестанно говорил о смерти, но при любом упоминании о похоронах или ритуальных услугах лишь глухо смеялся.

Итак, общество его стало для меня неприятным и даже жутковатым, но, обязанный ему исцелением, я не мог оставить его в окружении одних лишь незнакомцев и, кутаясь в нарочно для этого приобретенное тяжелое пальто марки «Ольстер», каждый день старательно вытирал пыль в комнате Муньоса и обеспечивал его потребности. Я также взялся делать покупки по его просьбам, но некоторые химикалии из тех, что он заказывал в аптеках и лабораториях, повергали меня в недоумение.

Казалось, в апартаментах доктора сгущается необъяснимая тревога. Во всем доме, как я уже отметил, чувствовалась затхлость, но в его комнате пахло еще хуже, несмотря на все ароматы, благовония и едкий химический запах постоянных теперь ванн, которые он принимал, упорно отказываясь от сторонней помощи. Я усматривал в этом явную связь с его болезнью и с трепетом гадал, что же это может быть за недуг. Госпожа Эрреро, заглянув к доктору, перекрестилась и безоговорочно препоручила его моим заботам, запретив своему сыну Эстебану выполнять его поручения. Когда я предложил Муньосу обратиться к врачам, страдалец впал в самую бурную ярость, какую, казалось, смел себе позволить. Его явно страшили физические последствия сильных переживаний, но его воля и целеустремленность скорее крепли, нежели слабели, и постельный режим он решительно отвергал. На смену апатии первых дней нашего знакомства пришло пламенное стремление добиться цели, и он как будто готов был повергнуть демона смерти, если бы даже этот древний враг вцепился ему в горло. Он фактически перестал притворяться, что принимает пищу (это и прежде больше походило на выполнение повинности), и только сила духа, казалось, удерживала его от полного краха.

Теперь он взялся регулярно писать какие-то длинные послания (их он тщательно запечатывал и оставлял на конвертах предназначенные мне предписания передать их после его смерти определенным указанным лицам), адресованные по большей части в Индию, но среди прочих — знаменитому когда-то, а ныне, вероятно, покойному французскому врачу, о котором ходили самые невероятные слухи. После случившегося я сжег эти бумаги, никому ничего не отослав и ничего не распечатав. Вид и голос доктора стали вовсе пугающими, а находиться рядом с ним было почти непереносимо. У человека, явившегося однажды в сентябрьский день починить электрическую настольную лампу, взгляд, внезапно брошенный на обитателя комнаты, вызвал эпилептический припадок, который доктору легко удалось остановить, просто уйдя с глаз несчастного. Человек этот, что удивительно, не испытывал столь сильного испуга, даже пройдя через ужасы мировой войны.

Наконец в середине октября с ошеломляющей внезапностью наступила страшная развязка. Однажды вечером, около одиннадцати часов, сломался один из компрессоров холодильной машины, и охлаждение аммиака прекратилось. Три часа спустя доктор Муньос вызвал меня, стуча кулаком в пол, и я начал безнадежные попытки исправить неполадку, тогда как хозяин апартаментов извергал проклятия неописуемо безжизненным глухим дребезжащим голосом. Мои дилетантские усилия, однако, оказались тщетными, а когда я привел механика из ближайшей круглосуточной автомастерской, мы узнали, что до утра ничего нельзя сделать, поскольку среди ночи негде раздобыть новый поршень. Неимоверно выросшие ярость и страх умирающего отшельника, казалось, вот-вот разрушат изнутри то, что осталось от его слабеющего тела, но в какой-то миг судорога заставила его закрыть ладонями глаза и броситься в ванную. Оттуда он выбрался ощупью, с плотной повязкой на лице, и больше я его глаз не видел.

Леденящий холод апартаментов между тем заметно смягчился, и часов в пять утра доктор забрался в ванну, распорядившись нести ему весь лед, какой мне удастся достать в ближайших кафе и ночных аптеках. Возвращаясь из своих порой обескураживающих вылазок, я складывал добычу перед закрытой дверью ванной и слышал беспокойный плеск внутри и хриплые выкрики: «Еще!.. еще!..» Наконец наступило теплое утро, и одна за другой открылись лавки. Я попросил Эстебана либо помочь мне с доставкой их постояльцу льда, пока я раздобуду поршень для компрессора, либо заняться поисками поршня, пока я буду приносить лед; но он, следуя указанию матери, категорически отказался.

В конце концов на углу Восьмой авеню я нанял какого-то случайно встреченного бездельника-оборванца снабжать пациента льдом из маленького магазинчика, представил его продавцу, а сам вплотную занялся поисками поршня и мастера, способного его установить. Мои старания не приносили плодов, и я бушевал не хуже отшельника, сознавая, как пролетают часы в бесплодных и напряженных телефонных переговорах и лихорадочных метаниях по городу туда и обратно на метро и наземном транспорте. Около полудня в самом городе, но на приличном расстоянии от центра я нашел подходящего поставщика запчастей и примерно в час тридцать пополудни прибыл туда, где снимал жилье, с необходимыми инструментами и двумя крепкими толковыми механиками. Я сделал все, что мог, и надеялся, что не опоздал.

Черный ужас, однако, опередил меня. В доме царил переполох, и сквозь гул проникнутых трепетом голосов я услышал, как кто-то глубоким басом читает молитву. Что-то сатанинское витало в воздухе, а жильцы, чуя запахи, распространяющиеся из-под закрытой двери доктора, перебирали четки. Нанятый мною бездельник, похоже, с воплями сбежал, глядя безумным взором, почти сразу после второй доставки льда; возможно, его подвело чрезмерное любопытство. Он, конечно же, не мог запереть за собой дверь, но теперь она была закрыта на ключ, по-видимому, изнутри. Оттуда не доносилось ничего, кроме зловещего мерного стука крупных капель.

Наскоро посовещавшись с госпожой Эрреро и рабочими и презрев страх, терзавший мою душу, я посоветовал выломать дверь, но хозяйка ухитрилась с помощью какого-то проволочного приспособления провернуть ключ снаружи. Перед тем мы открыли двери всех прочих комнат на этаже и настежь распахнули окна. Теперь, прикрывая носы платками, мы с трепетом вторглись в треклятую южную комнату, залитую теплым послеполуденным солнцем.

Темная скользкая полоса шла от открытой двери ванной к входу в апартаменты и дальше, к письменному столу, подле которого натекла мерзкая лужица. На столе, на клочке бумаги, заляпанном чем-то гадким, карандашом было что-то нацарапано, очень коряво, будто когтистой лапой, а по столу от торопливо начертанной предсмертной записки тянулось нечто вроде следа когтей. Дальше полоса вела к дивану и упиралась в нечто неописуемое.

Что находилось или когда-то находилось на диване, я не могу и не смею здесь сказать. Но вот что я с трепетом прочел на липкой бумаге, прежде чем достать спичку и сжечь ее до хрупкой корочки; вот что я в ужасе высмотрел после того, как хозяйка и двое механиков суматошно кинулись прочь из этого адского места, чтобы затем дать бессвязные показания в ближайшем полицейском участке. Эти тошнотворные слова казались почти невероятными при желтом солнечном свете, в грохоте грузовиков и шуме множества автомобилей, доносящемся снизу, с запруженной ими Четырнадцатой улицы, но, сознаюсь, тогда я им поверил. Верю ли сейчас... честно говоря, не знаю. Кое о чем лучше не размышлять; могу сказать только, что ненавижу запах нашатыря и вздрагиваю от резких дуновений холодного воздуха.

«Конец, — гласили уродливые каракули, — близок. Льда больше нет — тот человек взглянул на меня и убежал. С каждой минутой становится все теплее, и ткани не выдерживают. Думается, вы поймете, ибо я говорил вам о воле, сознании и сохранении тела после того, как откажут органы. Теория недурна, но так не могло продолжаться бесконечно. Началось постепенное ухудшение — его я не предвидел. Доктор Торрес все знал, но потрясение убило его. Он не пережил того, что ему пришлось сделать — поместить меня в странное темное место в соответствии с указаниями моего письма и заняться моим возвращением. Однако мои органы уже никогда не будут работать. Это пришлось сделать ради того, чтобы сохранить меня, ведь, как вы понимаете, тогда, восемнадцать лет назад, я умер».

# СТРАННЫЙ ДОМ В ТУМАНЕ НА ВЕРШИНЕ ГОРЫ

К северу от архаического Кингспорта карабкаются к небу высокие и необычные с виду утесы, громоздя друг на друга террасу за террасой, пока самый северный из них не повисает в небе замерзшим серым облаком. Одинокая безрадостная вершина вонзается в бесконечное пространство, ибо там берег резко поворачивает в месте, где великая река Мискатоник вытекает из распростершихся за Аркхемом равнин, принося с собой лесные легенды и коротенькие, но необычайные воспоминания холмов Новой Англии. Мореходы Кингспорта взирают снизу вверх на этот утес, как мореходы прочих краев на полярную звезду, и отмеряют ночные вахты по тому, как он закрывает и потом открывает созвездия Большой Медведицы, Кассиопеи и Дракона. Среди звезд он на равных присутствует на тверди небесной, хотя и скрывается, когда туман укутывает звезды или солнце.

Некоторые из утесов мореходы любят, как тот причудливый камень, который именуют Нептуномбатюшкой, или тот, чьи столповидные ступени называют Мощеной Дорогой; но вот этого они опасаются — потому что он так близок к небу. Приближающиеся к берегу португальские моряки, завидев его, осеняют себя крестным знамением, а старики-янки твердо уверены в том, что подняться на него можно только ценой жизни, если таковое вообще возможно. Тем не менее на вершине утеса находится старинный дом, и вечерами люди видят огни за мелкими переплетами окон.

Дом сей находился здесь всегда, и как говорили люди, в нем обитал Тот, кто беседует с утренними туманами, поднимающимися из глубин, и, быть может, видит необычайные вещи в океане в те мгновения, когда кромка утеса становится краем всей земли и торжественные колокола бакенов вызванивают в белом неземном эфире. Так говорят они понаслышке, ибо на сем запретном утесе никого не бывает, а местные жители не любят наводить на него свои подзорные трубы. Летние гости-дачники, впрочем, исследовали его через собственные не знающие опаски бинокли, но никогда не видели ничего другого, кроме старинной, крытой седой дранкой островерхой кровли, карнизы которой спускаются почти до серого фундамента, и тусклых желтых огоньков в крохотных окошках, в сумерки выглядывающих из-под карнизов. Летние жильцы эти не верят в то, что Тот обитает в этом древнем доме уже сотни лет, однако не способны убедить в своей ереси ни одного природного жителя Кингспорта. Даже Жуткий Старец, беседующий со свинцовыми маятниками в бутылках, оплачивающий свой провиант столетней давности испанскими золотыми и хранящий каменных идолов во дворе своего допотопного дома на Водной улице, может сказать на сей счет лишь то, что так было уже, когда его дед был мальчишкой, то есть в непостижимой древности, когда губернатором Его Величества провинции Массачусетс-бей был то ли Белчер, то ли Ширли, то ли Паунолл, то ли Бернард.

Но однажды летом в Кингспорт прибыл философ. Звали его Томасом Олни, и он преподавал нудные предметы в колледже возле Наррангасет-бей. Прибыл он с дородной женой и резвыми ребятишками, утомленный лицезрением одного и того же в течение многих лет и обдумыванием одних и тех же старательно вышколенных мыслей. Он взирал на туманы от венца Нептуна-батюшки и пытался войти в мир их белых тайн по титаническим ступеням Мощеной Дороги. Утро за утром проводил он, возлежа на утесах и заглядывая за кромку мира, тающую в непостижимом эфире, внимая призрачным колоколам и диким крикам — вполне возможно, что просто чаек. Позже, когда туман рассеивался и перед глазами его оказывалось прозаическое море с дымками пароходов, он вздыхал и спускался в город, в котором любил бродить по старинным узеньким улочкам, спускающимся с холмов и поднимающимся на другие холмы, исследуя попутно великолепные, но ветхие щипцы и необычайные стойки дверей, за которыми укрывались от непогоды столько поколений крепкого морского народа. Он даже разговаривал с Жутким Старцем, не испытывавшим симпатии к чужакам, и даже заслужил приглашение в его жутко древний домишко, в котором низкие потолки и источенные древоточцем панели насквозь пропитались отголосками беспокойных монологов, произносимых в темные полуночные часы.

Вполне естественным и неизбежным образом Олни заметил находящийся в небе над головой серый дом, в котором не бывает гостей, вросший в землю на том самом утесе, что сливается воедино с туманами и с твердью небесной. Всегда этот дом возвышался над Кингспортом, и о тайне его всегда перешептывались на кривых улочках этого города.

Жуткий Старец прохрипел историю, которую слышал от собственного отца: как однажды ночью молния ударила из этого домика ввысь, в облака высокого неба; а Бабуся Орн, чей крохотный домишко под мансардной крышей на Корабельной улице доверху зарос мхом и плющом, проворчала, что, дескать, ее бабушка рассказывала ей с чужих слов о силуэтах, хлопая крыльями влетавших из восточных туманов прямо в узкую дверь сего недостижимого места, ибо дверь та обращена к океану и настолько близка к краю утеса, что ее видно только с находящихся в море кораблей.

Наконец, устремившись к новому для себя и непознанному, не находя препон в виде страха кингспортцев и обычной для летних дачников лени, Олни пришел к жуткому решению. Вопреки консервативному образованию, а может быть, и благодаря ему, ибо скучная жизнь порождает томительное стремление к неизвестному, он принес великую клятву подняться на северный заповедный утес и побывать в необычайно древнем сером доме у подножия неба. Вполне понятным образом здравая часть его души твердила, что домик этот населен жильцами, которые попадают в него со стороны суши более легким путем: по гребню, вытянувшемуся вдоль эстуария Мискатоника. Возможно, они работают в Аркхеме, зная, насколько мало в Кингспорте любят их место жительства, или просто потому, что не могут одолеть склон со стороны этого города. Олни прошел вдоль малых скал до того места, где великий утес надменно вздымался ввысь, сочетаясь с предметами небесными, и вполне убедился в том, что ни одна человеческая нога не способна ни спуститься, ни подняться по нависающему южному его склону. На востоке и севере утес на тысячи футов перпендикулярно поднимался из воды, так что доступной могла оказаться только его западная сторона, обращенная к суше и Аркхему.

Итак, однажды августовским утром Олни отправился искать путь к недоступной вершине. Он шел на северо-запад по проселочным сельским дорогам, мимо Хуперова пруда и старого кирпичного порохового заводика к пастбищам, поднимающимся к гребню над берегом Мискатоника, откуда открывается очаровательный вид на белые георгианские шпили Аркхема, поднимающиеся за лигами лугов и воды. Здесь он обнаружил уводящую в Аркхем тенистую дорогу, однако так и не обрел нужной ему тропы, ведущей в сторону моря. Леса и поля теснились к высокому берегу над речным устьем, не обнаруживая никаких признаков человеческого присутствия; вокруг не было даже каменной изгороди или отбившейся от стада коровы, — лишь высокая трава, великанские деревья и чащобы колючих кустарников, которые могли видеть еще первые из индейцев. Неторопливо поднимаясь к востоку, оказываясь все выше и выше над эстуарием и все ближе и ближе к морю, он обнаружил, что путь дается ему со все большим, и большим, и большим трудом, и подивился тому, как обитатели этого немилого места ухитрялись сообщаться с внешним миром, и решил, что даже на рынке в Аркхеме они бывают нечасто.

Потом деревья вокруг поредели, и далеко внизу под собой он заметил холмы, старинные крыши и шпили Кингспорта. С такой высоты казалась гномом даже Центральная горка, и он различил очертания древнего кладбища возле Конгрегационалистского госпиталя, под которым, согласно молве, существовали некие ужасные пещеры или ходы. Впереди тянулись заросли травы и кустиков черники, а за ними на голой скале уже маячил тонкий гребень крыши страшного серого коттеджа. Здесь гребень скалы сужался, и у Олни начинала кружиться голова от собственного одиночества в небе над пропастью, обрывавшейся к югу над Кингспортом, и над вертикальным обрывом, почти на милю возвышавшимся на севере над устьем Мискатоника. Вдруг перед ним появилась глубокая, в десять футов расселина, так что ему пришлось с помощью рук спуститься вниз на наклонное дно, а затем не без труда и риска вскарабкаться на природный откос на противоположной ее стороне. Так вот как совершают свой путь между землей и небом жители этого зловещего дома!

Когда он выбрался из расселины, еще собирался утренний туман, однако впереди были отчетливо видны высокие стены обители порока, серые, словно скала; и высокий конек отважно вонзался в молочную белизну морского тумана. Тут он заметил, что в обращенной к суше стороне дома нет никакой двери, только маячит пара мрачных решетчатых окошек, застекленных круглыми панелями на манер окон семнадцатого века. Вокруг него царил облачный хаос, и Олни ничего не видел за пределами белого безграничного пространства. Он остался один в небе перед сим странным и смущающим душу домом; и когда, бочком, украдкой подобравшись к передней части дома, заметил, что стена стоит вровень с краем утеса, так что к единственной узкой двери можно было добраться только из пустого эфира, ощутил укол такого ужаса, который нельзя было полностью объяснить одним положением двери. Крайне странным было уже и то, что столь источенная дранка еще лежит на крыше и изъеденный непогодой кирпич еще способен сохранять форму трубы.

Туман сгущался, и Олни попробовал подобраться к окнам на северной, западной и южной сторонах дома, однако все они оказались запертыми. И он был отчасти рад тому, что они заперты, ибо чем более осматривал этот дом, тем менее ему хотелось попасть внутрь. Тут его приковал к месту звук. Брякнул замок, скрипнул засов и послышался долгий скрежет, как если бы кто-то долго и с опаской открывал тяжелую дверь. Звук раздался на невидимой для Олни, обращенной к океану стороне дома, где узкий портал открывался в тысячах футов над волнами туманного моря.

Потом внутри дома раздалась тяжелая, целеустремленная поступь, и Олни услышал, как открываются окна, сперва напротив обращенной к нему северной стороны дома, а потом на западной, как раз за углом. Далее последовали южные окна, под длинными и низкими карнизами, возле которых он стоял; и следует отметить, что ему стало более чем неуютно при мысли о том, что по одну сторону от него находится отвратительный дом, а по другую — зияет пустота. Когда застучали ближайшие к нему оконные створки, Олни снова перебрался на западную сторону, припав к стене возле уже открытых окон. Было очевидно, что хозяин дома вернулся домой, однако не по суше и не с помощью воздушного шара или любого мыслимого воздушного корабля. Шаги прозвучали снова, и Олни бочком скользнул на север; однако прежде чем он мог отыскать укромное местечко, прозвучал негромкий голос, и он понял, что встречи с хозяином дома уже не избежать.

Из западного окна выставилась широкая чернобородая физиономия, в глазах которой светился отпечаток зрелищ, доселе незнаемых. Однако голос был мягок и отдавал непривычно старинным обращением, так что Олни не затрепетал, когда из окна высунулась загорелая рука, чтобы помочь ему перебраться через подоконник — в низкую комнату, обитую черными дубовыми панелями и обставленную резной тюдоровской мебелью. Человек этот был облачен в весьма древние одеяния, и его осенял не знающий места и времени ореол мореходных наук и высоких галеонов. Олни не запомнил многие из чудес, о которых поведал ему незнакомец; не запомнил он и того, кем был хозяин дома; однако говорил, что держался тот со странной любезностью, в которой ощущалась наполнявшая ее магия неизмеримых пучин пространства и времени. Небольшая комнатка была залита зеленым и неярким глубинным светом, и Олни заметил, что выходившие на восток окна не открыты, но отгорожены от туманного эфира тусклыми панелями, напоминавшими донца старых стеклянных бутылей.

Из того, что бородатый хозяин казался молодым, однако в глазах его светилось знание древних мистерий, а также из поведанных им повестей о чудесных древних предметах и тварях можно было догадаться, что деревенские правильно утверждали, что он общался с морскими туманами и небесными облаками все то время, пока внизу стояло селение, из которого, с нижней равнины, можно было наблюдать за его безмолвной обителью. День близился к концу, а Олни все слушал и слушал сказания о давних временах и краях далеких: о том, как короли Атлантиды боролись со скользкими богопротивными мерзостными тварями, полезшими из щелей в океанском дне, и о том, что многоколонный и заросший водорослями храм Посейдона до сих пор можно увидеть в полночь с борта сбившегося с пути корабля, и что увидевшие этот храм на таком корабле понимали, что обратно не выплыть. Хозяин вспомянул время Титанов, однако с большой сдержанностью повествовал о сумеречном первом веке хаоса, предшествовавшего богам и даже рождению Старших из них, и о том, когда другие боги явились, чтобы плясать на вершине Хатег-Кла, что высится в каменистой пустыне возле Ултара за рекой Скай.

В этот миг раздался стук в дверь — в древнюю, обитую гвоздям дубовую дверь, за которой лежала только бездна с белыми облаками в ней. Охваченный ужасом Олни вздрогнул, однако бородач жестом приказал ему оставаться на месте, а сам на цыпочках подошел к двери, чтобы заглянуть в крохотный глазок. Увиденное ему не понравилось, и потому он приложил палец к губам и на цыпочках пошел вокруг, закрывая и запирая все окна, прежде чем возвратиться на древнюю скамью возле Олни, который по очереди узрел в прозрачных квадратах каждого из крохотных подслеповатых окошек весьма причудливый черный силуэт нового гостя, из любопытства явно пустившегося вокруг дома, прежде чем отбыть восвояси, и возрадовался тому, что хозяин дома не впустил его, ответив на стук. Ибо странные твари существуют в великой бездне, и искателю видений следует постараться не растревожить нечистые и сомнительные.

А потом начали собираться тени; сперва чуточку смутные, под столом, а затем более смелые, в темных уголках возле панелей. Тогда бородач произвел загадочные жесты молитвы и зажег высокие свечи в причудливой работы медных подсвечниках. При этом он часто поглядывал на дверь, словно бы ожидая кого-то, и наконец взгляду его ответил какой-то особый стук, видимо, следовавший какому-то весьма древнему и тайному коду. На сей раз он даже не заглядывал в глазок, но сразу отодвинул громадный дубовый засов и вынул болт, отперев тяжелую дверь и настежь распахнув ее перед звездами и туманом.

А затем под звуки забытых гармоний потекли в комнату из глубин все грезы и воспоминания Могущественных потонувшей земли. И золотые пламена играли на жидких локонах так, что ошеломленный Олни почтительно склонился перед ними. Тут был и Нептун со своим трезубцем, и спортивного вида тритоны с фантастическими нереидами, и на спинах дельфинов была пристроена огромная зубастая раковина, в которой ехал одновременно веселый и жуткий первобытный Ноденс, Владыка Серой Бездны. И таинственно вострубили тритоны, и загадочным образом вторили им нереиды, ударяя в причудливые звонкие раковины, неведомые людям хозяева которых обитают в черных подводных пещерах. А потом убеленный сединами Ноденс протянул свою морщинистую руку и принял Олни вместе со своей свитой в свою просторную раковину, под буйный и вселяющий трепет ропот раковин и гонгов. И в беспредельный эфир отправился этот сказочный поезд, звонкие голоса которого растворялись в раскатах грома.

Всю ночь из Кингспорта наблюдали за своим высоким утесом, когда позволяли это гроза и туманы, и когда чуть за полночь небольшие тусклые окошки погасли, за ними шептались об ужасе и несчастье. А дети Олни и его упитанная жена молились ласковому и благопристойному богу баптистов и надеялись на то, что их странник сумеет одолжить зонт и галоши, если только дождь не прекратится к утру. Наконец насквозь промокший рассвет выбрался на берег из покрытых туманом волн, а бакены торжественно вызванивали свое в водоворотах белого эфира. А в полдень чудесные трубы пропели над океаном, когда Олни, сухой и легконогий, спустился с утеса в древний Кингспорт, и отсветы дальних мест играли в его глазах. Он не мог припомнить того, что грезилось ему в пристроившейся на краю неба хижине по-прежнему безымянного отшельника, не мог рассказать и того, каким образом сумел спуститься с этого утеса, на который не ступала нога человека. Не мог он даже разговаривать на эти темы — иначе как с Жутким Старцем, который впоследствии бормотал ужасные вещи в свою длинную белую бороду, клятвенно утверждая, что с утеса спустился не совсем тот человек, который поднялся на него, и что где-то под серой остроконечной крышей или среди непостижимых просторов, укрытых зловещим белым туманом, до сих пор обретается потерянная душа того, кто был Томасом Олни.

Всю оставшуюся жизнь, все тусклые и тягучие годы, полные серой усталости, философ трудился, ел, спал и без жалоб исполнял все положенные гражданину обязанности. Более не томился он по чарам далеких холмов и не вздыхал о тайнах, подобием зеленых рифов выступающих из бездонного моря. Тождество дней жизни более не угнетало его, и воображение удовлетворялось вышколенными мыслями. Добрая жена его становилась все упитанней, а дети его взрослели, делались более прозаичными и полезными, и он никогда не забывал с гордостью улыбнуться, когда ситуация требовала этого. Во взгляде его более не было того беспокойного света, и он вслушивался в торжественный звон колоколов только по ночам, когда на свободе бродили прежние грезы. С тех пор он никогда не бывал в Кингспорте, ибо домашним его не понравились забавные старинные дома, да еще они жаловались на то, что канализация там невозможно плоха. Теперь у них есть домик на Бристольском нагорье, над которым не возвышаются никакие утесы, а все соседи — люди городские и современные.

Однако по Кингспорту ходят странные слухи, и даже Жуткий Старец признает вещи, неслыханные его дедом. Ибо теперь, когда горластый и буйный ветер задувает с севера мимо того старинного и древнего дома, что сливается с твердью, нарушается наконец то зловещее и задумчивое молчание, прежде бывшее проклятьем морских крестьян Кингспорта. И старики рассказывают о доносящихся оттуда поющих чудесных голосах и о смехе, полном радости, превосходящей все земные блаженства; и говорят, что по вечерам невысокие и крохотные окошки светятся ярче, чем в прежние времена. Они также рассказывают, что яркие северные сияния стали чаще посещать это место и играют на севере переливами замерзших миров, а утес и венчающий его дом кажутся черными фантастическими тенями на фоне фантастических сполохов. Гуще стали и рассветные туманы, и моряки не вполне уверены в том, что доносящийся с моря глухой перезвон создают одни только печальные бакены.

Хуже всего, однако, то, что прежние страхи съежились в сердцах молодых людей Кингспорта, обнаруживших склонность прислушиваться по ночам к слабым дуновениям северного ветра. Они клянутся в том, что никакого зла или боли не может обретаться в доме с остроконечной кровлей, ибо новые голоса пульсируют счастьем и слышны в них переливы смеха и музыки. Неведомо им, какие повести могут принести морские туманы на эту населенную призраками северную вершину, однако томятся они, желая увидеть хотя бы намек на те чудеса, которые стучатся в закрытую над пропастью дверь, когда небо укутывают самые плотные облака. И патриархи боятся того, что однажды, один за одним, молодые люди отправятся на неприступный, исчезающий в небе утес и узнают те вековые секреты, что таятся под крутой, крытой дранкой крышей, давно ставшей частью скал и звезд и древних страхов Кингспорта. В том, что эти предприимчивые юнцы вернутся назад, старики не сомневаются, однако они полагают, что свет может оставить молодые глаза, а воля — сердца. И они не хотят, чтобы старомодный и изящный Кингспорт с его крутыми улочками и старинными крышами бесцельно влачил свои дни, пока голос за голосом смеющийся хор становится все громче и энергичней в этом ужасном и жутком орлином гнезде, где туманы и грезы туманов останавливаются передохнуть на своем пути от моря на небо.

Они не хотят, чтобы души молодых людей покидали милые очаги и таящиеся под мансардными кровлями таверны старого Кингспорта, как не хотят они и того, чтобы смех и песня на высокой скале делались громче. Ибо если пришедший голос приносит с собой свежий туман с моря и свежий сполох с севера, говорят они, то другие голоса принесут еще больше туманов и еще больше сполохов, или, быть может, старые боги (на существование которых они намекают только шепотком, чтобы не услышал проповедник Конгрегационалистской церкви) появятся из глубин моря и из неведомого Кадата, что в холодной пустыне, и поселятся на сей страшно подходящей для этого скале, столь близко к тихим холмам и долинам простого и бесхитростного рыбацкого люда. Этого не хотят они, ибо простые люди не рады вещам неземным; и к тому же Жуткий Старец часто вспоминает, что именно рассказывал ему Олни о стуке, напугавшем одинокого отшельника, и о черном любопытствующем силуэте, который он заметил в тумане через странные прозрачные круглые стекла в окнах со свинцовыми переплетами.

Впрочем, рассудить все это могут только сами Древние; а тем временем утренний туман, как и прежде, восходит вдоль головокружительного обрыва к островерхому старинному дому... дому седому, с низкими карнизами, возле которого не видно людей, а в окнах каждый вечер зажигаются неяркие огоньки, а северный ветер рассказывает странные повести. Белым перышком возносится он из глубин к братьям своим облакам, полный грез о влажных пастбищах и пещерах левиафана. И когда повести густо роятся в гротах тритонов и раковины в подводных городах трубят бурные мелодии, усвоенные от Древних, тогда великие и ревностные туманы устремляются к небу, нагруженные знанием; и Кингспорт, неловко гнездящийся на своих малых утесах под вселяющим трепет каменным часовым, видит над океаном только таинственную белизну, как если бы край утеса был краем всей земли, и торжественные колокола бакенов вызванивают свою песню в чудесном эфире.

## НАПР

*...как указ. Напр в «Жизнеописаниях важнейших поэтов».*

Из школьного сочинения

Ошибочное представление о том, будто Напр является автором почти всех жизнеописаний, весьма часто разделяют даже люди, претендующие на определенный культурный уровень, и потому на него следует обратить особое внимание. Следует довести до всеобщего сведения, что эти лавры с ним разделяют Смотристр и Сравни. С другой стороны, главным трудом Напра следует считать знаменитое «Ук. Соч.», в котором раз и навсегда были сформулированы все существенные тенденции греко-римского выразительного искусства — и с восхитительной остротой, несмотря на тот удивительный факт, что Напр творил в столь поздний период. Есть очень часто воспроизводимое в современных книгах неверное сведение, проистекающее из монументальной «Истории остготов в Италии» (*Geschichte der Ostrogothen in Italien*) фон Швайнкопфа, что Напр — латинизировавшийся вестгот из орды Атаульфа, поселившийся в Плацентии около 410 года нашей эры. Никакое отрицание этого не может быть чрезмерным, ибо сам же фон Швайнкопф, а позднее Литтлвит* и Бетнуар** неопровержимо доказали, что сия уникальная личность была истинным римлянином — или, по крайней мере, настолько истинным, насколько это было возможно в эту эпоху вырождения и ухудшения породы, — и о нем можно было бы сказать то же, что Гиббон сказал о Боэции: «Он был последним, кого Катон или Цицерон могли бы признать соотечественником». Подобно Боэцию и почти всем выдающимся людям своего времени, он принадлежал к великому роду Anициев и с великой точностью и большим самодовольством прослеживал свое происхождение от всех героев Республики. Его полное имя — длинное и помпезное согласно обычаю эпохи, в которую была утрачена трехименная простота классических римских именований, — по утверждению фон Швайнкопфа***, было Кай Аниций Магн Фурий Камилл Эмилиан Корнелий Валерий Помпей Юлий Напр, хотя Литтлвит**** отвергает «Эмилиан» и добавляет «Клавдий Децийфуниан», тогда как Бетнуар***** выдвигает совсем иную версию, указывая полное имя как Магн Фурий Камилл Аврелий Антонин Флавий Аниций Петроний Валентиниан Эгидий Напр.

---

* Rome and Byzantium: A Study in Survival (Waukesha, 1869), Vol. XX, p. 598.

** Influences Romains dans le Moyen Age (Fond du Lac, 1877), Vol. XV, p. 720.

*** Following Procopius, Goth. x.y.z.

**** Following Jornandes, Codex Murat. xxj. 4144.

***** After Pagi, 50–50.

Этот выдающийся критик и биограф родился в 486 году, вскоре после того как Хлодвиг сокрушил римское владычество в Галлии. Честь называться местом его рождения оспаривают Рим и Равенна, хотя не вызывает сомнений, что риторике и философии он обучался в афинских школах, степень подавления которых Феодосием в предыдущем столетии сильно преувеличена людьми поверхностными. В 512 году, в период милостивого правления остготского Теодориха, мы видим его учителем риторики в Риме, а в 516 году он занимал должность консула вместе с Помпилием Нуманцием Бомбастом Марцеллином Деодамнатом*. После смерти Теодориха в 526 году Напр удалился от общественной жизни, чтобы написать свое знаменитое сочинение (чистый Цицеронов стиль которого — столь же замечательный пример атавизма классического письма, как и стихи Клавдия Клавдиана, творившего за столетие до Напра); но позднее он был снова призван на подмостки роскоши и великолепия, чтобы стать придворным ритором Теодата, племянника Теодориха.

После узурпации власти Витигесом Напр впал в немилость и был на некоторое время заключен в тюрьму; но приход византийско-римской армии под командованием Велизария вскоре вернул ему свободу и почести. Во время осады Рима он храбро сражался в армии защитников, а затем последовал за орлами Велизария в Альбу, Порту и Центумцеллу. После франкской осады Милана Напра избрали со-

* Некоторые имена содержат подсказки о своей вымышленности: Литтлвит — мало ума (*англ.*), Бетнуар — пугало, жупел (*фр.*), Швайнкопф — голова свиньи (*нем.*), Деодамнат — богоосужденный (*лат.*). — *Примеч. пер.*

провождать в Грецию ученого епископа Дация, и в 539 году они обосновались в Коринфе. Около 541 года Напр переехал в Константинополь, где был всячески обласкан императором Юстинианом, а затем Юстином Вторым. Императоры Тиберий и Маврикий великодушно чтили его преклонные годы и внесли весомый вклад в его бессмертие — особенно Маврикий, которому доставляло удовольствие прослеживать свою родословную до старого Рима, хотя родился он в Арабиссе, в Каппадокии. Именно Маврикий на 101-м году жизни поэта распорядился принять его сочинение в качестве учебника во всех школах империи — честь, обернувшаяся роковым бременем для пожилого ритора, который от избытка чувств мирно скончался в своем доме близ церкви святой Софии за шесть дней до сентябрьских календ 587 года нашей эры, на 102-м году жизни.

Его останки, невзирая на смутные времена в Италии, перевезли в Равенну для погребения; но, преданные земле в предместье Классе, они были извлечены из могилы лангобардским герцогом Сполето и подвергнуты глумлению, после чего череп Напра герцог отвез королю Аутари в качестве заздравной чаши. Череп этот торжественно передавали от короля к королю ломбардской линии. После взятия Павии Карлом Великим в 774 году череп, изъятый у неверного Дезидерия, очутился в обозе франкского завоевателя. Именно из этого сосуда папа Лев совершил помазание на царство, сделавшее героя-кочевника императором Священной Римской империи. Карл Великий увез череп Напра в свою столицу в Аахен, а вскоре за тем подарил его своему саксонскому наставнику Алкуину. По смерти Алкуина в 804 году череп отослали родственникам усопшего в Англию.

Вильгельм Завоеватель, обнаружив череп в нише в аббатстве, куда его поместила благочестивая семья Алкуинов (полагая, что это череп святого*, чудесным образом уничтожившего лангобардов своими молитвами), с уважением отнесся к древним костям, и даже грубые солдаты Кромвеля, разрушившие в 1650 году ирландское аббатство Баллилог (куда череп в 1539 году, после роспуска Генрихом VII английских монастырей, тайно перевез набожный папист), не решились уничтожить столь почтенную реликвию.

Череп оказался у рядового Смотри-В-Карты-И-Плачь Хопкинса, который вскоре сменял его у Осподи-Егове Стаббса на фунт свежего виргинского табаку. Стаббс, отправляя в 1661 году своего сына Зоровавеля искать счастья в Новой Англии (ибо полагал, что воздух Реставрации пагубен для благочестивого юного йомена), подарил ему череп святого Напра — или скорее брата Напра, поелику питал отвращение ко всему папистскому, — в качестве талисмана. Обосновавшись в Салеме, Зоровавель построил скромный домик близ городской водокачки и хранил череп в шкафу у печной трубы. Однако ему не удалось полностью избегнуть влияния Реставрации, и, пристрастившись к азартным играм, он проиграл череп некоему Эпенету Декстеру, заезжему представителю третьего сословия из Провиденса.

После того череп хранился в доме Декстера в северной части города, неподалеку от нынешнего пе-

---

* Ритор и св. Напр были должным образом вновь отождествлены только с появлением работы фон Швайнкопфа в 1797 году.

рекрестка Норт-Мейн и Олни-стрит, вплоть до набега Канончета 30 марта 1676 года во время Войны короля Филиппа; проницательный сахем, сразу распознав в нем предмет особого почитания и достоинства, отправил череп в Коннектикут в ознаменование союза с общиной пекотов, с которой вел переговоры. 4 апреля вождя захватили колонисты и вскоре казнили, но аскетичная голова Напра продолжила свои скитания.

Пекоты, ослабленные предыдущей войной, не могли оказать побежденным наррагансетам никакой помощи, и в 1680 году голландский торговец мехами из Олбани Петрус ван Шаак приобрел знаменитый череп за скромную сумму в два гульдена, прознав про его ценность из полустертой надписи, вырезанной на ломбардских миниатюрах (палеография, следует пояснить, была одним из главных достижений новонидерландских мехоторговцев семнадцатого века).

Как ни печально, в 1683 году реликвию выкрал у ван Шаака французский торговец Жан גренье, в папистском рвении сумевший отождествить ее черты с чертами того, кого еще на коленях матери научился чтить как святого Напра. Воспылав праведным гневом — протестант владеет священной реликвией! — Гренье однажды ночью размозжил ван Шааку голову топором и бежал со своей добычей на север; вскоре, однако, его ограбил и убил полукровка-бродяга Мишель Савар, забравший череп (несмотря на невежество, не позволившее ему опознать его), чтобы добавить его к коллекции аналогичных предметов более позднего происхождения.

После смерти Савара в 1701 году его сын, полукровка Пьер, продал череп в числе иных предметов неким посланникам сауков и фоксов, и в следующем поколении тот был замечен у вигвама вождя Чарльзом де Ланглейдом, основателем фактории в Грин-Бей, в штате Висконсин. Де Ланглейд отнесся к священному предмету с должным почтением и выкупил его за множество стеклянных бус; однако после его смерти тот стал переходить из рук в руки сперва среди поселенцев в верхней части озера Виннебаго, затем в племенах по берегам озера Мендота и, наконец, на заре девятнадцатого века попал к некоему французу Соломону Жюно в новой милуокской фактории на реке Меномини и озере Мичиган.

Проданный позже Жаку Кабошу, другому поселенцу, он в 1850 году был проигран в шахматы или покер новому эмигранту по имени Ганс Циммерман; тот использовал его в качестве пивной кружки, пока однажды под воздействием его содержимого не выпустил его из рук, и череп, беспрепятственно скатившись с крыльца на тропу в прерии, свалился в нору луговой собачки, так что хозяин после пробуждения не смог ни найти его, ни даже вспомнить, куда он делся.

Так священный череп Кая Аниция Магна Фурия Камилла Эмилиана Корнелия Валерия Помпея Юлия Напра, римского консула, любимца императоров, святого Римской церкви, на многие поколения был сокрыт в земле под разрастающимся городом. Поначалу ему поклонялись посредством мрачных обрядов луговые собачки, видя в нем божество, ниспосланное из верхнего мира, но затем он впал в страшное небрежение, когда раса простых бесхитростных землероев пала под натиском арийских завоевателей. Явилась канализация, но его это не коснулось. Выросли дома — сначала 2303, потом еще — и наконец в роковую ночь произошло нечто титаническое. Нежная Природа, бурля духовным экстазом, подобно пене на издавна почитаемом в этих краях напитке, ниспровергла надменных и вознесла смиренных — и вот! Едва затеплился рассвет, горожане Милуоки узрели на месте прерии гористую местность! Великое преобразование затронуло обширнейшее пространство. Наконец были явлены подземные тайны, долгие годы скрытые от глаз. И там, уцелевший в катаклизме, лежал, белесый и безмятежный в своем консульском, святом и кротком великолепии, куполообразный череп Напра!

# ПОТУСТОРОННЕЕ

Странная, неподдающаяся объяснению перемена произошла с моим другом Кроуфордом Тиллингастом. Я не видал его два с половиной месяца, с того самого дня, когда он признался мне, с какой целью ведет физические и метафизические исследования, и в ответ на мои опасения и увещевания в приступе ярости выгнал меня из лаборатории и выдворил из своего дома. Я знал, что после этого он заперся в лаборатории в мансарде с этой ненавистной мне машиной, отвергая пищу и помощь прислуги, но, увидев его, с трудом поверил, что человеческое существо может настолько сильно измениться и так обезобразиться за всего лишь десять недель. Не так уж приятно видеть некогда полноватого человека внезапно сильно похудевшим, а еще неприятнее заметить, что его обвисшая кожа пожелтела, а местами стала серой, глаза ввалились, стали обведены кругами и жутко поблескивают, лоб покрылся сетью морщин, а руки дрожат и подергиваются. Если добавить к этому отталкивающую неряшливость, беспорядок в одежде, начинающую редеть нерасчесанную шевелюру, давно не стриженную седую бороду, почти скрывшую некогда гладко выбритое лицо, то невольно испытываешь нечто близкое к шоку. Таким предстал передо мной Кроуфорд Тиллингаст в ночь, когда его невразумительная записка заставила меня после многих недель нашего разрыва вновь появиться у дверей знакомого дома; стоявший передо мной со свечой в трясущейся руке на пороге старого, уединенно расположенного дома на Беневолент-стрит, поминутно озиравшийся по сторонам и пугавшийся чего-то невидимого или видимого только ему одному, скорее напоминал призрака.

То, что Кроуфорд Тиллингаст занимался наукой и философией, было ошибкой. Заниматься подобным следовало бы беспристрастному человеку с холодным рассудком, а для чувствительного и импульсивного человека, каким был мой друг, наука сулила два в равной мере трагических исхода: отчаяние в случае неудачи или невыразимый и неописуемый ужас в случае успеха. Однажды Тиллингаст уже потерпел неудачу, в результате чего обрел склонность к затворничеству и меланхолии, а по страху, который он испытывал теперь, я понял, что на сей раз он пал жертвой успеха. Я предупреждал его об этом десять недель назад, когда, увлеченный своей фантастической идеей, он с головой погрузился в исследования. В тот момент он был чрезвычайно возбужден, раскраснелся и излагал свои идеи неестественно высоким, но, как всегда, уверенным и спокойным голосом.

— Что известно нам, — говорил он, — о мире и окружающей вселенной? Органы чувств сообщают нам о них до абсурдного мало, а наши представления об окружающих предметах невероятно скудны. Мы видим вещи такими, какими мы созданы их видеть, и не в состоянии постичь их абсолютную суть. Слабыми пятью чувствами мы лишь обманываем себя, лишь тешим себя иллюзией, что воспринимаем всю безграничную сложность окружающего пространства, тогда как существа с более широким спектром и большей глубиной чувств могут не только по-иному воспринимать предметы, но способны видеть и изучать целые миры иной материи, энергии и жизни, которые окружают нас, но которые нельзя постичь земными чувствами. Я всегда верил, что эти странные, недосягаемые миры существуют у нас под боком, и теперь, похоже, придумал способ преодолеть разделяющий нас барьер. Я говорю это совершенно серьезно. Еще какие-то двадцать четыре часа, и вот эта машина, что стоит у стола, начнет генерировать лучи, оживляющие наши атрофированные или рудиментарные чувства. Эти лучи откроют нам доселе неведанное человеку в отношении органической жизни. Мы узреем причину, по которой собаки ночью воют, а кошки навостряют слух. Мы увидим это и многое другое, недоступное простым смертным. Мы преодолеем время и границы измерений и, не перемещаясь физически, проникнем в глубь мироздания.

Когда Тиллингаст сказал это, я принялся отговаривать его, ибо, зная его достаточно хорошо, скорее испугался, чем обрадовался его достижениям, но он был фанатично одержим этой идеей и, не пожелав более со мной разговаривать, выставил из своего дома. Его одержимость не пропала и сейчас, но желание выговориться оказалось сильнее обиды, и он прислал мне записку в несколько строк в повелительном тоне, написанную таким почерком, что я едва смог его разобрать. Войдя в жилище своего друга, который так внезапно превратился в трясущуюся от страха горгулью, я ощутил холод страха, которым, казалось, были пропитаны все тени в полумраке этого дома. Слова и заверения, прозвучавшие здесь десять недель тому назад, словно бы пребывали где-то за пределами маленького круга света от свечи, и я вздрогнул при звуке глухого, изменившегося до неузнаваемости голоса Тиллингаста. Я попытался окликнуть прислугу, но он тут же заверил меня, что вся челядь покинула этот дом три дня тому назад, и это сообщение показалось мне зловещим. По меньшей мере странно, что старый и преданный Грегори оставил хозяина, даже не сообщив об этом мне, его давнему и проверенному другу. Именно от Грегори я узнавал, что происходило с Тиллингастом после того, как он в припадке гнева выдворил меня из своего дома.

Но постепенно мой страх вытеснялся возрастающим любопытством. Я мог только догадываться, чего именно хотел от меня Кроуфорд Тиллингаст сейчас, но не вызывало сомнений, что он обладал великой тайной, которой жаждал поделиться. Прежде я противился его неестественной жажде прорваться в непредставимое, а сейчас, когда он почти наверняка добился успеха, я готов был разделять его веру и последовать за ним куда угодно, хотя страшную цену этой победы мне еще предстояло осознать. Но пока что я следовал через мрачную пустоту дома за неярким желтым огоньком свечи в дрожащей руке этой пародии на человека. Электричество по всему дому было отключено, а когда я спросил почему, Кроуфорд ответил, что для этого есть веские причины.

— Это будет уже слишком... Я не осмелюсь... — бурчал он себе под нос. Это бормотание привлекло мое внимание, ибо раньше за ним не водилось привычки разговаривать с самим собой. Мы поднялись в мансарду, в лабораторию, и я снова увидел эту отвратительную электрическую машину, излучавшую жуткий, зловещий фиолетовый свет. Она была подключена к мощной химической батарее, но, похоже, сейчас не работала, поскольку не вздрагивала и не издавала устрашающих звуков, как это бывало раньше. На мой вопрос Тиллингаст пробубнил, что свечение, исходящее от машины, вовсе не электрическое в том смысле, как я это понимаю.

Он усадил меня возле машины так, что она находилась справа от меня, и повернул выключатель, расположенный под рядом стеклянных ламп. Послышались знакомые мне звуки, сначала напоминающие плевки, затем жалобный вой и наконец затихающее жужжание. При этом свечение то усиливалось, то ослабевало, и вскоре приобрело какой-то бледный, тревожащий цвет такого оттенка, который я не то что описать, а даже представить себе не могу. Тиллингаст, внимательно при этом наблюдавший за мною, усмехнулся, увидев мою озадаченность.

— Хочешь знать, что это? — прошептал он. — Это ультрафиолет. — Он удовлетворенно хмыкнул, заметив изумление на моем лице, и продолжил: — Ты полагаешь, что ультрафиолетовые лучи не воспринимаются зрением, и в этом абсолютно прав. Но сейчас ты можешь наблюдать их, как и многое другое, ранее недоступное человеческому глазу. Послушай, я объясню. Волны, излучаемые машиной, пробуждают в нас тысячи дремлющих чувств, выработанных эволюцией за бесчисленные тысячелетия от первых до последних шагов — от состояния свободных электронов до синтеза человека органического — и переданных нам по наследству. Я узрел истину и хочу открыть ее тебе. Желаешь ли ты узнать, как она выглядит? Я покажу тебе. — Тиллингаст опустился на стул напротив меня, задул свечу и тяжелым взором уставился мне в глаза. — Органы чувств, которые у тебя есть, в первую очередь уши, уловят множество новых, доселе неведанных им ощущений. Затем включатся другие. Ты когда-нибудь слышал о шишковидном теле? Этот жалкий эндокринолог вызывает у меня лишь смех — этот запутавшийся вконец человечишко, выскочка Фрейд. Я открыл, что это тело есть величайший из всех органов чувств, какие имеются у человека. Оно в чем-то подобно глазам и передает зрительную информацию непосредственно в мозг. Если у тебя с ним все в порядке, ты получаешь эту информацию в полной мере... я имею в виду образы из потустороннего.

Я окинул взором пространство мансарды с наклонной южной стеной, залитое особым светом, недоступным обычному глазу. Дальние ее углы были по-прежнему темны, и все помещение казалось окутанным дымкой загадочности, скрывающей его настоящий вид и увлекающей воображение в область символизма и фантазмов. Пока Тиллингаст молчал, мне представилось, что я нахожусь в каком-то огромном и удивительном храме давно забытых богов, далекие стены которого закрыты туманом, с бесчисленными колоннами черного камня, вздымающимися от влажных плит пола до заоблачной выси за пределами моего видения. Какое-то время я видел это даже вполне отчетливо, но постепенно это сменилось более жуткой концепцией: ощущением полного, абсолютного одиночества посреди бесконечного, невидимого и беззвучного пространства. Казалось, меня окружает лишь пустота и больше ничего, я ощутил, как на меня наваливается такой ужас, какого я не испытывал с самого детства; этот ужас заставил меня вытащить из кармана револьвер, который я постоянно ношу с собой по вечерам с тех пор, как на меня как-то напали в Восточном Провиденсе. Затем откуда-то из бесконечного удаления в пространстве и времени ко мне начал пробиваться какой-то звук. Он был едва различимым, слегка резонирующим и, вне всякого сомнения, музыкальным, но в то же время в нем были нотки какой-то исступленной дикости, изощренно истязавшие мое естество, как скрип гвоздя по стеклу. В то же время возникло ощущение чего-то вроде сквозняка, казалось, исходившего из того же источника, что и звук. Пока я, затаив дыхание, напряженно вслушивался, звук и поток воздуха усиливались, и внезапно я увидал себя привязанным к рельсам на пути приближающегося огромного локомотива. Но едва я заговорил с Тиллингастом, видение это мгновенно развеялось. Снова я видел только человека, уродливую машину и мрачное помещение. Тиллингаст непроизвольно оскалился, увидев револьвер, почти бессознательно вынутый мною из кармана, и по его лицу я понял, что он видел и слышал все то, что видел и слышал я, если не больше. Я шепотом пересказал ему свои впечатления, после чего он посоветовал мне стараться оставаться спокойным и внимательным.

— Не двигайся, — предупредил он. — Мы можем видеть в этих лучах, но не забывай о том, что и нас видят. Я уже сообщил тебе, что слуги покинули дом, но не рассказал, каким образом. Моя глупая экономка включила внизу свет, хотя я строго-настрого запретил это делать. Естественно, колебания тока в электросети тут же пришли в резонанс с излучением. Это, без сомнения, было страшно: их истошные вопли прорывались ко мне сквозь пелену всего того, что я видел и слышал из потустороннего, и, признаться, меня пробрал озноб, когда я обнаружил в доме кучки одежды. Возле выключателя в холле лежала одежда миссис Апдайк, и тогда я все понял. Их утащило всех до одного. Но пока мы не двигаемся, мы в безопасности. Не забывай о том, что мы контактируем с миром, в котором абсолютно беспомощны... Не шевелись!

От этого шокирующего признания и последовавшего за ним резкого приказа я впал в подобие паралича, и в этом необычном состоянии мой разум вновь стал воспринимать картины, идущие из того, что Тиллингаст называл «потусторонним». Я оказался среди водоворота звуков, расплывчатых движений и размытых образов. Очертания комнаты окончательно поблекли, и из какого-то места в пространстве возле меня потек, постепенно расширяясь, поток непонятных клубящихся форм, проходящий передо мной и пробивающий невидимую мне крышу дома где-то правее и выше меня. Снова я увидел храм, но на сей раз колонны упирались в океан света, из которого вниз вырывался слепящий луч. Вслед за тем картины и образы стали сменять друг друга в бешено вращающемся калейдоскопе. Вскоре я ощутил в себе желание раствориться и исчезнуть насовсем в этом потоке видений, звуков и незнакомых мне доселе чувственных восприятий. Один из таких ярко вспыхивающих образов я запомнил очень хорошо. На какое-то мгновение мне привиделся клочок ночного неба, густо усеянного светящимися вращающимися сферами, затем это видение удалилось, и я увидел мириады светящихся солнц, составляющих нечто вроде созвездия или галактики необычной формы, смутно напоминавшей искаженные очертания лица Кроуфорда Тиллингаста. В следующий момент я почувствовал, как эти огромные одушевленные тела касаются, а некоторые даже просачиваются сквозь меня. Тиллингаст, судя по всему, внимательно наблюдал за их движением своим более натренированным восприятием. Я вспомнил, что он говорил о шишковидном теле, и заинтересовался, какие же удивительные откровения являются его сверхъестественному взору.

Неожиданно все окружающее предстало мне как бы со стороны. Сквозь мерцающий эфемерный хаос нечетко, но все же вполне ясно проступали элементы некой связности и постоянства. Это было нечто очень знакомое, сверхъестественным образом наложенное на привычную окружающую действительность, что-то типа кинокадра, проецируемого на расписной театральный занавес. Я видел лабораторию в мансарде, электрическую машину и расплывчатые очертания Тиллингаста, сидевшего напротив меня. Но пространство, свободное от привычных глазу вещей, было до предела заполнено недоступными описанию живыми и неживыми формами. Они сплетались друг с другом в безумные клубки, и каждая знакомая форма сливалась с сонмами непостижимых чужеродных. Казалось, все земные предметы состояли в сложных взаимосвязях с чужеродными, и наоборот. Среди живых объектов выделялись желеобразные, чернильного цвета чудовища, извивавшиеся в унисон с вибрацией машины. Их было вокруг пугающе много, и я с ужасом наблюдал, как они проникали друг сквозь друга — их текучесть позволяла им просачиваться сквозь что угодно, даже сквозь тела, которые мы аксиоматично принимаем за твердые. Эти существа ни секунды не пребывали на одном месте, а неустанно плавали во все стороны, как если бы были одержимы какой-то зловещей целью. Временами они пожирали друг друга: одно из них стремительно бросалось на другое, и в следующее мгновение атакуемый бесследно исчезал. Внутренне содрогнувшись, я понял, что теперь понимаю, как исчезли несчастные слуги, и уже не смогу изгнать из своего разума знание об этих существах. Тиллингаст, внимательно наблюдавший за мной, произнес:

— Ты их видишь? Ты их видишь? Видишь этих плавающих и прыгающих вокруг тебя, проникающих сквозь тебя ежесекундно всю твою жизнь существ? Ты видишь то, что пронизывает наш чистый воздух и наше голубое небо? Ну как, разве не преуспел я в преодолении барьера и не показал тебе мир, скрытый от глаз простых смертных?

Он истошно выкрикивал это в окружающий нас хаос, угрожающе приблизив свое лицо к моему. Глаза его горели, как два раскаленных уголька, и только теперь я заметил, что в них светится ненависть.

Его машина начала издавать какое-то совсем мерзкое завывание.

— Ты, наверное, решил, что вот эти неповоротливые существа забрали моих слуг? Глупец, они безобидны! Но слуг ведь нет, правда? Ты пытался остановить меня; ты пытался разуверить меня как раз тогда, когда я больше всего нуждался в твоей поддержке. Ты побоялся узнать правду о пространстве, жалкий трус, но сейчас ты в моих руках! Что забрало слуг? Что вынудило их кричать?.. Ага, не знаешь! Погоди, сейчас узнаешь. Смотри мне в глаза и слушай меня внимательно. Ты полагаешь, что действительно существуют такие вещи, как пространство и время. Ты также уверен, что миру присущи материя и форма. Так вот, слушай. Я исследовал такие глубины мироздания, которые твой слабый мозг не в состоянии даже представить. Я заглянул за границы бесконечности и призвал демонов звезд... Я смог покорить духов, которые, путешествуя из одного мира в другой, сеют повсюду смерть и безумие... Отныне космос принадлежит мне. Ты слышишь меня? Сейчас эти существа охотятся за мной — существа, пожирающие и поглощающие все живое; но я знаю, как спастись от них. Вместо меня они заберут тебя, как до этого забрали слуг... Испугался, милый друг? Я же предупреждал тебя, что здесь опасно шевелиться. Этим я спас тебя от смерти, но спас для того лишь, чтобы ты мог еще немного посмотреть на это да послушать меня. Если бы ты хоть чуточку шелохнулся, они бы уже давным-давно слопали тебя. Не беспокойся, больно тебе не будет. Они и слугам не сделали ничего плохого — просто сам их вид заставил бедняг орать что есть мочи. Мои любимцы не очень-то красивы, но ведь они из миров, где эстетические стандарты... ну, несколько отличаются от наших. Уничтожение, уверяю тебя, проходит совершенно без боли. Но я хочу, чтобы ты посмотрел на них. Сам я их однажды едва не увидел — но, к счастью, я знаю, как этого избежать. Тебе это любопытно? Нет? Я всегда знал, что ты не настоящий ученый. Дрожишь, да? Дрожишь от жажды лицезреть высшие существа, которых я открыл. Почему же ты не хочешь шевельнуться? Устал? Ну, не волнуйся, мой друг, они уже близко... Взгляни, взгляни же, черт тебя побери, смотри, одно из них висит над твоим левым плечом!..

Остальное можно рассказать вкратце, к тому же вы наверняка знаете о нем из газет. Проходившие мимо полицейские услышали выстрел в доме Тиллингаста и нашли нас там: Тиллингаста мертвым, а меня без сознания. Сначала меня арестовали, так как в моей руке был револьвер, однако уже через три часа отпустили, поскольку установили, что Тиллингаст скончался от апоплексического удара, а я стрелял по ужасной машине, бесполезные обломки которой валялись по всему полу лаборатории. Я постарался поменьше рассказывать о том, что видел, опасаясь, что следователь отнесется к этому с вполне оправданным недоверием; но из моих уклончивых показаний врач заключил, что я находился под гипнотическим воздействием мстительного и одержимого жаждой убийства маньяка.

Мне хотелось бы поверить врачу. Тогда я смогу пересмотреть в обратную сторону свои новые представления об устройстве воздуха и неба надо мной. С тех пор я никогда не испытывал комфорта или хотя бы просто душевного спокойствия из-за гнетущего ощущения чьего-то постоянного присутствия у меня за спиной. Сомневаться до сих пор в правоте доктора меня заставляет только один факт: полиции так и не удалось найти тела пропавших слуг, убитых, по их мнению, Кроуфордом Тиллингастом.

# ПОТОМОК

Записывая сии строки на ложе, которое мой доктор считает моим смертным одром, более всего я страшусь того, что человек этот ошибается. Полагаю, что меня собираются хоронить на следующей неделе, но...

В Лондоне есть такой человек, который визжит от страха, когда звонит церковный колокол. Вместе со своим полосатым котом, который только и разделяет его одиночество, он проживает в Грейс-инн*, и люди считают его безвредным сумасшедшим. Комната его полна книг самого кроткого и детского содержания, и час за часом он пытается затеряться между их ветхих страниц. В жизни ему нужно только одно — возможность не думать. По какой-то неведомой причине рассуждение и мысль враждебны ему, и от всякого предмета, способного возмутить его воображение, он спасается, как от чумы. Человек этот тощ, сед и морщинист, однако некоторые утверждают, что он не настолько стар, как кажется. Страх вцепился в него своими жестокими когтями, и даже

* Один из четырех лондонских иннов, профессиональных ассоциаций судей и адвокатов.

звук способен заставить его вздрогнуть, оцепенеть и покрыться бисеринками пота. Друзей и компаньонов он отвергает, ибо не хочет отвечать ни на какие вопросы. Те, кто знал его как ученого и эстета, утверждают, что им горько видеть его таким. Он утратил все связи с ними многие годы назад, и никто не испытывает уверенности в том, покинул ли он страну или просто укрылся в неком тайном убежище. Прошло десять лет с тех пор, как он переселился в Грейс-инн, а о том, где был прежде, он не говорил никому до той самой ночи, когда молодой Вильямс приобрел «Некрономикон».

Молодому мечтателю Вильямсу было всего двадцать три года, и, перебравшись в сей старинный дом, он ощутил некое дыхание космического ветра, исходящее от странного седого человека, занимавшего соседнюю комнату. Он сумел навязать свою дружбу, пускай старые друзья и не осмеливались на это, дивясь страху, не отпускавшему этого тощего и изможденного слушателя и наблюдателя. Ибо в том, что человек этот всегда слушал и наблюдал, усомниться не мог никто. Впрочем, наблюдал и слушал он скорее умом, чем глазами и ушами, и использовал каждый момент для того, чтобы утопить нечто в своем бесконечном сосредоточении над веселыми и пресными романами. А когда ударяли церковные колокола, он зажимал уши и визжал, и к голосу его присоединялся серый кот, вопивший в унисон, пока не умолкал последний отголосок звона.

Однако, как ни старался Вильямс, ему никак не удавалось заставить своего соседа заговорить о чем-нибудь глубинном или тайном. Не обращая внимания на все его заходы и маневры, старик с деланой улыбкой начинал непринужденным тоном увлеченно и лихорадочно трещать о всяких милых пустяках; и голос его с каждым мгновением возвышался, набирая все большую силу, пока наконец не оказывался на грани срыва в писклывый и неразборчивый фальцет. О том, что познания его обладали глубиной и тщательностью, убедительно свидетельствовали даже самые тривиальные замечания этого человека; и Вильямс не был удивлен, когда узнал, что сосед его получил образование в Харроу и Оксфорде*. С течением времени выяснилось, что им является не кто иной, как лорд Нортэм, о расположенном в Йоркшире древнем наследственном замке которого рассказывают много странностей; но когда Вильямс попытался заговорить о замке, о его предположительном основании в римские времена, старик отказался признать, что в этом замке есть нечто необычайное. Он даже порассуждал пронзительным тоном, когда возникла тема тайных крипт, вырубленных в недрах утеса, хмурящегося над Северным морем.

Так продолжалось до того вечера, когда Вильямс принес домой купленный им печальной памяти

---

* Независимая школа для мальчиков Харроу расположена на северо-западе современного Лондона (город Харроу). Некоторые свидетельства указывают на то, что она существует с 1243 года, однако официальной датой основания, согласно хартии Елизаветы I, считается 1572 г. Среди выпускников школы числятся восемь премьер-министров, два короля, многочисленные государственные деятели, а также видные деятели искусств и науки.

Оксфордский университет, расположенный в городе Оксфорд, занимает второе место в списке самых старых университетов мира и является старейшим англоязычным университетом в мире, а также первым университетом Великобритании. Хотя точная дата основания университета неизвестна, есть доказательства, что преподавали там еще в XI веке.

«Некрономикон», созданный безумным арабом Абдулом Альхазредом. О существовании этой жуткой книги Вильямс знал с шестнадцати лет, когда зародившаяся любовь ко всяким странностям заставила его задавать не совсем обычные вопросы согбенному старику-букинисту на Чендос-стрит; и он всегда удивлялся, отчего мужчины бледнеют при одном упоминании этой книги. Старый книготорговец рассказал ему о том, что всего пять экземпляров пережили гневные эдикты потрясенных священников и законодателей и что все они с ужасом и осторожностью были отправлены под замок хранителями, осмелившимися начать чтение этого мерзкого, написанного старинным готическим шрифтом тома. Однако теперь наконец он не просто отыскал доступный себе экземпляр, но и приобрел его за смехотворно низкую цену. Произошло сие в еврейской лавчонке в нищей окрестности рынка Клэр-маркет*, где он часто приобретал всякие необыкновенные вещицы; Вильямсу даже показалось, что скрюченный старый левит улыбнулся в бороду, когда им было сделано сие великое открытие. Хотя внушительный кожаный переплет с медной застежкой и выделял книгу, цена за нее оказалась абсурдно низкой.

Один только взгляд на заглавие заставил вострепетать душу молодого человека, и несколько диаграмм в мутном латинском тексте возбудили в его мозгу самые напряженные и тревожные воспоминания. Вильямс ощутил, что просто не может не до-

* Район Лондона, расположенный между Стрендом и Друри-лейн. Получил свое название от продуктового рынка, учрежденного там Джоном Холлесом, вторым графом Клэр, в XVII веке.

ставить внушительный том домой и не приступить без промедления к дешифровке этого ребуса, и потому бросился вон из лавки буквально очертя голову, чем немало рассмешил старого еврея, возмутительным образом захихикавшего за его спиной. Однако, наконец оказавшись в тишине и покое собственной комнаты, он обнаружил, что сочетание готического шрифта и устаревших идиом превышает его лингвистические способности, и с некоторым смущением обратился к своему скрюченному страхом другу за помощью в расшифровке текста, написанного на витиеватой средневековой латыни. Лорд Нортэм как раз нашептывал какие-то пустые нежности своему полосатому коту и вздрогнул, когда молодой человек вошел в комнату. Затем он увидел книгу, и тело его сотрясла дрожь, а когда Вильямс произнес ее название, вовсе лишился сознания. Однако, придя в себя, Нортэм рассказал собственную историю, все ее фантастическое безумие, ради того чтобы его друг поторопился сжечь проклятую книгу и развеять ее пепел по ветру.

Должно быть, шептал лорд Нортэм, нечто было в нем плохо с самого начала; однако такое не могло прийти ему в голову, пока он не зашел слишком далеко в своих исследованиях. Он был девятнадцатым бароном в семействе, корни которого далеко уходили в самое неуютное прошлое — невероятно далеко, если верить легенде, ибо, согласно семейному преданию, относились еще к досаксонским временам, когда некий Луний Габиний Капитон, военный трибун Третьего Августова легиона, расквартированного тогда в Линдуме, в Римской Британии, был в общем итоге отстранен от командования за участие в неких обрядах, не связанных с какой-либо из известных религий.

Габиний, согласно слухам, явился в некую тайную пещеру в утесе, где сходился на встречи странный народ, и во тьме произвел Старинный Знак; странный народ же, который бритты даже поминали с ужасом, состоял из последних уцелевших жителей, населявших затонувший на западе великий материк, оставив после себя лишь острова с их стоячими камнями, кругами и святилищами, среди которых величайшим был Стоунхендж. Нельзя, конечно, полностью доверять легенде, утверждающей, что Габиний построил неприступную крепость над запретной пещерой и основал династию, которой не могли пресечь ни пикты, ни саксы, ни датчане с норманнами; или невысказанному предположению о том, что из этого рода происходил отважный спутник и лейтенант Черного принца*, которого Эдвард Третий сделал бароном Нортэмским. Подобные связи отнюдь не были очевидными, однако их часто упоминали; и по правде говоря, каменная кладка Нортэмского замка самым тревожным образом напоминала кладку стены Адриана**. Еще ребенком лорда Нортэма посещали странные сны, когда он ночевал в самых старинных частях замка, и он выработал постоянную привычку озираться назад в своей памяти, разыскивая в ней полуаморфные сценки, образы и впечат-

* Эдуард Вудсток, «Черный принц» (1330–1376) — принц Уэльский, принц Аквитанский, старший сын короля Англии Эдуарда III.

** Оборонительное укрепление длиною 120 км, построенное римлянами при императоре Адриане в 122–126 гг. для предотвращения набегов пиктов и бригантов с севера.

ления, не существовавшие в его бодрствующем бытии. Он превратился в мечтателя, находившего жизнь тусклой и неинтересной, занятого поисками неведомых краев и прежде знакомых связей, нигде более не обнаруживаемых в зримых краях земли.

Исполненный чувства того, что ощущаемый нами мир представляет собой всего лишь атом в ткани громадной и грозной и что неведомые сферы теснят и пронизывают известное нам в каждой точке, Нортэм в юности и в молодые годы черпал из источников официальной религии и оккультных тайн. Однако нигде не мог он найти легкости и удовлетворения; а когда повзрослел, затхлость и ограничения жизни сделались все более и более безумными для него. К двадцати годам он уже успел познакомиться с сатанизмом и во всякое время с жадностью поглощал любое учение или теорию, которая, на его взгляд, обещала избавление от тесных перспектив науки и тупых в своей неизменности законов природы. Он с пылом поглощал книги, подобные коммерческому описанию Атлантиды Игнатия Донелли — такие книги он проглатывал единым духом, а несколько забытых предшественников Чарлза Форта* поразили его своей выдумкой. Он всегда был готов проехать много лиг, следуя мутным деревенским россказням о какой-нибудь аномалии, а однажды отправился в Аравийскую пустыню — искать Безымянный город, которого никогда не зрел ни один из людей. Все это воспитало в нем полную соблазна веру в то, что где-то существуют доступные врата, которые, если только их удастся найти, откроют ему вольный доступ к тем безднам, память о которых смутными отголосками доносилась из самых глубин его существа. Врата эти могли пребывать как в видимом мире, так и в его разуме или душе. Что, если внутри еще далеко не исследованного наукой мозга пребывает то самое таинственное звено, которое пробудит его к прежним и будущим жизням в забытых измерениях, свяжет его со звездами и с теми вечностями и бесконечностями, которые прячутся за ними?

## ЗЛОЙ СВЯЩЕННИК

В комнату на чердаке меня провел серьезный, интеллигентного вида человек в скромной одежде и со стального цвета бородой, заговоривший со мной следующим образом:

— Да, он жил здесь, но я не советую вам что-либо предпринимать. Любопытство делает вас безответственным. Мы никогда не приходим сюда по ночам, и делаем так только благодаря его завещанию. Вам известно, чем он занимался. Это отвратительное общество наконец одержало верх, и мы не знаем, где он погребен. Ни закон, ни что-либо другое не могло повлиять на это общество.

— Надеюсь, что вы не станете оставаться здесь после наступления темноты. И умоляю оставить в покое эту похожую на спичечный коробок вещицу, что лежит на столе. Нам неизвестно, что это такое, однако мы подозреваем, что предмет этот как-то связан с его занятиями. Мы даже стараемся не смотреть на него пристально.

Спустя некоторое время этот человек оставил меня в одиночестве. Чердачная комната показалась мне очень мрачной, пыльной и весьма скудно обставленной, и все же она выглядела опрятно, указывая тем самым на то, что не является обителью трущобного жителя. На книжных полках теснились друг к другу теологические и классические книги, другой книжный шкаф занимали трактаты по магии — Парацельса, Альберта Великого, Тритемия, Гермеса Трисмегиста, Бореля*, с которыми соседствовали другие, написанные незнакомыми мне буквами. Мебель была очень простой. Единственная дверь в комнате открывалась в чулан. Входом и выходом же служило отверстие в полу, к которому вела грубая и крутая лестница. Круглые окошки и почерневшие дубовые балки свидетельствовали о невероятной старине. Дом этот явно принадлежал к Старому Свету. Кажется, я знал, где нахожусь, но не могу вспомнить того, что знал тогда. Бесспорно, город этот не был

---

* Парацельс, настоящее имя Филипп Ауреол Теофраст Бомбаст фон Гогенхайм или Гогенгейм (1493–1541) — знаменитый алхимик, врач и оккультист.

Альберт Великий (1193–1280), он же Св. Альберт, Альберт Кельнский, Альберт фон Больштедт, — философ, теолог, ученый. Видный представитель средневековой схоластики, доминиканец.

Иоганн Тритемий (1462–1516) — автор книг по истории, криптографии и оккультизму. Его имя представляет собой латинизированную форму названия его родного города Триттенхайм.

Гермес Трисмегист (Трижды величайший) — имя синкретического божества, сочетающего в себе черты древнеегипетского бога мудрости и письма Тота и древнегреческого бога Гермеса. Считается весьма древним автором ряда «герметических» произведений, в подлинности которых отцы церкви не сомневались. Лактанций полагает Трисмегиста гораздо более древним, чем Пифагор и Платон, и считает Трисмегиста одним из важнейших языческих провидцев, предсказавших приход христианства.

Пьер Борель (Petrus Borellius) (1620–1671) — французский химик (алхимик), врач и ботаник, занимался оптикой, древней историей, филологией и библиографией.

Лондоном. Скорее я находился в небольшом морском порту.

Небольшой предмет на столе приковывал мое внимание. Я явно знал, что нужно с ним делать, ибо достал из кармана электрический фонарик — во всяком случае, нечто похожее на него — и нервным движением опробовал его. Свет оказался не белым, но фиолетовым, и напоминал истинный свет не более чем радиоактивное излучение. Помнится, я и не считал этот фонарик обыкновенным — обыкновенный-то находился у меня в другом кармане.

Уже темнело, и древние крыши и колпаки дымовых труб снаружи казались очень странными в круглых проемах окон. Наконец я набрался отваги и поставил небольшой предмет на столе торчком возле книги — и затем посветил на него таинственными фиолетовыми лучами. Свет казался теперь скорее дождем или градом, потоком капель, а не лучом. Попадая на стеклянную поверхность в центре странного устройства, он производил треск, несколько напоминавший шипение вакуумной трубки, сквозь которую пролетают искры. Темная стеклянистая поверхность начинала светиться розоватым светом, и в середине ее уже как бы формировался некий белый силуэт. Тут я заметил, что нахожусь в комнате не один, и опустил лучевой проектор в карман. Однако пришедший не заговорил — более того, я не услышал ни звука во все непосредственно последовавшие мгновения. Все вокруг приобрело облик сумрачной пантомимы, рассматриваемой издали через некую промежуточную дымку — хотя, с другой стороны, новопришедший и все последовавшие за ним казались рослыми и близкими, точнее, одновременно близкими и далекими, согласно некоей аномальной геометрии.

Новопришедший оказался тощим и темноволосым человеком среднего роста в священническом облачении англиканской церкви. С виду ему было лет тридцать, желтовато-оливковая кожа покрывала достаточно правильные черты, которые дополнял ненормально высокий лоб. Черные волосы его были хорошо подстрижены и аккуратно причесаны, синел густым волосом хорошо выбритый подбородок. На носу его сидели очки без оправы со стальными дужками. Сложение и лицо его ничем не выделялись в ряду всех виданных мной священников, разве что куда более высоким лбом, однако лицо было несколько смуглее и интеллигентнее — но также и более закосневшим в тонко скрываемой злобе.

В это самое мгновение — только засветив неяркую керосиновую лампу — он казался нервозным и, прежде чем я успел что-то сообразить, принялся швырять все свои магические книги в незамеченный мною прежде камин, находившийся в комнате со стороны окна (там, где стена резко наклонялась). Пламя с жадностью принялось пожирать фолианты — вспыхивая странными красками и источая неописуемо гнусные оттенки зловония, пока исписанные непонятными иероглифами страницы и источенные червем фолианты покорялись всеразрушающей стихии. Тут я немедленно заметил, что в комнате присутствуют и другие лица — серьезные с виду мужчины в священнических одеяниях, на одном из которых были ленты и бриджи епископа. Хотя я и не мог ничего слышать, мне было ясно, что явились они с решением высшей важности для первопришедшего. Они одновременно и ненавидели его и боялись, и он явно разделял эти чувства по отношению к ним. На лице его застыло угрюмое выражение, но я видел, как трясется его правая рука, которой он пытался опереться о спинку стула. Епископ указал рукой на опустевший ящик и на камин (где язычки пламени уже гасли на обугленной, бесформенной груде), явно наполняясь при этом особенным отвращением. Пришедший первым тут сухо улыбнулся и протянул левую руку к находившемуся на столе небольшому предмету. Всех охватил испуг. Процессия клириков по одному начала спускаться вниз по крутой лестнице через люк в полу, поворачиваясь к пришедшему первым и грозя ему. Епископ ушел последним.

Пришедший первым теперь подошел к шкафу, находившемуся на внутренней стороне комнаты, и извлек из него моток веревки. Став на кресло, он привязал конец веревки к крюку на толстой серединной балке черного дуба и начал вязать удавку на другом ее конце. Осознав, что он намеревается повеситься, я шагнул вперед, чтобы отговорить и спасти его. Увидев меня, он прекратил свои приготовления, поглядев на меня с победоносным видом, чем немало озадачил и даже смутил меня. Ступив вниз с кресла, он скользнул ко мне с чисто волчьим выражением на смуглом, тонкогубом лице.

Каким-то образом я ощутил, что нахожусь в смертельной опасности, и извлек из кармана свой лучевой проектор, чтобы воспользоваться им в качестве средства обороны. Не знаю, почему я решил, что это орудие способно помочь мне. Включив его, я направил проектор прямо ему в лицо, и смуглая кожа осветилась сперва фиолетовым, а потом розовым светом. Волчий восторг начал сползать с его лица, сменяясь выражением глубочайшего страха, впрочем, не до конца вытеснившего восторг. Он замер на месте — а потом, отчаянно размахивая руками в воздухе, отшатнулся назад. Я заметил, что за спиной его находится в полу открытый лестничный люк, и попытался выкрикнуть предостережение, однако он не слышал меня. Еще через мгновение он шатнулся в отверстие и скрылся из виду.

Не без труда я заставил себя подойти к люку, однако, сделав это, не увидел внизу никакого искалеченного падением тела. Напротив, внизу затопали люди, поднимавшиеся наверх с фонарями, ибо легшая на комнату фантастическая тишина разлетелась вдребезги и я снова услышал звуки и увидел нормальные трехмерные силуэты. Итак, нечто привлекло сюда толпу. Неужели это был звук, которого я не услышал?

Наконец двое из них (простые крестьяне с виду), далеко опередившие остальных, заметили меня и замерли как вкопанные. Один из них громко и звонко вскрикнул:

— Ахти мне!.. Ён, видишь? Снова?

Тут все они повернулись и ударились в бегство. То есть все, кроме одного. Когда толпа растворилась, я увидел степенного бородатого человека, который провожал меня к этому месту, стоявшего в одиночестве с фонарем в руках. Он смотрел на меня завороженным и изумленным взглядом, но не был испуган. Поднявшись по лестнице, он присоединился ко мне и сказал:

— Итак, вы не оставили этот предмет в покое! Жаль. Мне известно, что с вами случилось. Такое уже было здесь прежде, однако тот человек испугался и застрелился. Вам не следовало позволять ему вернуться. Вам известно, чего он хочет. Однако вам не обязательно пугаться, как тому человеку, которого он забрал. С вами произошло нечто очень странное и жуткое, однако случившееся не зашло настолько далеко, чтобы повредить вашему уму и личности. Если вы будете сохранять спокойствие и признаете необходимость радикальных изменений в собственной жизни, то сможете по-прежнему наслаждаться жизнью и плодами собственной учености. Однако жить здесь вам нельзя, и я сомневаюсь в том, что вы хотите вернуться назад в Лондон. Советую перебраться в Америку.

— Но не смейте вновь баловать с этой... вещью. Теперь уже ничего нельзя повернуть назад. Если попробуете что-либо сделать или... вызвать нечто, станет только хуже. Вы отброшены не так далеко, как могло быть, но отсюда вам надо убираться немедленно и никогда не возвращаться обратно. Лучше благодарите Небо за то, что процесс не зашел дальше...

— Хочу предупредить вас со всей откровенностью: в вашей внешности произошла... некоторая перемена. Он всегда производит их. Однако в новой стране вы привыкнете. В дальнем конце комнаты есть зеркало, и я намереваюсь подвести вас к нему. Вас ждет потрясение, хотя вы не увидите ничего отвратительного.

Смертный страх сотрясал теперь мое тело, и бородачу пришлось поддерживать меня на пути к зеркалу со слабой лампой (той, что прежде находилась на столе, а не еще более слабой, которую он принес с собой) в свободной руке. И вот что я увидел в стекле: худощавого и смуглого человека, облаченного в одеяния священника англиканской церкви, тридцати примерно лет от роду, в лишенных оправы очках со стальными дужками, поблескивавшими под оливково-желтым, необычайной высоты лбом.

Облик безмолвного незнакомца, сжигавшего свои книги.

И всю свою жизнь внешне мне предстояло быть этим человеком!

# ОЧЕНЬ ДРЕВНИЙ НАРОД

*Четверг [3 ноября 1927 г.]*

Дорогой Мельмот —

...Итак, вы все же занялись изучением темного прошлого этого несносного юного азиата Вария Авита Бассиана? Фу! Мало кого я ненавижу сильнее, чем эту гнусную сирийскую крысу!

Меня самого перенесло в римские времена недавнее чтение «Энеиды» Джеймса Родса, перевода, прежде мною не читанного и более верного П. Марону, чем любой другой из попадавшихся мне — даже неопубликованный перевод моего покойного дяди доктора Кларка. Сей вергилианский досуг наряду с размышлениями о призраках, навеянными кануном Дня всех святых с его шабашами ведьм на вершинах гор, вызвал у меня в прошлый понедельник «римский сон» такой невероятной яркости и четкости и с такими титаническими проступающими контурами скрытого ужаса, что я всерьез полагаю когда-нибудь использовать его в художественной литературе. «Римские сны» не были редкостью в моей юности — я ночи напролет следовал за божественным Юлием по всей Галлии в качестве *tribunus militum*, — но я так давно их не видел, что нынешний произвел на меня необычайное впечатление.

Начался он во время пламенеющего заката или на исходе дня в крошечном провинциальном городке Помпело у подножия Пиренеев в Ближней Испании. Год, судя по всему, относился к периоду поздней Республики, поскольку провинцией все еще управлял назначенный сенатом проконсул, а не претор, легат императора, а день как раз предшествовал ноябрьским календам. К северу от маленького городка вздымались окрашенные в пурпур и золото горы, и красноватый свет клонящегося к западу солнца таинственно озарял обступившие пыльный форум новые здания, сложенные из необработанного камня, и более старые, обмазанные глиной, и, чуть восточнее, — деревянные стены арены. Горожане — широкоплечие римские колонисты и косматые олатинившиеся туземцы, а также явные помеси этих двух разновидностей, все одинаково облаченные в простые шерстяные тоги, с вкраплениями легионеров в шлемах и чернобородых представителей местного племени васконов в грубошерстных накидках — собирались на немногих мощеных улицах и на форуме, одолеваемые смутной тревогой.

Сам я только что вышел из носилок, в которых носильщики (иллирийцы, судя по всему) спешно доставили меня из Калагурры, расположенной южнее, на другом берегу Ибера. Оказалось, что я квестор провинции, мое имя Л. Целий Руф, а вызвал меня сюда проконсул П. Скрибоний Либон, прибывший несколько дней назад из Тарракона. Воины были пятой когортой XII легиона; командовал ею военный трибун Секс. Аселлий; также из Калагурры, из своей постоянной резиденции, прибыл легат всей области Гн. Бальбуций.

Причиной сбора был гнездящийся в горах ужас. Когорту из Калагурры призвали объятые страхом горожане. Началось осеннее Грозное Время, и дикари в горах совершали приготовления к жутким обрядам, известным горожанам только по слухам. Этот очень древний народ обитал высоко в горах и говорил на отрывистом языке, которого васконы не понимали. Видели их редко, но несколько раз в год от них приходили низкорослые, желтокожие, косоглазые посыльные, похожие на скифов, и на языке жестов вели торг с лавочниками, а каждую весну и осень они отправляли на вершинах гор отвратительные обряды, и тогда их вопли и жертвенные костры вселяли ужас во всех сельских жителей. Это всегда повторялось в определенное время — в ночь перед календами Майи и в ночь перед ноябрьскими календами. Накануне этих ночей кто-нибудь из горожан исчезал, и больше о них никто никогда не слышал. Кроме того, ходили слухи, что местные пастухи и земледельцы настроены к очень древнему народу вовсе не враждебно и что перед наступлением полуночи, когда происходили эти отвратительные шабаши, немало крытых соломой хижин пустело.

В этом году ужас был особенно силен, ибо люди знали, что очень древний народ зол на Помпело. Три месяца назад пятеро низкорослых, косоглазых торговцев спустились с гор, и в стычке, случившейся на рынке, трое из них были убиты. Уцелевшие двое, не сказав ни слова, вернулись в горы — и осенью не исчез ни один сельский житель. В такой неприкосновенности чудилась угроза. Невозможно было представить, чтобы очень древний народ отказался от жертв на своих шабашах. Не верилось, что это действительно так, и селян мучил страх.

На протяжении многих ночей с гор долетал глухой барабанный бой, и наконец эдил Тиб. Анней Стилпон (наполовину местный по крови) послал к Бальбуцию в Калагурру за когортой, чтобы та пресекла шабаш в эту страшную ночь. Бальбуций, не особенно вникая, отказал на том основании, что страхи сельских жителей не имеют под собой оснований и что отвратительные обряды горцев не интересны народу Рима, если никто из римских граждан не подвергается опасности. Однако я, будучи, судя по всему, близким другом Бальбуция, не согласился с ним и заявил: глубоко изучив запретное темное знание, я верю, что очень древний народ способен наслать гнусную погибель на город, а он как-никак римское поселение, где живет значительное число наших граждан. Мать обратившегося за помощью эдила, Гельвия, была чистокровной римлянкой, дочерью М. Гельвия Цинны, прибывшего сюда с армией Сципиона. Поэтому я послал к проконсулу раба — шустрого невысокого грека по имени Антипатр — с письмами, и Скрибоний, вняв моим доводам, приказал Бальбуцию отправить пятую когорту под командованием Аселлия в Помпело; в канун ноябрьских календ ей надлежало с наступлением сумерек отправиться в горы, пресечь все гнусные оргии, какие там обнаружатся, и доставить в Тарракон на суд проприетора столько пленников, сколько удастся. Бальбуций, однако, заявил протест, и потому переписка продолжилась. Я раскрыл проконсулу так много, что он всерьез заинтересовался и решил лично разобраться в этом ужасе.

Кончилось тем, что он сам с ликторами и слугами отправился в Помпело; здесь ему сообщили довольно слухов, чтобы те произвели на него сильное впечатление и встревожили; он решительно настаивал на своем приказе пресечь шабаш. Желая получить совет того, кто изучал этот вопрос, он приказал мне сопровождать когорту Аселлия — и Бальбуций тоже отправился с нами с намерением и далее выступать против задуманного, ибо искренне верил, что решительные военные действия породят опасную смуту среди васконов, и кочевых, и ведущих оседлую жизнь.

Вот так мы все оказались здесь во время колдовского заката в осенних горах — старый Скрибоний Либон в тоге с пурпурной каймой (блики золотого света скользили по его блестящей лысине и морщинистому ястребиному лицу), Бальбуций в сверкающем шлеме и блестящем нагруднике (начисто выбритые губы сжаты в нескрываемом упорном несогласии), высокомерно ухмыляющийся молодой Аселлий в начищенных поножах и любопытная смесь горожан, легионеров, представителей местных племен, крестьян, ликторов, рабов и слуг. Сам я, кажется, был в обычной тоге и не имел никаких особых отличительных признаков. И над всем нависал ужас. Горожане и сельские жители не осмеливались говорить в полный голос, а люди из свиты Либона, проведшие здесь почти неделю, казалось, тоже заразились невыразимым ужасом. Сам старый Скрибоний глядел мрачнее тучи, и резкие голоса тех из нас, кто только что подошел, казались странно неуместными, будто звучали в месте смерти или в храме какого-то таинственного бога.

Мы вошли в преториум и начали нелегкое обсуждение. Бальбуций настаивал на своих возражениях; его поддерживал Аселлий, который, казалось, относился ко всем коренным местным жителям с невероятным презрением и при этом считал неразумным их будоражить. Оба воина утверждали, что лучше злить бездействием меньшинство, состоящее из колонистов и цивилизованных местных жителей, чем, искореняя ужасные ритуалы, навлечь на себя гнев вероятного большинства местных племен и селян.

Я же, в свою очередь, вновь потребовал действий и предложил сопровождать когорту в любом походе, какой она для этого предпримет. Я напомнил, что варвары-васконы по меньшей мере непокорны и ненадежны, почему стычки с ними рано или поздно неизбежны, какую бы тактику мы ни избрали, что в прошлом они не показали себя опасными противниками наших легионов и что представителям народа Рима не пристало позволять варварам нарушать порядок, которого требуют правосудие и репутация Республики. Что, с другой стороны, успешное управление провинцией зависит, прежде всего, от безопасности и благорасположения цивилизованной части общества, чьими стараниями обеспечиваются местная торговля и процветание и в чьих жилах течет в основном наша италийская кровь. Эта часть хоть и составляет меньшинство, но она — тот надежный элемент, на чью верность можно положиться и чье содействие крепко-накрепко связывает провинцию с верховной властью сената и народа Рима. Наш долг и высшее благо — предоставить этим людям защиту, положенную римским гражданам, пусть даже (тут я бросил саркастический взгляд на Бальбуция и Аселлия) ценой некоторого беспокойства и усилий, а также краткого перерыва в игре в шашки и петушиных боях в калагуррском лагере. Мои изыскания избавили меня от сомнений в том, что городу и жителям Помпело грозит нешуточная опасность. Я прочел немало свитков из Сирии и Египта, а также из загадочных городов Этрурии и долго беседовал с кровожадным жрецом Дианы Арицийской в его храме в глубине леса близ озера Неми. В горах во время шабашей могло твориться страшное — то, чему не место в землях народа Рима; если бы мы допустили те оргии, что, как известно, творятся на шабашах, это весьма мало соответствовало бы обычаям тех, чьи предки при консуле А. Постумии казнили немало римских граждан за участие в вакханалиях, память о чем жива благодаря выгравированному в бронзе и доступному взору каждого senatus consultum de Bacchanalibus. Обнаруженный вовремя, прежде чем ритуал пробудит нечто такое, с чем не совладает железо римского пилума, шабаш легко остановить силами одной когорты. Задерживать следовало только непосредственных участников, пощадив многочисленных зрителей, что должно было существенно смягчить негодование симпатизирующих оргии селян. Короче говоря, и нормы поведения, и политика требовали решительных действий; я не сомневался, что Публий Скрибоний, памятуя о достоинстве и обязательствах народа Рима, останется верен своему плану и, вопреки настойчиво повторяемым возражениям Бальбуция и Аселлия, чьи речи подобали скорее провинциалам, чем римлянам, отправит туда когорту, которую я буду сопровождать.

Клонящееся к горизонту светило висело теперь очень низко, и весь притихший город, казалось, сковали призрачные зловещие чары. Наконец проконсул П. Скрибоний выразил согласие с моими словами и временно включил меня в когорту, наделив полномочиями центуриона *primipilus*; Бальбуций и Аселлий изъявили согласие, причем первый с большей учтивостью, нежели второй. Когда на поросшие дремучим лесом осенние склоны гор спустились сумерки, вдали послышался омерзительный мерный бой странных барабанов; ритм его внушал страх. Отдельные легионеры выказали робость, но резкие окрики вернули их в строй, и вскоре вся когорта выстроилась на открытой равнине к востоку от арены. Либон, а также и Бальбуций решили лично сопровождать когорту; но оказалось чрезвычайно трудно найти местного проводника, который бы указал путь вверх через горы. Наконец молодой человек по имени Верцеллий из семьи чистокровных римлян согласился провести нас хотя бы через предгорья.

В сгущающихся сумерках мы выступили в путь; над лесом слева от нас повис тонкий серебряный серп нарождающейся луны. Пуще всего нас беспокоило то, что шабаш все же предполагалось начать. Слухи о приближении когорты не могли не достигнуть гор, и даже задержка с нашим окончательным решением не делала эти слухи менее настораживающими — а все же зловещие барабаны звучали так, словно у участников действа были особые причины оставаться безразличными к тому, что против них выступили войска народа Рима. Пока мы пробирались вверх по складке между горами, звук набирал громкость. По сторонам вздымались крутые лесистые склоны, и в свете наших покачивающихся факелов проступали причудливые стволы деревьев.

Все шли пешком, кроме Либона, Бальбуция, Аселлия, двух или трех центурионов и меня, но наконец тропа сделалась такой крутой и узкой, что всем всадникам пришлось спешиться; отряд из десяти человек остался охранять лошадей, хотя вряд ли какая-нибудь разбойничья шайка могла появиться здесь в такую страшную ночь. Время от времени нам чудилось, будто по ближнему лесу кто-то или что-то крадется, а спустя еще полчаса крутизна подъема и узость тропы сделали продвижение такого большого отряда — в общей сложности более 300 человек — весьма затруднительным и тяжелым. Затем с ужасающей внезапностью мы услышали страшные звуки, донесшиеся снизу. Их издавали привязанные лошади — они визжали, не ржали, а именно визжали — и там не было ни света, ни звука людских голосов, способных прояснить, что происходит. В тот же миг на всех вершинах над нами запылали костры, и стало казаться, что ужас затаился и впереди, и позади нас.

Высматривая впереди юного Верцеллия, нашего проводника, мы нашли только бесформенную груду в луже крови. В его руке был короткий меч, выхваченный из-за пояса субцентуриона Д. Вибулана, а на лице выражение такого ужаса, что самые стойкие ветераны, увидев его, побледнели. Он покончил с собой, услышав визг лошадей... человек, родившийся здесь и проживший в этих краях всю свою жизнь, знающий, что рассказывают шепотом про эти горы. Все факелы тотчас начали тускнеть, и крики испуганных легионеров слились с непрерывным визгом привязанных лошадей. Воздух стал ощутимо прохладнее, он остывал стремительнее, чем это бывает на пороге ноября, и его баламутили ужасающие колыхания, которые казались мне порождением взмахов огромных крыльев.

Когорта замерла, и, когда факелы стали гаснуть, я заметил нечто, показавшееся мне фантастическими тенями, очерченными в небе призрачным сиянием Via Lactea, когда они скользили через Персея, Кассиопею, Цефея и Лебедя. Затем внезапно с неба исчезли все звезды — даже яркие Денеб и Вега впереди и одинокие Альтаир и Фомальгаут позади нас. А когда факелы погасли, над потрясенной вопящей когортой осталось только пламя гибельных, ужасных жертвенных костров в вышине на горных вершинах; адское, красное, оно высветило силуэты колоссальных скачущих тварей, безумных и невероятно гнусных, о ком никогда не рассказывали даже шепотом фригийские жрецы или кампанские старухи в самых жутких из тайных сказаний.

Демонический барабанный бой, заглушавший истошные людские крики и лошадиное ржание, достиг предела громкости, и тогда ледяной ветер с потрясающей осторожностью и неспешностью заструился вниз с запретных высот и овеял каждого в отдельности; вся когорта начала дергаться и вопить в темноте, будто изображая участь Лаокоона и его сыновей. Только старый Скрибоний Либон казался покорным судьбе. Среди общего вопля он произнес слова, эхо которых еще звучит в моих ушах: «Malitia vetus — malitia vetus est... venit... tandem venit...»

А затем я проснулся. Это было самое яркое за многие годы сновидение, черпавшее из глубин подсознания образы, долгое время пребывавшие в забвении. О судьбе той когорты не сохранилось никаких записей, но город, во всяком случае, был спасен — ибо энциклопедии свидетельствуют, что Помпело существует и по сей день под современным испанским названием Памплона...

Искренне преданный вашему готическому превосходительству —

C · IVLIVS · VERVS · MAXIMINVS

# МИЛАЯ ЭРМЕНГАРДА, ИЛИ СЕРДЦЕ СЕЛЯНКИ

*Сочинил Перси Простак*

## Часть 1
## ПРОСТАЯ ДЕРЕВЕНСКАЯ ДЕВУШКА

Эрменгарда Стаббс — красивая белокурая дочь Хирама Стаббса, бедного, но честного фермера-самогонщика из Хогтона, штат Виргиния. Первоначально ее звали Этил Эрменгарда, но после принятия 18-й поправки отец настоял на отказе от первого имени, утверждая, что оно пробуждает в нем жажду выпить, напоминая об этиловом спирте $C_2H_5OH$. Его собственный продукт содержал изрядную примесь метилового, или древесного, спирта $CH_3OH$. Эрменгарда признает, что ей уже минуло шестнадцать, и клеймит как лживые слухи о том, будто ей под тридцать. У нее большие черные глаза, ярко выраженный римский нос, светлые волосы, темнеющие у корней лишь тогда, когда в местной аптеке заканчивается краска, и прелестная, хотя и лишенная пышности фигура. С ростом около 5 футов (5,33 на каблуках) и весом 115,47 фунта согласно шкале весов ее отца (столько же вне их), она считалась красавицей у всех деревенских лоботрясов, восхищавшихся фермой ее отца и обожавших его жидкий зерновой продукт.

Руки Эрменгарды добивались двое пылких влюбленных. Старый фермерский дом был заложен сквайру Крутому, очень богатому и немолодому. Этот смуглый жестокий красавец всегда ездил верхом и имел при себе хлыст. Он давно засматривался на сияющую Эрменгарду, а теперь его любовный пыл раздула до лихорадочного жара тайна, известная ему одному, — на скромных акрах фермы Стаббса он нашел богатую золотую жилу! «Ах! я пленю девушку прежде, чем ее родитель узнает о своем неожиданном богатстве, и присоединю к своему капиталу еще больший!» И он стал заглядывать к Стаббсам дважды в неделю, а не один раз, как прежде.

Но на беду для коварных замыслов злодея сквайр Крутой оказался не единственным поклонником прелестницы. Неподалеку от их деревни жил другой — красавец Джек Бывалый, чьи золотистые кудри нравились милой Эрменгарде, еще когда они оба малыми детьми ходили в деревенскую школу. Джек долго стеснялся признаться в своей страсти, но однажды, прогуливаясь с Эрменгардой по тенистой аллее у старой мельницы, нашел в себе мужество выразить то, что было у него на сердце.

— О светоч жизни моей, — сказал он, — душа моя глубоко взволнована тем, что я должен сказать! Эрменгарда, мой идеал (он произнес это как «э-ти-ил»), без тебя моя жизнь пуста и никчемна. Обожаемый смысл моего существования, взгляни на просителя, стоящего перед тобой на коленях в пыли. Эрменгарда, о, Эрменгарда, вознеси меня на небеса радости и скажи, что когда-нибудь станешь моей! Да, я беден, но разве у меня нет молодости и сил, чтобы пробиться к славе? Я способен на это только ради тебя, дорогая Этил... прости, Эрменгарда — моя единственная, моя драгоценная... — И тут он умолк, чтобы вытереть глаза и утереть лоб, а красавица ответила:

— Джек... мой ангел... наконец-то... Я хочу сказать — это так неожиданно и совершенно беспримерно! Мне и в голову не приходило, что ты питаешь нежные чувства к столь ничтожному существу, как дитя фермера Стаббса — ведь я еще почти ребенок! Твое природное благородство таково, что я боялась... то есть думала... что ты будешь слеп к моим незначительным прелестям и станешь искать счастья в большом городе; там ты встретишься и обвенчаешься с одной из тех миловидных девиц, чье великолепие нам показывают модные журналы.

Но, Джек, уж если ты и впрямь обожаешь меня, давай отбросим ненужное многословие. Джек, дорогой, мое сердце давно уже волнует твоя мужская привлекательность. Я питаю к тебе нежные чувства — можешь считать, что я твоя, и непременно купи кольцо в скобяной лавке Перкинса, с витрины, где такие симпатичные поддельные бриллианты.

— Эрменгарда, я люблю тебя!

— Джек, мое сокровище!

— Моя дорогая!

— Мой милый!

— О боже мой!

[Занавес]

## Часть 2
## ОДНАКО ЗЛОДЕЙ ПО-ПРЕЖНЕМУ ПРЕСЛЕДУЕТ ЕЕ

Но эти нежности, при всей их страстности, не остались без внимания злых глаз, ибо в кустах корчился и скрипел зубами подлый сквайр Крутой! Когда влюбленные наконец убрели прочь, он выскочил на тропинку, яростно подкручивая усы и вращая хлыстом, и пнул безусловно невинного кота, тоже прогуливавшегося там.

— Черт побери! — воскликнул он (Крутой, а не кот). — Мой план заполучить ферму и девушку срывается! Но Джек Бывалый ни за что не добьется успеха! У меня власть — и мы еще посмотрим!

После чего отправился в скромную хибару Стаббса, где нашел любящего отца в самогонном подвале, моющим бутыли под руководством Ханны Стаббс, матери и кроткой женушки. Сразу переходя к делу, злодей заявил:

— Фермер Стаббс, я издавна питаю нежную привязанность к вашему прелестному чаду, Этил Эрменгарде. Я сгораю от любви и прошу у вас ее руки. Человек немногословный, не стану опускаться до иносказаний. Отдай мне девочку, не то я потребую немедленного выкупа закладной и отберу старый дом!

— Но, сэр, — пролепетал в растерянности Стаббс, тогда как его изумленная супруга лишь сердито посматривала на сквайра, — я уверен, что мое дитя увлечена другим.

— Она должна быть моей! — сурово возразил злокозненный сквайр. — Я заставлю ее полюбить меня — никто не противится моей воле! Она станет моей женой, или ты лишишься старой фермы!

И, ухмыльнувшись и щелкнув хлыстом, сквайр Крутой удалился в ночь.

Не успел он уйти, как в дверь черного хода вошли сияющие влюбленные, жаждущие поведать старшим Стаббсам о своем только что обретенном счастье. Вообразите всеобщий ужас, воцарившийся, когда все открылось! Слезы текли, точно белый эль, но потом Джек вдруг вспомнил, что он герой, вскинул голову и мужественно заявил:

— Пока я жив, милая Эрменгарда ни за что не достанется этому зверю! Я защищу ее: она моя, моя, моя — и еще более! Не бойтесь, дорогие отец и мать, — я позабочусь обо всех вас! Я добьюсь того, что вас не будут гнать из старого дома (Джек не перепутал, что из чего гонят, хотя и не питал симпатии к фермерским продуктам Стаббса), а я поведу к алтарю милую Эрменгарду, очаровательнейшую представительницу своего пола! На горе гадкому сквайру с его неправедно обретенным богатством добродетельные всегда побеждают, а герой всегда прав! Я поеду в большой город и там честным трудом наживу капитал, чтобы спасти вас всех прежде, чем истечет срок выкупа закладной! Прощай, любовь моя, — я покидаю тебя в слезах, но вернусь, чтобы выплатить по закладной и объявить тебя своей невестой!

— Джек, мой защитник!

— Эрми, моя услада!

— Дорогой мой!

— Дорогая!..

— И не забудь про кольцо у Перкинса.

— Ох!

— Ах!

[Занавес]

## Часть 3
## НИЗОСТЬ

Но одолеть находчивого сквайра Крутого было не так-то просто. Рядом с деревней стояло неприглядное поселение из неопрятных лачуг, населенное бездельниками, пробавлявшимися воровством и прочими случайными заработками. Здесь дьявольский злодей обрел двух сообщников — парней гнусного вида, которые совершенно точно не были джентльменами. Зловещая троица ворвалась ночью в дом Стаббса и похитила милую Эрменгарду, увезла в жалкую лачугу в упомянутом поселении и оставила там под присмотром матушки Марии, мерзкой старой карги. Фермер Стаббс впал в полную растерянность и дал бы объявление в газетах, кабы там не брали по центу за слово. Но Эрменгарда оставалась тверда и непоколебима в своем отказе выйти замуж за негодяя.

— Ах, моя гордая красавица, — заявил он, — ты в моей власти, и рано или поздно я сломлю твою волю! Подумай тем временем о своих бедных старых родителях. Каково им будет остаться без очага и крова и беспомощно скитаться по лугам!

— О, пощадите их, пощадите! — взмолилась девица.

— Никогда ... ха-ха-ха! — ухмыльнулся зверь.

Так тянулись мучительные дни, а юный Джек Бывалый в полном неведении искал славы и богатства в большом городе.

## Часть 4
## ХИТРОУМНОЕ ЗЛОДЕЙСТВО

Однажды, когда сквайр Крутой сидел в гостиной своего дорогого и роскошного дома, предаваясь любимому занятию — скрежеща зубами и помахивая хлыстом, — ему в голову пришла великолепная мысль, и он громко выругался в сторону статуэтки сатаны на ониксовой каминной полке.

— Какой же я дурак! — воскликнул он. — Зачем все эти хлопоты с девчонкой, если я могу получить ферму, просто потребовав немедленного выкупа закладной? Об этом я и не подумал! Отпущу девушку, заберу ферму и буду волен жениться на любой городской красотке вроде ведущей актрисы той комической труппы, что давала на прошлой неделе представление в ратуше!

И вот он отправился в поселок, извинился перед Эрменгардой, отпустил ее домой, а сам направился к себе, замышлять новые преступления и изобретать новые способы совершения злодеяний.

Дни шли своим чередом, Стаббсы жестоко горевали о предстоящей потере дома и самогонного аппарата, но никто, похоже, не мог ничего поделать. Однажды на старую ферму случайно забрела компания охотников из города, и один из них обнаружил золото! Утаив открытие от товарищей, он притворился, что его укусила гремучая змея, и направился в хибару Стаббса за обычной в таких случаях помощью. Эрменгарда открыла дверь и увидела его. Он тоже увидел ее и в этот миг решил, что завоюет и ее, и золото. «Я должен сделать это ради моей матушки, — мысленно воскликнул он. — Никакая жертва не будет чрезмерной!»

## Часть 5
## ГОРОЖАНИН

Элджернон Реджинальд Джонс был элегантным мужчиной из большого города, и в его умелых руках наша несчастная малышка Эрменгарда была как дитя. До такой степени, что можно было бы поверить в чушь про шестнадцать лет. Элджи действовал споровисто и никогда не грубил. Крутого он мог бы научить многому касательно тонкостей того, как приударять за женщинами. Всего через неделю после появления в семейном кругу Стаббсов, куда он вполз, как аспид (аспидом он и был), Джонс убедил нашу героиню сбежать! В ту же ночь она ушла с ним, оставив родителям записку, понюхав напоследок знакомое пойло и поцеловав на прощание кота — как трогательно! В поезде Элджернона сморило, и он откинулся на спинку сиденья, случайно выронив из кармана бумажку. Эрменгарда, воспользовавшись своим предполагаемым положением новобрачной, подняла сложенный благоухающий листок и прочла — и что же! Она едва не лишилась чувств! Это оказалось любовное послание от другой женщины!

— Коварный обманщик! — прошептала она спящему Элджернону. — Так вот какова твоя хваленая верность! Я избавлюсь от тебя навсегда!

С этими словами она вытолкнула его в окно и прикорнула. Ей очень требовался отдых.

## Часть 6
## ОДНА В БОЛЬШОМ ГОРОДЕ

Когда гремящий поезд доставил ее на темный городской вокзал, несчастная беспомощная Эрменгарда оказалась совсем одна — и без денег на обратный билет до Хогтона. «Ах, ну почему, — вздохнула она с невинным сожалением, — я не забрала у Элджи бумажник, прежде чем вытолкнуть его? Ну что ж, придется пошустрить. Он рассказал про город все, и мне не составит труда заработать на то, чтобы вернуться домой, если уж не на то, чтобы выкупить закладную!»

Но, к несчастью для нашей маленькой героини, новичку найти работу было не так-то просто, поэтому целую неделю ей пришлось спать на скамейках в парке и получать еду в очереди за бесплатным питанием. Однажды один коварный и хитрый человек, видя ее беспомощность, предложил ей место посудомойки в модном кабаре, притоне разврата; но наша героиня осталась верна своим деревенским идеалам и отказалась работать в этом раззолоченном, сверкающем чертоге легкомыслия — тем более что предлагали ей всего 3 доллара в неделю с едой, но без пансиона. Она попыталась найти Джека Бывалого, своего прежнего возлюбленного, но тот нигде ей не попался. Возможно, он и не узнал бы ее, ведь из-за бедности она снова стала брюнеткой, а Джек не видел ее такой со школьных лет. Однажды она нашла в парке простую с виду, но дорогую сумочку и, убедившись, что в той почти ничего нет, отнесла ее богатой даме, чья карточка свидетельствовала о том, что сумочка принадлежит ей. Безмерно восхищенная честностью несчастной беспризорницы, аристократка миссис Ван Итти удочерила Эрменгарду вместо малышки, похищенной у нее много лет назад. «Она так похожа на мою драгоценную Мод», — вздыхала дама, наблюдая за тем, как белокурая брюнетка снова становится блондинкой. Так шли недели Старики дома рвали на себе волосы, а мерзкий сквайр Крутой сатанински хихикал.

## Часть 7
## СЧАСТЛИВОЕ ЗАВЕРШЕНИЕ ИСТОРИИ

Как-то раз богатая наследница Эрменгарда С. Ван Итти наняла нового сменщика для их шофера. Удивившись, что лицо показалось ей знакомым, она присмотрелась и ахнула. Ба! Да это же не кто иной, как вероломный Элджернон Реджинальд Джонс, которого она в тот роковой день вытолкнула из окна поезда! Он выжил — это, конечно же, не вызывало сомнений. Кроме того, он женился на другой женщине, но та сбежала от него с молочником и всеми деньгами, какие были в доме. Теперь, полностью смирившийся, он попросил прощения у нашей героини и без утайки поведал ей историю о золоте на ферме ее отца. Растроганная сверх всякой меры, она повысила ему жалованье на доллар в месяц и надумала наконец утолить свою вечную тревогу, избавиться от беспокойства о стариках. В один прекрасный день Эрменгарда вернулась на автомобиле в Хогтон и прикатила на ферму как раз, когда сквайр Крутой, требуя немедленного выкупа закладной, приказывал старикам покинуть ферму.

— Остановись, злодей! — воскликнула она, помахивая внушительной пачкой купюр. — Наконец-то ты побежден! Вот твои деньги — а теперь уходи, и чтоб твоя тень никогда больше не падала на нашу скромную дверь!

За этим последовало радостное воссоединение; сквайр тем временем в недоумении и смятении подкручивал усы и вертел хлыстом. Но поглядите-ка! Что такое? На старой гравийной дорожке зазвучали шаги, и кто же вдруг объявился, как не наш герой, Джек Бывалый — усталый и потрепанный, но с сияющим лицом. Немедля заметив удрученного злодея, он сказал:

— Сквайр, не одолжите ли мне десять долларов? Я только что вернулся из города с прелестной невестой, прекрасной Бриджит Гольдштейн, и мне нужны средства, чтобы начать дела на старой ферме. — Затем, повернувшись к Стаббсам, он извинился за то, что не смог выкупить закладную, как договаривались.

— Не стоит об этом, — ответила Эрменгарда, — к нам пришло процветание, и я сочту достаточной платой, если ты навсегда забудешь глупые фантазии нашего детства.

Все это время миссис Ван Итти сидела в машине, поджидая Эрменгарду, но, когда она лениво скользнула взглядом по резким чертам Ханны Стаббс, в глубине ее сознания всплыло смутное воспоминание. Потом до нее дошло, и она с упреком закричала деревенской матроне:

— Ты... ты же... Ханна Смит!.. Я тебя узнала! Двадцать восемь лет назад ты была нянькой моей малышки Мод и украла ее из колыбели! Где, о, где мой ребенок? — Затем, точно молния в мрачном небе, сверкнула догадка. — Эрменгарда!.. Ты говоришь, что она твоя дочь... Она моя! Судьба вернула мне мое прежнее ди-итя — мою крошку Моди! Эрменгарда... Мод — приди в любящие объятия мамочки!!!

Но Эрменгарда погрузилась в высокие думы. Как она могла сбежать из дома шестнадцатилетней, если ее украли двадцать восемь лет назад? А если она не дочь Стаббса, то золото ей не достанется. Миссис Ван Итти была богата, но сквайр Крутой богаче. И потому, приблизившись к удрученному злодею, она обрушила на него последнюю страшную кару.

— Сквайр, милый, — проворковала она, — я передумала. Мне нравишься ты и твоя бесхитростная сила. Женись на мне немедленно, а не то я привлеку тебя к суду за то, что ты меня похищал. Предъяви требование по закладной и раздели со мной золото, которое тебе удалось обнаружить. Ну же, дорогой!

И бедолага согласился.

Конец

# ПЕРЕВОПЛОЩЕНИЕ ХУАНА РОМЕРО

У меня нет желания рассказывать о событиях, произошедших восемнадцатого и девятнадцатого октября 1894 года на руднике Нортона. Но долг перед наукой понуждает меня мысленно вернуться на закате жизни к событиям, внушающим мне ужас, нестерпимый по той причине, что я не в силах объяснить его. Полагаю, прежде чем покинуть этот мир, я должен рассказать все, что мне известно о перевоплощении — назовем это так — Хуана Ромеро.

Мое имя и происхождение потомкам знать вовсе не обязательно; к тому же лучше не тащить их в будущее; ведь эмигрант, переселившийся в Штаты или в какую-то из колоний, несомненно, сделал это, чтобы расстаться со своим прошлым. К тому же моя прежняя жизнь имеет крайне слабое отношение к настоящей истории; отмечу лишь, что во времена службы в Индии я проводил больше времени с мудрыми седобородыми наставниками, чем со своими собратьями-офицерами. Я был уже всерьез увлечен древними восточными учениями, когда несчастье перевернуло всю мою жизнь, и пришлось начать строить ее заново на просторах американского Дикого Запада, приняв мое теперешнее имя, весьма распространенное и ничем не примечательное.

Лето и осень 1894 года я провел на мрачных склонах Кактусовых гор, устроившись рядовым землекопом на знаменитый рудник Нортона, открытый пожилым старателем за несколько лет до этого — благодаря нему близлежащая местность перестала напоминать безлюдную пустыню и превратилась в котел, бурлящий убогой жизнью наемных рабочих. Обнаружение золотоносных пещер, расположенных глубоко под горным озером, обогатило почтенного старателя сверх всякой меры, и корпорация, которой это месторождение было в итоге продано, стала прокладывать дополнительные туннели. Вскоре добыча золота еще более выросла, так как были обнаружены новые пещеры; и гигантская разношерстная армия рудокопов день и ночь трудилась не покладая рук в многочисленные проходах и горных пустотах. Управляющий рудником, мистер Артур, любил подискутировать об особенностях местных геологических образований и строить предположения о наличии длинной цепи пещер и о будущем этого грандиозного предприятия по добыче золота. Он не сомневался, что золотоносные каверны возникли в результате действия воды, и твердо верил, что почти все каверны в этом районе уже найдены.

Хуан Ромеро появился на руднике Нортона вскоре после того, как я устроился туда. Он прибыл среди толп полудиких мексиканцев, стекавшихся на рудник из соседних областей, но выделялся своей необычной внешностью: будучи типичнейшим индейцем, он имел более бледный цвет кожи и изысканную стать, делавшую его совсем непохожим ни на местных «мексикашек», ни на пайютов. Но, как ни странно, отличаясь от большинства индейцев, как испанизированных, так и коренных, Ромеро не имел внешних признаков родства с белой расой. Когда этот молчаливый рабочий, поднявшись рано утром, протягивал руки навстречу солнцу, выползающему из-за холмов к востоку, словно исполняя древний ритуал, смысл которого не понимал и сам, то напоминал не кастильского конквистадора или американского первопоселенца, а скорее древнего и благородного ацтека. Однако в лице Ромеро никаких признаков благородства не наблюдалось. Невежественный и чумазый, он был своим среди мексиканцев, а происхождения (как я узнал позже) был самого низкого. Его нашли ребенком в сырой хижине в горах: он оказался единственным, кто пережил эпидемию, свирепствовавшую в тех местах. Рядом с этим убогим жилищем, возле необычного горного разлома, лежали два скелета — вероятно, останки его родителей, очищенные стервятниками. Об этих людях никто ничего не знал, и вскоре о них забыли. Глиняная хижина рассыпалась, а разлом засыпало лавиной, так что даже от самого места, где его нашли, ничего не осталось. Воспитанный в семье мексиканца, промышлявшего угоном крупного скота, который и дал ему имя Хуан, он мало чем отличался от остальных рабочих.

Привязанность, которую испытывал ко мне Ромеро, скорее всего не могла бы возникнуть, не будь у меня старинного индийского перстня необычного вида. О происхождении перстня и о том, как он ко мне попал, я не буду рассказывать. Это была единственная связь с предшествующей главой моей жизни, закрытой навсегда, и я весьма дорожил им. Я заметил, что странного вида мексиканец заинтересовался им, но в глазах его, когда он смотрел на перстень, была не алчность, а обожание. Древние тайные знаки на перстне словно бы вызывали какой-то смутный отклик в его не пробужденном, но уже и не спящем разуме, несмотря на то, что ему, без сомнения, не доводилось видеть их раньше. Через несколько недель после появления на руднике Ромеро стал для меня преданным слугой, несмотря на то, что сам я был обычным шахтером. Наше общение вынужденно ограничивалось самыми простыми фразами. Хуан знал лишь несколько английских слов, а я обнаружил, что мой оксфордский испанский сильно отличается от диалекта наемных рабочих из Новой Испании.

Ничто не предвещало тех событий, о которых я собираюсь рассказать. Хотя странный человек Ромеро заинтересовал меня, а мой перстень занимал его воображение, однако до тех взрывных работ ни у меня, ни у него не было предчувствий. Ввиду геологических особенностей понадобилось углубить шахту в той ее части, что располагалась ниже всех горизонтальных проходов, и поскольку управляющий рудником был убежден, что в этом месте почти несокрушимая скала, был заложен мощный заряд динамита. Ни мне, ни Ромеро не довелось принимать участие в этой работе, так что обо всем этом мы услышали от других. От взрыва, оказавшегося мощнее, чем предполагалось, вся гора содрогнулась. Окна в лачугах на ее склонах повылетали, а рудокопов, работавших в близлежащих туннелях, сбило с ног. В озере Джевел, расположенном выше места взрыва, воды вздыбились, как во время бури. После обследования места взрыва выяснилось, что под землей разверзлась пропасть столь чудовищно глубокая, что ни одна веревка не доставала до ее дна и свет фонарей не добивал до него. Озадаченные землекопы явились к управляющему рудником, и тот приказал взять сколько угодно самых длинных канатов, связать их и измерить глубину.

Вскоре побледневшие рабочие вернулись и сообщили управляющему рудником, что его план провалился. Вежливо, но твердо они не только отказались вернуться к пропасти, но и заявили, что не будут работать в шахтах, пока провал остается незапечатанным. Наличие рядом чего-то непостижимого, очевидно, пугало их. Управляющий не стал их за это упрекать. Вместо этого он глубоко задумался над тем, что делать завтра. В тот вечер ночная смена не вышла на работу.

В два часа ночи в горах зловеще завыл одинокий койот. Откуда-то с территории прииска то ли ему в ответ, то ли кому-то другому вторила собака. Над вершинами гор собиралась буря, и облака причудливой формы неслись возле чернильного лоскута на звездном небе, по краю которого лунный свет с трудом прорывался сквозь их перисто-слоистую толщу. С лежака надо мной, где обычно спал Ромеро, донесся голос, возбужденный, напряженный, пронизанный непонятным мне смутным ожиданием.

— Madre de Dios!.. el sonido... ese sonido... oiga Vd! lo oye Vd?.. señor, *этот звук!*

Я прислушался, стараясь понять, о каком звуке он говорит. Хорошо различался вой койота, собаки и звуки бури — особенно бури, уже заглушавшей все прочие звуки, поскольку ветер разошелся в полную силу. За окнами сверкали молнии. Я попытался уточнить у взволнованного мексиканца, перечисляя звуки, которые слышал:

— El coyote?.. El perro?.. El viento?..

Ромеро замолчал. Затем до меня донесся его благоговейный шепот:

— El ritmo, señor... el ritmo de la tierra... *что-то пульсирует под землей!*

Теперь я тоже услышал, и это заставило меня вздрогнуть по непонятной причине. Откуда-то из глубины земли доносился звук — пульс, как сказал мексиканец, — и этот ритм, хотя и негромкий, уже ощущался отчетливее воя койота, собаки и усиливающейся бури. Пытаться описывать этот звук бесполезно — он не поддается описанию. В нем было что-то от пульсаций мощного двигателя, зарождающихся в чреве большого лайнера и доносящихся до верхней палубы, однако без ощущения мертвенности и неодушевленности звука работы механизма. Из всех его качеств более всего меня поразило ощущение придавленности толщей земли. Мне тогда сразу припомнилась цитата из Джозефа Гленвила, использованная для эпиграфа Эдгаром По: «необъятность, неисчерпаемость и непостижимость его деяний, глубина коих превосходит глубину Демокритова колодца».

Внезапно Ромеро спрыгнул со своей койки и замер рядом со мной, завороженно глядя на перстень, загадочно мерцающий при вспышках молний, а затем уставился в сторону шахты. Я тоже поднялся, и мы некоторое время неподвижно вслушивались в странный ритмичный звук, который рос и, казалось, становился все более одушевленным. Затем, словно подчиняясь чужой воле, мы двинулись к двери, с дребезжанием сдерживавшей бушующую снаружи бурю. Пение где-то в глубине — а именно на пение стал походить звук — становилось словно бы более глубоким и объемным, и нас неодолимо влекло выйти в бурю и заглянуть в зияющую черноту шахты.

По пути мы не встретили ни души, поскольку рабочие ночной смены ввиду неожиданного выходного наверняка засели в «Сухом ущелье» и скармливали там сонливому бармену зловещие слухи. Только в сторожке светился желтый квадрат окна, словно недреманное око. Я рассеянно задался вопросом, остался ли сторож равнодушным к странному звуку, но Ромеро ускорил шаг, и я не стал пытаться выяснить это.

Мы начали спускаться в шахту, звук стал сложным, с отчетливо различимыми составляющими. Мне он показался подобием музыкального сопровождения восточных церемоний, с боем барабанов и многоголосым пением. Как вам известно, я много лет жил в Индии. Мы с Ромеро решительно спускались по наклонным проходам и лестницам в манящую глубь, к тайне, которая нас неудержимо влекла. В какой-то момент я решил, что сошел с ума — это было тогда, когда я осознал, что идем мы не в кромешной тьме, но старинный перстень на моей руке излучает жуткое сияние, прорезающее влажный тяжелый воздух вокруг нас.

После очередного спуска по веревочной лестнице Ромеро вдруг бросился бежать, оставив меня в одиночестве. Должно быть, очередное изменение в звучании барабанного боя и пения, для меня оказавшееся просто заметным, подействовало на него многократно сильнее; испустив страшный вопль, он припустился наугад во мрак пещеры. Я слышал его последующие выкрики и стоны, когда он спотыкался о камни, задевал обо что-то и неуклюже спускался по шаткой лестнице. Будучи напуганным, я все же сообразил, что перестал понимать его слова, хотя отчетливо слышал их. Грубые, выразительные многосложные слова сменили его обычную смесь из плохого испанского и чудовищного английского; лишь многократно повторенное им слово «Уицилопочтли» показалось мне знакомым. Позже я осознал, что встречал это слово в трудах великого историка, и содрогнулся от возникшей при этом ассоциации.

Кульминация событий этой ужасной ночи, непонятная и стремительная, произошла, когда я достиг последней пещеры, где заканчивалось наше путешествие. Из темноты впереди донесся последний вопль мексиканца, подхваченный диким хором, подобного которому мне не доводилось слышать за всю мою жизнь и надеюсь, что более не доведется. В тот момент мне показалось, что все земные чудовища и вся прочая нечисть разом отверзли глотки, готовясь погубить человеческий род. В ту же секунду свет, который испускал мой перстень, погас, и я увидел другой свет — от зарева в нескольких ярдах впереди меня. Вскоре я приблизился к светящейся пропасти, поглотившей, очевидно, несчастного Ромеро. Осторожно заглянув через край, ничем не огороженный, я увидел кромешный ад, бурливший огнями и звуками. Сначала я видел лишь бурление пятен света, но затем из месива стали выплывать смутные очертания, и я различил... Хуан Ромеро?.. но Боже!.. не осмеливаюсь сказать, что я увидел там!.. Затем само небо пришло мне на помощь, все накрыл жуткий грохот, словно столкнулись две вселенные. Хаос, мельтешивший в моих глазах, исчез, и я познал покой забвения.

Ввиду этих обстоятельств мне трудно продолжить этот странный рассказ, но все же постараюсь изложить, что было дальше, не пытаясь разобраться, где грань между реальностью и очевидным. Очнулся я целым и невредимым в своей постели, в окно пробивался красный отблеск рассвета. На столе в нашей комнате в окружении мужчин, среди которых был и лекарь прииска, лежало безжизненное тело Хуана Ромеро. Они обсуждали странную смерть мексиканца, словно погрузившегося в глубокий сон; судя по всему, эта смерть была как-то связана с необычной молнией чудовищной силы, ударившей в гору и сотрясшей ее. Причина смерти была непонятной, и вскрытие не пролило на это света, ибо не выявило ничего, что препятствовало ему продолжать жить. Из доносившихся до меня обрывков бесед следовало, что ни я, ни Ромеро не уходили никуда ночью во время бури, пронесшейся над Кактусовыми горами. Рабочие, рискнувшие спуститься в шахту, сообщили, что из-за бури произошел обвал, запечатавший ту пропасть, что произвела днем раньше на всех такое ужасное впечатление. Когда я поинтересовался у сторожа, слышал ли он какие-нибудь особенные звуки перед необычно мощным разрядом молнии, он упомянул завывания койота, собаки и ветра в горах — и ничего более. Я нисколько не сомневаюсь в его словах.

Когда работы возобновились, управляющий рудника, мистер Артур, собрал из наиболее смелых группу, которая обследовала ту область, где разверзлась пропасть. Занявшись этим без особого энтузиазма, они просверлили глубокую скважину. Результат оказался крайне любопытным. Следовало бы ожидать, что свод над пустотой не окажется толстым, однако бур наткнулся на крепкую и толстую скалу. Не найдя там более ничего, даже золота, управляющий оставил попытки исследований, но после этого не раз на его лице бывало недоумение, когда он сидел, задумавшись, за своим столом.

И еще кое-что любопытное. Вскоре после того, как я очнулся в то утро после бури, я заметил необъяснимое отсутствие индийского перстня на моей руке. И хотя я очень дорожил им, обнаружив исчезновение, я ощутил облегчение. Если его присвоил кто-то из моих товарищей-рудокопов, он, должно быть, как-то хитро распорядился своим трофеем, ибо ни объявление в газете о поиске пропажи, ни попытки полиции найти его не дали никакого результата, и больше я этого перстня не видел. Но при этом я сомневаюсь, что перстень похитила рука смертного, ибо много странных вещей довелось мне познать в Индии.

Мое отношение ко всему происшедшему то и дело меняется. При свете дня и вообще почти в любое время года я более склонен верить, что странные события — лишь плод моего воображения; но иногда осенними ночами, когда часа в два мрачно завывает ветер и дикие звери, из неизведанной глубины доносится вдруг омерзительный ритм — я снова ощущаю весь ужас того, что связано с перевоплощением Хуана Ромеро.

# КНИГА

Воспоминания мои пребывают в великом беспорядке. Я даже сомневаюсь в том, когда они начинаются, ибо временами ощущаю позади себя потрясающие шеренги годов, а иногда мне кажется, как будто настоящий момент представляет собой изолированную точку в серой и бесформенной бесконечности. Я даже не уверен в том, как передаю эту весть. Понимая, что говорю, я тем не менее испытываю смутное ощущение того, что потребуется некое странное и, быть может, ужасное посредничество для того, чтобы передать мои слова туда, где меня должны услышать. Личность моя также возмутительно не определена. Похоже, я испытал великое потрясение — быть может, посредством некоего полностью монструозного выроста какого-нибудь из циклов моего уникального и невероятного жизненного опыта.

Все эти циклы бытия, конечно, имеют своим основанием ту источенную червями книгу. Помню, когда я обрел ее — в тускло освещенном месте возле черной маслянистой реки, над которой всегда кружит туман. Место это было старинным, и доходящие до потолка полки, уставленные прогнившими томами, шествовали бесконечной чередой по лишенным окон внутренним комнатам и альковам. Еще там грудились на полу огромные и бесформенные кучи книг, чередующихся с полными фолиантов грубыми ларями; в одной-то из этих груд я и отыскал этот том. Названия книги я так и не узнал, ибо первые страницы отсутствовали; однако она раскрылась на последних страницах, явив мне нечто такое, отчего голова моя пошла кругом.

Это была формула — своего рода перечень того, что нужно говорить и делать, — в которой я узнал нечто черное и запретное; нечто такое, о чем я уже читал в уклончивых параграфах, которые со смесью отвращения и восхищения записывали странные любители копаться в тщательно хранимых под замком тайнах Вселенной, чьи тленные тексты я так любил поглощать. Она являлась ключом — и путеводителем — к неким вратам и переходам, о которых мистики мечтали и перешептывались между собой с детских лет рода людского, ведущим к свободе и открытиям за пределами трех измерений и областей известной нам жизни и материи. Целые века люди не обращались к ее жизненно важной сущности и не знали, где найти ее, однако книга сия была очень стара. Не печатный пресс, но рука некоего полубезумного монаха выводила эти зловещие латинские фразы уходящими в потрясающую древность унциалами*.

* Каллиграфический вариант одного из основных типов латинского письма III–V вв., называемого иногда первоначальным минускулом (от *лат.* minus — малый). Характеризуется крупными, округлыми буквами, почти не выходящими за пределы строки, без острых углов и ломаных линий.

Помню, как злобно хихикал и кривлялся этот старикашка, как он сделал непонятный мне знак левой рукой, когда я уносил эту книгу. Он отказался взять за нее плату, и причину этому я узнал только много позже. Поспешая домой по узким, извилистым и одетым туманом приморским улочкам, я ощущал неприятное впечатление того, что за мной крадучись следуют негромко ступающие ноги. Столетние обветшавшие дома по обе стороны улицы казались наполненными юной и отвратительной злобой — как будто здесь вдруг открылся доселе закрытый канал дьявольского понимания. Я ощущал, что эти стены и нависающие над головой остроконечные щипцы, сложенные из заплесневелого кирпича и поросших грибком штукатурки и древесины — с их похожими на глаза, остекленными ромбами окнами, — едва удерживались от того, чтобы сойти с места и растоптать меня, хотя я прочел только малейший фрагмент богомерзкого заклинания, прежде чем закрыть книгу и унести ее прочь.

Еще помню, как я наконец начал читать эту книгу — побледнев, запершись в чердачной каморке, давно отведенной мной для странных исследований. В огромном доме было тихо, ибо я поднялся только после полуночи. Кажется, у меня была тогда какая-то семья — хотя в подробностях я не слишком уверен, — и знаю, что у меня было много слуг. Какой тогда был год, сказать не могу; ибо с тех пор познал множество веков и измерений, и все мои прежние представления о времени растворились и преобразовались в нечто иное. Читал я при свете свечей — помню эту безжалостную восковую капель, — а с далеких колоколен время от времени доносился звон.

Похоже, что я с особым вниманием следил за голосами колоколов, как будто бы страшась услышать среди них известную мне весьма далекую и интригующую нотку. И тут я впервые услышал, как кто-то заскребся и завозился у слухового окна, свысока глядевшего на прочие крыши города. Звук раздался, когда я монотонно произносил девятый стих этого первичного заклинания, и, содрогаясь, я понял, что означает он. Ибо тот, кто проходит через врата, всегда получает тень, и впредь никогда более не может остаться в одиночестве. Я вызвал духа — и книга действительно оказалась той самой, суть которой я подозревал. В ту ночь я прошел через ворота, ведущие в водоворот искаженного времени и видения, и когда утро застало меня в чердачной комнате, я увидел в стенах, полках и всяких принадлежностях такое, чего никогда не замечал прежде.

После этого я уже не мог видеть мир таким, каким знал его. К настоящему всегда примешивалась доля прошлого и чуточка будущего, и каждый прежде знакомый объект казался чуждым в новой перспективе, рожденной моим расширившимся зрением. Начиная с того дня я обитал в фантастическом сне, составленном из неизвестных и полузнакомых форм; и после каждого прохождения новых ворот все менее отчетливо узнавал предметы той узкой сферы, с которой так долго был связан. Того, что я видел вокруг себя, не замечал никто другой; и я сделался вдвойне молчаливым и бдительным, чтобы меня не приняли за безумца. Псы боялись меня, потому что ощущали внешнюю тень, никогда не разлучавшуюся со мной. Но я продолжал читать — сокровенные, забытые книги и свитки, к которым приводило меня мое новое видение — и прорывался сквозь очередные врата космоса, бытия и образа жизни к ядру, сердцевине неведомого пространства.

Помню ту ночь, когда я стоял посреди начерченных мной на полу пяти огненных колец в самом меньшем из них, декламируя ту чудовищную литанию, которую доставил мне гонец из Тартарии. Стены растаяли напрочь, и черный ветер понес меня посреди неизмеримо серых бездн к подобным иглам башням неведомых гор, грудившихся в милях подо мной. А потом была предельная тьма, а за ней явился свет мириадов звезд, образовывавших чуждые, странные для взора созвездия. Наконец я увидел далеко под собой вниз покрытую зеленью равнину и различил на ней крученые башни города, построенного на манер, о котором я никогда не слышал, не думал и не читал. Подплывая все ближе к этому городу, я увидел огромное квадратное каменное здание на открытом просторе и ощутил, как впился в меня жуткий страх. Завопив, я принялся сопротивляться, и тут наступил мрак, после которого я вновь оказался в своей чердачной комнате, распростертый на полу — на всех пяти фосфоресцирующих кругах. Это ночное скитание оказалось ничуть не более странным, чем скитания многих предыдущих ночей; но в нем было больше ужаса, ибо я знал, что оказался много ближе к тем внешним мирам и безднам, чем когда-либо прежде. После этого я сделался более сдержанным в своих заклинаниях, потому что не имел желания оказаться отрезанным от собственной плоти и от земли в неведомых пучинах, из которых мне не будет возврата...

# СВЕРХЪЕСТЕСТВЕННЫЙ УЖАС В ЛИТЕРАТУРЕ

## I. Введение

Самой старой и сильной среди эмоций рода людского является страх, а древнейшей и сильнейшей разновидностью страха является страх перед неизвестным. Мало кто из психологов станет оспаривать эти факты, и признанная справедливость их должна на все времена закрепить подлинность и достоинство таинственного и жуткого повествования в качестве литературного жанра. Против него выпущены все стрелы материалистической утонченности, которая придерживается привычных эмоций и внешних событий, и наивно пресного идеализма, пренебрегающего эстетическим мотивом и требующего дидактической литературы, чтобы «возвышать» читателя к приемлемой степени притворно улыбчивого оптимизма. Однако, несмотря на всю эту оппозицию, жуткая проза выжила, развилась и достигла значительных высот совершенства, основываясь как таковая на глубинном и элементарном принципе, привлекательность которого хотя и не является универсальной, но по необходимости оказывается острой и постоянной для умов, наделенных необходимой для нее чувствительностью.

Притягательность призрачного и зловещего жанра обыкновенно ограничивается узким кругом читателей, потому что требует от них некой доли воображения и умения отстраняться от повседневной жизни. Относительно немногие настолько свободны от повседневной суеты и рутины, чтобы суметь отреагировать на звуки, доносящиеся извне, и повествования об ординарных чувствах и событиях, как и обыкновенное сентиментальное изложение таковых чувств и событий, всегда будет занимать первое место во вкусах большинства — быть может, вполне справедливо, ибо подобные ординарные материи составляют бóльшую часть человеческого опыта. Однако среди нас всегда присутствуют чувствительные люди, и луч занимательной фантазии всегда способен воссиять в темном закоулке даже самой прочной головки; так что любой уровень рационализма, никакие реформы и анализ по Фрейду не могут вполне аннулировать воздействие жуткого шепотка в печной трубе или не менее жуткой тишины уединенного лесного уголка. Здесь вовлекается в действие психологический паттерн или традиция столь же реальная и столь же глубоко укорененная в духовном опыте, как и любой другой известный человечеству паттерн или событие, одновременное религиозному чувству и тесно связанное со многими аспектами оного; слишком уж велика и важна связанная со страхом часть нашего внутреннего биологического наследия, чтобы ее могла утратить очень значительная, хотя и численно небольшая составляющая нашего вида.

Первые инстинкты и эмоции человека сформировали его отклик на среду, в которой он очутился. Определенные ощущения, связанные с удовольствием и болью, складывались вокруг явлений, причины которых были ему понятны, в то время как вокруг тех, которые оставались загадочными для него — а в ранние дни вселенная была полна ими, — неизбежно сплетались такие персонификации, чудесные толкования и ощущения страха и трепета, какие могли осенить расу, обладающую небольшим количеством простых идей и ограниченным опытом. Неизведанное, подобно непредсказуемому, сделалось для наших примитивных праотцов жутким и всесильным источником благодеяний и бедствий, явленных человечеству по таинственным и полностью внеземным причинам, и посему явно принадлежащим к сферам бытия, о которых нам неведомо ничего и в которых нам нет места. Феномен сновидения подобным образом помогал составить представление о нереальном или духовном мире и, в общем, обо всех условиях дикарской зари — жизни, так крепко способствовавшей развитию ощущения сверхъестественного, что нам не следует удивляться той основательности, с которой сама наследственная сущность человечества насытилась религией и суеверием. Подобное насыщение, в качестве простого научного факта, следует рассматривать как виртуально перманентное в той мере, насколько речь идет о подсознательном в уме и внутренних инстинктах; ибо хотя область неизведанного неизменно сужалась в течение тысячелетий, бесконечный резервуар таинственного до сих пор охватывает бóльшую часть внешнего космоса, в то время как огромный остаток могущественных ассоциаций удерживается вокруг всех предметов и процессов, некогда являвшихся таинственными, какое разумное объяснение они бы ни имели теперь. Более того, существует реальная физиологическая фиксация старинных инстинктов в нашей нервной ткани, что делает их неприметно действующими даже в том случае, если удалось бы полностью очистить сознательный разум от всех источников удивления.

Так как мы запоминаем боль и опасность смерти более ярко и четко, чем удовольствия, и потому, что наше отношение к благодетельным аспектам неведомого с самого начала было захвачено и формализировано традиционными религиозными ритуалами, на долю более темной и злой стороны космической тайны выпала основная доля популярности в нашем сверхъестественном фольклоре. Тенденцию эту также подкрепляет тот факт, что неопределенность всегда тесно связана с опасностью, таким образом, превращая любую разновидность неведомого мира в мир опасных и зловещих вероятностей. Когда к этому ощущению страха и зла добавляется сверху неизбежное удивление и любопытство, рождается составное сочетание острой эмоции и художественной провокации, чья жизненность по необходимости будет существовать столько же, сколько и само человечество. Дети будут всегда бояться темноты, а люди, наделенные разумом, чувствительным к наследственному импульсу, всегда будут трепетать при мысли о сокровенных и непостижимых мирах, полных странной жизни, которая может пульсировать в трансзвездных безднах или жутким образом угрожать нашему миру в измерениях нечистых и непристойных, доступных только мертвецам и безумцам.

Располагая подобным основанием, мы не можем удивляться факту существования литературы космического страха. Она существовала и будет существовать всегда; нельзя привести лучшего свидетельства ее прочной хватки, чем тот импульс, который время от времени заставляет писателей, полностью придерживающихся противоположных наклонностей, пробовать свое перо в этой области хотя бы в отдельных рассказах, словно для того, чтобы изгнать из своего разума некие фантастические очертания, которые в противном случае не дали бы им покоя. Так, Диккенс написал несколько зловещих повествований, Браунинг[1] — полную жути поэму «Чайлд Роланд», Генри Джеймс[2] — «Поворот винта», доктор Холмс[3] — тонкую новеллу «Элси Виннер», Фрэнсис Мэрион Кроуфорд[4] — свою «Верхнюю полку» и множество ей подобных рассказов; миссис Шарлотта Перкинс Гилман[5], социальный работник, — «Желтые Обои», и даже юморист У. В. Джейкобс[6] произвел на свет талантливую мелодраму под названием «Обезьянья лапка».

Жанр литературы космического страха не следует смешивать с разновидностью внешне с ней схожей, но психологически весьма отличной — с литературой чисто физического страха и мирского ужаса. Подобные писания, конечно же, занимают собственное место наравне с обыкновенными, или причудливыми, или юмористическими рассказами о привидениях, где формализм или многозначительное подмигивание автора снимает подлинное восприятие омерзительно неестественного; однако такие произведения не принадлежат к литературе космического страха в ее чистом виде. В подлинно сверхъестественной истории всегда присутствует нечто большее, чем тайное убийство, окровавленные кости или гремящий цепями призрачный силуэт в саване. Они должны быть проникнуты некоей атмосферой заставляющего затаить дыхание необъяснимого ужаса перед внешними и необъяснимыми силами; а кроме того, в них обязан присутствовать намек, выраженный со всей присущей теме серьезностью и внушительностью, на самую ужасную концепцию человеческого разума — злое и конкретное отрицание тех неизменных законов природы, которые являются единственной преградой против натиска хаоса и порождений безграничного пространства.

Естественным образом не следует ожидать, что вся мистическая проза будет полностью соответствовать любой теоретической модели. Творческие умы не подстрижены под одну гребенку, и на лучшей из тканей найдется тусклое пятнышко. Более того, существенная доля самых избранных работ носит бессознательный характер, появляясь в запоминающихся фрагментах среди материала, производящего самый разнообразный эффект. Атмосфера имеет первостепенное значение, ибо окончательным критерием подлинности является не ветвление сюжета, но создание заданного ощущения. В общем, мы можем сказать, что сверхъестественная история, предназначенная для обучения или произведения социального воздействия, или такая, что в итоге ужасы получают в ней естественное объяснение, не является подлинным повествованием о космическом страхе; однако остается фактом то, что подобные рассказы часто располагают в отдельных местах прикосновениями атмосферы, соответствующей истинному духу подлинной литературы сверхъестественного ужаса. Посему о произведениях этого жанра следует судить не по намерению автора или сюжетной механике, но по эмоциональному настрою, который оно создает в наименее мирские свои мгновения. Если создается соответствующее ощущение, такая «кульминация» должна быть допущена в литературу сверхъестественного вне зависимости от того, какое прозаичное объяснение находит впоследствии этот момент. Единственным критерием здесь является не разбуженное в читателе глубинное ощущение ужаса и соприкосновения с неведомыми сферами и силами, но тонкая атмосфера наполненного трепетом слуха, вслушивающегося в биение черных крыльев или шевеление неведомых внешних форм и существ на самой дальней кромке Вселенной. И чем более полно и комплексно передает эту атмосферу произведение, тем большими достоинствами обладает оно как произведение искусства в данной области.

## II. Заря жуткого жанра

Как следует естественным образом ожидать от формы, столь тесно связанной с первичными эмоциями, жуткая повесть стара, как человеческая мысль или сама речь. Космический ужас появляется в качестве ингредиента фольклора самых различных народов и кристаллизуется в самых архаичных балладах, хрониках и священных писаниях. В самом деле, он представляет собой заметную черту сложной церемониальной магии, располагавшей обрядами эвокации, призвания демонов и духов, в обилии существовавших еще с доисторических времен и достигших высочайшего развития в Египте и среди семитских народов. Фрагменты, подобные «Книге Еноха» и «Ключу Соломона», хорошо иллюстрируют ту власть, которой обладало сверхъестественное над древним восточным умом, и на таких предметах были основаны прочные системы и традиции, отголоски которых достигают даже нашего времени. Прикосновения этого трансцендентного страха можно видеть в классической литературе, и свидетельство еще большего влияния его можно усмотреть в литературе баллад, шедшей параллельно классическому течению, но исчезнувшей из-за недостатка письменных материалов. Средние века, пропитанные причудливой тьмой, дали этому страху колоссальный, направленный к выражению импульс; и Восток наравне с Западом хранил и усиливал темное наследие дошедшего до них случайного фольклора и академически сформулированной магии и каббализма. Слова «ведьма», «оборотень», «вампир» и «упырь» многозначительным и зловещим образом почивали на устах барда и старой бабки и нуждались всего лишь в небольшом толчке, чтобы окончательно пересечь границу, отделяющую пропетое сказание или песнь от формально литературного сочинения. На Востоке сверхъестественная повесть имела тенденцию к приобретению великолепной расцветки и живости, едва не преобразовавших ее в чистую фантазию. На Западе, где склонный к мистике тевтон как раз выбрался из своей темной северной тайги, а кельт вспомнил таинственные жертвоприношения, совершавшиеся в друидических рощах, она приобрела жуткую интенсивность и убедительную серьезность атмосферы, удваивавшей силу ее ужасов, наполовину описанных, наполовину оставшихся в области намеков.

Значительная часть силы западного традиционного знания ужасных материй, вне сомнения, была обязана своим существованием сокрытому, но часто подозреваемому бытию отвратительного культа почитателей ночи, чьи странные для нас обычаи — восходящие к доарийским и доземледельческим временам, когда по Европе скиталась низкорослая монголоидная раса со своими стадами крупного и мелкого скота, — коренились в самых отвратительных и обладающих незапамятной древностью обрядах плодородия. Эта тайная религия, в течение тысячелетий тайно распространявшаяся среди селян, несмотря на внешнее господство друидической, греко-римской и христианской вер в рассматриваемых регионах, сопровождалась буйными ведовскими шабашами в уединенных лесах и на вершинах дальних холмов, учинявшихся в Вальпургиеву ночь и в День всех святых, Хэллоуин, традиционные времена случки коз, овец и крупного скота, каковые и сделались обильными источниками волшебных легенд, к тому же спровоцировав широкомасштабные преследования ведьм, среди которых Салемское дело[7] являет собой главный американский пример. Родственной в сущности и, быть может, связанной на деле была жуткая тайная система извращенной теологии или почитания Сатаны, породившая такие ужасы, как печально известная «Черная Месса»; к той же самой цели были направлены действия тех, кто, казалось бы, преследовал более научные или философические цели, — астрологов, каббалистов и алхимиков, подобных Альберту Великому[8] или Раймонду Луллию[9], которыми изобилуют те грубые времена. О безусловной власти и глубине ужаса, царивших в средневековой Европе и еще более усугублявшихся черным отчаянием, которое приносили волны моровых поветрий, можно судить по гротескным фигурам, лукавым образом присутствующим в самых превосходных творениях поздней церковной готики; наиболее известными образцами являются демонические горгульи собора Нотр-Дам и Мон-Сен-Мишель. Следует помнить и то, что весь рассматриваемый период среди образованных и необразованных людей наравне процветала самая абсолютная и полная вера во все формы сверхъестественного, начиная от самой невинной христианской мистики и кончая чудовищными мерзостями колдовства и черной магии. Отнюдь не на ровном месте рождались алхимики и маги эпохи Возрождения — Нострадамус, Тритемий, доктор Джон Ди, Роберт Фладд[10] и подобные им.

На сей плодородной почве процветали типы и характеры темного мифа и легенды, бытующие в сверхъестественных повествованиях и по сей день в той или иной мере приукрашенными или измененными современной техникой. Многие из них были заимствованы из самых ранних устных источников и образуют часть постоянного наследия человечества. Привидение, требующее, чтобы похоронили его кости, демонический любовник, являющийся, чтобы унести с собой вполне живую невесту, дух смерти или проводник в мир умерших, несомый ночным ветром, волкодлак, запечатанная палата, бессмертный волшебник — все это можно отыскать в том любопытном своде средневековой науки, которому покойный мистер Бэринг-Гулд[11] так удачно придал книжную форму. Там, где полная мистики нордическая кровь оказывалась сильнее, атмосфера народной сказки оказывалась наиболее насыщенной и глубокой; ибо латинским расам присущ некий фундаментальный рационализм, который лишает даже самые необычайные суеверия этих племен многих обертонов, столь характерных для северных шепотков, лесом рожденных и льдом выпестованных.

И так же, как вся литература сперва обрела интенсивное воплощение в поэзии, в ней же обретаем и мы первое соприкосновение сверхъестественного с обыкновенной литературой. Достаточно любопытно, что многие из этих древних примеров написаны прозой; как встреча с оборотнем-волком у Петрония, мрачные отрывки у Апулея, короткое, но знаменитое письмо Плиния Младшего Суре и странная компиляция «О чудесных событиях», написанная вольноотпущенником императора Адриана Флегоном. Именно у Флегона находим мы жуткий рассказ о мертвой невесте, Филиннион и Махате, впоследствии пересказанный Проклом, а в современные времена послуживший источником вдохновения для «Коринфской невесты» Гёте и «Немецкого студента» Вашингтона Ирвинга. Однако к тому времени, когда старинные нордические мифы приобретают литературную форму, в ту, уже более позднюю пору, когда сверхъестественное становится постоянным элементом, мы обретаем его по большей части в ритмическом облачении, как и большую часть строго умозрительных произведений Средних веков и Ренессанса. В скандинавских «Эддах» и сагах грохочет космический ужас, они полны откровенного страха перед Имиром и его бесформенным отродьем; в то время как наш англосаксонский «Беовульф» и более поздняя континентальная «Песнь о Нибелунгах» полны жуткой сверхъестественности. Пионером в области усвоения классикой зловещей атмосферы следует считать Данте, а в величественных стансах Спенсера[12] заметно неоднократное прикосновение фантастического ужаса к ландшафту, событиям и персонажам. Прозаическая литература дает нам написанную Мэлори «Смерть Артура», в которой присутствуют многие жуткие ситуации, взятые из более ранних баллад, — совершенная сэром Галахадом кража меча и шелков у трупа в Капелле Опасной, — в то время как прочие более грубые образцы, вне сомнения, находили свое место в дешевых и сенсационных книжонках, расхватывавшихся и пожиравшихся невеждами. В елизаветинской драме, с ее доктором Фаустом, ведьмами в «Макбете», призраком в «Гамлете» и отвратительными страшилами Вебстера, мы легко различаем сильную хватку демонического начала на общественном сознании — хватку, реально усиливавшуюся страхом перед живым колдовством, ужасы которого, самым бурным образом проявившиеся сперва на континенте, начали громко отдаваться в ушах англичан, когда охота на ведьм набрала обороты при Иакове Первом. К потаенной мистической прозе веков она добавила длинную вереницу трактатов о колдовстве и демонологии, внесших свой вклад в разжигание любопытства среди читающего мира.

Через весь семнадцатый век в восемнадцатый уходит растущий поток сложной легенды и темной баллады самого мрачного пошиба, тем не менее скрывающейся под поверхностью корректной и общепринятой литературы. Дешевые книжонки об ужасах и сверхъестественном умножаются в числе, и мы замечаем растущий интерес людей через известность таких произведений, как принадлежащий перу Дефо уютный рассказ «Привидение миссис Вил», повествующий о явлении призрака мертвой женщины далекой подруге и написанный для того, чтобы скрытно прорекламировать плохо продающееся теологическое исследование о смерти. Высшие слои общества уже теряли интерес к сверхъестественному, погружаясь в период классического рационализма. После, начиная с переводов восточных сказок в правление королевы Анны и приобретая отчетливые формы к середине столетия, начинается возрождение романтического чувства — эра обретения новой радости в природе и в свете прошлых времен, таинственных сцен, отважных деяний и невероятных чудес. В первую очередь ощутили это поэты, чьи речения обрели новое качество чуда, удивления, морозца по коже. И наконец, после застенчивого проникновения нескольких сверхъестественных сцен в современный тому времени роман — такой как смоллеттовский «Приключения Фердинанда, графа Фатома», — инстинкт разрядки проявляет себя в рождении новой литературной школы: «готической», школы жуткой и фантастической прозы, короткой и длинной, чьему литературному наследию суждено было породить такое обилие произведений, нередко великолепных с художественной точки зрения. И если подумать, воистину удивительно, что повествование о сверхъестественном, как фиксированная и академически признанная литературная форма, так запоздало со своим окончательным рождением. Импульс и атмосфера его стары, как сам человек, однако типичный жанр сверхъестественного повествования рожден в восемнадцатом веке.

## III. Ранний готический роман

Населенные тенями ландшафты Оссиана[13], хаотичные видения Уильяма Блейка[14], гротескные пляски ведьм в бернсовском «Тэме О'Шентере», зловещий демонизм «Кристабели» и «Старого моряка» Кольриджа, призрачное очарование «Килмени» Джеймса Хогга[15] и более сдержанное приближение к космическому ужасу в «Ламии» и многих других стихотворениях Китса являются типичными британскими примерами внедрения сверхъестественного в официальную литературу. Наши тевтонские кузены на континенте проявили равную восприимчивость к готовящемуся потопу; и «Дикий охотник» Бюргера[16], и даже «Ленора», еще более фантастическая баллада с участием демонического жениха, подражания которым на английском написал Вальтер Скотт, всегда почитавший сверхъестественное, — всего лишь дают прикоснуться к тому богатству сюжетов, которое могла предоставить для жанра немецкая песня. Воспользовавшись таким источником, Томас Мор адаптировал восходящую к глубокой древности легенду о мерзкой статуе-невесте (впоследствии ею воспользовался Проспер Мериме в «Илльской Венере»), которая таким морозцем звучит в его балладе «Кольцо»; в то время как созданный Гете бессмертный шедевр, поэма «Фауст», превратившая балладный сюжет в классическую и космическую трагедию веков, может рассматриваться в качестве предельной высоты, на которую поднялся немецкий поэтический импульс.

Однако придать растущему импульсу определенную форму суждено было весьма жизнерадостному и склонному к мирским удовольствиям англичанину — а именно Хорасу Уолполу[17], ставшему основателем литературной жуткой истории как постоянного литературного жанра. Будучи дилетантом, любившим средневековую романтику и мистерию, оборудовавший на готический манер свой дом в Строберри-хилл, Уолпол в 1764 году опубликовал роман «Замок Отранто» — повествование, проникнутое сверхъестественным духом, которому, невзирая на полную неубедительность и посредственность, суждено было оказать почти беспримерное влияние на литературу потустороннего жанра. Сперва представивший свое произведение как всего лишь «перевод», произведенный неким «Уильямом Маршалом, джентльменом», сочинения вымышленного итальянца Онуфрио Муральто, автор впоследствии признал свою связь с книгой, наслаждаясь ее широкой и едва ли не мгновенно приобретенной популярностью, выразившейся во множестве изданий, скорой драматургической переработке и массовых подражаниях, как в Англии, так и в Германии.

Повествование — тягучее, надуманное и мелодраматичное — еще более ухудшает отрывистый и прозаичный стиль, чья городская живость нигде не допускает создания подлинно зловещей атмосферы. Оно рассказывает о принце Манфреде, беспринципном и неразборчивом в средствах, решившем основать собственную династию, который после внезапной и таинственной смерти своего единственного сына Конрада, постигшей юношу в день его свадьбы, пытается прогнать свою жену Ипполиту и жениться на благородной девице, предназначавшейся несчастному юноше, кстати, убитому гигантским шлемом во дворе замка. Овдовевшая невеста Изабелла пытается спастись и встречает в подземельях замка благородного хранителя и защитника Теодора, внешне похожего на крестьянина, однако лицом странным образом напоминающего старого лорда Альфонсо, правившего доменом до Манфреда. Вскоре после этого замок поражают различные сверхъестественные явления: тут и там обнаруживаются куски гигантского панциря, из рамы выходит портрет, удар грома сокрушает здание, и колоссальный, облаченный в панцирь призрак Альфонсо восходит из дождя через расступающиеся облака на лоно Св. Николая. Теодор, посватавшийся к дочери Манфреда Матильде и утративший ее, ибо она была по ошибке убита собственным отцом, оказывается сыном Альфонсо и законным наследником области. Повествование завершается его женитьбой на Изабелле, после чего они живут долго и счастливо, в то время как Манфред — чья узурпация послужила причиной неестественной смерти его сына и его собственных сверхъестественных бед — отправляется на покаяние в монастырь, а его угнетенная горем жена ищет убежища в соседнем женском монастыре.

Таково повествование, плоское, ходульное и полностью лишенное ощущения того подлинно космического ужаса, который характерен для сверхъестественной литературы. Тем не менее настолько сильным было в тот век томление по прикосновению потустороннего и призрачной древности, которое отражает роман, что произведение это было серьезно воспринято самыми здравыми читателями и вопреки всем присущим ему слабостям оказалось вознесенным на внушительный пьедестал в истории литературы. Прежде всего в нем была создана новая сцена действия, марионеточные персонажи и события, которые в искусных руках писателей, обладающих бóльшими способностями к созданию произведений таинственного жанра, стимулировали рост подражательной готической школы, в свой черед вдохновившей подлинных мастеров повествований о космическом ужасе — цепочку настоящих художников, начинающуюся с Эдгара По. Новый драматический антураж состоял, прежде всего, из готического замка с его вселяющей трепет древностью, размахом, дальними прогулками, заброшенными или полуразрушенными крыльями, сырыми коридорами, мерзкими тайными катакомбами и целой галактикой призраков и ужасающих легенд, служивших ядром увлекательного повествования и демонического страха. Кроме того, в качестве злодея в них присутствовал деспотичный и злобный аристократ; святая, давно гонимая и, как правило, пресная героиня, претерпевающая основные ужасы и используемая в качестве точки зрения читателя и фокуса его симпатий; доблестный и безупречный герой, всегда знатного происхождения, но нередко пребывающий в смиренном положении; целое созвездие звучных иностранных имен и фамилий, в основном итальянских; и бесконечный набор декораций, а именно: странные огни, сочащиеся влагой потайные двери, погасшие лампы, заплесневелые и спрятанные манускрипты, скрипучие дверные петли, шевелящиеся гобелены и так далее. Во всей истории готического романа все эти принадлежности повторяются с удивительным постоянством, иногда производя потрясающий эффект; причем они ни в коем случае не утратили своего значения даже теперь, хотя более тонкая техника позволяет использовать их в менее наивной и очевидной форме. Итак, была найдена гармоничная обстановка, пригодная для новой школы, и пишущий мир без промедления ухватился за представившуюся возможность.

Немецкая романтика немедленно отреагировала на влияние Уолпола и скоро сделалась олицетворением всего потустороннего и жуткого. В Англии одним из первых подражателей стала знаменитая миссис Барбоулд[18], тогда еще мисс Эйкин, в 1773 году опубликовавшая незаконченный фрагмент под названием «Сэр Бертран», в котором струн подлинного ужаса касалась отнюдь не неловкая рука. Аристократ, застигнутый ночью на пустынной равнине, привлеченный колокольным звоном и далеким светом, вступает в неведомый и древний многобашенный замок, двери которого открываются и закрываются, синие болотные огоньки уводят вверх по таинственной лестнице к мертвым слугам и живым черным изваяниям. Наконец сэр Бертран попадает ко гробу мертвой дамы, которую целует; после чего морок рассеивается, уступая место великолепным апартаментам, в которых возвращенная к жизни дама дает пир в честь своего избавителя. Уолпол восхищался этой историей, хотя выказывал меньше уважения куда более заметному отпрыску своего «Отранто» — «Старому английскому барону» Клары Рив[19], опубликованному в 1777-м. Конечно, этот роман лишен истинного отзвука на нотку внешней тьмы и тайны, своим присутствием выделяющую фрагмент, созданный миссис Барбоулд; и хотя написан более искусно, чем произведение Уолпола, и обнаруживает бóльшую художественную экономию в области жуткого, располагая всего одним призрачным персонажем, он все же слишком пресен для величия. Здесь мы снова имеем дело с добродетельным наследником замка, выступающим в облике крестьянина и возвращающим собственное наследие с помощью призрака своего отца; и снова сталкиваемся с широкой популярностью, множеством переизданий, драматургической переработкой и в конечном итоге переводом на французский язык. Мисс Рив написала еще один роман с привидениями, к сожалению, неопубликованный и утраченный.

Готический роман сделался теперь установившейся литературной формой, примеры которой бурно умножались по мере того, как восемнадцатое столетие приближалось к концу. «Тихий уголок», написанный в 1785-м миссис Софией Ли[20], располагает историческим элементом, вращающимся вокруг дочерей-близнецов Марии, Королевы Скоттов; и, будучи лишенным сверхъестественного элемента, тем не менее с великой ловкостью использует заданные Уолполом декорации и механизмы. Но прошло всего пять лет, и все существовавшие к тому времени лампады померкли с восходом нового светила — миссис Анны Радклиф (1764–1823), чьи знаменитые романы ввели ужас и тревожное ожидание в моду и установили новые и более высокие стандарты в области зловещей и вселяющей страх атмосферы, вопреки провокационной манере в конечном итоге уничтожать созданные привидения посредством надуманных механических объяснений. К уже знакомым готическим атрибутам своих предшественников миссис Радклиф добавила подлинное восприятие неземного в сцене и событиях, близко приближающееся к гениальному; каждый факт обстановки и действия искусно добавляет новую толику к впечатлению беспредельного страха, которое она пытается создать. Несколько зловещих деталей, таких как кровавый след на лестнице замка, стон, доносящийся из дальнего подземелья, или странная песня в полуночном лесу, позволяют ей создать самые впечатляющие образы близкого ужаса, намного превосходящие экстравагантные и утомительные вымыслы коллег по жанру. Образы эти не теряют своей силы, получая объяснение в самом конце романа. Миссис Радклиф обладала очень сильным визуальным воображением, проявлявшимся как в ее восхитительных пейзажах — всегда очерченных широким и великолепным живописным взмахом и никогда в мелких деталях, — так и в ее странных фантазиях. Основной ее слабостью, помимо привычки к прозаическому разоблачению, является склонность к ошибкам в географии и истории и фатальная привычка усыпать текст скучными небольшими стихами, приписываемыми тому или другому из персонажей.

Миссис Радклиф написала шесть романов: «Замки Атлин и Данбейн» (1789), «Сицилийский роман» (1790), «Роман леса» (1792), «Удольфские тайны»

(1794), «Итальянец» (1797) и «Гастон де Блондевилль», сочиненный в 1802-м, но впервые опубликованный уже посмертно в 1826-м. «Удольфские тайны» по своей известности намного превосходят остальные романы, и этот роман можно считать наилучшим образцом типичного произведения ранней готики. Он повествует о жизни Эмилии, молодой француженки, переселенной в древний и зловещий замок в Апеннинах после смерти родителей и брака ее тетки с владетелем замка — коварным аристократом Монтони. Таинственные звуки, открытые двери, жуткие легенды и безымянный ужас, обитающий в нише за черной вуалью, в быстрой последовательности выводят из себя героиню и ее верную служанку Аннет; однако в итоге после смерти тетушки героиня спасается с помощью обнаруженного ею собрата по заключению. На пути домой она останавливается в шато, наполненном новыми ужасами — заброшенным крылом замка, где обитал покойный кастелян, смертным одром под черным покровом, — однако в итоге обретает счастье, покой и безопасность вместе со своим возлюбленным Валанкуром, выяснив секрет своего рождения. Итак, мы видим переработку знакомого уже материала, однако выполненную так, что «Удольфо» навсегда останется классикой. Персонажи миссис Радклиф марионеточны по своей сути, однако черта эта выражена менее явно, чем у ее предшественников. А в плане создания атмосферы она далеко превосходит своих современников.

Среди бесчисленных подражателей миссис Радклиф ближе всего к ней по духу и методу кажется американский романист Чарлз Брокден Браун[21]. Подобно ей, он портил свои создания естественными объяснениями; и подобно ей же обладал той опасной атмосферической силой, которая придает его ужасам такую жуткую жизненность до тех пор, пока они остаются необъясненными. Он отличался от Радклиф тем, что с презрением отвергал весь внешний готический антураж и обстановку, выбирая сценой для своих мистерий современную ему Америку; однако сие отречение не распространяется на готический дух и схему событий. Романы Брауна содержат ряд запоминающихся своей жутью сцен, превосходящих даже миссис Радклиф в описании действий возбужденного рассудка. Роман «Эдгар Хантли» начинается со сцены вскрытия лунатиком могилы, но далее ослабляется прикосновением годвинианского дидактизма. В «Ормонде» действует член зловещего тайного братства. В этом же самом романе и в «Артуре Мервине» описывается эпидемия желтой лихорадки, свидетелем которой был автор в Филадельфии и Нью-Йорке. Однако наиболее известным романом Брауна является «Виланд, или Преображение» (1798), в котором живущий в Пенсильвании немец, охваченный волной религиозного фанатизма, начинает слышать «голоса» и убивает в качестве жертвоприношения свою жену и детей. Сестре его Кларе, от лица которой ведется повествование, едва удается спастись. Сцена, происходящая в лесном поместье Миттинген в дальних окрестностях реки Шуйлкилл, выписана с чрезвычайной четкостью, и испытываемый Кларой ужас, рожденный призрачными голосами, сгущающимся страхом и звуками странных шагов по пустынному дому, обрисован с подлинной художественной силой. Пусть в конце предлагается убогое объяснение с помощью чревовещания, однако оно не может погубить атмосферу. Злой чревовещатель Карвин является типичным представителем той же самой разновидности злодеев, как и Манфред или Монтони.

## IV. Вершина готического романа

Литературный ужас обретает новую силу в творчестве Мэтью Грегори Льюиса (1773–1818), чей роман «Монах» (1796) обрел исключительную популярность и принес автору прозвище Монаха Льюиса. Этот молодой автор, получивший образование в Германии и впитавший дозу буйной тевтонской науки, неведомой миссис Радклиф, обратился к ужасному в формах более бурных, чем посмела бы даже помыслить его тихая предшественница, и в итоге произвел на свет шедевр истинного кошмара, к готическому покрою которого прибавлена порция дьявольщины. Повествование рассказывает об испанском монахе по имени Амброзио, превознесшемся в гордыне собственной добродетели и низвергнутом в самую бездну погибели злым духом, явившимся к нему в обличье девицы Матильды; в конечном итоге, ожидая смерти от рук инквизиции, Амброзио ищет спасения, продавая за него душу дьяволу, потому что полагает свою душу и тело безысходно погибшими. После этого наглый и насмешливый бес переносит монаха в уединенное место, рассказывает, что тот напрасно совершил жуткую сделку, ибо прощение и шанс на спасение уже приближались, и завершает свое сардоническое предательство, укоряя Амброзио за противоестественные грехи, после чего сталкивает его тело с обрыва, а душу обрекает на вечную муку. Роман содержит некоторые жуткие подробности, включая произнесение заклинания в подземелье монастырского кладбища, пожар монастыря и конец несчастного аббата. В побочной сюжетной линии, там, где маркиз де Систернас встречается с призраком своей заблудшей прародительницы, Кровоточивой Монахини, присутствует немало мазков колоссальной силы — в первую очередь это явление ожившего трупа к постели маркиза и каббалистический обряд, при совершении которого Вечный Жид помогает ему измерить силы мертвой мучительницы и изгнать ее. Тем не менее «Монах» прискорбно тяжеловесен, если читать его целиком. Роман слишком длинен и расплывчат, существенная доля производимого эффекта теряется за счет легкомыслия, а также неловкой и чрезмерной реакции на правила хорошего тона, которые Льюис первоначально презирал как ханжеские. В пользу автора свидетельствует один весомый факт: к счастью, он никогда не осквернял свои призрачные видения прозаическим объяснением. Льюису удалось сломать радклифианскую традицию и расширить поле готического романа. Он написал не только «Монаха». Драма «Призрачный замок» вышла в свет в 1798-м, а впоследствии он нашел время выпустить сборники баллад «Ужасные повести» (1799), «Удивительные повести» (1801) и целый ряд переводов с немецкого.

Далее готические романы, как английские, так и немецкие, хлынули обильным и посредственным потоком. Большую часть их можно считать просто забавными с точки зрения зрелого вкуса, и знаменитая сатира мисс Остин «Нортенгерское аббатство» послужила заслуженным укором школе, позволившей себе настолько склониться к абсурду. Но готическое течение иссякало, хотя перед окончательным концом этой школы воздвиглась ее последняя и самая крупная фигура в лице Чарлза Роберта Метьюрина (1782–1824), безвестного и эксцентричного ирландского священника. Создав внушительное число разнообразных произведений, среди которых числится неловкое подражание Радклиф под названием «Фатальная месть, или Семейство Монторио» (1807), Метьюрин сумел создать яркий шедевр литературного ужаса, роман «Мельмот-Скиталец» (1820), в котором готическое повествование поднимается на еще неведомые прежде вершины чисто духовного страха.

В «Мельмоте» рассказывается о жившем в семнадцатом веке ирландском джентльмене, получившем от дьявола сверхъестественно долгую жизнь в обмен на собственную душу. Ему оставлена возможность спастись — если только он сумеет уговорить кого-то другого принять на себя сделку и занять его нынешнее положение; однако ему никак не удается склонить к этому разысканных им людей, которых отчаяние довело до безрассудства. Композиция повествования достаточно неуклюжа, о чем свидетельствуют скучные длинноты, отступления от темы, повествования внутри повествований, натужная подгонка и совмещение сюжетных линий; однако в различных местах этой бесконечной воркотни ощущается пульс такой силы, которой нельзя найти ни в одном из предшествующих произведений подобного рода, — ощущается родство с подлинной и истинной человеческой природой, понимание глубочайших источников настоящего космического страха и раскаленная добела симпатия со стороны автора, делающая из книги подлинный документ эстетического самовыражения, а не умозрительное сооружение. Ни один не испытывающий предубеждения читатель не может усомниться в том, что в «Мельмоте» нашел свое воплощение колоссальный шаг в развитии сверхъестественного романа. Страх в нем извлечен из области повседневного и превращен в жуткое облако, висящее над судьбой человечества. Ужасы Метьюрина, созданные человеком, способным повергнуть в страх себя самого, принадлежат к числу убедительных. Миссис Радклиф и Льюис представляли собой отличную мишень для пародиста, однако будет сложно найти фальшивую нотку в лихорадочной интенсивности действия и напряженной атмосфере, созданной этим ирландцем, которому не такие уж сложные эмоции и наследие кельтского мистицизма предоставили превосходнейшие среди известных в то время средств для достижения этой цели. Вне сомнения, Метьюрин относился к числу людей действительно гениальных, и в подобном качестве его ценил Бальзак, ставивший Мельмота наравне с мольеровским Дон-Жуаном, гетевским Фаустом, Манфредом Байрона в ряд высших аллегорических фигур современной европейской литературы и написавший эксцентричный отрывок, называющийся «Мельмот примиренный», в котором Скитальцу удается передать его инфернальную сделку парижскому банкиру-банкроту, пустившему ее далее по рукам долгой цепи жертв, пока наконец с ней на руках не умирает кутила-игрок, на коем проклятие и заканчивается. Среди прочих титанов с неоспоримым восхищением к Метьюрину относились Скотт, Россетти, Теккерей и Бодлер; также заслуживает внимания тот факт, что Оскар Уайльд после своего позора и изгнания предпочел провести последние дни в Париже, воспользовавшись именем Себастьян Мельмот.

В романе этом присутствуют сцены, не утратившие своей способности ужасать и в наше время. Он начинается на смертном одре: старый скупец умирает от страха перед увиденным им человеком, а также перед прочтенным манускриптом и семейным портретом, висящим в темной каморке его столетнего дома в ирландском графстве Уиклоу. Он посылает за своим племянником Джоном в дублинский Тринити-колледж, и последний, явившись, замечает много тревожных вещей. Глаза находящегося в каморке портрета светятся жутким светом, и фигура, странным образом похожая на изображение на портрете, дважды на мгновение появляется возле дверей. Ужас почиет на доме Мельмотов, одного из предков которых — Дж. Мельмота — и изображает портрет. Умирающий скупец объявляет, что этот человек — действие происходит чуть ранее 1800 года — все еще жив. Наконец скупец умирает, и племянник из завещания узнает, что ему надлежит уничтожить и портрет, и манускрипт, который находится в неком ящике. Прочитав рукопись, написанную в конце семнадцатого столетия англичанином по имени Стентон, молодой Джон узнает о кошмарном событии, случившемся в 1677 году в Испании, когда автор рукописи встретил некого жуткого соотечественника, который признался в том, что убил взглядом священника, попытавшегося разоблачить его страшную сущность. После, снова встретившись с этим человеком в Лондоне, Стентон попадает в сумасшедший дом, где его посещает наделенный нечеловеческим взглядом незнакомец, о приходе которого возвещает потусторонняя музыка. Мельмот Скиталец — таково имя зловещего посетителя — предлагает заключенному свободу, если тот примет на себя его сделку с дьяволом; но подобно всем прочим, к кому обращался Мельмот, Стентон не поддается соблазну. Описание ужасов жизни в сумасшедшем доме, с помощью которого Мельмот пытается искусить Стентона, представляет собой один из самых впечатляющих отрывков книги. Стентона наконец освобождают, и остаток своей жизни он преследует Мельмота, чья фамилия и родовое имение становятся ему известны. В его семье он оставляет и рукопись, которая попадает в руки Джона в виде растерзанном и фрагментарном. Джон уничтожает портрет и рукопись, но во сне его посещает жуткий предок, оставляющий иссиня-черную отметину на его руке.

Молодой Джон вскоре принимает в качестве гостя потерпевшего кораблекрушение испанца, Алонзо де Монкада, избежавшего принудительного поступления в монастырь и ужасов инквизиции. Он претерпел жуткие страдания — и описания пережитого им под пыткой и в подвалах, через которые он однажды предпринял попытку спасения, стали классическими, — но тем не менее сохранил достаточно сил, чтобы противостоять Мельмоту-Скитальцу, явившемуся к нему в тюрьме в самый темный час. В доме еврея, приютившего его после побега, испанец находит объемистый манускрипт, повествующий о прочих деяниях Мельмота, включая его сватовство к туземной девушке Иммалее, которая обрела свои права в Испании и получила имя донны Исидоры, и его жуткий брак с ней возле трупа мертвого анахорета, состоявшийся в полночь, в заброшенной капелле забытого и вселяющего страх монастыря. Рассказ Монкады молодому Джону занимает большую часть четырехтомной книги Метьюрина, и эта диспропорция считается одним из основных технических огрехов композиции.

Наконец беседы Джона и Монкады прерывает явление самого уже поддающегося слабости Мельмота-Скитальца, блеск глаз которого поугас. Срок сделки его подходит к концу, и через полторы сотни лет он явился домой, чтобы встретить свой конец. Предупредив, чтобы все остальные не выходили из комнат, какие бы звуки ни раздавались в ночи, он в одиночестве дожидается конца. Молодой Джон и Монкада внемлют жутким воплям, но не вмешиваются до утра, когда воцаряется тишина. Комната Мельмота оказывается пустой. Отпечатавшиеся на глине следы ведут из задней двери к нависающему над морем утесу, возле которого обнаруживается след, оставленный тяжелым телом. На скале ниже края обнаруживается шарф Скитальца, однако более о нем никто не слышал, и не видел его.

Таков стержень сюжета, и никто не может не заметить различия между этим модулированным, полным намека и искусно вылепленным ужасом и — если воспользоваться словами профессора Джорджа Сейнтсбери — искусным, но несколько суховатым рационализмом миссис Радклиф, а также слишком часто детской экстравагантностью, дурным вкусом, а иногда и неряшливостью стиля Льюиса. Стиль Метьюрина сам по себе заслуживает особой похвалы, ибо впечатляющая прямота и жизненность поднимают его над помпезной искусственностью, в которой повинны его предшественники. Профессор Эдит Биркхед в своей истории готического романа справедливо замечает, что при всех своих недостатках Метьюрин оказался величайшим, как и самым последним среди писателей готического жанра. «Мельмота» широко читали и выводили на театральную сцену, однако позднее время появления в эволюции готической прозы лишило этот роман бурной популярности «Удольфо» и «Монаха».

## V. После готической прозы

Тем временем остальные писатели также не предавались праздности, и над обилием скучной чепухи, такой как «Жуткие тайны» маркиза фон Гроссе (1796), «Дети аббатства» миссис Роче (1798), «Зофлое, или Мавр» (1806) миссис Дакр, а также детские излияния школьника Шелли «Застро» (1810) и «Св. Ирвин» (1811) (являвшиеся подражаниями «Зофлое»), поднималось большое количество запоминающихся произведений жуткого жанра, написанных как на английском, так и на немецком языке. Классической по духу и явно отличающейся от собратьев благодаря своей ориентации на восточные легенды, а не на готический роман в стиле Уолпола, является прославленная «История халифа Ватека», написанная состоятельным дилетантом Уильямом Бекфордом первоначально на французском языке, но опубликованная в английском переводе до выхода в свет оригинала. Восточные сказки, проникшие в европейскую литературу в начале восемнадцатого столетия через сделанный Галландом (Galland) французский перевод неистощимых в своей яркости «Сказок 1001 ночи», обрели характер правящей моды и использовались как в качестве аллегорий, так и для развлечения. Лукавый юмор, который только на Востоке умеют смешивать со сверхъестественным знанием, захватил умудренное поколение, и имена, привычные для Багдада и Дамаска, сделались столь же популярными в литературе, как это предстояло вскоре экстравагантным итальянским и испанским именам. Бекфорд, как человек начитанный в восточном романе, с необычайной восприимчивостью уловил атмосферу, и в его фантастическом томе нашли яркое отражение надменная роскошь, лукавое разочарование, откровенная жестокость, городская ненадежность и едва заметный призрачный ужас сарацинского духа. В его обработке зловещая тема редко теряет свою силу, и повествование шествует вперед с фантасмагорической помпой, в которой смех принадлежит скелетам, пирующим под сенью изящных куполов. В «Ватеке» рассказывается о том, как злой дух побуждает сына халифа Гаруна, измученного стремлением к земному всевластию, удовольствиям и знаниям, которые так оживляют среднего готического злодея или байронического героя (по сути своей — родственные типы), добиться подземного трона могущественных и сказочных султанов преадамитов, находящегося в огненных чертогах Иблиса, мусульманского дьявола. Описания дворцов и развлечений Ватека, его злокозненной матери-чародейки Каратис, ее колдовской башни с прислугой из пятидесяти одноглазых негритянок, его паломничества к населенным призраками руинам Истакара (Персеполя) и чертовки-невесты Нуронихар, коварно захваченной по пути, первобытных башен и террас Истакара, опаленных лунным светом посреди пустыни, а также жутких циклопических чертогов Иблиса, куда каждый завлеченный туда блестящими и лживыми посулами вступает навеки, чтобы горестно скитаться, прижав правую руку к пылающему и вечно горящему сердцу, являются триумфом сверхъестественной красочности, возведшей книгу на постоянное место в английской литературе. Не менее значительны «Три эпизода Ватека», предназначавшиеся в качестве вставок в повествование в виде рассказов ставших узниками адских чертогов Иблиса собратьев Ватека, остававшиеся неопубликованными при жизни автора и обнаруженные совсем недавно, в 1909 году, ученым Льюисом Мелвиллом, собиравшим материалы для своего исследования «Жизнь и творчество Уильяма Бекфорда». И все же Бекфорду не хватает внутренне присущего мистицизма, характерного для самых ярких форм сверхъестественного жанра; и посему его повествованию присущи некая сознательная латинская жесткость и четкость, предшествующие паническому испугу.

Тем не менее Бекфорд остался одиноким в своей привязанности к Востоку. Прочие писатели, более близкие к готической традиции и, в общем, к европейской жизни, довольствовались тропой Уолпола. Среди несчетных производителей литературы ужаса в те времена можно упомянуть теоретика от экономики и утописта Уильяма Годвина[22], который за своим знаменитым, но не посвященным сверхъестественному «Калебом Вильямсом» (1794) выпустил в свет уже преднамеренно мистичного «Св. Леона» (1799), где тема эликсира жизни, созданного воображаемым тайным орденом розенкрейцеров, обыграна во всяком случае с изобретательностью, если не с убедительностью. Этот элемент розенкрейцерства, выпестованный волной популярного интереса к магии, примером которого может служить мода на шарлатана Калиостро и публикация Френсисом Барреттом[23] «Мага» (1801), любопытного и исчерпывающего трактата по основам оккультных наук и обрядов, репринтное издание которого вышло в 1896 году, персонажи Бульвер-Литтона[24] и многих позднеготических романов, точнее, их слабого наследия, прослеживающегося и в девятнадцатом столетии и представленного в произведениях Джорджа В. М. Рейнольдса[25] «Фауст», «Демон» и «Вагнер-Вервольф». В романе «Калеб Вильямс», несмотря на вполне естественный характер повествования, содержится много моментов, вселяющих подлинный ужас. В нем с изобретательностью и мастерством, позволившим этому произведению оставаться в моде по сю пору, рассказывается о слуге, узнавшем тайну своего господина, оказавшегося убийцей, и потому подвергающемся преследованиям со стороны последнего. Роман получил драматическое воплощение под названием «Железный сундук», и пьеса пользовалась почти равной с ним известностью. Впрочем, Годвин был слишком здравомыслящим учителем и прозаичным мыслителем, чтобы создать подлинно гениальный шедевр в области сверхъестественного жанра.

Его дочь, ставшая женой Шелли, добилась более впечатляющего успеха, и ее неподражаемый «Франкенштейн, или современный Прометей» (1817) принадлежит к числу классики литературы ужаса всех времен. Сочиненный миссис Шелли в порядке соревнования с собственным мужем, лордом Байроном и доктором Джоном Уильямом Полидори[26] на лучшее произведение в жанре ужаса, «Франкенштейн» оказался единственным завершенным среди соперничавших повествований; и критики не сумели доказать того, что самые сильные места произведения принадлежат перу Шелли, а не ей. Роман, слегка припудренный, но никак не испорченный моральной дидактикой, рассказывает об искусственном человеке, созданном из кладбищенского праха Виктором Франкенштейном, молодым швейцарским студентом. Сотворенный в безумном порыве самоутверждения монстр обладает человеческим разумом, помещенным в ужасное и отвратительное тело. Люди отвергают его, монстр озлобляется и в итоге начинает убивать всех дорогих Франкенштейну людей: друзей и родных. Чудовище требует, чтобы Франкенштейн создал для него жену; и когда потрясенный студент в ужасе отказывается, чтобы не заселить мир подобными тварями, покидает его с жуткой угрозой явиться к нему в брачную ночь. Явившись, оно удушает невесту, и начиная с этого времени Франкенштейн разыскивает чудовище даже в холодных просторах Арктики. В конечном итоге, пытаясь обрести убежище на корабле человека, рассказывающего эту историю, Франкенштейн гибнет от рук ужасного предмета своих исследований, порожденных надменной гордыней. Некоторые из сцен «Франкенштейна» забыть невозможно, как, например, ту, когда только что оживленное чудовище входит в комнату своего создателя, раздвигает занавески на его постели и взирает на него, освещенного лунным светом, своими водянистыми глазами, если их можно назвать таковыми. Миссис Шелли написала и другие романы, среди которых выделяется достойный внимания «Последний человек»; но так и не повторила успех своей первой попытки. Роман содержит истинное прикосновение космического страха, вне зависимости от того, что повествование местами оказывается затянутым. Доктор Полидори развил предложенную им в качестве соревнования идею в длинный рассказ под названием «Вампир», в котором мы встречаемся с учтивым злодеем подлинно готического или байронического типа, а также с несколькими великолепными пассажами, передающими откровенный ужас, включая кошмарное пребывание в ночном греческом лесу.

В это же самое время к сверхъестественной тематике нередко обращался сэр Вальтер Скотт, вплетая соответствующие нотки во многие свои романы и стихотворения и иногда производивший такие независимые повествования, как «Комната с гобеленами» или «Скиталец Вилли», причем в последнем сила призрачного и дьявольского начала подчеркивается гротесковой обыденностью речи и атмосферы. В 1830-м Скотт опубликовал свои «Письма о демонологии и колдовстве», по сей день представляющие один из лучших компендиумов в области европейского ведовства. Среди прочих знаменитостей не брезговал сверхъестественной тематикой и Вашингтон Ирвинг; ибо, хотя большая часть его привидений имеет слишком причудливый и юмористический характер, не соответствующий подлинно жуткой литературе, отчетливая склонность к этому направлению проступает во многих его произведениях. Рассказ «Немецкий студент» в сборнике «Рассказы путешественника» (1824) представляет собой лукавую, но сознательную переработку старинной легенды о мертвой невесте, в то время как в космическую ткань «Кладоискателей» из того же самого сборника вплетен не один намек на явления привидений пиратов в краях, где некогда гулял капитан Кидд. Томас Мур[27] также присоединился к когорте мастеров зловещего жанра в своем стихотворении «Алсифрон», которое впоследствии переработал в прозаическую новеллу «Эпикуреец» (1827). Повествуя о похождениях юного афинянина, одураченного хитроумными египетскими жрецами, Мур умудряется насытить свое повествование страхами и чудесами подземных и первобытных храмов Мемфиса. Де Квинси[28] более чем однажды обращается к гротескным и причудливым ужасам, хотя делает это не системно и с ученой помпезностью, что не позволяет ему рассчитывать на ранг специалиста.

Эра эта увидела также возвышение Уильяма Гаррисона Эйнсворта[29], чьи романтические новеллы изобилуют мрачными и таинственными подробностями. Капитан Марриет[30], писавший такие короткие рассказы, как «Оборотень», внес достойный внимания вклад в развитие жанра своим произведением «Корабль-призрак» (1839), основанным на легенде о Летучем Голландце, чье призрачное и проклятое судно навеки обречено плавать возле мыса Доброй Надежды. Одновременно поднимается Диккенс с редкими сверхъестественными историями вроде «Сигнальщика», повествующего о жутком предупреждении весьма обыденным образом и расцвеченного таким правдоподобием, которое роднит его не только с умирающей готической школой, но и с грядущей — психологической. В то время на подъеме была волна спиритического шарлатанства; медиумизм, индийская теософия и подобные им материи процветали — во многом как в наши дни; так что количество сверхъестественных повествований на «психической» или псевдонаучной основе сделалось весьма значительным. За известное число таковых ответственность лежит на плодовитом и популярном Эдварде Бульвер-Литтоне; и, невзирая на внушительные дозы напыщенной риторики и пустого романтизма в его произведениях, нельзя отрицать его успех в создании некоего причудливого очарования.

«Дом и мозг», попахивающий розенкрейцерством, а своим злобным и бессмертным персонажем, возможно, намекающий на таинственного Сен-Жермена, придворного Людовика XV, до сих пор остается одной из лучших историй, написанных о доме с привидениями. В романе «Занони» (1842) подобные элементы подверглись более тонкой обработке, знакомя нас с огромной и неведомой сферой бытия, давящей на наш собственный мир и охраняемой жутким «Обитателем порога», преследующим всякого, кто пытается войти, но терпит неудачу. Здесь мы встречаемся с благородным братством, существующим из века в век, но в конечном итоге сокращающимся до одного члена, а в качестве героя выступает халдейский чародей, сохраняющий свою жизнь в цвете невинной юности для того, чтобы погибнуть на гильотине французской революции. При всей полноте обычного для романтизма духа, попорченный внушительной сетью символических и дидактических смыслов, и достаточно неубедительный по причине отсутствия идеальной атмосферной реализации ситуаций, граничащих с миром духовным, «Занони» и в самом деле остается великолепным примером романтического повествования, и не слишком умудренный читатель прочтет этот роман с интересом. Интересно отметить, что, рассказывая о предпринятой попытке посвящения в древнее братство, автор не смог не воспользоваться чистокровным представителем породы готических замков в духе Уолпола.

В «Странной истории» (1862) Бульвер-Литтон обнаруживает существенные успехи в области создания сверхъестественных образов и соответствующих им настроений. Роман, невзирая на колоссальный объем, весьма надуманный сюжет, построенный на ряде случайностей, и назидательно псевдонаучную атмосферу, использованную, чтобы ублажить деловитого и целеустремленного викторианского читателя, чрезвычайно интересен как повествование, пробуждая немедленный и негаснущий интерес и предоставляя — пусть и несколько мелодраматичные — образы и кульминации. Здесь мы снова имеем дело с таинственным обладателем эликсира жизни, бездушным волшебником Маргрейвом, чьи темные исследования с драматической яркостью выделяются на фоне тихого английского городка и австралийского буша, и опять встречаемся с дурной памяти страшилками огромного духовного мира, обитающего в окружающем нас воздухе, на сей раз обработанных с большей силой и жизненностью, чем в «Занони». Одна из двух великих сцен ворожбы, в которой сияющий дух заставляет героя во сне подняться с постели, взять таинственный египетский жезл и призвать безымянные и таинственные силы в зловещем и похожем на мавзолей павильоне ренессансного алхимика, по праву занимает место среди самых жутких литературных сцен. Предположений здесь в самую меру, сказано тоже немного. Неведомые слова дважды диктуются идущему во сне, и когда он повторяет их, трепещет земля, и все псы в сельской округе занимаются лаем при виде едва различимых аморфных теней, что, склоняясь, бродят вокруг в лунном свете. Когда в ушах его звучит третья фраза, составленная из неведомых слов, сам дух лунатика протестует, не желая произносить их, как если бы душа его сама сумела распознать сокрытые от разума ужасы предельной бездны, и наконец явление отсутствовавшей любимой и доброго ангела прерывает злые чары. Этот фрагмент отличным образом свидетельствует о том, насколько великолепно умел лорд Литтон уходить от обыкновенной для себя помпезной романтики к кристальной сущности художественного страха, принадлежащего домену поэзии. В описании тонких подробностей заклинаний Литтон, конечно, во многом пользовался результатами своих удивительно серьезных оккультных исследований, в процессе которых он познакомился с таинственным французским ученым и каббалистом Альфонсом Луи Константом (Элифасом Леви), претендовавшим на владение тайнами древней магии и вызывавшим дух древнего греческого мудреца Аполлония из Тианы, жившего во времена Нерона.

Представленную здесь романтическую, полуготическую и квазиморализаторскую традицию пронесли в девятнадцатом веке такие авторы, как Джозеф Шеридан ЛеФаню, Уилки Коллинз, покойный сэр Райдер Хаггард (чей роман «Она» чрезвычайно хорош), сэр Артур Конан-Дойль, Герберт Уэллс и Роберт Льюис Стивенсон[31], последний из которых, невзирая на жуткую склонность к бойкому маннеризму, создал нетленную классику в рассказах «Маркхейм», «Похититель трупов» и «Доктор Джекилл и мистер Хайд». В самом деле, мы можем сказать, что эта школа по-прежнему существует, ибо к ней с очевидностью принадлежат такие из современных ужасных историй, которые специализируются скорее на событиях, чем на атмосферных деталях, и обращаются скорее к разуму, чем к злой напряженности или психологической достоверности, а также определенным образом симпатизируют человечеству и его благосостоянию. Она обладает несомненной силой, поскольку ее «человеческий элемент» властвует над более широкой аудиторией, чем просто художественный кошмар. И если она никогда не достигает художественной силы последнего, то потому лишь, что разведенный продукт никогда не достигает силы концентрированной эссенции.

Особняком в литературе ужаса стоит «Грозовой перевал» (1847) Эмили Бронте[32], с его широкими панорамами блеклых и ветреных равнин Йоркшира, а также бурных, деформированных жизней, которые они порождают. Хотя повествование рассказывает о человеческих страстях, муках и конфликтах, его эпическая и космическая оправа оставляет место для ужаса самого духовного сорта. Хитклифа, модифицированного байронического героя-злодея, странным и мрачным, бормочущим тарабарщину младенцем находит и усыновляет семья, которую он последовательно разрушает. Делается не один намек на то, что он представляет собой скорее дьявольский дух, чем человека, и дальнейшее приближение к ирреальному достигается с помощью гостя, заметившего печального призрачного ребенка возле окна, которого касается ветвь дерева. Между Хитклифом и Катериной Эрншо завязывается связь, более глубокая, чем простая человеческая любовь. После смерти девушки он дважды тревожит ее могилу, и его преследует неосязаемое присутствие некой силы, которая не может оказаться ничем иным, кроме ее духа. Дух этот все более и более входит в его жизнь, и наконец Хитклиф становится уверенным в грядущем мистическом воссоединении. Он говорит, что ощущает приближение таинственной перемены, и прекращает принимать пищу. По ночам он либо скитается вне дома, либо открывает окно возле своей постели. Когда он умирает, оконная рама еще качается под дождем, и странная улыбка почиет на застывшем лице. Его хоронят в той могиле, которой он не давал покоя в течение восемнадцати лет, и по прошествии некоторого времени маленький пастушок рассказывает, что видел Хитклифа вместе с его Катериной, гулявших под дождем по кладбищу и равнине за ним. Лица их также иногда можно видеть по ночам за тем же окном Грозового перевала. Ужас, порожденный мисс Бронте, не просто является отголоском готического, но представляет собой напряженное ожидание человека, трепещущего перед неизвестным. В этом отношении «Грозовой перевал» стал символом литературного перехода и отмечает собой появление новой, более совершенной школы.

## VI. Сверхъестественная литература на континенте

На континенте литературный ужас чувствовал себя вполне хорошо. Прославленные короткие повести и рассказы Эрнста Теодора Гофмана (1776–1822) вошли в притчу благодаря сочности фона и зрелости формы, пусть они и склоняются к легкости и экстравагантности и лишены высоких мгновений жестокого, ошеломляющего ужаса, которых мог бы достичь менее искусный писатель. В основном они передают гротескное, но не ужасное. Наиболее искусным среди всех континентальных ирреальных произведений является вошедшая в германскую классику «Ундина» (1814) Фридриха Карла, барона де ля Мотт Фуке[33]. В его рассказе о водяной деве, вышедшей замуж за смертного и получившей человеческую душу, присутствуют тонкое изящное мастерство, делающее это произведение заметным в любом разделе литературы, а также непринужденная естественность, ставящая его рядом с народными мифами. Рассказ этот восходит к сюжету, пересказанному во времена Ренессанса врачом и алхимиком Парацельсом в его «Трактате о стихийных духах».

Ундина, дочь могущественного водяного князя, маленькой девочкой была обменяна отцом на дочь рыбака, чтобы получить человеческую душу, выйдя замуж за человека. Познакомившись с молодым и благородным Гульдбрандом возле домика своего приемного отца на краю зачарованного леса, она скоро выходит замуж за юношу и перебирается к нему в родовой замок Рингштеттен. Гульдбранд, однако, в конечном счете устает от сверхъестественных родственников своей жены, и в особенности от визитов ее дядюшки Кюлеборна, злобного духа лесного водопада; усталости этой способствует крепнущая привязанность к Бертальде, которая оказывается той самой дочерью рыбака, на которую обменяли Ундину. Наконец в путешествии по Дунаю невинный проступок преданной супруги провоцирует его произнести гневные слова, которые обрекают ее на возвращение в родную сверхъестественную стихию, из которой по закону, предписанному ее роду, она может выйти лишь однажды — чтобы убить бывшего мужа, хочет она того или нет, если только он окажется неверным ее памяти. Позже, когда Гульдбранд уже собирается жениться на Бертальде, Ундина возвращается, чтобы исполнить свой печальный долг, и в слезах забирает его жизнь. Когда молодого человека хоронят на деревенском кладбище, среди скорбящих появляется снежно-белая женская фигура, исчезнувшая после молитвы. На том месте, где стояла она, пробился серебряный родничок, почти полностью обогнувший свежую могилу и устремившийся в соседнее озеро. Селяне по сей день показывают его и говорят, что таким образом Ундина и Гульдбранд соединились после смерти. Многочисленные пассажи и атмосфера этой повести делают Фуке истинным мастером в области зловещего жанра; особенно впечатляют описания зачарованного леса с обитающим в нем снежно-белым великаном и прочих безымянных ужасов, присутствующих в повествовании.

Не так известна, как «Ундина», но замечательна своим убедительным реализмом и свободой от набора готических принадлежностей «Янтарная ведьма» Иоганна Вильгельма Мейнольда[34], еще одно порождение германского фантастического гения начала девятнадцатого столетия. Действие, происходящее во времена Тридцатилетней войны, описывается в неком манускрипте, якобы найденном в старинной церкви в Косерове, и концентрируется вокруг дочери автора, Марии Швейдлер, облыжно обвиненной в колдовстве. Обнаружив клад янтаря, она утаивает его по ряду причин, и неожиданное богатство добавляет улик обвинению, выдвинутому против нее по злобе благородным охотником на волков Виттихом Аппельманом, тщетно преследовавшим девушку с неблагородными намерениями. Деяния подлинной ведьмы, в итоге обретающей жуткий и сверхъестественный конец в тюрьме, немедленно приписываются несчастной Марии, которой после типичного в таких случаях судилища с вынужденным признанием под пыткой предстоит смерть на костре, однако ее вовремя спасает любимый — тоже благородный юноша, но из соседнего края. Великая сила Мейнольда как раз и заключается в этой атмосфере непринужденного и реального правдоподобия, еще более увеличивающего наше тревожное ожидание и ощущение незримого, почти убеждая в том, что все грозные события — или подлинная правда, или близки к ней. Более того, реализм этого повествования настолько убедителен, что один популярный журнал однажды опубликовал основные моменты сюжета «Янтарной ведьмы» в качестве события, реально происшедшего в семнадцатом веке!

В нынешнем поколении немецкую литературу ужасного жанра успешно представляет Ганс Гейнц Эверс[35], совмещающий мрачные концепции с глубоким знанием современной психологии. Такие повести, как «Ученик чародея» и «Альраун», а также короткий рассказ «Паук» обладают отменными достоинствами, возвышающими их до уровня классики.

Однако в области сверхъестественного подвизались писатели не только Германии, но и Франции. Виктор Гюго[36] в таких произведениях, как «Ган Исландец», и Бальзак[37] в «Шкуре дикого осла», «Серафите» и «Луи Ламбере» в той или иной степени используют сверхъестественное, хотя в основном только для того, чтобы добиться более человечного итога и без той искренней и демонической напряженности, которая характерна для рожденного для теней художника. И только у Теофиля Готье[38] находим мы впервые подлинно французское восприятие ирреального мира, именно у него появляется призрачная тайна, не всегда находящая употребление, но сразу же проявляющая признаки подлинной глубины. Такие короткие рассказы, как «Аватар», «Нога мумии» и «Кларимонда», обнаруживают знакомство с запретными перспективами, искушающими, соблазняющими, а иногда ужасающими, в то время как египетские видения, вызванные к жизни в «Одной из ночей Клеопатры», обладают самой пронизывающей и выразительной потенцией. Готье сумел уловить внутреннюю сущность отягощенного веками Египта, с его загадочной жизнью, циклопической архитектурой и раз и навсегда изреченным и вечным ужасом потустороннего мира его катакомб, где миллионы окоченевших, натертых благовониями мумий до конца веков будут своими стеклянными глазами вглядываться вверх, во тьму, дожидаясь жуткого и несказуемого зова. Гюстав Флобер[39] продолжил традицию Готье в оргии поэтической фантазии под названием «Искушение Святого Антония», и если бы не сильная реалистическая жилка, он мог бы стать лучшим среди мастеров художественного ужаса. После поток разделяется, порождая странных поэтов и фантазеров символической и декадентской школ, чьи сумрачные интересы на самом деле скорее концентрируются вокруг аномалий человеческого мышления и инстинктов, чем вокруг подлинно сверхъестественного, и тонких рассказчиков, чьи волнующие произведения непосредственно почерпнуты из темных как ночь колодезей космической ирреальности. Высшим представителем первого класса «погрязших в грехе художников» является блистательный поэт Бодлер[40], находившийся под существенным влиянием По, в то время как психологический романист Жорис-Карл Гюисманс[41], подлинное дитя девяностых годов девятнадцатого века, является сразу и суммой, и итогом. Последняя и чисто повествовательная разновидность продолжается Проспером Мериме[42], чья «Венера Илльская» в сжатой и убедительной прозе пересказывает древнюю тему статуи-невесты, которую Томас Мур использовал в балладе «Кольцо».

Ужасные повести могучего и циничного Ги де Мопассана[43], написанные в то время, когда безумие постепенно и окончательно овладевало им, обладают собственной индивидуальностью, будучи скорее болезненными излияниями реалистичного ума, находящегося в патологическом состоянии, чем здравым и образным продуктом сознания, естественным образом склонного к фантазии и чувствительному к нормальным иллюзиям незримого. Тем не менее они чрезвычайно увлекательны и пикантны и с удивительной силой указывают на существование безымянных ужасов и на безжалостное преследование несчастных представителей рода людского жуткими и грозными отродьями внешней тьмы. Шедевром среди этих рассказов обыкновенно считается «Орла», в котором повествуется о появлении во Франции невидимого существа, живущего на воде и молоке, расстраивающего разум людей и как бы представляющего собой авангард орды внеземных организмов, намеревающейся нагрянуть на Землю, чтобы покорить человечество; напряженное повествование это, быть может, не имеет равных в собственной категории, несмотря на влияние американца Фиц-Джеймса О'Брайена[44] в подробном описании незримого чудища. Кроме того, в жутком жанре Мопассан проявил себя рассказами «Кто знает?», «Призрак», «Он», «Дневник сумасшедшего», «Белый волк», «На реке» и попросту страшными стихами под общим названием «Ужас».

Соавторы Эркманн-Шатриан[45] обогатили французскую литературу многими ирреальными фантазиями, подобными рассказу «Человек-волк», в котором перешедшее проклятие срабатывает в традиционной обстановке готического жанра. Они владели огромным умением создать жуткую до дрожи полуночную атмосферу, невзирая на склонность к естественным объяснениям и научным чудесам; немногие страшные рассказы могут похвастать атмосферой, полной большего ужаса, чем «Незримое око», в котором злобная старая карга плетет полуночные гипнотические заклинания, заставляющие посетителей некоего гостиничного номера одного за другим вешаться на поперечной балке. Рассказы «Совиное ухо» и «Воды смерти» наполняет всеобъемлющая тьма и тайна, причем последний разрабатывает тему паука-переростка, столь часто используемую авторами, практикующимися в области странного. Вилье де Лиль-Адан[46] также следовал направлению школы зловещего — его «Пытка надеждой», рассказ об осужденном на сожжение узнике, которому позволено бежать только для того, чтобы испытать ужас нового пленения, считается некоторыми самым душераздирающим коротким рассказом во всей истории литературы. Подобный тип произведения относится, однако, не столько к сверхъестественной традиции, сколько к самостоятельной разновидности, называемой «жестокими рассказами», в которых напряжение эмоций вызывается драматическими искушениями, разочарованиями, физическими ужасами. Почти полностью посвятил свое творчество этой форме живущий сейчас писатель Морис Левель[47], чьи короткие эпизоды так легко адаптируются на сцене в «триллерах» театра Гран-Гиньоль*. Дело в том, что французский гений более естественным образом пригоден к подобному темному реализму, чем к представлению незримого, поелику последний процесс требует для своего наилучшего и сочувственного воплощения в крупном масштабе природного мистицизма северного ума.

* Театр большой марионетки (*фр.*).

Весьма процветающей, хотя до недавнего времени не слишком известной отраслью сверхъестественной литературы является литература еврейская, влачившая свою жизнь в безвестности и питавшаяся мрачным наследием ранней восточной магии, апокалиптической литературы и каббалы. Семитический ум, подобно кельтскому и тевтонскому, явным образом обладает особенными мистическими наклонностями, и количество тайных и ужасных преданий, сохраняющихся в гетто и синагогах, непременно окажется много большим, чем можно предположить. Собственно каббала, игравшая выдающуюся роль во время Средних веков, представляет собой систему, объясняющую Вселенную эманацией Божества и включающую существование странных духовных миров и существ за пределами видимого мира, некоторое представление о которых можно получить посредством определенных тайных заклинаний. Каббалистический обряд связан с мистическими интерпретациями Ветхого Завета и приписывает эзотерическое значение каждой букве еврейского алфавита, каковое обстоятельство придало еврейским буквам некое особенное значение и силу в популярной литературе на темы магии. Еврейский фольклор сохранил память о многих ужасах и тайнах прошлых времен, и при внимательном рассмотрении явно оказывает заметное влияние на литературу, повествующую о сверхъестественном. Наилучшими примерами в настоящее время являются германский роман «Голлем» Густава Майринка[48] и драма «Диббук» еврейского писателя, воспользовавшегося псевдонимом Анский[49]. Действие первого с его навязчивыми и неявными намеками на всякие несказуемые чудеса и ужасы происходит в Праге; с особенным мастерством в романе описано старинное пражское гетто с его ирреальными остроконечными кровлями. Название романа восходит к слову, обозначающему сказочного искусственного великана, подобных которому средневековые раввины умели изготовлять в соответствии с некой загадочной формулой. «Диббук», переведенный и поставленный в Америке в 1925-м, а недавно перешедший в разряд опер, с особенной силой описывает обладание живого тела злой душой мертвеца. Големы и диббуки типичны для поздних еврейских преданий и являются их неотъемлемой частью.

## VII. Эдгар Алан По

В тридцатых годах девятнадцатого века произошла литературная революция, повлиявшая не только на историю сверхъестественного жанра, но и на весь короткий рассказ; а также оказавшая косвенное воздействие на тенденции и судьбу великой европейской эстетической школы. Великое счастье, что мы, американцы, имеем право считать ее нашей собственной, ибо революция эта явилась в лице нашего самого блестящего и несчастливого соотечественника Эдгара Алана По[50]. Слава этого человека подвергалась любопытным колебаниям, и теперь среди «продвинутой интеллигенции» принято преуменьшать его значение как художника и как влиятельного фактора. Однако любому зрелому и думающему критику будет сложно отрицать колоссальное значение его произведений и убедительную способность его ума открывать художественные перспективы. Действительно, его тип кругозора можно было предвидеть; но именно он первым осознал предоставляемые возможности и придал им высшую форму и систематическое выражение. Верно и то, что последовавшие за ним писатели могли сочинять произведения более великие, чем его собственные; но опять же нам следует понимать, что это он обучил их собственным примером и наставлением тому искусству, которое они, следуя за великим проводником по уже расчищенному им пути, получили возможность вознести на большую высоту. При всех своих недостатках По сделал то, чего не сделал и не мог сделать никто другой; и именно ему мы обязаны современной прозой ужасного в ее окончательном и совершенном виде.

Основная масса предварявших По писателей трудилась во многом во тьме, не располагая пониманием психологических основ притягательности ужасного и будучи в той или иной степени связанными соблюдением неких банальных литературных условностей, таких как счастливый конец, вознагражденная добродетель, по большей части пустой нравственный дидактизм, признание популярных ценностей и норм, а также стремление автора навязать повествованию собственные эмоции и присоединиться к сторонникам искусственных идей, владеющих большинством. По, с одной стороны, понимал сущностное безличие подлинного художника и знал, что литературное творчество должно выражать и толковать события и ощущения такими, какие они есть, вне зависимости от выражаемой ими тенденции и того, что они доказывают — доброе или злое, привлекательное или отталкивающее, возбуждающее или угнетающее, причем автор всегда должен выступать скорее в качестве бодрого и отстраненного хроникера, чем учителя, сторонника или пропагандиста. Он четко понимал, что все фазы жизни и мысли равным образом могут предоставить материал для художника, и, испытывая по темпераменту склонность к странному и мрачному жанру, решил стать интерпретатором тех мощных чувств и частых событий, сопряженных скорее с болью, чем с удовольствием, с распадом, а не с ростом, с ужасом, а не с покоем, которые фундаментально либо противоречат, либо безразличны вкусам и традиционным внешним выражениям чувств рода людского, здоровью его тела и духа, обыкновенному общему благосостоянию его.

Таким образом, привидения кисти По обрели убедительную зловредность, каковой не обладали все их предшественники, и установили новый стандарт реализма в анналах литературного ужаса. Безличному и художественному намерению еще более помогала научная позиция, нечасто встречавшаяся ранее; дело в том, что По изучал человеческий разум, а не способы создания готической прозы, и располагал аналитическим знанием подлинных источников смертельного ужаса, которое удваивало силу его повествований и избавляло их от всех абсурдов, внутренне присущих обыкновенной стряпне в области ужасного. Получив этот пример, последующие авторы просто были вынуждены следовать ему, чтобы оказаться конкурентоспособными; посему указанная перемена начала оказывать определенное воздействие на мейнстрим литературы о зловещем. По также установил моду на совершенное мастерство;

и хотя сегодня некоторые из его произведений кажутся чуть мелодраматичными и простоватыми, мы можем непрерывно проследить его влияние в таких сторонах литературного мастерства, как создание в рассказе единого настроения и достижение единого впечатления, а также старательная подгонка событий к такому виду, который окажет непосредственное воздействие на сюжет и ярким образом проявится в апофеозе повествования. Действительно можно сказать, что По изобрел короткий рассказ в его современном виде. Возведение им болезни, извращения и распада на уровень художественно выразительных тем подобным образом имело весьма далеко идущие последствия, ибо подобные сюжеты, немедленно подхваченные, спонсированные и усиленные его выдающимся французским почитателем Шарлем-Пьером Бодлером[51], сделались ядром основных эстетических движений Франции, таким образом превратив По в отца декадентов и символистов.

Поэт и критик по природе и высшему достижению, логик и философ по вкусам и манерам, По ни в коем случае не был свободен от недостатков и претенциозности. Следует признать и простить выказываемое им предпочтение глубокой и тайной учености, нелепые уклонения в ходульный псевдоюмор и зачастую едкие выплески критических предрассудков. За ними и над ними, сводя их к ничтожеству, находилось видение мастером ужаса, окружающего нас и внутри нас находящегося, и того червя, что извивается и лебезит в отвратительно близкой бездне. Пронизывая пестро раскрашенную суету, называемую бытием, обнаруживая таящихся под ней чудищ в торжественном маскараде, именуемом человеческой мыслью и чувством, видение это имело силу проецировать себя в черные магические кристаллизации и трансмутации; в стерильной до того Америке тридцатых и сороковых годов вдруг процвел такой лунатический рассадник пышных и ядовитых грибов, каким не могли бы похвастать даже потусторонние склоны Сатурна. Стихи наравне с рассказами наполнялись бременем космической паники. Ворон, чей отвратительный клюв пронзает сердце, призраки, звонящие в колокола опустошенных чумой церквей, могила Улялюм черной октябрьской ночью, потрясающие подводные шпили и купола, — «За кругом земель, за хором планет, Где ни мрак, ни свет и где времени нет»* — все эти твари, и не только они, щерятся на нас посреди маниакального треска в бурлящем кошмаре поэзии. А в прозе перед нами разверзается само жерло ада — непостижимая аномалия, на которую лукаво намекают в жутком полузнании слова, в чьей невинности мы не можем усомниться, пока хрустнувшее в произносящем их гулком голосе напряжение не призовет нас убояться несказуемых следствий, демонических замыслов и присутствий, пребывающих в пагубном сне, чтобы оказаться пробужденными в одно страшное мгновение к вопиющему откровению, смехом доводящему себя до внезапного безумия или взрывающемуся врезающимися в память катаклизмическими раскатами. Перед нами во всем ужасе предстает бесовский шабаш, сбросивший свои нарядные одежды, — зрелище тем более чудовищное благодаря тому научному мастерству, с которым каждая частность выво-

* Э. По. Страна сновидений. Пер. Н. Вольпина.

дится напоказ в тесной и непринужденной связи с общеизвестными мерзостями материальной жизни.

Рассказы По, конечно же, подразделяются на несколько групп, причем некоторые из них содержат более чистую эссенцию духовного ужаса, чем другие. Повествования, посвященные логике и умозаключениям, являющиеся предтечами произведений современного детективного жанра, не следует вообще включать в разряд литературы о сверхъестественном; в то время как другие, возможно, испытавшие значительное влияние Гоффмана, обладают экстравагантностью, ставящей их на грань гротеска. Третья группа, имеющая дело с пробуждающими ужас аномалиями психики и мономанией, к сверхъестественному жанру не относится, однако сухой остаток представляет собой литературу сверхъестественного ужаса в ее самой отточенной форме, предоставляя своему автору неприступное и постоянное место в качестве божества и источника всей современной литературной дьявольщины. Кто может забыть ужасный корабль, застывший на краю бездны в «Рукописи, найденной в бутылке», — темные откровения о его возрасте и чудовищных наростах, зловещем экипаже из незрячих седобородых старцев и ужасном броске под парусом на юг через антарктическую ледяную ночь на корабле, несомом вперед неким не допускающим противления дьявольским потоком к водовороту бесовского просвещения, которое обязано завершиться уничтожением?

За сим следует неизреченный «Месье Вальдемар», останки которого удерживаются в целостности гипнотизмом в течение семи месяцев после смерти, и издающие отчаянные звуки за мгновение до того, как рассеиваются чары, превращаясь в «полужидкую массу отвратительной и гнилой плоти». В «Повести о приключения Гордона Пима» путешественники сперва попадают в неведомую южную полярную землю, населенную жестокими дикарями, где нет ничего белого, а огромные каменные ущелья имеют форму титанических египетских иероглифов, открывающих первородные и ужасные тайны земли; а потом в еще более таинственный край, где все, напротив, бело, а окутанные покровами великаны и птицы в снежно-белом оперении стерегут загадочный водопад, низвергающийся с неизмеримых небесных высот в бурное молочное море. «Метценгерштейн» устрашает нас злыми намеками на чудовищный метемпсихоз: безумный дворянин поджигает конюшню своего наследственного врага и колоссальный конь появляется из пылающего здания, в котором сгинул его владелец; исчезает кусок старинного гобелена, на котором изображен огромный конь предка жертвы поджога, участвовавшего в крестовых походах; к ним присоединяются отчаянная и непрестанная скачка безумца на огромном коне, его страх и ненависть к скакуну; бессмысленные пророчества, окружающие оба враждующих дома; и наконец, сожжение дворца безумца и смерть его в нем, вознесенного странным конем в самое недро пламени вверх по широкой лестнице. После пожара курящийся над развалинами дым приобретает форму огромной лошади. «Человек толпы» в более спокойной интонации рассказывает нам о том, кто денно и нощно бродит, стараясь слиться с потоками людей, как бы опасаясь оставаться в одиночестве, но подразумевает истинно космический ужас. Разум По никогда не отвлекался далеко от ужаса и тлена, и в каждом его рассказе, стихотворении, философском диалоге проступает напряженное стремление измерить незакрытые от нас колодцы ночи, приподнять вуаль смерти, стать в собственной фантазии повелителем жутких мистерий времени и пространства.

Некоторые из произведений По обладают почти абсолютным совершенством художественной формы, которое делает их подлинными маяками в области короткого рассказа. При желании По мог придавать своей прозе высокий поэтический дух, пользуясь тем архаичным ориентализированным стилем с доведенной до уровня самоцвета фразой, квазибиблейскими повторениями и возвращающимися темами, которыми впоследствии так успешно пользовались Оскар Уайльд и лорд Дансени[52]; и в тех случаях, когда он делал это, мы получаем лирическую фантазию, почти наркотическую по своей сущности — опьяняющее пышное зрелище сна, изложенное на языке сна, когда каждый сверхъестественный цвет и гротескный образ вплетены в симфонию соответствующего им звука. «Маска красной смерти», «Молчание», «Сказка», «Тень», «Притча», безусловно, являются поэмами в каждом смысле этого слова, за исключением стихотворного размера, и в такой же мере обязаны своей силой слуховой каденции, как и визуальной образности. Однако лишь в двух менее поэтичных произведениях: «Лигейе» и «Падении дома Ашеров» — особенно в последнем — мы находим те самые художественные высоты, благодаря которым По занимает свое место во главе литературных миниатюристов. Простые и прямолинейные в области сюжета, оба эти рассказа обязаны своей высшей магией хитроумной разработке каждого инцидента. В рассказе «Лигейя» повествуется о первой жене, даме высокого и таинственного происхождения, которая после смерти благодаря сверхъестественной силе воли вернулась в мир живых, чтобы овладеть телом второй жены, навязывая даже свой внешний облик временно оживленному трупу своей жертвы. Невзирая на подозрение в занудности и тяжеловесности, повествование с ужасающей силой достигает своего ужасного климакса. «Падение дома Ашеров», превосходство которого в пропорциях и деталях кажется весьма заметным, с трепетом намекает на тайную жизнь неорганических предметов и в итоге являет аномально связанную троицу существ, завершающих долгую и изолированную семейную историю: брата, его сестры-близняшки и их невероятно древнего дома, разделяющих между собой единую душу и в одно и то же мгновение встречающих общее разрушение.

Эти причудливые концепции, такие неуклюжие в неловких руках, под чарами По сделались живыми и убедительными ужасами, населяющими наши ночи; и все потому, что автор их идеальным образом понимал саму механику и физиологию страха и чудесного; ему были ведомы важные детали, которые следует подчеркнуть, точные соответствия и образы, которые следует избрать в качестве предваряющих ужас или сопутствующих ему, верные ситуации и аллюзии, которые самым невинным образом можно заготовить заранее в качестве символов, предваряющих каждый крупный шаг к грядущей жуткой развязке, искусство тонкой подгонки накапливающейся силы и безошибочной точности в соединении частей, создающей в решающий момент истинное единство и громовую эффективность, тонких нюансов в описании пейзажей и фонов, способных установить и поддержать ожидаемое настроение, — и других принципов подобного рода, а также дюжины менее важных, слишком тонких, чтобы их мог описать или даже просто понять простой комментатор. Пусть в рассказах его присутствуют мелодраматизм и простота; рассказывают, что один привередливый француз терпеть не мог произведений По иначе как в городском и галлицизированном переводе Бодлера. Однако все следы подобных тонкостей полностью затмеваются властным и врожденным ощущением призрачного, отвратительного, жуткого, извергаемого каждой клеточкой творческого менталитета художника и помечающего созданные им зловещие произведения нестираемой отметкой высшего гения. Принадлежащие По рассказы о сверхъестественном живут настолько полной жизнью, которая дана немногим.

Подобно большинству фантазеров, По в большей степени преуспевает в ситуациях и широких повествовательных эффектах, но не в прорисовке характеров. Типичным героем его является темноволосый, симпатичный, гордый, меланхоличный, интеллектуальный, очень чувствительный, прихотливый, склонный к погружению внутрь себя, одинокий и иногда чуть безумный, но процветающий джентльмен старинного рода, чаще всего глубоко постигший таинственные науки и странным образом стремящийся проникнуть в глубь запретных загадок Вселенной. Если не считать громкого имени, персонаж этот не слишком связан с ранним готическим романом, поскольку ни в коем случае не является деревянным героем или дьявольским злодеем романа поры Радклиф или Людовика. Впрочем, косвенным образом нельзя отрицать их генеалогическую связь, поскольку мрачный, амбициозный и антиобщественный настрой этого джентльмена сильно отдает типичным байроновским героем, в свой черед являющимся отпрыском готических Манфредов, Монтони и Амброзио. Более конкретные качества кажутся извлеченными из психологии самого По, которому, бесспорно, были присущи депрессия, чувствительность, безумное вдохновение, одиночество и склонность к экстравагантным причудам, коими он наделяет своих надменных и одиноких героев, жертв судьбы.

## VIII. Традиция сверхъестественного в Америке

Публика, для которой писал По, в массе своей не слишком восприимчивая к его искусству, тем не менее была подготовлена к восприятию его ужасов. Америка, унаследовавшая темный европейский фольклор, располагала дополнительным фондом мрачных ассоциаций, и посему легенды о привидениях уже были признаны здесь плодоносным источником литературных сюжетов. Феноменальную известность заслужил своими романами в стиле Радклиф Чарлз Брокден Браун[53], а более непринужденная обработка зловещих тем Вашингтоном Ирвингом[54] скоро сделалась классической. Этот дополнительный фонд, как указывал Пол Элмер Мор[55], восходил к острым духовным и теологическим исканиям первых колонистов, был обусловлен грозной природой, в которую им пришлось окунуться. Бескрайние и мрачные девственные леса, в постоянном сумраке которых вполне могла водиться всякая жуть; орды меднотелых индейцев, чьи незнакомые угрюмые обличья и буйные обычаи явно намекали на адское происхождение; свобода, предоставленная пуританской теократией всем представлениям человека о суровом и мстительном Боге кальвинистов и о распространяющем серный запах Противнике этого Бога, о котором каждое воскресенье так громогласно возвещалось с амвонов; нездоровое углубление внутрь себя, развившееся в уединенной жизни посреди лесов без нормальных развлечений и из призывов к теологическому самокопанию, соединенному с противоестественным эмоциональным унынием, вызванным в первую очередь необходимостью вести простую и мрачную борьбу за выживание, — все это совместно образовывало среду, в которой черные нашептывания злобных старух звучали не только за печью, а рассказы о чародействе и невообразимых тайных монстрах можно было услышать и тогда, когда ужасные дни салемского кошмара отошли в прошлое.

Фигура По олицетворяла собой новую школу, в большей степени недоверчивую и более технически совершенную, поднявшуюся из этого благоприятного грунта среди прочих школ. Другую школу, действовавшую в традиции моральных ценностей, мягкой сдержанности и кроткой ленивой фантазии, в той или иной степени приперченной невероятным, представлял другой автор — столь же знаменитый, непонятный и одинокий в американской литературе — застенчивый и чувствительный Натаниэль Готорн[56], родившийся в старинном Салеме правнук одного из самых кровожадных судей, участвовавших в процессах о колдовстве. В Готорне нет ни капли силы, дарования, ярких красок, интенсивного драматизма, космического зла и нераздельного и имперсонального артистизма По. Здесь мы имеем дело с нежной душой, задавленной пуританизмом ранней Новой Англии, омраченной и затуманенной той безнравственной вселенной, повсюду преступающей все обыкновенные схемы, которые, по мнению наших праотцов, представляли собой божественный и нерушимый закон. Зло, в глазах Готорна являвшееся подлинно реальной силой, присутствует повсюду в качестве затаившегося и победоносного противника; зримый нами мир в его фантазиях становится театром бесконечной трагедии и горя, причем незримые и наполовину живые силы парят над ним и пронизывают его, сражаясь за власть и определяя судьбы несчастных смертных, составляющих пустое и склонное к самообману население нашей планеты. Наследие американского сверхъестественного предания принадлежало Готорну в самой высшей степени, и за явлениями обыкновенной жизни он замечал зловещую вереницу неясных призраков; однако не был при том разочарован настолько, чтобы ценить впечатления, ощущения и красоты повествования ради них самих. Он вплетал свои фантазии в тихую меланхоличную ткань дидактического или аллегорического фасона, в которой его кроткий и отстраненный цинизм мог демонстрировать с наивным моральным одобрением вероломства рода людского, каковой он не прекращал подбадривать и оплакивать, несмотря на понимание господствовавшего в обществе ханжества. Сверхъестественный ужас, таким образом, никогда не был у Готорна основным предметом; хотя импульсы его были настолько глубоко вплетены в личность писателя, что он не мог проявлять их со всей силой гения, обращаясь к ирреальному миру, чтобы проиллюстрировать покаянную проповедь, с которой он стремился выступать.

Намеки Готорна на потусторонние силы, всегда мягкие, уклончивые и сдержанные, прослеживаются во всем его творчестве. Породившее их настроение нашло восхитительный выход в тевтонизированном пересказе классических мифов для детей, содержащихся в «Книге чудес» и «Тэнглвудских рассказах», а в других случаях оно проявляло себя в неком странном покрове колдовства или злой воли, набрасываемом Готорном на события, которым не обязательно быть строго сверхъестественными, как, например, в зловещей, опубликованной посмертно новелле «Секрет доктора Гримшоу», наделяющей особой разновидностью мерзости дом, по сей день существующий в Салеме и граничащий с древним кладбищем на Чартер-стрит. В «Мраморном фавне», сюжет которого был набросан на итальянской вилле, пользовавшейся соответствующей репутацией, колоссальный задник подлинной фантазии и тайны пульсирует за пределами взора обыкновенного читателя, и намеки на сказочную кровь в смертных жилах не раз прозвучат в ходе повествования, которое просто не может оказаться неинтересным, невзирая на настойчивые козни инкуба нравственной аллегории, антипапистской пропаганды и пуританского ханжества, которые заставили современного писателя Д. Г. Лоуренса[57] выразить желание обойтись с автором крайне недостойным образом. Посмертно опубликованная новелла «Септимиус Фелтон», которая должна была в переработанном виде войти в незаконченный роман «Долливер», неким образом затрагивает проблему эликсира жизни, ну а примечания к так и оставшемуся незаконченным произведению «Шаги предков» демонстрируют то, что мог бы Готорн сделать в области интенсивной переработки старого английского суеверия, повествующего о древнем и проклятом роде, члены которого оставляли за собой кровавые следы, упоминаемого как в «Септимиусе Фелтоне», так и в «Секрете доктора Гримшоу».

Многие из коротких произведений Готорна в удивительной степени обнаруживают фантастичность либо атмосферы, либо события. Мгновения дьявольщины присутствуют в рассказе «Портрет Эдварда Рэндольфа», помещенном в «Легендах провинциального дома». В рассказе «Черная вуаль министра» (основанном на подлинном случае) и «Честолюбивом госте» подразумевается больше, чем сказано, в то время как «Ethan Grand» — фрагмент более длинной и неопубликованной работы — поднимается к подлинным высотам космического страха в кратком описании дикой холмистой страны, пылающих и унылых известковых печей и словесном портрете байронического неисправимого грешника, чья беспокойная жизнь заканчивается приступом жуткого хохота ночью, когда он пытается отдохнуть посреди пламени. Некоторые из заметок Готорна дают представление о тех сверхъестественных историях, которые он мог бы написать, если бы прожил подольше; особенно яркий сюжет повествует об удивительном незнакомце, то и дело появляющемся в общественных ассамблеях, и когда его наконец прослеживают, оказывающемся выходцем из очень древней могилы.

Однако образцом наивысшего художественного единства среди всех таинственных произведений является знаменитый и роскошно написанный роман «Дом о семи фронтонах», в котором безжалостное действие проклятия предков обрисовано с удивительной силой на зловещем фоне старинного салемского дома — одного из тех островерхих готических домов, которые составляли первый пласт застройки прибрежных городов нашей Новой Англии, но после семнадцатого столетия уступили место более знакомым мансардным крышам или классическим георгианским, известным теперь как «колониальные». Таких островерхих готических домов в приличном состоянии во всех Соединенных Штатах теперь не насчитаешь и дюжины, однако хорошо известный Готорну дом по-прежнему стоит в Салеме на Тернер-стрит и считается как местом действия, так и объектом, вдохновившим писателя. Подобное сооружение с его нереальным фасадом, скопищем печных труб, нависающим вторым этажом, гротескными кронштейнами дверей, ромбическими переплетами окон действительно во всем годится для того, чтобы наводить на мрачные размышления, типичные для темного пуританского времени с его тайными ужасами и шепотками, полными страха перед ведьмами, предшествовавшего красоте, рационализму и простору восемнадцатого столетия. В свои юные годы Готорн мог видеть много таких домов и, конечно же, знал жуткие предания, связанные с некоторыми из них. Слыхал он, конечно, и о многочисленных слухах о проклятии, легшем на его собственный род в результате жестокости, проявленной его собственным дедом в качестве судьи в судах над ведьмами в 1692 году.

В такой обстановке и родился бессмертный роман, — величайший вклад Новой Англии в литературу о сверхъестественном, — и мы можем во мгновение ощутить подлинность представленной нам атмосферы. Ползучий ужас и хворь гнездятся внутри этих почерневших от непогоды, заросших мхом и укрытых вязами стен столь ярко описанного старинного обиталища, и мы немедленно ощущаем зловещий характер этого дома, когда узнаем, что его создатель — старый полковник Пинчен — особо бесчестным образом отобрал эту землю первопоселенца Мэтью Мола, отправив того на галеры как колдуна. Мол умер, проклиная старого Пинчена — «Бог еще даст ему напиться крови», — и вода старого источника на неправедным образом захваченной земле сделалась горькой. Плотник, сын Мола, согласился построить огромный дом с фронтонами для торжествующего врага своего отца, однако старый полковник странным образом скончался в день его освящения. Последовали поколения странных превратностей, недобрых шепотков относительно темных сил, которыми обладали Молы, а иногда жутких кончин, выпадавших на долю Пинченов.

Все затмевающее недоброжелательство старинного дома — почти столь же живого, как дом Ашеров у Эдгара По, хотя и в более тонкой манере, — наполняет повествование, так же как периодически повторяющийся мотив пронизывает романтическую трагедию; и когда начинается основное повествование, мы видим современных Пинченов в самом жалком упадке. Бедная старая Хепзиба, эксцентричная и благородная; ребячливый, несчастный Клиффорд, только что освободившийся из незаслуженного заключения; лукавый и коварный судья Пинчен, точная копия старого полковника, — все эти фигуры представляют собой потрясающие символы, и им превосходно соответствует угнетенная растительность и анемичные птицы в саду. И почти жаль видеть счастливый конец, заканчивающийся союзом бойкой Фебы, кузины, представляющей последний отпрыск рода Пинченов, с располагающим к себе молодым человеком, который оказывается последним из Молов. С их браком проклятие утрачивает свою силу. Готорн избегает любого усилия в дикции или движении и оставляет всякие намеки на ужасы на заднем плане, однако случайные взгляды в их сторону помогают ему поддержать настроение и избавляют произведение от чисто аллегорической сухости. Такие ситуации, как околдовывание Алисы Пинчен в начале восемнадцатого столетия и призрачная музыка ее арфы, предвещающая смерть кого-то из членов ее семейства — вариант незапамятной древности арийского мифа, — непосредственно связывают действие со сверхъестественным, в то время как мертвенное ночное бдение старого судьи Пинчена в его древней гостиной, под жуткое тиканье часов, представляет собой пример откровенного и подлинного ужаса. Манера, в которой смерть судьи предвещают движения и фырканье странной кошки за окном, задолго до того, как этот факт может заподозрить читатель или любой из персонажей, являет собой прикосновение гения, которого не мог бы превзойти и сам Эдгар По. Позже эта самая кошка внимательно смотрит из-за того же окна ночью и на следующий день, ожидая чего-то. В ней мы явным образом имеем дело с психопомпом первобытных мифов, с великой сноровкой приспособленным к современной обстановке.

Однако Готорн не оставил ясно определенного литературного наследия. Настроение и позиция его принадлежали веку, закончившемуся вместе с ним; уцелел и процвел только дух По — так четко и реалистично понимавшего естественную основу привлекательности ужасного и точную механику его достижения. Среди самых первых из учеников По можно считать блестящего ирландца Фиц-Джеймса О'Брайена (1828–1862), натурализовавшегося в Америке и с честью погибшего в Гражданской войне. Это он наделил нас рассказом «Что это?», первой проработанной короткой истории об осязаемом, но невидимом существе, прототипе мопассановского Орлы; он же создал и неподражаемую «Алмазную линзу», в которой юный ученый-микроскопист влюбляется в девушку из микромира, обнаруженного им в капле воды. Ранняя смерть О'Брайена, вне сомнения, лишила нас нескольких искусных рассказов из области непознаваемого и ужаса, хотя гений его, по чести говоря, не обладал титаническим масштабом, характерным для По и Готорна.

Ближе к подлинному величию подошел эксцентричный и угрюмый Амброз Бирс[58], родившийся в 1842-м, также участвовавший в Гражданской войне, выживший, чтобы написать несколько бессмертных произведений и исчезнуть в 1913 году посреди облака такой же тайны, как и любая из тех, которые он вызывал из глубин своей фантазии. Бирс был известным сатириком и памфлетистом, однако основу его художественной репутации составили мрачные и суровые короткие рассказы, большое количество которых связано с Гражданской войной, создавая наиболее живое и реалистичное описание из всех, которых к настоящему времени удостоился этот конфликт в литературе. Практически все рассказы Бирса повествуют об ужасном, и если многие из них имеют дело только с физическими и психологическими ужасами в рамках природы, то значительное количество признает существование пагубного сверхъестественного фактора и образует ведущий элемент внутри американского фонда сверхъестественной литературы. Мистер Сэмюель Лавмен, живой ныне поэт и критик, лично знакомый с Бирсом, таким образом суммирует гений великого «творца теней» в предисловии к некоторым из его писем:

«В творчестве Бирса эвокация ужаса впервые принимает образ не предписания или извращения, как у По или Мопассана, но атмосферы определенной и зловещим образом точной. Слова, настолько простые, что их можно приписать ограничениям литературного запаса слов, принимают на себя дьявольский ужас, проходят новую и неожиданную трансформацию. У По мы находим проявление таланта, у Мопассана — нервическое использование истерзанного кризиса. У Бирса дьявольщина, просто и искренне, в своей мучительной смерти до конца придерживается своих законных и мучительных средств, тем не менее во всякой ситуации подразумевая молчаливое согласие с природой.

В «Смерти Хэлпина Фрейзера» цветы, зелень, ветви и листья деревьев великолепным образом как контраст противопоставлены противоестественной злобе. Не привычный золотой мир, но мир, пронизанный тайной синевы и затаившим дыхание упорством сновидений, принадлежит Бирсу. Однако забавно, что и бесчеловечность тоже присутствует в нем».

Упомянутая мистером Лавменом «бесчеловечность» находит выход в редкой разновидности сардонической комедии и кладбищенского юмора, и нечто вроде восхищения, выраженного в образах жестокости и соблазнительного разочарования. Первое качество хорошо иллюстрируют некоторые из подзаголовков в его мрачных повествованиях, например, «Не все едят, что лежит на столе» относится к мертвому телу, ожидающему заключения коронера, и «Даже нагая плоть может быть в лохмотьях» сказано про ужасно изуродованный труп.

Произведения Бирса в общем несколько неровны. Многие из рассказов явно механичны и испорчены бойким и банально искусственным стилем, развившимся из журнальной модели; однако трудно ошибиться в пронизывающей их мрачной злобе, а несколько выделяются в качестве неких несокрушимых вершин американской литературы ужасного жанра. Рассказ «Смерть Хэлпина Фрейзера», который Фредерик Тейбр Купер[59] назвал самым бесовским и жутким произведением среди всей литературы англосаксонского народа, повествует о лишенном души теле, бродящем ночью в загадочном и кошмарным образом обагренном кровью лесу, и о человеке, осажденном воспоминаниями предков, который встретил смерть в когтях существа, прежде бывшего его пылко любящей матерью. В рассказе

«Проклятая тварь», часто появляющемся в популярных антологиях, изображена хроника жутких опустошений, чинимых невидимым существом, денно и нощно неторопливо расхаживающим по холмам и пшеничным полям. В «Соответствующих обстоятельствах» с особой тонкостью и простотой прописан пронзительный ужас, который может породить написанное слово. В этой истории зловещий автор Колстон говорит своем другу Маршу: «Тебе хватает отваги читать мои произведения в трамвае, но — в пустом доме — в одиночестве — в лесу — ночью! Ба! В кармане у меня лежит рукопись, которая убьет тебя!» — Марш читает рукопись — в соответствующих обстоятельствах — и погибает от этого. «Средний палец на правой ноге» написан несколько неловко, однако обладает могучей развязкой. Некто Мэнтон жестоким образом убивает двоих своих детей и жену, на правой ноге которой не хватало среднего пальца. По прошествии десяти лет, во многом изменившись, он возвращается на прежнее место; его узнают, но, скрывая это, провоцируют на дуэль на охотничьих ножах — во тьме, в том самом теперь заброшенном доме, где было совершено его преступление. Когда наступает время дуэли, его обманывают и запирают без противника в черной, как сама ночь, комнате — той, в которой он совершил свое преступление, на первом этаже дома, пользующегося теперь дурной славой, пол которой покрыт скопившимся за десятилетие слоем пыли. Никто не обнажает против него оружия, ситуация должна лишь самым серьезным образом напугать этого человека; однако на следующий день его находят мертвым, скончавшимся от страха перед увиденным —

скрючившимся в углу, с выражением крайнего ужаса на лице. Явившиеся за ним люди немедленно обнаруживают жуткий ключ к разгадке: «В пыли, за годы скопившейся на полу толстым слоем, прямо от двери, через которую они вошли, через всю комнату, заканчиваясь возле скрюченного трупа Мэнтона — тянулись три параллельные цепочки следов — легкие, но четкие отпечатки босых ног, причем внешние были оставлены маленькими детьми, а средняя принадлежала женщине. Следы не возвращались назад от того места, где остановились, все они были обращены в одну сторону». Конечно же, след ноги женщины был лишен среднего пальца. «Дом с привидениями», рассказанный со строго домашними интонациями журнального подлинника, открывает нам намеки на жуткую тайну. В 1858-м на востоке Кентукки целое семейство из семи человек внезапным и необъяснимым образом исчезает из плантаторского дома, оставив нетронутым все свое имение — мебель, одежду, съестные припасы, коней и рабов. По прошествии года гроза заставляет двоих высокопоставленных джентльменов укрыться в заброшенном здании, в результате чего они попадают в таинственную подземную комнату, освещенную необъяснимым зеленоватым светом, а ведущую в нее железную дверь нельзя открыть изнутри. В комнате этой обнаруживаются разлагающиеся трупы всех членов пропавшего семейства; и когда один из нечаянных посетителей дома бросается вперед, чтобы обнять как бы узнанное им тело, жуткое зловоние настолько одолевает другого, что он случайно запирает своего спутника в подземелье и теряет сознание. Придя в себя по прошествии шести недель, он оказывается не в состоянии найти тайную комнату: дом сгорает во время Гражданской войны. Запертого в подвале более никто не видел и ничего о нем не слышал.

Бирс редко осознает атмосферические возможности своих тем столь же ярко, как это делал По, и внушительная доля его произведений обнаруживает некую наивность, прозаическую угловатость или раннеамериканский провинциализм, несколько контрастирующий с достижениями более поздних мастеров ужасного жанра. Тем не менее подлинность и художественность его темных намеков остаются всегда несомненными, и потому его величию не угрожает затмение. Согласно собранию сочинений Бирса, его жуткие истории помещены в основном в два сборника: «Может ли это быть?» и «В гуще жизни». Первый из них почти целиком посвящен сверхъестественному.

Внушительная доля американской литературы ужаса принадлежит авторам, не ограничивавшимся исключительно этой средой. Историческое повествование «Элси Винер» Оливера Уэнделла Холмса[60] с восхитительной сдержанностью предполагает существование неестественного змеиного элемента в молодой женщине, перед рождением подвергшейся воздействию, и поддерживает атмосферу тонкими ландшафтными мазками. В «Повороте винта» Генри Джеймс в достаточной мере побеждает свою помпезную занудность и многословие, создавая истинный и властный аромат зловещей угрозы, изображая мерзкое влияние двоих мертвых и злых слуг, Питера Квинта и гувернантки мисс Джессел, на маленьких девочку и мальчика, находящихся на их попечении.

Быть может, Джеймс слишком рассеян, слишком уж елейно урбанистичен и слишком подвержен тонкостям речи, чтобы полностью понять весь буйный и опустошительный ужас созданных им ситуаций; но при всем этом здесь в произведениях присутствует редкостный прилив все более возрастающего страха, завершающийся смертью маленького мальчика и обеспечивающий повести постоянное место в ее особом классе.

Фрэнсис Мэрион Кроуфорд создал несколько рассказов ужасного жанра, теперь собранных в томе под названием «Скитающиеся духи». Так, рассказ «Кровь — это жизнь» с особой силой затрагивает тему проклятого луной вампиризма, происходящего возле древней башни на скалах безлюдного побережья южной Италии. В «Мертвой улыбке» автор обращается к фамильным ужасам старинного ирландского дома и семейной гробницы, с внушительной силой знакомя читателя с банши. Впрочем, истинным его шедевром является рассказ «Верхняя полка», выступающий в качестве одной из самых значительных ужасных историй во всей литературе. В этом рассказе, повествующем об одержимой самоубийством каюте, с несравненной ловкостью обыграны такие вещи, как призрачная морская сырость, таинственным образом открывающийся иллюминатор и ночное сражение с неведомым предметом.

Очень подлинным, хотя и не с манерной экстравагантностью, типичной для девяностых годов, является ужас в раннем произведении Роберта В. Чемберса[61], прославившегося с тех пор продукцией совсем другого качества. «Король в желтом», серия не слишком связанных между собой коротких рассказов, разворачивающихся вокруг чудовищной и запретной книги, прочтение которой приносит с собой страх, безумие и потустороннюю трагедию, действительно достигает заметных высот космического ужаса, несмотря на неровный интерес и несколько тривиальное и преувеличенное использование галльской студийной атмосферы, ставшей популярной после «Трильби» Дю Морье[62]. Наиболее впечатляющим из входящих в книгу рассказов является, наверно, «Желтый знак», в котором фигурирует молчаливый и ужасный кладбищенский сторож, лицом напоминающий пухлого могильного червя. Парнишка, описывая свою потасовку с этой тварью, ежась и преодолевая дурноту, открывает некую подробность: «Ну, Божью скажу правду: когда я его ударил, он как схватит меня за запястья, сэр, а я как поверну его мягкий полужидкий кулак, палец его возьми и отломись». Художника, который увидел могильщика, посещает вместе с другим человеком один и тот же странный сон о ночных похоронах, и еще более потрясает голос, которым сторож обращается к нему. Тип этот издает бормотание, наполняющее голову «подобно густому маслянистому дыму над салотопной печкой или вони мерзкого тлена». Он бормочет только одно: «А ты нашел Желтый знак?»

Покрытый загадочными иероглифами ониксовый талисман, подобранный на улице человеком, разделившим его сон, на короткое время попадает к художнику, и, случайным образом натолкнувшись на адскую и запретную книгу ужасов, оба они узнают среди прочих жутких вещей, какие не положено знать смертным, что талисман сей — не что иное, как неведомый Желтый знак, происходящий из проклятого культа Хастура, бытовавшего в первобытной Каркозе, откуда и происходит жуткий том, следы кошмарного воспоминания о котором зловеще ютятся на задворках памяти всех людей. Вскоре после того они слышат доносящийся с улицы грохот украшенного черными плюмажами катафалка, которым правит рыхлый, замогильного вида кладбищенский сторож. Он входит в окутанный ночью дом в поисках Желтого знака, и все запоры и засовы рассыпаются от его прикосновения. И когда внутрь дома врываются люди, привлеченные воплем, какого не способно издать человеческое горло, они находят на полу три тела, два мертвых и одно умирающее. Один из мертвецов уже существенно разложился. Это церковный сторож, и доктор восклицает: «Этот человек умер еще несколько месяцев назад». Стоит заметить, что автор заимствует большинство имен и аллюзий, связанных с его жуткой первобытной землей, из рассказов Амброза Бирса. Другими ранними произведениями мистера Чемберса, использующими элемент необычного и сверхъестественного, являются «Создатель лун» и «В поисках неведомого». Нельзя не сожалеть о том, что этот писатель не стал более разрабатывать эту жилу, в которой так легко мог стать признанным мастером.

Жуткий материал неподдельной силы можно найти среди произведений Мэри Уилкинс[63], том коротких рассказов которой под названием «Ветер в розовых кустах» содержит известное количество достойных достижений. В «Тенях на стене» нам показывают с убедительным мастерством реакцию степенного новоанглийского дома на злую трагедию, и неприкаянная тень отравленного брата вполне приготовляет нас к критическому моменту, когда тень тайного убийцы, покончившего с собой в соседнем городе, вдруг появляется возле нее. Шарлотта Перкинс Гилман в «Желтых обоях» возвышается до уровня классики в своем тонком описании безумия, понемногу наползающего на обитательницу оклеенной жуткими обоями комнаты, в которой некогда содержали сумасшедшую женщину.

В «Мертвой долине» видный архитектор и медиевалист Ральф Адамс Крам[64] добивается запоминающегося впечатления жути благодаря тонкостям атмосферы и описания.

Все еще придерживается нашей призрачной традиции одаренный и разносторонний юморист Ирвин С. Кобб[65], чьи произведения, как ранние, так и недавние, содержат несколько превосходных образчиков жуткого жанра. Его раннее произведение «Рыбья голова» поразительно впечатляющим образом изображает неестественное сродство между ублюдочным идиотом и странной рыбой, обитающей в уединенном озере, которая в конечном счете мстит за убийство своего двуногого родича. Более поздние работы мистера Кобба включают потенциально научный элемент, как, например, в рассказе о наследственной памяти, в котором человек, обладающий примесью негритянской крови, выкрикивает слова африканской речи, попадая под поезд в обстановке, напоминающей происшедшее век назад столкновение его чернокожего предка с носорогом.

Чрезвычайно хороша в художественном отношении повесть «Темная палата» (1927) покойного Леонарда Клайна[66]. В ней рассказывается о человеке, который в духе традиционных амбиций готического или байронического героя-злодея стремится обмануть природу и восстановить каждый момент собственного прошлого посредством аномальной стимуляции памяти. Для этого он пользуется бесконечными записками, звуковыми записями, мнемоническими объектами и картинами, а также запахами, музыкой и экзотическими наркотиками. Наконец стремление это выводит его за пределы собственной жизни и направляет в черные бездны наследственной памяти, уходящей за пределы существования человечества — в душные болота каменноугольного периода и в еще более невообразимые глубины первобытного времени и бытия. Он алчет еще более сумасшедшей музыки, принимает еще более странные зелья, и наконец рослый пес этого человека начинает бояться его. Героя произведения окутывает мерзкий животный запах, лицо делается пустым и недочеловеческим. В конце концов он бежит в лес и воет по ночам под окнами. Наконец его изуродованное тело находят в чащобе. Рядом лежит труп его искалеченного пса: они убили друг друга. Атмосфера этого романа насыщена злобной силой, существенное внимание уделяется зловещему дому и окружению главного героя.

Впечатляет менее тонкий, но в высшей степени проникновенный роман Герберта С. Гормана (1893 1954) «Место, именуемое Дагон», повествующий о темной истории западной массачусетской глубинки, где потомки беглецов из Салема все еще хранят колдовские традиции и совершают отвратительную, низменную и ужасную Черную Мессу. «Зловещий дом» Леланда Холла обладает превосходной атмосферой, однако несколько испорчен посредственным романтизмом.

Весьма заметны в своем роде некоторые из сверхъестественных концепций романиста и автора рассказов Эдварда Лукаса Уайта (1866–1934), темы большинства произведений которого вырастали из реальных сновидений. «Песня сирен» обладает собственными очень убедительными чарами, в то время как «Лукунду» и «Рыло» рождают мрачные мысли. Мистер Уайт наделяет свои произведения очень особенным качеством — неким косвенным блеском, обладающим собственной разновидностью убедительности.

Среди американцев младшего поколения нотка космического ужаса точнее всего звучит у калифорнийского поэта, художника и беллетриста Кларка Эштона Смита[67], чьи причудливые писания, рисунки, картины и повествования приносят наслаждение чувствующему меньшинству. Действие повествований мистера Смита разворачивается в мире далеких, высасывающих силы джунглей на лунах Сатурна, заросших ядовитыми и радужными цветами, зловещих и невероятных храмов Атлантиды, Лемурии и забытых древних культур и сырых трясин, усыпанных пятнистыми грибами в призрачных странах за кромкой земли. Самое длинное и амбициозное из его стихотворений, «Гашишист», написано белым стихом в размере пентаметра и открывает нам невероятные и хаотические виды на калейдоскоп кошмаров в пространстве между звездами. В откровенно демонической оригинальности и плодотворности воображения мистеру Смиту, пожалуй, нет равных среди живых и покойных писателей. Кто еще среди живых может предложить читателю столь пышные, роскошные и лихорадочно искаженные видения бесконечных сфер и множественных измерений? В коротких рассказах его фигурируют другие миры, галактики и измерения, а также неведомые времена и эоны Земли. Он рассказывает нам о первобытной Гиперборее и ее черном и бесформенном боге Цатоггуа; о погибшем континенте Зотик и о сказочной, но проклятой вампирами земле Аверонь в средневековой Франции. Некоторые из лучших рассказов мистера Смита можно найти в брошюре под названием «Двойная тень и прочие фантазии» (1933).

## IX. Традиция сверхъестественного на Британских островах

Британская литература, даже располагая тремя-четырьмя величайшими фантастами нашего века, явила отменную урожайность в области сверхъестественной тематики. К ней часто обращался Редьярд Киплинг, который, невзирая на вездесущую манерность, с неоспоримым мастерством справился с ней в таких произведениях, как «Призрачный рикша», «Самая лучшая история на свете», «Возвращение Имрая», «Метка зверя». Особенно ярок последний рассказ с его описаниями нагого прокаженного жреца, мяукавшего, словно выдра, пятен, появившихся на груди проклятого им человека, растущей плотоядности жертвы, того страха, с которым начинают относиться к нему лошади, и о едва не закончившемся превращении этого человека в леопарда, которые читателю трудно забыть. Финальное поражение зловещего колдовства ничуть не уменьшает силы повествования или значимости его тайны.

Лафкадио Хирн[68], странный и экзотичный скиталец, еще дальше отходит от области реального, и с высшим мастерством чувствительного поэта сплетает фантазии, невозможные для здравого, проникнутого духом ростбифа автора. Его написанные в Америке «Фантазии» содержат образцы наиболее впечатляющей дьявольщины во всей мировой литературе; в то время как созданный в Японии «Квайдан» с безупречной четкостью и тонкостью кристаллизует причудливые предания и передающиеся шепотком легенды столь колоритного народа этой страны. Присущее Хирну волшебное владение языком еще более явно демонстрируют некоторые из его переводов с французского, особенно из Готье и Флобера. В его изложении «Искушение Св. Антония» превращается в классику буйных и лихорадочных образов, облаченных в магию певучих слов.

Своего места среди живописателей потустороннего заслуживает и Оскар Уайльд, как за некоторые из вышедших из-под его пера сказок, так и за яркий «Портрет Дориана Грея», в котором чудесный портрет в течение многих лет принимает на себя все изменения своего оригинала, стареющего и пошлеющего, погружающегося в бездны порока и преступления, не теряя юности, красоты и свежести черт. Внезапный и властный кризис разражается, когда Дориан Грей наконец, став убийцей, хочет уничтожить портрет, облик которого свидетельствует о его нравственном падении. Он ударяет портрет ножом, раздаются отчаянный крик и звуки падения, — но вошедшие слуги застают портрет идеально молодым и чарующим. На полу лежит мертвец в вечернем наряде и с ножом в сердце — морщинистый, высохший и мерзкий. Они узнали своего хозяина только по кольцам.

Мэтью Фиппс Шил[69], автор многочисленных сверхъестественных, гротескных и приключенческих рассказов и повестей, иногда достигает высот жуткой магии. Отрывок «Кселуча» наполнен отвратительным и ужасным содержанием, но его превосходит несомненный шедевр работы мистера Шила, «Дом звуков», цветисто написанный в «желтые девяностые» годы и переделанный с большей художественной зрелостью в начале двадцатого столетия. В своей окончательной форме это повествование заслуживает места среди лучших творений подобного рода. В нем рассказывается о ползучем ужасе и ощущении опасности, в течение веков ощущавшихся на субарктическом острове возле побережья Норвегии; где посреди разгула демонических ветров и беспрестанного грохота адских волн и водопадов мстительный мертвец воздвиг себе башню ужасов. Произведение это странным образом чуть похоже на «Падение дома Ашеров» Эдгара По и вместе с тем ничуть не напоминает его. В повести «Пурпурное облако» мистер Шил описывает с огромной силой проклятье, нагрянувшее из Арктики на все человечество с целью погубить его, и на какое-то время на нашей планете остается один-единственный обитатель. Ощущения этого единственного уцелевшего человека, когда он понимает свое положение и бродит по усыпанным трупами и сокровищами улицам городов мира как их абсолютный господин, излагаются с художественным мастерством, лишь на самую малость не достигающим подлинного величия. К сожалению, вторая часть книги портит впечатление своим откровенным романтизмом.

Большей известностью, чем Шил, пользуется изобретательный Брэм Стокер, автор многочисленных и откровенно жутких концепций, изложенных в серии романов, чья художественная техника прискорбно уменьшает общий эффект. В повести «Логово белого червя», где рассказывается о гигантском примитивном создании, обитающем в подземелье древнего замка, великолепная идея разбивается о почти детское развитие сюжета. Роман «Сокровище семи звезд», повествующий о странном воскресении в египетском стиле, написан не столь примитивно. Но наилучшим является знаменитый «Дракула», ставший едва ли не образцовым современным воплощением мифа о страшном вампире. Дракула, граф и вампир, обитает в Карпатах, в жутком замке, но впоследствии перебирается в Англию, решив заселить эту страну своими собратьями-вампирами. Рассказ о пребывании англичанина в ужасном замке Дракулы и о том, как было покончено со злодейским заговором, представляет собой элементы, которые образуют повествование, получившее нынс постоянное место в английской литературе. Дракула вызывал к жизни много аналогичных рассказов о сверхъестественных ужасах, и к числу лучших среди них принадлежат «Жук» Ричарда Марша[70], «Выводок королевы ведьм» Сакса Ромера[71], «Дверь в ирреальное» Джеральда Блисса. В последнем сочинении ловко рассматривается старинное суеверие в отношении оборотней. Много более тонко и артистично организован через сочетание повествований отдельных персонажей роман «Холодная гавань» Френсиса

Бретта Янга[72], в котором властно обрисован старинный, загадочный и зловещий дом. Насмешливый и едва ли не всемогущий злодей Хэмфри Фернивал, следующий типажу раннего готического «злодея» в стиле Манфреда-Монтони, избавляется от пошлости под воздействием многих умных личностей. Лишь легкая расплывчатость объяснения в финале и несколько вольное использование гадания как сюжетного фактора не позволяют этому повествованию достичь абсолютного совершенства.

В романе «Заколдованный лес» Джон Бьюкен[73] с потрясающей силой изображает злой шабаш, как и прежде совершающийся в уединенном районе Шотландии. Описание черного леса, скверного камня и жутких космических теней, когда мерзость наконец уничтожается, вознаградят читателя за преодоление неторопливого развития действия и изобилие шотландских диалектизмов. Некоторые из коротких рассказов мистера Бьюкена также чрезвычайно ярки в своих призрачных намеках: «Зеленая гну» повествует об африканском колдовстве, «Ветер на крыльце» — о пробуждении мертвых британо-романских ужасов, особенно достоин внимания «Утес Скуле» с его субарктическими страхами.

Клеменс Хаусман[74] в короткой новеллетте «Вервольф» добивается высокой степени ужасного напряжения и в известной степени достигает атмосферы подлинного фольклора. В «Эликсире жизни» Артур Рэнсом[75] достигает некоторых темных и великолепных эффектов, невзирая на общую наивность сюжета, в то время как Г. В. Дрейк (1894–1963) в «Призрачной твари» открывает перед читателем загадочные и жуткие перспективы. «Лилит» Джорджа

Макдональда обладает собственным убедительным своеобразием, причем первая, более простая версия из двух более эффектна.

Отдельного упоминания в качестве искусного мастера, для которого мир незримый всегда является бодрящим зельем и жизненной реальностью, достоин поэт Уолтер де ла Мар[76], чьи западающие в память стихи и роскошная проза наравне несут следы постоянного воздействия странного зрения, глубоко проникающего в туманные сферы красоты и ужаса, а также жутких и запретных размерностей бытия. В романе «Возвращение» мы видим, как душа мертвого человека выбирается из своей двухсотлетней могилы, чтобы соединиться с живой плотью, так что даже лицо жертвы становится тем, которое давно уже обратилось в прах. Среди коротких рассказов, которых набралось на несколько томов, некоторые просто невозможно забыть благодаря их власти над страхом и темными сетями колдовства; выделить можно «Тетку Ситона», в которой описывается отвратительный фон мерзкого вампиризма; «Дерево», где рассказывается о страшном растении во дворе умирающего от голода художника; «Из глубины», где нам позволено догадываться о том, какая тварь ответила на призыв умирающего мота в темноте одинокого дома, когда он потянул за шнурок звонка на чердаке, памятном со времени полного страхов детства; «Затворник», намекающий на то, что именно заставило случайного гостя ночью бежать из дома; «Мистер Кемп», в котором описывается обезумевший церковный отшельник, занятый поиском человеческой души и обитающий возле жуткого морского утеса у старинной заброшенной часовни; «Все святые», где рассказывается про демонические силы, осаждающие уединенную средневековую церковь и чудесным образом восстанавливающие отгнившую штукатурку. Де ла Мар не превращает страх в единственный или просто доминирующий элемент большинства своих рассказов, проявляя куда больший интерес к описаниям характеров. Кое-где он опускается до чистой и прихотливой фантазии на манер Барри[77]. И тем не менее он принадлежит к числу тех немногих, для кого ирреальность обладает ярким и живым обликом, и таким образом может наделять свои исследования страха той острой потенцией, которой удается добиться лишь редкому из мастеров. Его стихотворение «Слушающие» возвращает в современную поэзию готический трепет.

Короткое повествование на сверхъестественные темы процветало в последние времена; важную роль сыграл здесь Э. Ф. Бенсон[78], чей «Человек, который зашел слишком далеко» тихим голосом нашептывает нам о доме на краю темного леса и об отпечатке копыта Пана, оставленного им на груди мертвеца. Томик рассказов мистера Бенсона, «Видимое и невидимое», содержит несколько обладающих особенной силой историй, среди которых выделяется рассказ «Negotiam Perambulans», повествующий о необычайном чудище с древней церковной панели, совершающем чудесное отмщение в одинокой деревне на побережье Корнуолла, в котором действует ужасное полуживотное-получеловек, обитающий на безлюдных вершинах Альп. Находящийся в другом сборнике «Лик» дышит смертоносной и могучей в своей безжалостности аурой погибели. Г. Р. Уэйкфилд[79] в своих сборниках «Они возвращаются вечером» и «Те, которые возвращаются» демонстрирует свое умение время от времени достичь подлинных высот ужасного, невзирая на атмосферу растлевающей усложненности. Самыми заметными являются «Красная ложа» с ее слизистым водяным злом, «Он приходит, и он проходит», «И он будет петь», «Кайрн», «Посмотри вверх», «Шкура слепого» и образчик тысячелетнего ужаса «Семнадцатая яма в Данкастере». Стоит упомянуть и о произведениях на сверхъестественную тему Герберта Уэллса и Артура Конан-Дойля. Первый из них в «Духе страха» достигает весьма высокого уровня, да и все повествования «Тридцати странных историй» имеют сильный фантастический подтекст. Дойль то и дело обращался к теме потустороннего, рождая особо сильную призрачную нотку, как в «Капитане Полярной звезды», повествующей о привидениях Арктики, и в «Лоте № 249», где более чем с обычной ловкостью обыгрывается тема оживленной мумии. Хью Уолпол[80], принадлежащий к тому же самому семейству, что и основатель готического жанра, временами с успехом обращался к этой теме, и его короткий рассказ «Миссис Лант» заставляет поежиться. Джон Меткалф[81] в своем собрании рассказов, опубликованных под названием «Курящаяся нога», время от времени достигает редкой силы, а в рассказе под названием «Плохие земли» содержатся градации ужаса, близкие к гениальности. Более причудливы и близки к теплой и невинной фантазии сэра Дж. М. Барри короткие рассказы Э. М. Форстера[82], соединенные под одной обложкой под названием «Небесный омнибус». Среди них только один, в котором фигурирует Пан и окружающая его атмосфера страха, можно считать обладающим подлинным элементом космического ужаса. Миссис Эверретт[83], придерживающаяся почтенных своей стариной и обычаями образцов, иногда достигает особой высоты духовного ужаса в своем собрании коротких рассказов «Маска смерти». Л. П. Хартли[84] особо известен своим колким и наводящим страх произведением «Визитер из глубоких недр». Зловещие истории Мэй Синклер[85] содержат бóльшую дозу традиционного «оккультизма», чем творческого созидания в области страшного, которому присуще мастерское владение этой тематикой, и проявляют больший интерес к человеческим эмоциям и психологическим изысканиям, чем собственно к феномену космоса, полностью ирреального. Возможно, здесь уместно будет заметить, что в описаниях призрачного и фантастического сторонники оккультного течения кажутся менее эффективными, чем материалисты, поскольку для них призрачный мир является настолько обыкновенной реальностью, что они обращаются с ним с меньшим трепетом, отстраненностью и выразительной силой, чем те, кто усматривают в нем абсолютное и ошеломляющее нарушение естественного порядка.

Несколько неровными стилистическими достоинствами, но огромной и впечатляющей силой в изображении таинственных миров и существ, скрывающихся под поверхностью ординарной жизни, обладает творчество Уильяма Хоупа Ходжсона[86], известного в наши дни значительно меньше, чем он того заслуживает. Невзирая на склонность к привычно сентиментальному восприятию Вселенной и связи человека с ней и со своими собратьями, в восприятии ирреального мистер Ходжсон уступает разве что Алджернону Блэквуду. Немногие способны поравняться с ним в намеках на близость безымянных неведомых сил и осаждающих мир чудовищных сущностей посредством небрежно брошенной фразы или незначительной детали или в передаче ощущения призрачного и аномального в отношении целых краев и отдельных зданий.

В «Шлюпках с «Глен-Карриг» (1907) автор знакомит нас с различными недобрыми чудесами и проклятыми неведомыми землями, встреченными на своем пути моряками, спасшимися с затонувшего корабля. Грозное предчувствие начальных глав книги невозможно превзойти, хотя ближе к ее концу происходит снижение в направлении обыкновенного романтического и приключенческого повествования. Неточная и псевдоромантическая попытка воспроизвести прозу восемнадцатого столетия отвлекает от общего эффекта, однако обнаруживаемая повсюду воистину глубокая мореходная эрудиция является компенсирующим фактором.

«Дом в Порубежье» (1908) — быть может, величайшее среди всех произведений мистера Ходжсона — знакомит нас с уединенным и пользующимся дурной славой, находящимся в Ирландии домом, образующим фокус действия жутких потусторонних сил и выдерживающим осаду богомерзких гибридных созданий, являющихся из лежащей под домом бездны. Скитания духа Повествователя сквозь беспредельные световые годы космического пространства и кальпы вечности, оставленное им описание окончательной гибели Солнечной системы представляют собой уникальное явление в литературе. Во всем заметно умение автора обнаружить неясные ужасы, таящиеся в природе. И если бы не несколько проникнутых банальной сентиментальностью мгновений, книга эта была бы классикой чистейшей воды.

Роман «Пираты-призраки» (1909), который мистер Ходжсон считал завершающим трилогию, начатую двумя предыдущими книгами, представляет собой впечатляющий рассказ об обреченном и населенном духами корабле, вышедшем в свой последний вояж, и об ужасных морских дьяволах (имеющих квазичеловеческий облик и, быть может, являющихся духами погибших пиратов), осаждающих его и наконец увлекающих к неведомой участи. При всех весьма заметных мореходных познаниях и умном подборе намеков и ситуаций, предполагающих существование в природе тайных ужасов, книга эта временами производит сильное впечатление.

Объемистый (538 стр.) роман «Ночная земля» (1912) рассказывает о бесконечно удаленном от нас на миллионы миллионов лет будущем Земли, после того, как погаснет Солнце. Повествование осуществляется несколько неуклюжим образом, как бы через видения человека семнадцатого века, разум которого сливается с его инкарнацией в будущем; несколько портят его болезненное многословие, повторения, искусственная и тошнотворно липкая романтическая сентиментальность, подражание архаическому языку, еще более нелепое, чем в «Глен-Карриг».

И все же при всех недостатках роман этот является одним из наиболее мощных образцов прозы зловещего жанра среди всех, что когда-либо были написаны. Читатель никогда не забудет это полотно, изображающее черную ночь, лежащую над мертвой планетой, жизнь остатков человечества внутри колоссальной металлической пирамиды, осажденной чудовищными силами тьмы; страшные сущности и духи, непостижимые для человека и обитающие в черном, отвергнутом людьми и неведомом им мире за стенами пирамиды, намечены и описаны с непревзойденной силой, в то время как в описании автора сам ландшафт ночной земли с его пропастями, склонами и затухающим вулканизмом вызывает почти ощутимый на ощупь ужас.

В середине книги главный герой ее выходит из пирамиды на поиски возлюбленной — в края, куда миллионы лет не ступала нога человека, в края, над которыми правит смерть, — и в медленном, томительно поминутном описании его ежедневного продвижения через эти немыслимые мрачные лиги, укрытые вечной тьмой, угадывается некое космическое отчуждение, невероятная тайна, полное ужаса ожидание, не имеющие равных во всей литературе. Последняя четверть книги несколько затянута, однако и ей не удается снизить колоссальную силу всего целого. Более поздняя книга мистера Ходжсона, «Карнакки — охотник за призраками», состоит из нескольких относительно длинных рассказов, прежде публиковавшихся им в журналах. К сожалению, по своему уровню она не дотягивает до упомянутых выше книг. В ней мы находим более или менее привычный персонаж — «непогрешимого детектива» из породы месье Дюпена и Шерлока Холмса, близкого родственника рожденного Алджерноном Блэквудом Джона Сайленса, движущегося через ситуации и события, замаранные атмосферой профессионального «оккультизма». Впрочем, силу ряда эпизодов отрицать невозможно, и они позволяют по-новому оценить несомненную гениальность автора.

Естественно, в коротком наброске невозможно проследить все варианты современной трактовки классического ужаса. Этот ингредиент может по необходимости оказаться в любом произведении, как прозаическом, так и стихотворном, широко повествующем о жизни, и поэтому нас не удивляет доля нашего жанра, обнаруживающаяся в творчестве таких авторов, как Браунинг[87], чья поэма «Чайльд Роланд дошел до Темной башни» проникнута жуткой угрозой, или романист Джозеф Конрад[88], часто писавший о темных тайнах морей и демонической силе судьбы, руководящей жизнями одиноких и маниакально решительных людей. Таковая является лишь одной из ветвей страшного жанра, однако здесь нам придется ограничиться его относительно чистыми проявлениями, там, где они определяют сущность и доминируют в содержащем их произведении.

Несколько в стороне от основного британского потока литературы ужасного жанра находится течение ирландское, вышедшее на первый план в литературе благодаря кельтскому ренессансу конца девятнадцатого и начала двадцатого столетий. Предания о фейри и привидениях всегда играли в Ирландии видную роль, и более сотни лет их записывали такие умелые переписчики и переводчики, как Уильям Карлтон[89], Т. Крофтон Крокер[90], леди Уайльд[91] — мать Оскара Уайльда, — Дуглас Хайд[92], У. Б. Йийтс[93]. Собрание это, вынесенное на обозрение публики современным движением, подверглось тщательному изучению, как и его основные черты, воспроизведенные в произведениях более поздних фигур, таких как Йийтс, Дж. М. Синг[94], «А. Е.», леди Грегори[95], Падраик Колум[96], Джеймс Стефенс[97] и их коллеги.

Будучи в целом скорее более причудливым и фантастичным, чем ужасным, подобный фольклор и его художественно обработанные аналоги содержат и такое, что полностью подпадает под классификацию космического ужаса. Сказания о погребении в церквях, затонувших под водами заколдованных озер, повествования о несущих смерть банши и мерзких подменышах, баллады о призраках и «нечестивых жителей Ратов» — все они обладают собственной яркой и определенной силой и образуют собственную область в литературе сверхъестественного. Невзирая на непритязательную гротесковость и абсолютную наивность, они знакомят нас с подлинной жутью в рассказе о Тейге О'Кане, который в порядке наказания за бурную жизнь целую ночь возил на себе жуткого мертвеца, гонявшего его от кладбища к кладбищу, в каждом из которых из земли восставали мертвые, отказывавшие новому пришельцу в погребении. Йийтс, вне сомнения являющийся величайшей фигурой ирландского возрождения, если вообще не величайшим из всех современных поэтов, достиг заметных успехов как в собственном творчестве, так и в пересказе старинных легенд.

## X. Современные мастера

Лучшие среди ужасных историй нашего времени, благодаря долгой эволюции жанра, обладают естественностью, убедительностью, художественной гладкостью и мастерской увлекательностью, не имеющей ничего общего с готической прозой столетней и более давности. Техника, мастерство, опыт и психологическая глубина прошли огромный путь за минувшие годы, так что многие из старых произведений кажутся теперь наивными и искусственными, искупаемыми — если таковое случается — только гением, побеждающим любые ограничения. Интонация беспечной и дутой романтики, полная ложных мотивов и наделяющая каждое мыслимое событие фальшивым значением и беспечным блеском, теперь отошла к более легкомысленным и бойким повествованиям о сверхъестественном. Серьезный ужасный рассказ теперь либо делается реалистически интенсивным, благодаря тесной связи с природой и идеальной верности ей, за исключением того направления сверхъестественного, которое позволяет себе сам автор, или уходит полностью в область фантастики, наделенной атмосферой, тонко приспособленной к визуализации утонченного и экзотичного ирреального мира, находящегося за пределами пространства и времени, в котором может случиться почти все, однако в точном соответствии с некими типами воображения и иллюзии, нормальными для чувствительного человеческого мозга. Такова, во всяком случае, доминирующая тенденция; хотя, конечно, многие из великих современных писателей иногда соскальзывают к броским позам незрелого романтизма или обращаются к обрывкам равным образом пустого и абсурдного жаргона псевдонаучного «оккультизма», находящегося ныне на одном из своих периодических подъемов.

Среди живущих ныне творцов космического страха, поднятого на самую высокую художественную высоту, немногие, если таковые вообще найдутся, способны поравняться с разносторонним Артуром Мэкеном[98], автором нескольких дюжин коротких и не очень коротких рассказов, в которых элементы космического ужаса и сгущающегося страха достигают почти ни с чем не сравнимой материальности и реалистической остроты. Мистер Мэкен, крупная фигура в литературе и мастер роскошно-лирического и экспрессивного прозаического стиля, вложил значительные силы в свои живописные «Хроники Клеменди», живые эссе, бодрые и талантливые переводы и более всего запоминающееся эпическое произведение чувствительного эстетствующего ума «Холм Грез», в котором молодой герой реагирует на магию старинного Уэльса, родного писателю, и ведет жизнь-грезу в римском городке Иска-Силурум, теперь съежившемся до усыпанной руинами деревни Каэрлеон-на-Уске. Тем не менее факт остается фактом: созданный им в девяностых годах девятнадцатого века и первых десятилетиях двадцатого века могучий блок произведений ужасного жанра стоит особняком в своем классе и отмечает определенную эпоху в истории этой литературной формы.

Мистер Мэкен, в памяти которого впечатляющее кельтское наследие соединилось с воспоминаниями юности о диких пологих холмах, древних лесах и загадочных римских руинах в окрестностях Гвента, сочинил воображаемую жизнь, наделенную редкой красотой, полнотой и историческим фоном. Впитав в себя средневековые тайны темных лесов и древних обычаев, он является поклонником средневековой старины буквально во всем — включая и католическую веру. Он покорился чарам римской Британии, жизнь которой некогда бурлила в его родном краю, и находит странную музыку в укрепленных лагерях, мощенных квадратиками камня мостовых, обломках статуй и прочих родственных им предметах, повествующих о том времени, когда правил здесь классицизм, а латынь была разговорным языком. Молодой американский поэт, Фрэнк Белнэп Лонг, отлично суммаризировал богатые переживания мечтателя и чары экспрессии в сонете «Читая Артура Мейчена»:

Как славен лес осеннею порой,
Тропинки древние в горах петляют,
Между дубрав волшебных убегают
Туда, где вал построен крепостной.
Сверкает ярко солнце в небесах,
И облака в его огне краснеют,
И на земле деревья пламенеют —
Тоска смертельная стоит в лесах.
Я жду, когда поэт из кельтских стран
Расскажет в книге об орлах имперских
И северных делах легионерских,
Мне явленных сквозь золотой туман.
Я жду, чтоб мудрость разделить его
И горе, что из древности пришло.*

Среди созданных мистером Мэкеном произведений ужасного жанра наибольшей известностью, возможно, пользуется «Великий бог Пан» (1894), где рассказывается о необычайном и ужасном эксперименте и его последствиях. В результате операции на мозге молодая женщина получает возможность видеть этого громадного и чудовищного бога природы, в результате чего сходит с ума и умирает менее чем через год. По прошествии многих лет в семейство, обитающее в сельских краях Уэльса, отдают на вос-

* Перевод Л. Володарской.

питание девочку Элен Воган — странную, недобрую и чужестранку по виду, которая принимается самым непонятным образом бродить по лесам. Мальчишка, заметивший того, кто разделяет ее общество, лишается рассудка; та же ужасная участь постигает и молодую девушку. Тайна эта переплетается с римскими сельскими божествами этого края, какими их изображали фрагменты античных скульптур. По прошествии еще нескольких лет в обществе появляется женщина, наделенная странной экзотической красотой, она страхом доводит мужа до смерти, заставляет художника написать немыслимую картину ведовского шабаша, вызывает эпидемию самоубийств среди знакомых ей мужчин и, наконец, оказывается постоянной посетительницей самых низменных лондонских притонов, где выходки ее шокируют даже отпетых дегенератов. Внимательное сопоставление записок, оставленных теми, кто сталкивался с ней на ранних стадиях ее «карьеры», свидетельствует о том, что женщина эта — та самая Элен Воган, являющаяся дочерью — не от смертного отца — молодой женщины, над мозгом которой был совершен ужасный эксперимент. Она является дочерью самого Пана и в конце встречает смерть среди жутких превращений, включающих смену пола и нисхождение к наиболее примитивным проявлениям жизненного принципа.

Однако шарм произведения заключается в манере повествования. Никто не сумеет описать тревожное ожидание и предельный ужас, которым полнится каждый абзац, не следуя точному рецепту, согласно которому мистер Мэкен разворачивает свои намеки и откровения. Нельзя отрицать присутствия мелодрамы, и совпадения доведены до степени, которая кажется абсурдной при внимательном рассуждении; однако в зловещих чарах повествования в целом пустяки эти быстро забываются, и чувствительный читатель дочитывает роман до конца, внутренне содрогаясь и повторяя про себя слова одного из персонажей: «Слишком невероятно, слишком чудовищно; такого никогда не может случиться в нашем тихом мире... Что ж, если бы такое было возможно, наша земля превратилась бы в кошмарное место».

Менее знаменита и менее сложна по сюжету, чем «Великий бог Пан», но определенно изящнее в атмосфере и общей художественной ценности любопытная и несколько тревожная хроника под названием «Белые люди», центральная часть которой содержит выдержки из дневника или записки маленькой девочки, которую няня познакомила с некоторыми из запретных чар и душетленных преданий отвратительного ведовского культа, тайны которого шепотком передавались из поколения в поколение селянами Западной Европы, и адепты его иногда оставляли свой кров по ночам, чтобы поодиночке собраться в черном лесу и устроить отвратительную оргию ведовского шабаша. Повествование мистера Мэкена, представляя собой триумф искусной избирательности и сдержанности, набирает колоссальную силу, развиваясь в потоке невинной детской болтовни, мельком упоминающей странных «нимф», «кукол», «белый, зеленый и алый обряды», «буквы акло», «язык тьян», «игры Мао» и тому подобное. Обряды, которые няня узнала от своей бабушки-ведьмы, преподаются девочке трех лет от роду, и ее безыскусный рассказ об опасных и тайных откровениях создает ощущение нарастающего ужаса, щедро смешанного с пафосом. Известные антропологам злые заклинания описываются с детской наивностью, и наконец зимним днем совершается путешествие вверх на старые валлийские холмы, исполняемое под действием образного заклинания, которое добавляет дикому пейзажу потусторонности, странности и гротескной одушевленности. Путь выписан в удивительных подробностях и для придирчивого критика представляет собой шедевр фантастического письма, наделенного почти беспредельной силой в намеках на могущественное уродство и космического масштаба извращения. Наконец девочка — которой к этому моменту уже исполнилось тринадцать лет — натыкается на загадочную и погибельно прекрасную вещь посреди темного и недоступного леса. Ею овладевает ужас — в манере, ловко предсказанной анекдотом в прологе, но она вовремя принимает яд. Подобно матери Элен Воган в «Великом боге Пане», она видит это жуткое божество. Ее обнаруживают мертвой перед найденной ею таинственной вещью, и вещь эта — сверкающая белизной статуя римской работы, вокруг которой клубились мрачные средневековые слухи, — гибнет, превращенная в пыль молотками обнаруживших ее людей.

В составленном из эпизодов романе «Три обманщика», в целом несколько попорченном подражанием бойкой стивенсоновской манере, присутствует несколько новелл, быть может, демонстрирующих высочайший уровень Мэкена как рассказчика ужасов. Здесь мы обнаруживаем в самой высокохудожественной форме любимую странную концепцию автора, утверждающую, что под курганами и дикими холмами Уэльса обитает тот странный и приземистый примитивный народ, чьи следы дали толчок к возникновению наших народных легенд о фейри, эльфах и «малом народце» и даже теперь несущий ответственность за некоторые необъяснимые исчезновения и иногда случающиеся подмены нормальных младенцев странными смуглыми созданиями. Тема эта получает свою наилучшую разработку в эпизоде, озаглавленном «Новелла о черной печати», где профессор, обнаруживший удивительное сходство между некими знаками, нацарапанными на валлийских известковых скалах и доисторической черной печати из Вавилона, совершает открытие, приводящее его к неведомым и ужасным находкам. Загадочный отрывок из древнего географа Солинуса, ряд таинственных исчезновений на уединенных равнинах Уэльса, странный сын, родившийся идиотом после перенесенного его матерью кошмарного испуга, — все эти факторы указывают профессору на жуткую связь и условие, отвратительное для любого друга и почитателя рода людского. Он нанимает идиота-мальчишку, временами несущего какую-то тарабарщину отвратительным шипящим голосом и к тому же подверженного странным эпилептическим припадкам. Однажды после одного из таких припадков, случившегося ночью в кабинете профессора, обнаруживаются тревожные запахи и свидетельства ирреального присутствия; вскоре после этого профессор оставляет объемистый документ и уходит в загадочные холмы, ощущая в сердце странный ужас и лихорадочное ожидание. Он так и не возвращается, однако возле фантастического камня в дикой местности обнаруживаются его часы, деньги и кольцо — в перетянутом кетгутом пергаментном свертке, на котором выведены те же самые жуткие буквы, что и на черной вавилонской печати и на скале в валлийских горах.

Внушительный документ в достаточной мере выявляет самые жуткие перспективы. Профессор Грегг, следуя всему комплексу свидетельств, накопленных благодаря исчезновениям, надписи на камнях, рассказам древних географов и черной печати, решил, что под нечасто посещаемыми холмами Уэльса с древних времен по сю пору обитает племя темных примитивных созданий, ранее живших повсюду. Дальнейшие исследования помогли ему решить загадку черной печати и доказали, что идиот-мальчишка, сын отца, куда более жуткого, чем человек, является обладателем чудовищных воспоминаний и возможностей. В ту странную ночь в своем кабинете профессор произвел «жуткую трансмутацию гор» с помощью черной печати и пробудил в безумном получеловеке ужасы его наследственности. Он «увидел, как тело его набухает и раздувается словно пузырь, лицо чернеет...». Тут явились высшие эффекты инвокации, и профессор Грегг познал яростное безумие космической паники в его самой черной форме. Познакомившись с открытыми им безднами неестественного, он отправляется в дикие горы уже вполне готовым и отрешенным. Он встретится с этим немыслимым «малым народцем», и оставленный им документ заканчивается здравым наблюдением: «Если, к несчастью, я не вернусь из своего путешествия, нет необходимости восстанавливать здесь обстоятельства моей жуткой кончины».

Также в «Трех обманщиках» находится «Новелла о белом порошке», приближающаяся к абсолютной кульминации жуткого страха. Френсис Лестер, молодой студент-юрист, находящийся в нервическом переутомлении из-за уединения и слишком усердных занятий, получил рецепт от старого аптекаря, никогда не проявлявшего слишком большого внимания к составу своих зелий. Как впоследствии выяснилось, субстанция эта оказалась необычайной солью, которую время и непредсказуемые изменения температуры случайным образом превратили в состав куда более таинственный и ужасный; короче говоря, в ту самую средневековую *vinum sabbati*, потребление которой на жутких оргиях бесовского шабаша служило источником потрясающих превращений, а при неправильном применении приводило и к непредсказуемым последствиям. Молодой человек, ничего не подозревая, регулярно запивает порошок стаканом воды после еды, и поначалу ему становится лучше. Постепенно, однако, улучшение сменяется рассеянностью; он часто отсутствует дома и кажется прошедшим отвратительную психологическую перемену. Однажды на правой руке его появляется мертвенно-бледное пятно, после чего он возвращается к своему затворничеству и запирается в своей комнатс, не пуская более внутрь никого из домашних. Заехавший осмотреть его доктор уезжает в припадке ужаса, со словами, что ноги его больше не будет в этом доме. По прошествии двух недель сестра студента, проходя мимо дома, замечает в его окне жуткую тварь, а слуги сообщают, что пища, оставляемая возле запертой двери, остается нетронутой. Попытка связаться через дверь заканчивается звуком шаркающих ног и выраженным булькающим голосом требованием оставить его в покое. Наконец трепещущая от страха служанка приносит весть об ужасном событии: потолок комнаты, находящейся под той, в которой помещался Лестер, запятнан отвратительной черной жижей, которая уже заляпала склизистой мерзостью расположенную там кровать. Доктор Хабердин, которого все-таки уговорили вернуться, взламывает дверь в комнату молодого человека и несколько раз ударяет ломом омерзительную полуживую тварь, оказавшуюся за дверью. Она представляет собой «темную и разложившуюся массу, сочащуюся гнилью и тленом, не жидкую и не твердую, но текучую и преобразующуюся». Похожие на глаза жгучие точки сверкают из ее середины, и прежде чем с ней было покончено, она пыталась поднять то, что прежде было рукой. Вскоре после этого врач, так и не сумевший вытравить из памяти все пережитое, умирает на корабле, увозившем его к новой жизни в Америке. Мистер Мэкен возвращается к демоническому «малому народцу» в «Красной руке» и «Сверкающией пирамиде»; а в «Ужасе», истории военного времени, весьма убедительным образом рассматривает поучительную мистерию об отвержении современным человеком духовности и влиянии этого факта на тварей мира сего, которые вследствие этого начинают оспаривать его превосходство и соединяются ради уничтожения рода людского. Истинно тонко, переходя от чистого ужаса к подлинному мистицизму, написано «Великое возвращение», также повествующее о Граале и также являющееся плодом военного времени. Слишком хорошо известна, чтобы ее описывать здесь, легенда о «Лучниках», которая, будучи принятой за подлинное повествование, дала начало легенде об «Ангелах Монса» — духах старых английских лучников Креси и Азенкура, сражавшихся в 1914-м рядом с теснимыми рядами славных английских «старых ничтожеств».

Менее интенсивен, чем мистер Мэкен в описаниях крайностей откровенного страха, и все же бесконечно более близок к идее постоянного давления ирреального мира на наш мир вдохновенный и плодовитый Алджернон Блэквуд[99], среди объемистого и неровного свода сочинений которого можно найти некоторые из самых лучших историй с привидениями не только нашего, но и вообще любого времени. В уровне одаренности мистера Блэквуда усомниться невозможно, ибо никто и никогда не приближался к тому мастерству, серьезности и тонкой достоверности, с которыми он описывает обертоны загадочности в обыкновенных событиях и предметах, или к сверхъестественному проникновению, с которым он деталь за деталью складывает полные чувств восприятия, ведущие из реальности в сверхъестественную жизнь или видение. Не владея заметным образом поэтическими чарами простых слов, он является абсолютным и несомненным мастером потусторонней атмосферы и способен извлечь цельное повествование из небольшого отрывка лишенного всякого юмора психологического описания. Более всех прочих он понимает, насколько полно чувствительный ум обитает на рубеже грезы и насколько относительно небольшим является это разделение между реальными предметами и предметами, вызванными игрой воображения.

Малые произведения мистера Блэквуда портят такие дефекты, как этический дидактизм, случайные безвкусные завитушки, пресный в своей благосклонности супернатурализм и слишком свободное пользование профессиональным жаргоном современного «оккультизма». Недостатком более серьезных произведений является нечеткость и многословие, являющиеся результатом излишней изобретательности при несколько бесцветном журналистском стиле, лишенном внутренней магии, цвета и жизненной силы, способных визуализировать точные ощущения и нюансы зловещих фантазий. Однако несмотря на все это, основные произведения мистера Блэквуда достигают подлинно классического уровня и как ничто иное в литературе пробуждают трепетное ощущение значимости неведомых духовных сфер бытия.

В едва ли не бесконечном ряду произведений мистера Блэквуда присутствуют романы и короткие рассказы, иногда независимые, иногда появляющиеся сериями. Высшее место в его творчестве, вне сомнений, занимает рассказ «Ивы», в котором пара праздных путешественников жутким образом обнаруживает на пустынном острове посреди Дуная присутствие безымянных сил. Здесь искусство и сдержанность повествования соединяются, достигая высочайшего развития и впечатляющей силы без единого напряженного пассажа или фальшивой нотки. Удивительной впечатляющей силой обладает менее отточенный в художественном плане «Вендиго», где нам представляют кошмарные свидетельства существования лесного демона, о котором вечерами перешептываются лесорубы северных лесов. Манера, в которой некие следы рассказывают свою нереальную повесть, на самом деле представляет собой подлинный триумф мастера. В «Эпизоде в охотничьем домике» мы сталкиваемся с потусторонними силами, вызванными колдуном из черного пространства, а в «Слушателе» повествуется о жутком психическом осадке, пропитавшем старый дом, в котором некогда умер прокаженный. В сборнике «Невероятные приключения» содержатся некоторые из лучших рассказов автора, уводящие фантазию читателя к буйным обрядам на ночных холмах, тайным и странным перспективам, открывающимся за вполне обыкновенными пейзажами, к немыслимым и таинственным подземельям, скрытым под песками и пирамидами Египта, описанным с серьезным изяществом и тонкостью, убедительными там, где более грубое или легкомысленное изложение привело бы всего только к развлекательности сюжета. Некоторые из этих произведений являются не столько историями, сколько этюдами в области мимолетных впечатлений и выхваченных из забвения обрывках снов. Сюжетом можно пренебречь повсюду, правит везде атмосфера.

Книга «Джон Сайленс — необычный врач» содержит пять связанных между собой повествований, главный герой которых победоносно перебирается из одного в другое. Испорченные разве что некоторыми признаками популярного и обыкновенного детектива — ибо доктор Сайленс является одним из тех благодетельных гениев, которые пользуются своими удивительными силами, чтобы помочь своим попавшим в трудное положение собратьям-людям, — эти повествования содержат в себе некоторые из лучших образцов творчества и создают впечатление сразу эмоциональное и яркое. Первый рассказ, «Психическое вторжение», повествует о том, что приключилось с чувствительным автором в доме, некогда бывшем местом совершения мрачных дел, и о том, как был изгнан легион бесов. «Древние чары», быть может, лучший рассказ в книге, содержит почти гипнотически яркое описание старинного французского городка, где местное население некогда справляло гнусный шабаш в облике кошек. В «Немезиде огня» жуткий стихийный дух вызывается пролитием крови, в то время как в «Тайном почитании» повествуется о немецкой школе, в которой чтили сатану и над которой долго еще висела зловещая аура. «Собачий лагерь» рассказывает нам об оборотне, однако рассказ этот ослаблен морализаторством и профессиональным «оккультизмом».

Слишком тонкими, быть может, для точного отнесения к разряду жутких историй, однако скорее всего более художественными в абсолютном смысле этого слова являются такие фантазии, как «Джимбо» или «Кентавр». Мистер Блэквуд достигает в этих новеллах тесного и трепещущего приближения к внутренней субстанции грезы и производит колоссальную пробоину в привычных барьерах, разделяющих реальность и воображение.

Непревзойденным мастером кристально чистой поющей прозы и высшим специалистом в области создания пышных и апатичных миров радужно экзотического видения является Эдвард Джон Мортон Дракс Планкетт, восемнадцатый барон Дансени, чьи рассказы и короткие пьесы образуют едва ли не уникальный элемент в нашей литературе. Изобретатель новой мифологии и сочинитель удивительного фольклора, лорд Дансени посвятил себя странному, наполненному фантастической красотой миру, присягнув вечной войне против грубости и уродства повседневной реальности. Его точка зрения является наиболее подлинно космической по сравнению с любой принятой в литературе любого периода. Столь же чувствительный, как По, к драматическим ценностям и значению отдельных слов и подробностей и куда лучше оснащенный в риторическом плане посредством простого лирического стиля, основанного на прозе Библии Короля Иакова, этот автор с колоссальным эффектом пользуется практически любым сводом мифов и легенд, существующим в рамках европейской культуры, создавая составной или эклектичный цикл фантазий, в котором восточный колорит, эллинистическая форма, тевтонская мрачность и кельтская задумчивость сливаются настолько идеально, что поддерживают и подкрепляют друг друга, не нарушая общего согласия и однородности. В большинстве случаев земли Дансени относятся к категории сказочных, расположенных «там, позади восхода» или «у края света». Его система оригинальных личных имен и топонимов, основанная на корнях, позаимствованных из классических, восточных и прочих источников, являет собой чудо гибкой изобретательности и поэтической интуиции, как можно видеть из таких образчиков, как «Аргименес», «Бетмура», «Полтарниис», «Каморак», «Иллуриил» или, наконец, «Сардатрион».

Красота, а не ужас является ключевой темой произведений Дансени. Он любит веселую зелень нефрита и медных куполов, нежное прикосновение рассвета к слоновой кости минаретов невероятных, пригрезившихся ему городов. Юмор и ирония часто сливаются воедино в легком цинизме, смягчающем то, что в противном случае можно было бы назвать наивной напряженностью. И тем не менее, как неминуемо случается с мастером победоносной ирреальности, в творчестве его угадываются прикосновения космического страха, вполне согласующиеся с подлинной традицией. Дансени любит лукаво и умело намекнуть на чудовищных тварей и невероятные судьбы, как делается это в сказках. В «Книге чудес» мы читаем о Хло-Хло, гигантском идоле-пауке, который не всегда остается дома; о том, чего Сфинкс боялся в лесу; о Слите, воре, перескакивающем через край света после того, как загорается некий огонь, известно кем зажженный; об антропофагах; о гиббелинах, населяющих злую башню и охраняющих там сокровище; о живущих в лесу гнолах, красть у которых неразумно; о Городе Никогда, и о глазах, следящих Из-под Ям, и о роде тварей тьмы. В «Рассказах мечтателя» повествуется о тайне, отправившей всех мужчин из Бетморы в пустыню; о великих вратах Пердонидары, вырезанных из огромного цельного куска слоновой кости, и о путешествии старого доброго Билла, после того как капитан проклял свой экипаж и отправился по только что поднявшимся из моря мерзкого вида островам к их невысоким домикам со злобными и мутными глазками окон.

Многие из коротких пьес Дансени дышат ужасом потустороннего. В «Богах горы» семеро бродяг изображают семь зеленых идолов, стоящих на далеком холме, и наслаждаются жизнью и почестями в городе своих почитателей до тех пор, пока не слышат, что настоящие идолы оставили свои привычные места. Им сообщают о кошмарном зрелище, замеченном в сумраке — «скале не положено бродить по вечерам», — и наконец, сидя в ожидании труппы танцоров, они замечают, что приближающиеся шаги оказываются много более тяжелыми, чем полагалось бы плясунам. Развязка приближается, и в итоге наглых богохульников превращают в зеленые нефритовые статуи те самые ходящие изваяния, на чью святость они покусились. Однако сам сюжет является самым малым достоинством этой удивительно впечатляющей пьесы. Происшествия и их развитие выполнены рукой высшего мастера, так что все целое образует один из наиболее значительных вкладов нынешнего века не только в драму, но и во всю литературу как таковую. В «Ночи на постоялом дворе» рассказывается, как четверо воров украли изумрудное око Клеша, чудовищного индуистского бога. Они заманивают в свою комнату и благополучно убивают троих жрецов, отправившихся по следам похитителей, однако ночью сам Клеш является на ощупь за своим оком; и, вернув его себе, отправляется назад во тьму, куда призывает за собой всех грабителей для получения заслуженной, но так и оставшейся неназванной кары. В «Смехе богов» на краю джунглей находится обреченный город, где действует призрачный лютнист, игру которого слышат лишь те, кому предстоит умереть (ср. с призрачным клавесином Алисы в «Доме с семью фронтонами» Готорна), в то время как в «Врагах королевы» пересказывается изложенный у Геродота анекдот, в котором мстительная принцесса приглашает своих врагов на подземное пиршество и топит их, открыв ход водам Нила. Однако никакое количество простых пересказов неспособно передать более некоторой доли убедительного обаяния произведений лорда Дансени. Его призматические города и неслыханные доселе обряды освящены уверенностью, доступной только подлинному мастерству, и мы восторгаемся, ощущая себя подлинными соучастниками его тайных мистерий. Человек истинно впечатлительный увидит в нем талисман и ключ, отпирающий богатые склады грез и обрывков воспоминаний; поэтому мы можем видеть в нем не только поэта, но художника, который делает поэтом каждого из своих читателей.

На противоположном от лорда Дансени полюсе гениальности, одаренный едва ли не дьявольской силой создания ужаса посредством мелких шагов из середины повседневной прозаической жизни, находится высокоученый Монтэгю Родс Джеймс[100], провост Итонского колледжа, известный антиквар и признанный авторитет в области средневековых манускриптов и кафедральной истории. Доктор Джеймс, любивший рассказать историю с привидениями на Святках, понемногу сделался в литературе ужасного жанра функционером очень высокого ранга и разработал собственный стиль и метод, способный послужить моделью длинной цепочке учеников.

Искусство доктора Джеймса случайным не назовешь, и в предисловии к одному из своих сборников он сформулировал три очень здравых правила, рекомендованных сочинителям, подвизающимся в зловещем жанре. История с привидениями, по его мнению, должна происходить в знакомой обстановке в современный период, чтобы как можно точнее соответствовать сфере жизни читателя. Призрачное явление, однако, обязано быть зловещим, а не благим, поскольку произведение в первую очередь должно производить страх. И, наконец, следует старательно избегать технического жаргона «оккультизма» или псевдонауки, ибо в противном случае очарование небрежного правдоподобия будет сведено на нет неубедительным педантизмом.

Доктор Джеймс, практикуя то, что проповедует, подходит к своим темам в легкой и нередко разговорной манере. Создавая иллюзию повседневных событий, он вводит свои сверхъестественные аномалии осторожно и постепенно, смягчая их на каждом повороте уютными и прозаическими подробностями, а иногда и проперчивая щепоткой-другой антикварной учености. Осознавая тесную связь между нынешним потусторонним и накопленным преданием, он часто предоставляет исторические прецеденты событиям собственного рассказа, таким образом получая возможность очень ловко использовать свои исключительные познания в области истории и находящееся под рукой владение архаическим произношением и расцветкой. Любимой сценой для повествования Джеймса является некий многовековой собор, который автор способен описывать со всей дотошливой точностью, доступной специалисту в этой области.

В повествованиях доктора Джеймса нередко присутствуют лукавые юмористические виньетки и вполне правдоподобные жанровые портреты и характеристики, служащие в его искусных руках подкреплению, но не ослаблению общего эффекта, как могло бы получиться в руках более слабого мастера. Изобретая новую разновидность привидения, Джеймс в значительной мере отклонился от общепринятой готической традиции; ибо там, где классический старомодный дух был бледным и величественным и воздействовал главным образом на зрение, средний призрак работы Джеймса сух, невелик ростом и волосат — тупое адское ночное исчадие, представляющее собой нечто среднее между человеком и зверем, обычно сперва осязаемое, а потом уже видимое. Иногда призрак имеет более неожиданный состав: сверток фланели с паучьими глазками посредине или невидимое создание, заворачивающееся в простыни и являющее свое лицо обтянутым полотном. Доктор Джеймс совершенно очевидно располагает вполне разумным и научным знанием человеческих нервов и чувств и прекрасно знает, как распределить утверждение, образный антураж и тонкие предположения, чтобы добиться наилучшего воздействия на читателей. Этот художник более преуспевает в событиях и их компоновке, чем в атмосфере, и чаще воздействует на эмоции через разум, чем непосредственно. Конечно, этот метод, сопряженный с нередким отсутствием острой кульминации, обладает рядом недостатков, как и преимуществами, и многим будет не хватать того атмосферического напряжения, которое писатели, подобные Мэкену, старательно возводят с помощью слов и сцен. Впрочем, немногие из его произведений можно обвинить в кротости. Обыкновенно лаконичного разворачивания аномальных событий в искусном порядке достаточно для произведения необходимого эффекта сгущения ужаса.

Короткие рассказы доктора Джеймса сведены в четыре небольших сборника, озаглавленных соответственно «Рассказы антиквара о привидениях», «Новые рассказы антиквара о привидениях», «Тощий призрак и другие» и «Назидание любопытным». Ему принадлежит также восхитительное детское фэнтези «Пять кувшинов», располагающее собственным призрачным антуражем. Посреди такого обилия материала трудно выбрать любимое или особенно характерное повествование, хотя у каждого читателя, вне сомнения, окажутся собственные предпочтения в зависимости от собственного темперамента.

К числу лучших, бесспорно, принадлежит «Граф Магнус», представляющий подлинную Голконду напряжения и намека. Английский путешественник Роксолл в середине девятнадцатого столетия отправляется в Швецию собирать материал для книги. Заинтересовавшись древней фамилией Де ла Гарди, представители которой обитают возле деревни Рабек, он изучает архивы семейства и особенно заинтересовывается строителем существующего особняка, неким графом Магнусом, о котором ходили странные и жуткие шепотки. Граф, живший в начале семнадцатого столетия, был суровым землевладельцем, известным своей жестокостью к браконьерам и неплательщикам-арендаторам. Жестокие наказания его были у всех на устах, ходили также темные слухи о служивших графу злых силах, переживших даже его похороны в большом мавзолее, который он построил себе возле церкви, и наказания эти осуществлялись даже через целый век после его смерти — как было с двумя крестьянами, решившими ночью поохотиться на его землях. В лесу раздавались жуткие вопли, а возле гробницы графа Магнуса слышали неестественный смех и стук огромной двери. На следующее утро священник нашел в лесу двоих людей; один из них стал безумным, другой был мертв, и лицо его оказалось лишенным плоти.

Услышав все эти рассказы, мистер Роксолл наталкивается на более тщательно охраняемую информацию о том, что граф некогда совершил Черное паломничество в палестинский город Хоразин, принадлежащий к числу городов, некогда осужденных нашим Господом в Евангелии, и в котором, по словам старых священников, и будет рожден Антихрист. Никто не смеет намекнуть на суть Черного паломничества или на то, что за странное создание или тварь граф привез назад с собой в качестве спутника. Тем временем мистер Роксолл ощущает нарастающее желание обследовать мавзолей графа Магнуса и наконец получает разрешение сделать это в компании дьякона. Он находит там несколько памятников и три медных саркофага, один из которых принадлежит графу. Вокруг края этого саркофага выгравированы несколько полос, изображающих в том числе особенно откровенные и мерзкие сцены преследования отчаявшегося человека через лес приземистой закутанной фигурой, как будто бы снабженной щупальцем наподобие морского черта, за которым на соседнем холме следит закутанный в плащ высокий мужчина. Саркофаг был заперт на три массивных стальных замка, один из которых уже лежал на полу, напомнив путешественнику о металлическом звуке, который он слышал в предшествующий день, проходя мимо мавзолея и мечтая встретиться с графом Магнусом.

Желание его только окрепло; получив возможность завладеть ключом, мистер Роксолл наносит в мавзолей второй визит уже в одиночестве и обнаруживает, что отперт уже и второй замок. На следующий день, последний в Ребеке, он вновь отправляется к мавзолею попрощаться с давно усопшим графом. Еще раз ощутив потребность произнести странное желание встретиться с погребенным джентльменом, — он, к собственной тревоге, смотрит на последний замок, остающийся на большом саркофаге. Под его взглядом этот последний замок с шумом падает на пол, раздается как бы скрип дверных петель и чудовищная крышка начинает медленно подниматься, и охваченный паническим страхом мистер Роксолл бежит, не заперев за собой дверь мавзолея.

Во время возвращения в Англию путешественник ощущает смутную тревогу в отношении своих спутников на корабле, на котором он пересекает Английский канал. Фигуры в плащах повергают его в волнение, он ощущает, что за ним следят, что его преследуют. Среди насчитанных им на корабле двадцати восьми персон за трапезой появляются только двадцать шесть; отсутствующими всегда оказываются высокий человек в плаще и его невысокий закутанный спутник. Завершив свое морское путешествие в Харвиче, мистер Роксолл ударяется в бегство в закрытом экипаже, однако на перекрестке дорог замечает две фигуры в плащах. Наконец остановившись в небольшом сельском домике, он пишет полные лихорадочной тревоги записки. На второе утро его обнаруживают мертвым, причем проводившие расследование семеро поверенных падают в обморок при виде тела. В доме, где остановился Роксолл, более никто не живет, и описывающий все обстоятельства манускрипт обнаруживается в забытом шкафу при сносе дома.

В «Сокровище аббата Томаса» британский антиквар разгадывает шифр, оставленный на ренессансных цветных витражах, и с его помощью находит вековой клад, укрытый на половине глубины колодца, находящегося во дворе германского аббатства. Однако хитроумный укрыватель клада приставил к своему сокровищу и хранителя — нечто, обитающее в темном колодце, хватает кладоискателя за шею, да так, что поиски немедленно заканчиваются и к колодцу приводят священника. Каждую ночь после этого кладоискатель ощущает чье-то присутствие и обнаруживает жуткий запах возле двери своего гостиничного номера, пока наконец священник не закрывает камнем устье тайника в стене колодца — из которого и выбиралось нечто во тьме, чтобы отомстить за покушение на золото аббата Томаса. Завершая свою работу, клирик замечает на древнем камне курьезный, похожий на жабу рельеф и латинскую надпись «Depositum custody», которая означает: храни порученное тебе.

К прочим стоящим внимания произведениям Джеймса можно отнести рассказ «Скамьи Барчестерского собора», в котором гротескное изображение оживает, чтобы отомстить за тайное и хитроумно задуманное убийство старого декана его честолюбивым преемником; «Ты свистни, тебя не заставлю я ждать», рассказывающий о жути, которую призывает загадочный металлический свисток, обнаруженный в руинах средневековой церкви; и «Эпизод из истории кафедрального собора», где при разборке хоров обнаруживается древняя гробница, в которой обитает демон, сеющий хворь и панику. Доктор Джеймс при всей своей легкой руке вызывает картины ужаса и мерзости в самой потрясающей форме, и, безусловно, ему суждено занять видное место среди нескольких истинных творцов в этой угрюмой провинции.

Для тех, кто склонен к размышлениям в отношении будущего, повести сверхъестественного жанра представляют интересное поле деятельности. Встречая сопротивление в крепнущей волне плоского реализма, циничного легкомыслия и умудренного разочарования, они встречают поддержку со стороны нарастающего мистицизма, развиваемого как через утомленную реакцию «оккультистов» и религиозных фундаменталистов против материалистических открытий и посредством стимуляции фантазии и удивления перед столь пространными перспективами и разломанными преградами, которыми наделила нас современная наука своей интраатомной химией, прогрессом в астрофизике, учением об относительности и проникновением в биологию и человеческую мысль. И в данный момент благоприятствующие силы получат некоторое преимущество, поскольку ныне к сверхъестественному жанру обнаруживается отношение более теплое, чем тридцать лет назад, когда лучшие произведения Артура Мэкена попали на каменистую почву смышленых и самоуверенных девяностых годов. Амброз Бирс, почти неизвестный в свое время, пользуется ныне общим признанием.

Впрочем, удивительных преобразований не стоит ждать во всех направлениях. В любом случае примерный баланс тенденций будет существовать, как и прежде; и если мы вправе ожидать усовершенствования технических средств, то у нас нет никаких оснований полагать, что общее положение сверхъестественного жанра в литературе претерпит какие-то изменения. Он представляет собой узкую, хотя и важную ветвь самовыражения рода людского, способную оказаться привлекательной, как всегда, только для узкой аудитории, обладающей обостренными способностями. Какой бы универсальный шедевр ни был бы создан завтра на основе фантазий и темы ужаса, популярностью своей он будет обязан скорее высшему мастерству, чем любви к теме. Однако кто станет считать темную тематику положительно бесперспективной? Блистающая красотой Чаша Птолемеев[101] была вырезана из оникса.

## Примечания

[1] Роберт Браунинг (1812–1889) — английский поэт и драматург. Пользуется репутацией поэта-философа с нарочито усложненным и несколько затуманенным языком.

[2] Генри Джеймс (1843–1916) — американский писатель, теолог и философ.

[3] Оливер Венделл Холмс (1809–1894) — американский врач, анатом, физиолог, историк медицины, поэт и писатель.

[4] Фрэнсис Мэрион Кроуфорд (1854–1909) — американский писатель.

[5] Шарлотта Перкинс Гилман (1860–1935) — видный американский социолог, романист, публицист, автор коротких рассказов и стихов, пропагандист общественной реформы. Утопическая феминистка.

[6] Уильям Ваймарк Джейкобс (1863–1943) — английский писатель.

[7] Салемские суды над ведьмами происходили в колониальные времена в графствах Саффолк, Эссекс, и Миддлсекс в Массачусетсе между февралем 1692 года и маем 1693 года.

[8] Альберт Великий (1193? — 1280), также св. Альберт, Альберт Кельнский, Альберт фон Больштедт — философ, теолог, ученый. Видный представитель средневековой схоластики, доминиканец.

[9] Раймонд Луллий (ок. 1235–1315) — поэт, философ и визионер, один из наиболее оригинальных представителей средневекового миросозерцания.

[10] Нострадамус (1503–1566) — французский астролог, врач, автор знаменитых «Центурий» (1558), предсказаний о будущем; Иоганн Тритемий (1462–1516) — автор книг по истории, криптографии и оккультизму. Его имя представляет собой латинизированную форму названия его родного города Триттенхайма; Джон Ди (1527–1609), английский математик, географ, астроном, алхимик, герметист и астролог валлийского происхождения; Роберт Фладд (1574–1637) — английский врач, философ-мистик, астролог.

[11] Преподобный Сэбайн Бэринг-Гулд (1834–1924) — английский агиограф, антиквар, романист и ученый.

[12] Главное его произведение — аллегорическая рыцарская поэма «Королева фей», оставшаяся незаконченной. Первое издание в трех книгах вышло в 1590 году, второе издание в шести книгах в 1596 году.

[13] Оссиан (правильнее Ойсин) — легендарный кельтский бард III века, от лица которого написаны поэмы Джеймса Макферсона и его подражателей.

[14] Уильям Блейк (1757–1827) — английский поэт и художник, мистик и визионер.

[15] Джеймс Хогг (1770–1835) — шотландский поэт, автор исторических баллад в стиле Вальтера Скотта. Как поэт испытал сильное влияние Бернса. Помогал Скотту собирать народные песни и фольклор.

[16] Готфрид Август Бюргер (1747–1794) — немецкий поэт. Сын пастора. Получил юридическое образование. Один из выразителей идей «Бури и натиска». В литературной деятельности вначале подражал поэтам рококо. Опираясь на фольклорные традиции, создал новый для немецкой литературы жанр серьезной баллады, введя элементы чудесного, таинственного, иррационального. В его балладах действуют мертвецы, привидения, оборотни.

[17] Хорас Уолпол, 4-й граф Орфорд (1717–1797) — английский писатель, основатель жанра готического романа.

[18] Анна Летиция Барбоулд, урожденная Эйкин (1743–1825) — видная английская романтическая поэтесса, эссеист и детский писатель.

[19] Клара Рив (1729–1807) — представитель готического жанра, последовательница Хораса Уолпола. Оставила заметный след в истории готического романа, впервые разграничив определения жанров и подчеркнув значение морали в готике.

[20] София Ли (1750–1824) — английская романистка и драматург.

[21] Чарлз Брокден Браун (1771–1810) — американский романист, историк и издатель, считающийся наиболее честолюбивым и совершенным американским писателем до Фенимора Купера, а также важнейшей фигурой в американской литературе конца XVIII — начала XIX века.

[22] Уильям Годвин (3 марта 1756–7 апреля 1836) — английский журналист, политический философ и романист. Муж Мэри Уолстонкрафт, отец Мэри Шелли.

[23] Точные годы жизни неизвестны.

[24] Эдвард Джордж Эрл Бульвер-Литтон, 1-й барон Литтон (1803–1873) — английский писатель.

[25] Джордж Вильям Макартур Рейнольдс (1814–1879) — британский писатель и журналист. Практически забытый теперь, при жизни он пользовался большей популярностью, чем Диккенс или Теккерей; в своем некрологе журнал «The Bookseller» назвал Рейнольдса «самым известным писателем нашего времени». Наибольшей известностью пользовался его сериал «Лондонские тайны», в известной мере находившийся под влиянием «Парижских тайн» Эжена Сю.

[26] Джон Уильям Полидори (1795–1821) — английский писатель и врач итальянского происхождения. Известен своими связями с романтическим движением и считается некоторыми создателем вампирического жанра фэнтези. Наибольшим успехом среди его произведений пользовался короткий рассказ «Вампир», опубликованный в 1819 году, первый в Англии на подобную тему.

[27] Томас Мур (1779–1852) — поэт-песенник и автор баллад. Один из основных представителей ирландского романтизма. Наиболее известными его произведениями являются «Последняя роза лета» и сборник «Ирландские мелодии».

[28] Томас Де Квинси (1785–1859) — английский писатель, автор знаменитой «Исповеди англичанина, употребляющего опиум».

[29] Уильям Гаррисон Эйнсворт (1805–1882) — английский исторический романист, добившийся известности романом «Руквуд».

[30] Фредерик Марриет (1792–1848) — офицер английского военного флота, романист и знакомый Чарлза Диккенса, из-

вестный в качестве одного из пионеров морской тематики в литературе.

[31] Джозеф Шеридан ЛеФаню (1814–1873) — ирландский писатель, один из лучших авторов готической прозы. Уильям Уилки Коллинз (1824–1889) — английский писатель, автор 27 романов, 15 пьес и более чем полусотни рассказов. Считается создателем детективного жанра. Генри Райдер Хаггард (1856–1925) — английский прозаик, юрист и специалист по агрономии и почвоведению, классик мировой приключенческой литературы, наряду с Льюисом Кэрроллом и Эдгаром По основоположник жанра фэнтези. Сэр Артур Игнатиус Конан-Дойль (Дойл) (1859–1930) — шотландский и английский писатель, всемирную известность которому принесли детективные произведения — о Шерлоке Холмсе, приключенческие и научно-фантастические — о профессоре Челленджере, юмористические — о бригадире Жераре, а также исторические романы. Герберт Джордж Уэллс (1866–1946) — британский писатель и публицист, автор известных научно-фантастических романов «Машина времени», «Человек-невидимка», «Война миров» и др. Роберт Льюис Стивенсон (1850–1894) — шотландский писатель и поэт, автор всемирно известных приключенческих романов и повестей, крупнейший представитель английского неоромантизма.

[32] Эмили Джейн Бронте (1818–1848) — английская поэтесса, автор романа «Грозовой перевал».

[33] Фридрих Генрих Карл де ля Мотт Фуке (1777–1843) — родом из французских эмигрантов-гугенотов, осевших в Пруссии.

[34] Иоганн Вильгельм Мейнольд (1797–1851) — померанский священник, поэт, драматург и романист.

[35] Ганс Гейнц Эверс (1871–1943) — немецкий писатель и поэт, автор мистических рассказов и романов готической направленности.

[36] Виктор Гюго (1802–1885) — французский писатель (поэт, прозаик и драматург), глава и теоретик французского романтизма. Член Французской академии (1841).

[37] Оноре де Бальзак (1799–1850) — французский писатель. Имя при рождении — Оноре Бальса; частицу «де», означающую принадлежность к дворянскому роду, начал использовать около 1830 года, также изменил фамилию для благозвучия.

[38] Пьер Жюль Теофиль Готье (1811–1872) — французский поэт и критик романтической школы.

[39] Гюстав Флобер (1821–1880) — французский романист, автор романов «Мадам Бовари» (1856) и «Саламбо» (1862).

[40] Шарль Бодлер (1821–1867) — поэт и критик, классик французской и мировой литературы.

[41] Жорис-Карл Гюисманс, официально Шарль Жорж Мари Гюисманс (1848–1907) — французский писатель, первый президент Гонкуровской академии (с 1900).

[42] Проспер Мериме (1803–1870) — французский писатель, член Французской академии.

[43] Анри Рене Альбер Ги де Мопассан (1850–1893) — выдающийся французский писатель, гениальный романист и автор новелл, которые по праву считаются шедеврами мировой литературы.

[44] Фиц-Джеймс О'Брайен (1828–1862) — американский писатель ирландского происхождения, некоторые из произведений которого считаются предваряющими современную научную фантастику.

[45] Этим псевдонимом пользовались французские писатели Эмиль Эркманн (1822–1899) и Александр Шатриан (1826–1890), написавшие совместно почти все свои произведения.

[46] Филипп Огюст Матиас Вилье де Лиль-Адан (1838–1889) — французский писатель, граф.

[47] Морис Левель (1875–1926) — французский писатель и драматург, специализировавшийся на коротких зловещих историях, регулярно публиковавшихся в парижских газетах.

[48] Густав Майринк, настоящее имя Густав Майер (1868–1932) — австрийский писатель-экспрессионист, драматург, переводчик и банкир. Всемирную славу ему принес роман «Голем», который стал одним из первых бестселлеров XX века.

[49] С. Анский (Энский?), псевдоним Соломона Занвеля Раппопорта (1863–1920), — русский писатель и фольклорист еврейского происхождения, более всего известный упомянутой пьесой.

[50] Эдгар Алан По (1809–1849) — американский писатель, поэт, литературный критик и редактор, представитель американского романтизма.

[51] Шарль-Пьер Бодлер (1821–1867) — поэт и критик, классик французской и мировой литературы.

[52] Эдвард Джон Мортон Дракс Планкетт, восемнадцатый барон Дансени (1878–1957) — ирландский англоязычный писатель и поэт. Богатый аристократ, Дансени писал для развлечения. По признаниям Говарда Лавкрафта и Роберта Э. Говар-

да, оказал большое влияние на их творчество. Считается одним из пионеров современного фэнтези.

[53] Чарлз Брокден Браун (1771–1810) — первый значительный американский романист.

[54] Вашингтон Ирвинг (1783–1859) — выдающийся американский писатель-романтик, которого часто называют отцом американской литературы.

[55] Пол Элмер Мор (1864–1937) — американский критик, просветитель и философ; преподавал санскрит и классическую литературу, был издателем газеты.

[56] Натаниэль Готорн (1804–1864) — один из первых и наиболее общепризнанных мастеров американской литературы. Внес большой вклад в становление жанра рассказа (новеллы) и обогатил литературу романтизма введением элементов аллегории и символизма.

[57] Дэвид Герберт Лоуренс (1885–1930) — английский писатель. Один из самых известных писателей начала двадцатого столетия, знаменитый благодаря своим психологическим романам: также писал эссе, стихи, пьесы, записки о своих путешествиях и рассказы.

[58] Амброз Гвиннет Бирс (1842–1913?) — американский писатель, журналист, автор юмористических и «страшных» рассказов.

[59] Фредерик Тейбр Купер (1864–1937) — американский издатель и писатель.

[60] Оливер Уэнделл Холмс-старший (1809–1894) — американский врач, поэт и писатель.

[61] Роберт В. Чемберс (1865–1933) — американский художник и писатель.

[62] Дама Дафна дю Морье или леди Дафна Браунинг (1907–1989) — английская писательница и биограф, писавшая в жанре психологического триллера, в России чаще публикуется как Дафна Дюморье.

[63] Мэри Элеанор Уилкинс Фримен (1852–1930) — видная американская писательница XIX века.

[64] Ральф Адамс Крам (1863–1942) — плодовитый и влиятельный американский архитектор, создатель церквей и соборов, часто в готическом стиле.

[65] Ирвин Шрюсбери Кобб (1876–1944) — американский писатель, юморист и обозреватель, автор более 60 книг и 300 коротких рассказов.

[66] Леонард Лэнсон Клайн (1893–1929) — американский романист, поэт, автор коротких рассказов и журналист.

[67] Кларк Эштон Смит (1893–1961) — американский поэт и писатель, художник, скульптор. В основном известны его рассказы в жанре фантастики и фэнтези, но при жизни его ценили как поэта.

[68] Патрик Лафкадио Хирн (полное имя — Патрисио Лафкадио Тессима Карлос Хирн) (1850–1904) — ирландско-американский прозаик, переводчик и востоковед, специалист по японской литературе. Имя получил от острова Лефкас, на котором родился. Отец — военный врач-ирландец, мать — коренная гречанка. Увлекшись японской культурой, стал страстным поклонником и пропагандистом Востока, принял японское имя Коидзуми Якумо, взятое им из древнеяпонского эпоса «Кодзики». Также принял японское гражданство. Женился на японской женщине по имени Сэцу Коидзуми, дочери самурая. Считается человеком, по сути дела познакомившим европейцев с культурой Японии.

[69] Мэтью Фиппс Шил (1865–1947) — плодовитый британский писатель вест-индийского происхождения. Известен в основном своими сверхъестественными и научными повествованиями.

[70] Ричард Марш (1857–1915) — псевдоним британского писателя Ричарда Бернара Хелдманна; более всего он известен своим романом ужасов «Жук».

[71] Артур Генри Сарсфилд Вард (1883–1959), более известный как Сакс Ромер, — плодовитый английский романист. Более всего известен серией криминальных романов про доктора Фу Манчу.

[72] Френсис Бретт Янг (1884–1954) — английский романист, поэт, драматург и композитор.

[73] Джон Бьюкен (1875–1940) — 1-й барон Твидсмур. Был также членом парламента и генерал-губернатором Канады в 1935–1940 гг. Бьюкены, или Буханы, — один из кланов равнинной части Шотландии.

[74] Клеменс Хаусман (1861–1955) — писательница, иллюстратор, активистка женского движения суфражисток.

[75] Артур Мичелл Рэнсом (1884–1967) — английский писатель и журналист, наиболее известный детскими книгами.

[76] Уолтер Джон де ла Мар, также Уолтер Деламар (1873–1956) — известный английский поэт, писатель и романист, наиболее знаменитый своими произведениями для детей.

[77] Джеймс Мэтью Барри (1860–1937) — шотландский драматург и романист, автор известной детской сказки «Питер Пэн».

[78] Эдвард Фредерик Бенсон (1867–1940) — английский романист, биограф, мемуарист и автор коротких рассказов.

[79] Герберт Расселл Уэйкфилд (1890–1964) — английский романист, автор коротких рассказов и издатель, наиболее известный своими рассказами о привидениях.

[80] Сэр Хью Сеймур Уолпол (1884–1941) — английский романист, опубликовавший тридцать шесть романов, пять томов коротких историй, две пьесы и мемуары в трех томах.

[81] Вильям Джон Меткалф (1891–1965) — преподаватель, романист, автор коротких рассказов.

[82] Эдвард Морган Форстер (1879–1970) — английский романист, автор коротких рассказов, эссеист и либретист.

[83] Пользовалась псевдонимом Тео Дуглас.

[84] Лесли Поулс Хартли (1895–1972) — британский писатель, известный своими романами и короткими рассказами.

[85] Псевдоним Мэри Амелии Сент-Клер (1863–1946) — популярной британской писательницы, создавшей около двух дюжин романов, короткие истории и стихи.

[86] Уильям Хоуп Ходжсон (1877–1918) — английский писатель, автор многих эссе и коротких рассказов и романов, жанровая принадлежность которых находится между литературой ужаса, фантастикой и научной фантастикой; писал стихи, занимался атлетикой, был фотографом. Погиб под Ипром в возрасте 40 лет.

[87] Роберт Браунинг (1812–1889) — английский поэт и драматург. Браунинг имеет репутацию поэта-философа, пользовавшегося нарочито усложненным языком.

[88] Псевдоним Юзефа Теодора Конрада Коженёвского, в устаревшей форме — Теодора Иосифа Конрада Корженевского (1857–1924) — английского писателя. Поляк по происхождению, он получил признание в качестве классика английской литературы.

[89] Уильям Карлтон (1794–1869) — ирландский романист.

[90] Томас Крофтон Крокер (1798–1854) — ирландский антиквар, занимавшийся сбором старинной ирландской поэзии и фольклора.

[91] Джейн Франческа Агнес, леди Уайльд (1821–1896) — ирландская поэтесса, писавшая под псевдонимом Сперанца, под-

держивала националистическое движение, собирала ирландские сказки.

[92] Дуглас Хайд, 1860–1949, первый президент Ирландии с 25 июня 1938-го до 24 июня 1945-го. Был одним из первых профессоров ирландского языка в Национальном университете Ирландии и известным поэтом и фольклористом.

[93] Уильям Батлер Йийтс (1865–1939) — англо-ирландский поэт и драматург, одна из ключевых фигур литературы XX века.

[94] Эдмунд Джон Миллингтон Синг (1871–1909) — ирландский драматург, поэт, прозаик, собиратель фольклора.

[95] Изабелла Августа, леди Грегори (1852–1932) — ирландский драматург и фольклорист.

[96] Падраик Колум (1881–1972) — ирландский поэт, романист, драматург, биограф, собиратель фольклора.

[97] Джеймс Стефенс (1882–1950) — ирландский романист и поэт, создавший много пересказов ирландских мифов и сказок.

[98] Артур Мэкен, на отечественной почве также Махен, Мейчен, Макн (1863–1947) — валлийский писатель и мистик 1890-х годов и начала XX века. Считается влиятельным автором в области ужасного, сверхъестественного и фэнтези, а также классиком литературы ужасов.

[99] Алджернон Генри Блэквуд (1869–1951) — английский писатель и путешественник, один из ведущих авторов-мистиков, классик литературы ужасов первой половины XX века. Автор 13 романов, более 200 рассказов и повестей, опубликованных в периодике и многочисленных сборниках и антологиях.

[100] М. Р. Джеймс (1862–1936) — английский писатель, историк, специалист по Средневековью, ректор Королевского колледжа в Кембридже и Итоне, вошедший в историю мировой литературы как классик зловещего жанра.

[101] Чаша Птолемеев представляет собой ониксовую или халцедоновую камейную двуручную чашу-канфар, ныне хранящуюся в парижской Национальной библиотеке.

# СОДЕРЖАНИЕ

История Некрономикона. *Перевод О. Колесникова* . . . . . . . . . . . . . . . . . 3
Воспоминание о докторе Сэмюэле Джонсоне. *Перевод О. Колесникова* . . . . . . . . . . . . . . 8
Зверь в подземелье. *Перевод О. Колесникова* . . . . 16
Страшный старик. *Перевод О. Колесникова* . . . . 25
В склепе. *Перевод В. Бернацкой* . . . . . . . . . . . 30
Натура Пикмена. *Перевод Ю. Соколова* . . . . . . . 42
Цвет иного мира. *Перевод О. Колесникова* . . . . . 61
Кошмар в Ред-Хуке. *Перевод О. Колесникова* . . .106
Заброшенный дом. *Перевод В. Бернацкой* . . . . .143
Холодный воздух. *Перевод О. Колесникова* . . . . .185
Странный дом в тумане на вершине горы. *Перевод Ю.Соколова* . . . . . . . . . . . . . . . . .198
Напр. *Перевод О. Колесникова* . . . . . . . . . . . . .213
Потустороннее. *Перевод О. Колесникова* . . . . . .221
Потомок. *Перевод Ю. Соколова* . . . . . . . . . . . . .234
Злой священник. *Перевод Ю. Соколова* . . . . . . .242
Очень древний народ. *Перевод О. Колесникова* . .250
Милая Эрменгарда, или Сердце селянки. *Перевод О. Колесникова* . . . . . . . . . . . . . .261
Перевоплощение Хуана Ромеро. *Перевод О. Колесникова* . . . . . . . . . . . . . . . . . . .273
Книга. *Перевод Ю. Соколова* . . . . . . . . . . . . . . .283
Сверхъестественный ужас в литературе. *Перевод Ю. Соколова* . . . . . . . . . . . . . . . . . .288

Литературно-художественное издание

Лавкрафт Говард Филлипс

**НЕКРОНОМИКОН.**

**Книга запретных тайн**

*Сборник*

Ответственный редактор *В. Демичев*
Компьютерная верстка: *Р. Рыдалин*
Технический редактор *Т. Полонская*

Подписано в печать 29.07.2020. Формат 76x100 $^{1}/_{32}$.
Печать офсетная. Гарнитура Newton.
Усл. печ. л. 18,30. Тираж 5000 экз. Заказ № 6257.

Общероссийский классификатор продукции ОК-034-2014 (КПЕС 2008);
58.11.1 – книги, брошюры печатные

Произведено в Российской Федерации
Изготовлено в 2020 г.
Изготовитель: ООО «Издательство АСТ»
129085, г. Москва, Звёздный бульвар, дом 21, строение 1, комната 705,
пом. I, 7 этаж.
Наш электронный адрес: **www.ast.ru.** Интернет-магазин: **www.book24.ru.**
E-mail: **neoclassic@ast.ru.** ВКонтакте: **vk.com/ast_neoclassic.**

«Баспа Аста» деген ООО
129085, г. Мәскеу, Жұлдызды гүлзар, д. 21, 1 құрылым, 705 бөлме, пом. 1, 7-қабат
Біздің электрондық мекенжаймыз: **www.ast.ru**
Интернет-магазин: **www.book24.kz** Интернет-дүкен: **www.book24.kz**
Импортер в Республику Казахстан и Представитель по приему претензий
в Республике Казахстан — ТОО РДЦ Алматы, г. Алматы.
Қазақстан Республикасына импорттаушы және Қазақстан Республикасында
наразылықтарды қабылдау бойынша өкіл — «РДЦ-Алматы» ЖШС, Алматы
қ., Домбровский көш., 3«а», Б литері офис 1. Тел.: 8(727) 2 51 59 90,91,
факс: 8 (727) 251 59 92 ішкі 107; E-mail: **RDC-Almaty@eksmo.kz, www.book24.kz**
Тауар белгісі: «АСТ» Өндірілген жылы: 2020
Өнімнің жарамдылық; мерзімі шектелмеген.

Отпечатано с готовых файлов заказчика
в АО «Первая Образцовая типография»,
филиал «УЛЬЯНОВСКИЙ ДОМ ПЕЧАТИ»
432980, Россия, г. Ульяновск, ул. Гончарова, 14

**16+**